KB167569

중·고생을 위한 논술대비

미리보는
서양 문학·사상
베스트 30

중 · 고생을 위한 논술대비

미리보는
서양 문학 · 사상
베스트 30

안효빈 외 6명 공저

머 리 말

영 양 덩 어 리 ' 고 전 '

'고전'이란 단어를 국어사전에서 찾아보면 "오랫동안 많은 사람에게 널리 읽히고 모범이 될 만한 문학이나 예술 작품"이라고 되어있습니다. 그래서인지 '고전'이라는 단어가 들어있는 책은 뭔가 그럴듯하고, 깊이가 있어 보이고, 어떤 형태로든 도움이 될 만한 책인 것 같은 느낌이 듭니다.

그러나 그렇게 가치 있고 좋은 책일수록 학생들과의 심리적인 거리가 먼 이유는 무엇일까요? 수능 언어영역에서 학생들이 가장 골치아파하는 부분이 바로 '고전문학'이고 보면, 그저 '가치 있고 좋은 책'이라는 조건만으로는 학생들에게 좋은 영향을 끼치는 것이 불가능한 것 같습니다. 이 첨단의 시대에 '고전'이 설 자리가 과연 있을까하는 의문이 들기도 합니다.

이런 현상을 '돼지 목에 걸린 진주목걸이'라고 하면서 학생들을 '안목이 없는 돼지'로 간주해서는 안 되겠습니다. 어느 누구도 처음부터 진주를 알아보는 안목을 가지고 태어나지는 않습니다. 진주목걸이의 가치를 차근차근, 쉽게 알려주려는 노력이 필요한 때입니다. 눈앞에 차려진 영양 많은 진수성찬을 가장 맛있게, 그리고 잘 소화시킬 수 있는 방법을 가르쳐주어야 합니다.

우리는 이런 고민 속에서 이 책을 준비했습니다. 서울대학교 인문학연구소에서 추천하는 '동서고전 200선' 가운데 학생들이 읽기에 적합하다고 판단되는 120편의 고전을 골랐습니다. 서양고전 60편을 「서양고전 I」과 「서양고전 II」로, 동양고전 60편을 「한국고전」과 「동양고전」으로 나누어 4권으로 엮고, 각각의 책은 문학 15편과 사상 15편으로 구성했습니다.

맛 있 게   읽 는   방 법

고전의 내용을 요약하여 대강의 줄거리를 아는 것만으로는 고전의 맛을 알 수 없습니다. 어떤 형태로든 작품 자체를 읽을 기회가 주어져야 합니다. 저자의 말씨를 직접 들으면서 얻는 느낌은 요약문만 읽고 얻는 정보와는 또 다른 맛을 알게 해줍니다. 그래서 이 책에서는 각 고전의 전체 내용과 함께 작품의 인용부분을 중요하게 다루고 있습니다.

각 편의 앞에 있는 <u>1. 읽기 전에 알아두기①—이 책에 관하</u>

여와 2. 읽기 전에 알아두기② - 저자에 관하여는 각각의 작품과 저자에 대한 상세한 안내입니다. 3. 책읽기의 길잡이에서는 작품을 요약한 내용과 작품 자체의 인용문을 읽을 수 있습니다. 꼭꼭 씹어 읽다보면 어느새 고전의 영양분이 내 것이 되어 있음을 느낄 수 있을 것입니다. 4. 깊이 생각해 보기에서는 대학 논술 시험에 제시될 수 있는 유형의 문제들을 실었습니다. 기회가 되는 대로 자신의 생각을 정리해 보는 노력을 기울여 보기 바랍니다.

책을 처음부터 끝까지 순서대로 읽을 필요는 없습니다. 우선 차례를 보고 관심 있는 부분부터 읽어나가고, 읽은 부분은 차례에 표시를 해두는 것이 좋겠습니다. 각 편은 평균 12페이지 정도로 구성되어 있습니다. 30분 정도면 넉넉하게 읽을 수 있는 분량입니다. 부담 없이 읽다보면 어느 순간 원작을 읽고 싶은 욕구가 생길 지도 모르겠습니다. 그럴 때는 각 편의 마지막에 있는 5. 더 깊은 이해를 위하여-추천할 만한 번역본을 참고하여 원작을 구하여 읽어보면 좋겠습니다. 사실 우리의 바람은 여기에 있습니다. 이 책을 통해서 독자가 원작을 한 권쯤 읽어볼 수 있다면 더 이상 바랄 것이 없겠습니다.

이 책은 여러 사람의 손을 거쳐 세상에 나왔습니다. 책 전체의 기획과 작품 선정은 안효빈이 맡았습니다. 각 작품의 기초 자료와 초고는 고영호·고은진·김세라·김형술·백승호·백진·안효빈이 준비했습니다. 여러 차례 수정과 보완을 거쳤지만 기본적인 구성과 체계는 이들의 것입니다. 김형술·박재민·안효빈·정은혜는 초고를 돌려 읽으면서 전체적인 내용과 표현의 적절성에 대해 여러 차례 검토했습니다.

아무쪼록 이 책이 '고전'이라는 영양덩어리를 학생들이 꼭꼭 씹어 맛있게 먹을 수 있도록 도와주는 소중한 역할을 하기를 기대하면서, 체계적이고 조직적인 작업에 서투른 저자들을 계속 독려하고 책이 나오기까지 여러모로 관심과 배려를 보여주신 도서출판 풀잎 사장님께 깊은 감사를 드립니다.

2004년 11월
저자들 씀

Contents

文학 文學 문학

한 겹 한 겹 벗겨 가 며 읽 는 고 전 의 묘 미

Contents

思想 사상

한 알 한 알 새겨 가며 읽는 고전의 묘미

…타. 이것이야말로 정의의 전투…야 지구상에 널려 있는 악의 씨를 근절시키는 것만이 하느님에 대한 위대한 봉사인…

…, 거인들이 어디에 있어요?"

…산초가 물었다.

…저쪽에 긴 팔을 가진 … 말이다. 어떤 놈들은 팔 길이가 거의 20리나 뻗쳐 있구나."

…, 저 거인처럼 보이는 것들은 말이죠 … 심상은 풍차들이에요. 그리고 저 팔처럼 보이는 것이 바람의 힘에 움직여서 …

…날 바는 모험이라는 것을 … 겪어 보지 못한 모양이로구나. 저놈들은 틀림없는 거인들이야. 겁이 나거든 여기 가 …

…책 끝나기도 전에 혼자… 로시난테에게 박차를 가했다. 지금 공격하려는 것은 거인들이 아니고 다만 풍차라…

…도 않았을 뿐만 아니라 가까이 가서도 그것이 정말 무엇인가를 확인하려고 하지도 않았다. 그는 큰 소리로 이렇게 …

…비겁하고 형편없는 놈들아. 오직 기사 한 명이 너희들을 대적하려고 하니, 아예 도망갈 생각은 말아라."

…때 마침 바람이 불어서 … 날개들이 움직이기 시작했다.

…호테는 이것을 보자 다시 소리를 질렀다.

…들아 브리아레오보다 더 많은 팔을 움직인다 할지라도 나한테 크게 경을 칠 것은 이미 정해진 사실이다."

…게 말하면서도 그는 … 가 사모하는 일 둘시네아에게 이 난관을 돌파할 수 있도록 도와주십사 하고 두 손 모아 …

…있는 품차로 덤벼들었다. 창으로 날개를 치니 세찬 바람이 불어 와서 그것을 돌리는 통에 창은 그만 결딴조각이 …

…로 몰아 주인을 구하려고 달려가 보니 돈키호테는 처참하게 쓰러져 있었다. 그만큼 그는 말과 함께 혼쭐에 밀어 …

…이고, 맙소사. 그래 소인… 나리보고 좀 똑똑히 살피시고 일을 저지르라고 하지 않았습니까? 머리에 풍차 날개를 …

…게 떠드는 산초의 말에 돈키호테는 이렇게 대답하였다.

…이놈, 산초야! 입 좀 다물지 못할까? 다른 일과 달라서 병가(   )의 일은 질로 귀신도 측량키 어려울 만큼 변화무…

…그놈들을 이길 영광을 빼앗아 간 거야. 그놈이 나를 원수로 여기는 품이 보통 이 정도야. 그러나 결국은 그놈의 사…

…를 마신 데서 유래한 우울증 때문인지, 혹은 하늘의 뜻인지. 그는 지독한 열병에 걸려 엿새 동안 자리에서 앓았다…

…)

…석에서 조카딸을 향해)

…바라는 것은 말이야"

…돈키호테는 대답했다.

…가야. 말하자면 이승에도 하느님이 내게 배풀어 주신 바로 그것을 말하는 거야. 나는 지금 자유롭고 밝은 이성을 …

…깨끗이 가졌거든. (……) 그런데 다만 원통하기 짝이 없는 것은 이 동매에서 눈뜨는 것이 너무 늦어 영혼의 빛이 …

…오류를 범하기는 했지만 이 마지막 마당에까지 그것이 정말 그랬었다고 사람들로 하여금 믿게 하고 싶지 않구나.…

…놈들이 브리아레오보다 더 많은 팔을 움직인다 할지라도 나한테 크게 경을 칠 것은 이미 정해진 사실이다."

한 겹 한 겹 벗겨가며 읽는 고전의 묘미

文

문

학

學

늘 날개입죠."

[를] 물러나서 [내]가 저놈들하고 치열한 싸움을 하는 동안 너는 기도나 하며 엎드려 [있]으란 말이야

조의 말을 아예 들은 체도 하지 않았다. 그는 그것들이 거인이라는 것을 굳게 믿었기 [ ] 산초의 말을 귀

[ ]않았다. 그러고는 방패로 몸을 가리고 창은 가슴받이에 달린 걸고리에 꽂은 채 로시난테에게 박차를 가하면서 [ ]

[ ]말과 기수는 몽땅 휩쓸려 하늘 위로 올라갔다가 땅으로 떨어져 들판을 떼굴떼굴 굴렀다. 산초 판사가 당나귀를

[ ]라면 모를까, 저건 누구나 다 알아볼 수 있는 풍차예요, 풍차."

[ ]에는 [ ]면 점잖이 아니라 사실이지만 내 방과 책들을 훔쳐 간 현자(   ) 프레스톤이 거인들을 풍차로 문갑시[ ]

[ ]정의의 칼 앞에서는 목을 못 추고 말걸."

[ ] 동안 이따금 신부와 이발사 등 그의 [친]구들이 찾아왔고, 그의 선량한 종자 산초는 머리맡을 떠나는 일이 없었다

[ ]롭게도 그 [기사도]에 관한 터무니궂한 책을 치지 않고 탐독한 탓으로 내 이성에 덮여 있던 [ ]리는 안개가 걷힐까

[ ]엄마간이나마 본성을 할 시간이 이제 남지않았나는 거야. 나는 말이다, 이것아, 곧 죽을 것만 같구나, ( ) 과[ ]

[ ]들을 불러 주지 않겠느냐, ( ) 참회하고 유언서를 만들고 싶어서. 그런다.

[ ]아아아, "그러고는 바깥으로 [ ]을 가리고 창은 기슨받이에 달린 걸고리에 꽂은 채 로시난테에게 박차를 가하면서 [ ]

文學

s t a r t . . . .

Pride and Prejudice

오만과 편견

제인 오스틴(Jane Austen)

이 책에 관하여

《오만과 편견》은 여성의 존재가 완성되기 위해서는 결혼이 필수였던 시대에 씌어졌다. 이 소설의 갈등은 여주인공들의 개성과 야망이 사회적 도덕률 때문에 압박 받는 데서 시작된다. 그리고 이 작품은 여성으로서의 경험과 존재론적 고민을 통해 결국 결혼에 이르기까지의 지적, 정신적 성장을 다루고 있다. 얼핏 보면 명랑한 로맨스 소설 같지만 사실 그 시기 여성에게 있어 결혼의 의미와 경제적인 제약이 무엇인가를 사실적으로 꼬집는 작품이다.

이야기를 전개하는 과정에서 작가는 줄거리 서술이나 배경 묘사에 중점을 두지 않고, 인물들의 정밀한 성격묘사에 초점을 두고 있다. 그리고 그 과정에서 다양하고 개성적인 성격을 창조해내고 상류 귀족 사회를 동경하는 당시의 젊은 여성들의 유행적 심리에 대해 냉소적인 태도를 드러낸다. 제인 오스틴의 작품은 18세기 후반의 중류 계급에서 일어나는 일상생활 가운데 남녀의 결혼을 둘러 싼 문제를 극적이고 사실적으로 묘사했다는 평을 받고 있다. 오스틴은 전면적으로 사회문제를 다루기보다는 간접적으로 영국 사회의 뒷전에서 억압받는 계층을 재치 있는 대사와 섬세한 묘사로 잘 표현하고 있다. 또한 당대를 풍미한 낭만주의의 조류를 타지 않고 고전주의 정신을 간직하고 있었다. 일상의 삶을 소설로 꾸며, 오만하고 배타적인 기질, 솔직하고 단호한 실리주의, 질서와 통제력의 인식, 사회적 배경과 출생 신분에 대한 자각, 의무와 예의의 전통에 대한 자부심, 위트와 패러독스의 여유로움을 느낄 수 있도록 했다.

Pride and

Prejudice

저 자 에 관 하 여

제인 오스틴(Jane Austen, 1775~1817)은 1775년 12월 16일 영국 남부 햄프셔주 스티븐턴에서 6남 2녀 중 일곱째로 출생하였다. 아버지는 무역업에 종사하는 낮은 계층 출신의 목사였고 어머니는 젠트리 계급 출신이었다. 이 계급은 18세기에 교양 과 번영의 토대를 마련하여 지위를 확보하며 증가되어 가고 있었다. 게다가 오스틴 가는 신사계급에서 귀족계급에 걸쳐 있는 친척들이 많았다. 이런 까닭에 제인 오스 틴은 소설의 소재로 영국 지방의 상류계급 사람들의 생활을 즐겨 다루게 된 것이다. 제인 오스틴은 신앙심이 강하고 온화한 학자풍의 아버지와 유머가 풍부했던 어머니 가 이룬 원만한 가정에서 여러 형제들과 자랐다. 높은 교양과 지성을 지녔던 제인 오스틴의 세상에 대한 비판력은 냉철하고 이지적이었다. 오스틴의 일가는 소설 애독 자였고 이런 생활을 행복한 생활이라고 즐거워했기 때문에 제인 오스틴 역시 자연스 럽게 이런 분위기를 따르게 되었다. 제인 오스틴은 선배 작가들로부터 몇 가지 작법 상의 비결을 배웠으나 자신의 연마로 보다 많은 결실을 거두었다. 제인 오스틴은 그 당시의 낭만주의 사조에 휩쓸리지 않았을 뿐만 아니라 워즈워드, 콜리지, 바이런 등 낭만파 시인에 대하여 무관심했다. 제인 오스틴의 작품은 형식을 존중하는 18세기 신고전주의와 감정을 중시하는 19세기 낭만주의 사이에 자리 잡고 있었으며 '이성의 시대'가 '감성의 시대'로 바뀌는 시점에 서 있었다. 그러나 18세기 말 영국의 소설 사 조는 다른 문학 장르의 사조와 일치하지 않았으며 제인 오스틴의 문체는 당대 작가 의 문체보다는 18세기 중엽의 시인, 산문 작가들의 문체에 훨씬 가까웠다. 또한 자신 의 삶처럼 평범한 삶을 살아가는 작은 집단에 대한 사실적 묘사를 중시했기 때문에 주제는 자연스럽게 일상적인 것을 통해 표현되었다.

21세에 《첫인상》이라는 작품을 쓰기 시작하여 이듬해에 완성하고, 런던의 출판사 에 보냈으나 거절당하였다. 그런데 이 작품은 훗날 오스틴의 대표작 《오만과 편견 (Pride and Prejudice)》(1813)의 바탕이 되었다. 아버지가 죽고 난 뒤 어려워진 가 정 형편 탓에 이곳저곳을 떠돌던 오스틴은 1809년 그녀가 34세 되던 해에 고향 가 까운 초턴이란 조용한 마을에 거주하면서 계속적으로 소설을 발표하였다. 처녀 출판된 《센스 앤 센서빌리티(Sense and Sensibility)》(1811)는 성격과 생활 방식이 너무나 다른 두 자매를 통해 공동체에서 개인적인 요구와 사회적인 요구 사이에 존재하는 미묘한 갈등을 섬세하게 그린 소설이다. 《오만과 편견》(1813), 《맨스필드 공원(Mansfield Park)》(1814)에 이어 쓴 《엠마 (Emma)》(1815)는 아름답고 명랑한 21세의 아가씨 엠마의 기지 넘치는 활약을 그린 소설이다.

27세의 아름다운 처녀 앤 엘리어트가 우연히 8년 전의 첫사랑 웬트워스 대령을 만나 그의 사랑을 얻어내기 위해 설득하는 과정을 그린 소설 《설득 (Persuasion)》(1818)을 탈고한 1816년경부터 건강이 악화되어 이듬해 42세의 나이로 죽었다. 평생을 독신으로 지냈는데, 담담한 필치로 일상의 사소한 부분까지도 포착하고 그 안에 은근한 유머를 담은 그녀의 작품은 특히 20세기에 들어서면서 높이 평가되었다. 제인 오스틴의 작품 속에는 그녀가 살았던 19세기 영국 중류 계층의 일상적인 생활상이 탁월하게 묘사되어 있다. 특히 여성들의 미묘하고 다채로운 심리가 섬세하게 그려져 있다. 작품의 인물이 주로 집안 식구나 친구들로 한정된 이유는 그녀 자신의 생애와 매우 깊은 관련이 있다. 그녀는 일생을 집안 식구와 친지들 사이에서만 보내며 독신으로 지극히 소극적인 삶을 살았다. 대중에게도 알려지는 일이 없었으며 소설은 모두 익명으로 출판되었다. 개인 생활에 치중한 대화가 중심이 되는 전개 방식이나 등장인물들의 관계가 주로 집안 식구나 친구로 한정되는 것은 오스틴의 생애가 그대로 그녀의 소설에 옮겨진 특징적인 면이라고 할 수 있다.

Jane Austen

____P r i d e   a n d
           P r e j u d i c e

1 **오만과 편견, 그리고 해피엔딩**

베네트씨에겐 네 명의 딸들이 있는데 이들은 결혼하지 않으면 상속
에서 제외되는 특별한 상황에 처해 있었다. 베네트씨는 그런 상황에
서도 딸들의 결혼을 느긋하게 지켜보고 있었지만 그의 부인은 혹시라
도 있게 될지 모르는 상황 탓에 매우 조바심을 내고 있었다. 때마침 옆
집으로 부자인 빙리가 이사 오게 되고 베네트 부인은 빙리에게 딸들
중 한 명을 시집보내려고 노골적으로 접근하는데 지성이면 감천이라
고 빙리는 큰딸 제인과 사랑하는 사이가 된다. 빙리의 친구 다아시는
제인의 어머니인 베네트 부인의 경박한 행동이나 베네트 집안이 그다
지 부유하지 않음을 보고 친구 빙리에게 제인을 포기하라고 충고하는
데 그 말을 들은 빙리는 결국 제인을 떠나 다시 도시로 돌아가게 된다.
이를 본 베네트씨의 둘째 딸 엘리자베스는 다아시가 자신들을 천박하
게 여긴다고 생각하여 그를 매우 오만한 사람이라고 판단한다. 다아
시 또한 엘리자베스가 무작정 자신을 나쁘게 본다고 생각하여 어설픈
편견에 사로잡힌 교양 없는 아가씨로 여긴다. 마을 주변 군부대의 주
둔장교였던 위컴은 사교장에서 엘리자베스와 그녀의 자매들을 만나
게 된다. 그리고 우연히 다아시와 엘리자베스의 미묘한 관계를 알게
된 위컴은 다아시를 잘 아는 척하며 다아시에 관해 나쁘게 이야기한

다. 엘리자베스는 자신의 편견에 더해서 위컴에게 다아시의 나쁜 이야기만 듣게 되자 정말로 다아시가 나쁜 사람이라고 굳게 믿게 되었다. 그러나 다아시는 엘리자베스를 몇 번 만나면서 차츰 엘리자베스가 그녀의 어머니처럼 경박하지 않고 교양 있는 숙녀임을 알게 되고 점점 그녀의 매력에 빠져들게 된다.

다아시는 어느덧 엘리자베스를 사랑하게 되어 그녀를 이해하고 또 그 자신을 엘리자베스에게 이해시키려고 노력하지만 그녀는 다아시의 그런 노력조차 위선이라고 생각한다. 그러던 중 다아시는 진심으로 엘리자베스에게 청혼하는데 엘리자베스는 청혼을 거절하면서 다아시에 대한 좋지 못한 감정과 위컴에게서 들은 이야기를 한다. 이에 상심한 다아시는 엘리자베스에게 한 통의 편지를 남긴 채 도시로 돌아간다. 그런데 다아시의 진심어린 편지를 본 엘리자베스는 마음이 흔들리기 시작한다.

한편 위컴은 수려한 외모와 말솜씨로 베네트씨의 셋째 딸인 리디아에게 호감을 사고 결국 두 사람은 몰래 도망가게 된다. 이 과정에서 엘리자베스는 위컴과 다아시 사이에 있었던 일과 위컴의 좋지 않은 행실과, 위컴이 왜 다아시를 나쁘게 말했는지, 그리고 리디아와 위컴의 일처리를 해준 사람도 다아시였음을 알게 된다. 그러던 중 우연히 다아시의 집을 방문한 엘리자베스는 그 집 가정부의 이야기를 듣는 동안 자신이 얼마나 다아시를 잘못 알고 있었는가를 깨닫고 그에 대한 편견을 버린다.

빙리는 다아시의 말보다는 제인이 자신을 사랑하지 않는 것이 아닌가 하는 마음에 떠나왔었는데 결국 그것이 오해였음을 알게 되며 제인이 정말로 자신을 사랑했다는 사실을 전해 듣고 제인에게 청혼을 한다. 다아시 또한 엘리자베스와의 오해를 모두 풀고 그녀에게 청혼하여 모두들 행복하게 된다는 이야기다.

많은 재산을 모은 독신 남성에게 아내가 필요하리라는 것은 누구나가 다 알고 있는 진리이다. 이런 남자가 처음으로 이웃에 옮겨오게 되면, 그 사람의 기분이 어떻고 생각이 어떠한가를 마을 사람들로서는 알 길이 없다 하더라도, 이 진리는 주위 사람들 마음 속에 꽉 자리 잡고 움직일 수 없는 것이 되어, 자기네 딸 중의 누군가가 그를 차지하게 될 것으로 생각하게 마련이다.

2 속물적 인간형

진실을 꿰뚫는 듯하면서 그리 무겁지 않게 포장된, 재치 있는 문장으로 시작되는 《오만과 편견》은 시종일관 귀여운 수다쟁이 친구가 이웃의 이야기를 하는 듯한 정감 어린 목소리를 들려준다. 오만한 다아시와 이 오만에 대해 날카로운 비판을 가하는 엘리자베스와의 만남, 위컴과 다아시 간의 선악관계의 반전, 빙리와 제인의 희미한 애정의 경로 등이 보태어지면서 이 소설은 독자들로 하여금 '누가 진정 선한 자인가? 진짜 모습은 어떻게 드러날 것인가?'하는 질문을 품은 채 주인공들의 행위를 지켜보게 한다.

엘리자베스 베네트와 피츠윌리엄 다아시는 '오만'과 '편견'이라는 결점을 함께 지니고 있어서 '오만과 편견'은 이 두 사람 모두에게 적용되고 있다. 엘리자베스의 의식의 변화 및 성장 과정을 중심으로 전개되어 가는 이 작품의 매력은 바로 그녀에게서 나온다. 작가는 '귀여운 어린이'라고 부를 정도로 작중 인물 엘리자베스를 지극히 사랑하였다고 한다. 그녀는 총명하고도 독립적인 정신의 소유자이지만 그녀에게도 역시 결점인 오만과 편견이 있고, 그것이 다아시와의 관계를 중심으로 작품 전체에 미묘하고 흥미로운 아이러니를 낳게 한다.

베네트씨는 워낙 기민한 재주와 풍자적인 기질과 신중함과 변덕쟁이의 혼합체였기 때문에 23년을 함께 살아온 부인으로서도 그의 성격을 이해하기란 힘든 처지였다. 반면에 부인의 마음을 알기란 그리 어려운 일은 아니었다. 그녀의 성격은 이해력이 부족하고 지식이 많지 못한데다가 변덕이 심한 여인이었다. 무슨 불만이 생기게 되면 그것 때문에 고통스럽게 된다고 생각했다. 그녀의 평생에서 중요한 사업은 딸들을 출가시키는 일이며, 낙이 있다고 한다면 남의 집을 방문해서 세상 살아가는 이야기나 나누며 지내는 것이었다.

베네트 부인, 즉 엘리자베스의 어머니는 속물적 인간의 전형처럼 그려지고 있지만, 사실은 당대의 보편적인 여성의 모습이었다. 이는 여성 자신의 힘으로는 신분이나 위치를 변동시킬 수 없기 때문에 남편이나 자식의 힘을 빌어야만 신분 상승이 가능했던 당대 여성들의 처지에 대한 반증인 것이다.

"내일 당장 결혼한다고 해도 일 년 이상을 서로 관찰하고 연구한 사람들보다 행복해지리라 믿어. 결혼해서 행복해지는 것은 인연이 결정하는 것이지"
가진 재산은 별로 되지 않지만 교육을 잘 받은 젊은 여성들에게 주어질 수 있는 제일 명예로운 것은, 비록 행복을 가져다줄지의 여부에 대하여 불확실하다 할지라도, 결혼을 가장 즐겁게 보존해내는 것이다.

이렇게 결혼에 대해 냉소적으로 일반화시키는 것은 클린즈를 선택하는 문제에 놓인 샬로트 루카스를 통해서인데, 이것은 작가의 역설적 태도인지도 모른다. 엘리자베스 베네트는 그녀의 친구 샬로트가 조건 좋은 남자를 선택하기 위해 자신을 비하시키고, 또한 "세속적인 이득을 위해서 그보다 더 좋은 모든 감정들을 희생시켜야 한다."고 태연자약하게 말하는 것에 슬퍼한다. 그러나 샬로트는 스물일곱 살 노처녀인 자신의 처지를 불안해하며, "난 낭만적이지 못해. 이전에도 그렇지 못했어. 난 편안한 가정을 원할 따름이야."라고 자신을 합리화시킨다.

③ 속물적 관습을 거부하는 엘리자베스

소설의 첫머리에서 작가는 독자들에게 그 시대의 많은 사람들이 함께 느끼고 있는 '신분과 재산'의 위력에 공감할 것을 요구한다. 그러나 엘리자베스를 통해 결혼의 적절한 상대자로는 '신분과 재산'보다 '훌륭한 마음'을 소유한 사람을 강조하고 훌륭한 사람이란 '오만하지 않고 이성적이며 겸손한 마음'의 소유자라고 하여 소설의 긴장을 지속시키고 있다.

모든 마을 사람들로부터 빙리는 개방적이고 솔직한 성격 때문에 좋은 사람으로 인정되었고 다아시는 현명하고 재능이 있었지만 도도하고 까다로워 나쁜 사람으로 평가 받았다. 그러나 샬로트는 "가족, 재산 무엇 하나 부러울 게 없는 그런 젊고 훌륭한 사람이 좀 도도했다고 해서 이상할 것 없잖아요?"라고 하면서 상류 사회의 오만을 현실적으로 수긍하는 변론을 한다. 하지만 이와는 달리 엘리자베스는 다아시가 자신과 사랑에 빠졌던 이유를 설명해주기를 청하자 다음과 같이 말하는데 그녀의 예리한 기지가 돋보이는 부분이다.

"사실 당신은 예의 바른 행동이나 공손함, 그리고 공적으로 신경을 써야 하는 일에 대하여 싫증을 내고 있었죠. 당신은 오직 당신의 인정을 받기 위해서 이야기를 늘어놓거나 바라보거나 생각에 잠기는 여성들에 대해서 지겨워하고 있었죠. 그런 제가 그런 여자들과는 아주 달랐기 때문이었겠죠."

다아시의 마음을 얻기 위해 일부러 전략적으로 한 행동은 아니었을 테지만 그녀가 당대의 보편적인 여성의 모습과는 많이 달랐음이 드러난다. 비록 관습을 뛰어넘어 진보적인 페미니스트의 면모를 보이진 않더라도 여성의 존재론적 자각과 신념에 기인한 행동은 분명 매력 있는 요소로 비쳐졌을 것이다. 엘리자베스에게는 분명 자신이 주위 사람보다 우월하다고 생각하는 오만함이 있다. 하지만 "자기의 의견을 결코 바꾸지 않는 사람은 처음에 옳은 판단을 하는 것이 특히 필요해요."라고 다아시의 오만을 충고하기도 한다. 그것은 어쩌면 자신의 결점이 무엇인지 잘 알고 있고 그 문제점의 해결방안에 대한 신중한 결정이었는지도 모른다. 즉 자신과 정신적 동류인 다아시에게 한 말은, 곧 자신에게 늘 주문 외듯 하는 충고일 수도 있다. 자존심이 강하긴 하지만 그것이 더욱 매력적으로 느껴지는 것은, 그 오만함 뒤에 숨어있는 결코 가볍지 않고 사려 깊은 태도 때문일 것이다.

"자존심이란 건 누구나가 갖고 있어요. 책에서 본 바로는 너무나도 보편적인 거예요. 인간성은 거기에 빠지기 쉽고 그리고 실제적이든 상상적이든 간에 자기에게 갖추어진 일에 대해 자기만족의 감정을 갖지 않는 사람은 별로 없는 법이에요. 허영심과 자존심은 말로는 유사하게 쓰이지만 별개의 일이거든요. 허영심이 없어도 자존심을 갖는 사람도 있어요. 자존심은 자기 자신에 대한 의견과 깊은 관계가 있고, 허영심은 타인이 어떻게 생각해 주었으면 하는 데 관계가 있는 거죠."

허영심과 자존심에 대한 나름의 정의를 확고하게 하고 있는 이 말은 자신의 오만함은 결코 남들의 눈을 의식하거나 잘 보이고 싶어서가 아니라 자기 자신에게 엄격한 것으로서의 오만함이며, 그 오만함에 대한 나름의 항변이다. 그리고 이런 생각은 엘리자베스가 콜린즈의 청혼을 거절함으로써 드러난다. 그녀는 단지 세속적 이익인 재산만을 위해서 결혼하는 당대 많은 여성들이 갖고 있는 속물적 관습을 거부한 것이다.

4 오만과 편견에서 벗어나서

위컴은 풍채·용모·태도가 뛰어나고 착실함과 덕망이 넘쳐 보이며 솔직하고 몸가짐이 정중한 사람으로 보였다. 그러나 다아시 여동생의 3만 파운드를 노린 가출계획, 돈 많은 킹 양과의 교제, 경망스런 리디어와의 가출 등 일련의 사건을 통해 그는 결국 사기꾼이자, 물질적 이익만 생각하는 뻔뻔스런 위선자임이 밝혀진다. 리디어는 사치와 허영, 누구든지 친절을 보이면 애인이 되는 경박함과 방종으로 가득차 있어서 위컴의 반반한 외모와 결혼에 대한 조급증 때문에 위컴과 결혼하게 된다. 서로에 대한 이해도 없이 서로의 욕망에 의해 결합된 이 결혼은 당연히 불행한 결혼일 수밖에 없다. 이와는 달리 빙리와 제인은 서로의 가치관과 취미가 아주 비슷했기 때문에 가까워지고 사랑하게 되었다. 소극적인 태도 때문에 서로의 감정을 잘 표현하지 못하는 이 둘 사이를 엘리자베스가 적극적으로 연결시켜 준다.

한편 다아시는 명랑 쾌활한 엘리자베스의 성격에 이끌리어 신분의 차이를 감수하면서까지 청혼하지만 엘리자베스는 그의 오만과 그에 대한 자신의 편견으로 인해 거절한다. 그러나 그가 남겨둔 편지를 통해, 그리고 윌리엄 대령의 증언을 통해 자신이 편견을 가지고 있었음을 깨닫는다. 한편 다아시는 자신의 성격적 결함을 지적해준 엘리자베스에 대해 비난보다 애정이 더욱 커 감을 느낀다. 엘리자베스는 펨벌리에서 만난 다아시가 새로운 인품으로 엘리자베스 일행을 맞이하는데 대해 놀라움과 함께 진심어린 존경을 느끼게 된다. 그 후 위컴과 리디어의 가출사건을 해결하기 위해 다아시가 헌신적 노력을 아끼지 않았음을 알고 난 뒤 엘리자베스의 그에 대한 감사와 존경의 마음은 이제 완전한 애정으로 바뀌게 된다.

다아시와 엘리자베스 사이의 결혼 소문을 들은 캐서린 부인은 엘리자베스를 찾아와서 두 사람의 관계를 끊도록 협박한다. 그러나 이것이 오히려 다아시로 하여금 엘리자베스의 애정을 확인하는 기회가 된다. 다아시는 용기를 내어 진실된 애정을 바탕으로 다시 청혼을 하게 되며 두 사람은 서로의 애정을 확인하고 결혼에 이른다.

제인 오스틴은 당대의 사고방식들, 그 시대의 계급적 문화적 우상들, 절대주의, 이성적 질서에 대한 비판을 특유의 위트와 유머로 잘 그려내고 있다. 미혼 여성들이 등장하여 자신의 내부를 진지하게 응시하며 그 속에 있는 오만과 허영과 환상과 편견을 발견하고 이를 각성하며 더 나은 단계로 성장해나가는 과정을 위트 있게 그려낸 점이 이 작품의 훌륭한 점이다.

제임스 오스틴의 이 작품은 당대의 보편적 사고를 뛰어 넘은 인물(엘리자베스와 다아시)을 제시한 점에서 뛰어난 작품으로 평가받고 있다. 하지만 그렇게 제시된 인물들은 오늘에 와서 또 다른 전형——안방극장에서 자주 접할 수 있는, 빈부를 넘어선 진정한 사랑, 가령 가난한 여직원이 그룹 회장과 결혼하는 경우 등등——으로 고착화되고 있다. 엘리자베스 당대의 통속적 결혼관과 현재 우리의 결혼관은 그 통속적인 면으로부터 얼마나 자유로운지 생각해보자. 현재의 결혼에 있어 사랑, 남녀, 가족의 의미는 무엇인가?

추 천 할 만 한 번 역 본

《오만과 편견》은 이미 10여 종의 번역본이 시중에 나와 있고, 각각 특색을 가지고 있어서 독자의 성향에 알맞은 번역본을 골라볼 수 있다. 전승희의 번역본은 〈제인 오스틴의 삶과 문학〉을 덧붙여 작품의 이해를 돕고 있고, 성기조의 번역본에는 독후감과 관련된 도움말이 포함되어 있다.

《오만과 편견》, 전승희 역, 민음사, 2003
《오만과 편견》, 성기조 역, 신원문화사, 2002

책
에
빠
지
는
즐
거
움

Great Expectation

위대한 유산

찰스 디킨스(Charles Dickens)

이 책에 관하여

━━━━━━━━━━━━━━━━━

《위대한 유산》은 여타의 디킨스 소설과 마찬가지로 잡지에 먼저 연재(1860~61)되었던 작품이다. 디킨스는 직접 잡지를 발행하고 자신의 작품을 연재하였는데 《위대한 유산》은 주간지 〈일년 내내〉의 판매 부수가 떨어지자 이를 만회하기 위해 연재한 작품으로 알려져 있다. 그러나 디킨스 자신은 오래 전부터 이 작품을 구상했다고 밝히고 있다. 이 작품은 디킨스의 다른 소설 작품에 비해서 분량이 3분의 2정도밖에 안되지만 짜임새가 가장 탄탄하다는 평을 받는다. 소설은 일인칭 주인공 시점으로 어린 핍이 하층 계급에서 진정한 신사로 거듭나기까지의 과정을 고백하고 있는데 디킨스가 살았던 당대의 가치관과 사회상을 여실히 보여준다. 소설은 당시에 선풍적 인기를 끌었으며 별다른 오락이나 방송 매체가 없던 그 시절에 사람들은 저녁마다 함께 모여 디킨스 소설이 연재된 잡지를 낭독하는 것을 여가로 삼았다고 한다. 이로써 디킨스는 작품성과 대중성을 동시에 획득한 드문 작가로 평가되어 셰익스피어와 더불어 영국 문단의 거성으로 지목되기도 한다. 소설에서는 핍이 신사가 되어가는 과정 외에도 당시에 새롭게 부상하던 중산층의 어두운 이면을 날카롭게 풍자하고 있으며 사회의 모순을 소설 곳곳에 드러내고 있다. 때문에 소설의 배경은 근대 사회의 초기이지만 근대 사회의 모순이 여전히 존재하는 현대에 와서도 디킨스의 소설은 독자에게 현실감을 준다. 디킨스와 대중과의 친화력은 시간이 지나도 디킨스의 인기가 쇠퇴하지 않고 있다는 데에서 확인할 수 있다.

1934년 데이비드 린은 이 소설을 원작으로 흑백 영화를 제작했고, 1998년에 제작된 알폰소 쿠아론 감독, 에단 호크, 기네스 펠트로 주연의 《위대한 유산》은 등장인물과 배경은 각색했지만 작품의 구성은 크게 바꾸지 않았다.

Great Expectation

저 자 에 관 하 여

＿＿＿＿＿＿＿＿＿＿

찰스 디킨스(Charles Dickens, 1812~1870)는 1812년 2월 7일 영국 남해안의 랜드포트 (지금의 포츠머스)에서 6남매 중 둘째로 태어났다. 아버지 존 디킨스는 해군 회계과 서기로 하인 출신이었던 그의 부모에 비하면 신분이 한 단계 상승한 것이었으나 경제적으로 가족을 부양할 능력은 없었던 것으로 보인다. 19세기의 자유 경쟁 사회에서 디킨스의 가족은 중산층의 맨 아래에 속했고 늘 궁핍한 생활에 시달렸다. 1871년 존이 켄트 주에 있는 채텀의 해군 조선소에서 일하면서 사정이 조금 나아졌고 디킨스도 이 시기 채텀에서 살았던 5년간을 가장 행복한 시절로 회고하고 있다. 이후에도 작품의 구상이 잘 떠오르지 않을 때면 디킨스는 켄트로 달려가곤 했다. 디킨스는 채텀에서 학교를 다니긴 했지만 학교 교육이 그의 문학적 소양에 큰 영향을 준 것 같지는 않다. 그는 다락방에서의 독서를 통해 상상력을 키웠으며 그의 집에 하녀로 있던 메리 웰러가 해주던 옛날이야기에도 크게 자극을 받았다. 그의 소설에서 나타나는 환상적이고도 기괴한 분위기는 이 시기의 영향이 작용한 것으로 보인다.

1822년 디킨스의 가족은 다시 런던으로 이주를 하게 된다. 이때에 이르러 더욱 가세가 기울어 디킨스의 교육은 중단되었다. 디킨스는 전당포로 심부름을 다녀야 했고 급기야는 구두약 공장에서 일을 해야 했다. 이 때 거칠고 누추한 노동자들 속에서 한창 감수성이 예민했던 디킨스는 커다란 굴욕감을 느꼈던 것 같다. 그러는 사이에도 아버지의 빚은 점점 불어나 급기야 아버지는 가족들과 함께 채무자 감옥에 갇히는 신세가 되고 디킨스는 감옥 근처의 하숙집에서 따로 살게 된다. 디킨스는 이때의 경험을 통해서 밑바닥 인생의 비참함을 각인했고 성공하고 싶다는 욕망을 키워나갔다. 아버지가 석방된 이후 그는 한동안 구두 공장 근처에도 가지 않았으며 이때의 경험이 작품으로 형상화되기까지 어느 누구에게도 이 일을 말하지 않았다.

열다섯 살의 디킨스는 변호사 사무실에서 사환으로 사회생활을 시작하였지만 다음 해에 그만두고 속기술을 배워 한동안 서기로 근무하다가 2년 후 신문사의 기자가 된다. 기자 생활은 고전을 탐독하면서 얻어진 문학적 자질에 세상을 보는 식견과 경험을 더해 주었다. 이 시기에 그가 보고 들은 풍속 스케치를 신문 잡지에 발표하기 시작했는데 이것이 곧 《보스의 스케치집》이다. 《보스의 스케치집》은 1836년과 37년에 걸쳐 확대되어 《픽윅 페이퍼스》로 간행되었다. 이 책으로 디킨스는 문단에 이름을 알리게 된다. 곧이어 《올리버 트위스트》(1838), 《니콜라스 니클비》(1838~1839), 《골동품 상점》(1840~1841), 《바나미 러지》(1841), 《크리스마스 캐럴》(1843), 《마틴 치즐위트》(1843~1844), 《이탈리아의 정경》(1846)을 발표하였다. 1846년부터 《돔비와 그 아들》(1846~1848)을 쓸 무렵부터 변화된 디킨스의 작풍은 자전적인 작품 《데이비드 카퍼필드》(1850)에 이르러 전환기를 이루게 된다. 이후의 작품들에서는 전기의 작품들과는 달리 여러 계층의 등장인물을 통해 사회를 보다 폭넓고 깊게 바라보는 이른바 파노라마적인 사회 소설로 접근해 갔다. 후기로 갈수록 작품에서는 디킨스 특유의 유머가 사라지고 사회현실의 암울한 분위기가 묻어난다. 이는 빅토리아 시대의 물질적 풍요와 안락한 생활의 이면에 존재하는 문명의 어두운 면과 이를 극복하기에는 너무도 무기력한 개인, 이러한 불행한 개인에 무관심한 사회 전체에 대한 좌절이 반영된 것이다. 그럼에도 불구하고 그의 창작 욕구는 조금도 쇠퇴하지 않았으며 공장 직공의 분투를 다룬 《고된 시기》(1854)와 프랑스 혁명을 무대로 한 역사소설 《두 도시 이야기》(1859) 그리고 다소 자전적인 《위대한 유산》 이외에도 수많은 수필 단편을 썼다. 그는 문학 활동 뿐 아니라 잡지사를 경영하고 자선사업을 하는 등 활발한 활동을 했으며 연극에도 관심이 많아 직접 무대 위에서 자신의 작품을 낭독하기도 했다. 이런 와중에 건강은 점점 나빠졌으며 1870년 갯츠힐에서 하루 종일 글을 쓰다가 쓰러져 다음날 죽었다. 그는 죽기 전날까지도 작품의 집필을 계속했을 정도로 쓰지 않고는 못 견디는 성미였다. 그는 사후에 각계각층의 애도 속에서 문인으로서는 최고의 영예인 웨스트민스터 사원에 묻혔으며 그의 작품은 각국어로 번역되어 셰익스피어 못지않은 명성을 누리고 있다.

Charles Dickens

_Great Expectation

1 신분 상승을 꿈꾸는 핍

일찍 부모를 여의고 누나와 매형의 손에서 자라난 어린 핍은 마을과 떨어져 강과 바다가 만나는 낮은 늪지대에서 산다. 누나 가저리는 늘 핍을 구박하고 누나의 구박에서 핍을 감싸주는 사람은 대장장이 매형 조 뿐이다. 크리스마스 전날 핍은 교회 묘지에 있는 부모 형제의 무덤 앞에서 탈옥한 죄수를 만나게 된다. 죄수는 어린 핍을 협박하여 줄칼과 먹을 것을 훔쳐오게 한다. 핍은 겁에 질려 죄수가 시키는 대로 줄칼과 먹을 것을 갖다 준다. 다음날 핍과 매부가 보는 앞에서 죄수는 다른 탈옥범과 싸우다가 붙잡힌다. 핍은 자기가 탈주범을 신고한 것으로 오해할까봐 불안해하고 매부와 누나를 속이고 탈주범에게 줄칼과 먹을 것을 가져다 준 것에 대해 죄책감을 느낀다.

얼마 후 핍은 조의 도제가 되어 그의 대장간에서 일을 배우기 시작한다. 핍은 틈틈이 동네 야학에 가서 알파벳을 익힌다. 그러다가 미스 해비샴이 살고 있는 새티스 하우스에 가게 된다. 미스 해비샴은 양녀 에스텔라의 놀이 상대로 핍을 부른 것이었다. 상류 계층에 속하는 미스 해비샴은 약혼자의 배신 이후로 수십 년 동안 철저하게 은둔 생활을 해왔다. 한때 양조장이었던 집안은 폐허가 되어있고 폐쇄된 집안으로는 빛도 들어오지 않았다. 그리고 시간의 흐름은 해비샴이 남자에게 배신을 당했던 그 시점에 멈추어 있다. 해비샴은 양녀 에스텔라로 하여금 핍을 괴롭히게 함으로써 남자에게 받았던 상처를 복수하고자 한다. 해비샴의 비틀린 양육 과정을 통해 에스텔라 또한 남을 사랑할 줄 모르는 차가운 인간으로 자라나게 된다. 아름답고 세련된 에스텔라를 만난 핍은 처음으로 자신의 처지에 불만을 가지게 되어 열등감을 느끼고 대장간도 매부도 부끄럽게 여긴다. 어느 날 새티스 하우스에 간 핍은 에스텔라가 숙녀 수업을 받고자 프랑스로 떠났다는 사실을 알게 된다.

예전에는 내가 대장간에 들어가 매부의 견습공이 된다면 틀림없이 이름도 떨치고 행복하게 될 것이라고 생각했었다. 그러나 지금은 현실적인 것만이 나를 사로잡았다. 석탄재의 먼지 구덩이에 처박힌 내 모습이 떠오르고 또 실제의 무게가 무거운 모두를 가벼운 깃털쯤으로 여겼던 나날의 기억 위에 짓눌려졌다.

그날 밤 핍의 누나는 괴한의 습격으로 반신불수가 된다. 누나가 집안 살림을 할 수 없고 또 누나를 돌봐줄 사람이 필요했기 때문에 야학에서 가르치던 비디가 와서 살림을 도와준다. 그 이후로 4년 동안 핍은 에스텔라와 결혼하겠다는 꿈을 버리지 않은 채 독학으로 책을 읽으며 글을 깨우치려고 노력한다.

2 막대한 재산을 상속받는 핍의 런던 생활

그러던 어느 날 핍에게 엄청난 일이 일어난다. 새티스 하우스의 변호사인 제이거스가 핍이 익명의 재산가의 상속자가 되었다는 사실을 알려 준 것이다. 조건은 단지 핍이라는 이름을 계속 사용할 것과 익명의 재산가가 누구인지 알려고 들지 말아야 한다는 것뿐이었다. 그 재산가는 핍에게 유산을 물려줄 뿐만 아니라 런던에 가서 핍이 신사의 교육을 받을 수 있게 해준다고도 했다. 핍은 주저하지 않고 당장 런던으로 떠나겠다고 한다. 핍은 익명의 재산가가 미스 해비샴이라고 생각하고 해비샴이 자신과 에스텔라의 결혼까지도 계획을 해 두었을 것이라 기대한다.

다섯 시간의 여행 뒤에 도착한 런던은 핍의 기대와는 사뭇 달랐다. 핍이 찾아간 제이거스의 사무실은 도축장과 감옥으로 둘러싸여 있었으며 좁고 구불구불한 골목은 지저분하고 역하기까지 했다. 핍은 해비샴의 친척인 포켓 씨로부터 신사의 예절에 관한 개인 교습을 받을 예정이어서 그의 아들이 묶고 있는 여관을 찾아갔다. 포켓 씨의 아들인 허버트는 솔직하고 소탈한 성품으로 금방 핍과 친해진다.

핍은 포켓 씨에게 배우는 것 외에는 달리 하는 일도 없이 하인까지 두고 사치와 낭비의 생활에 빠져든다. 그러던 중 매부인 조가 방문하여 에스텔라가 핍을 만나고 싶어 한다는 해비샴의 전갈을 전해준다. 조는 변해버린 핍의 모습에 당황하여 핍에게 존댓말을 하고 그런 매부의 모습에 핍은 짜증을 낸다.

에스텔라를 만나기 위해 핍은 고향으로 내려가지만 대장간에 머무르지 않고 동네의 호텔에 묵는다. 에스텔라를 만나지만 에스텔라는 자신에게는 따뜻한 가슴이 없다고 경고한다. 핍은 해비샴이 에스텔라와 자신을 결혼시킬 것이라 생각하고 해비샴에게 감사한다. 런던에 도착한 핍은 문득 매부에게 미안한 생각이 들어 우편으로 생선과 굴을 보낸다.

에스텔라는 런던 근교의 리치몬드에 머물면서 사교계에 입문한다. 핍은 '숲 속의 방울새'라는 사교 모임에 들어가 사치를 일삼으며 빚을 지기 시작한다. 허송세월을 보내는 동안 핍은 그렇게도 원하던 런던 생활임에도 불구하고 단 한 순간도 행복을 맛보지 못했음을 깨닫는다. 빚은 점점 불어가는 가운데 스물한 살 생일날 핍은 제이거스를 통해 오백 파운드를 받게 되고 이 돈의 절반으로 핍은 허버트의 사업 자금을 몰래 대준다. 이것이 그가 런던에서 한 일 가운데 유일하게 가치 있고 의미 있는 일이었다.

❸ 익명의 재산가는 탈옥수 매그위치

핍은 이제 템스 강가에 있는 가든 코트에 살고 있다. 핍의 스물세 살 생일이 지나고 일주일 뒤, 세찬 비바람이 몰아치는 밤에 핍에게 유산을 남겨 준 익명의 재산가가 나타난다. 그는 핍이 어릴 적 먹을 것과 줄칼을 훔쳐다 준 탈옥수 매그위치였다. 매그위치는 해외로 종신 추방된 후 자신에게 먹을 것을 가져다 준 따뜻한 마음의 핍을 신사로 키우기 위해 열심히 일을 했고 엄청난 재산을 모았다. 그는 런던에 다시 나타나면 교수형에 처해 질 것을 알면서도 신사가 된 핍의 모습을 보기위해 위험을 무릅쓰고 런던에 나타난다. 그러나 핍은 자신의 후원자가 탈옥수였다는 사실에 충격을 받고 그가 창피하고 수치스럽게 느껴지기 시작한다. 그를 창피하게 여기는 핍은 이제 그가 주는 돈은 쓰지 않는다. 매그위치는 겨우 자신의 이름만 알 뿐 어디서 태어났는지 부모가 누구인지도 모르는 불행한 삶을 살아왔다. 그는 배고픔을 벗어나기 위해 음식을 훔친 것으로 감옥을 드나들기 시작하여 신사 계급의 사기꾼 콤페이슨에게 이용당하고 호주로 이송되었던 것이다. 늪지대에서 그와 싸운 탈옥범이 바로 콤페이슨이었다.

우선 나는 볼멘소리로 말했다.

"어떻게 주의를 해야 당신이 발각되지 않고 체포되지 않겠습니까?"

"아니다, 얘야."

그는 조금 전과 같은 어조로 말했다.

"문제는 그것이 아니란다. 비천함이 우선 문제다. 나는 신사를 만들기 위해 여러 해를 보냈는데 무엇이 그 신사에게 마땅한 것인지 모르는 것은 아니다. 핍, 나를 보렴. 나는 비천했단다. 나는 비천한 사람이었단다. 그것을 눈감아 주렴."

핍과 허버트는 템스 강의 조수를 이용하여 보트로 그를 외국 선박까지 탈출시키려고 한다. 제이거스 사무실에서 일하는 웨믹의 도움을 받아 기회를 엿보고 있던 중 핍은 해비샴으로부터 와 달라는 전갈을 받게 되고 새티스 하우스로 달려간다. 새티스 하우스에서 핍은 에스텔라가 결혼했다는 사실을 알게 되고 해비샴은 핍에게 자신의 상처로 인해 에스텔라를 잘못 키운 것에 대해 핍에게 용서를 빈다.

매그위치를 탈출시키려고 한 시도는 콤페이슨의 밀고로 결국 수포로 돌아간다. 체포되면서 매그위치는 심한 부상을 입었는데 핍은 부상당한 매그위치의 옆에서 그에게 연민을 느끼게 되고 혐오의 감정은 사라진다. 그 사이 핍은 매그위치의 말과 여러 사람들의 이야기를 종합하여 에스텔라가 매그위치의 딸이라는 사실을 알게 되고 매그위치가 죽기 전 그에게 그의 딸이 살아있음을 알려준다.

4 진정한 신사는?

매그위치가 죽은 후 핍은 병을 앓고 빚에 시달린다. 매그위치의 재산은 모두 국고로 환수되어 핍에게 남은 것은 빚 밖에 없다. 앓던 중 핍은 무의식 상태에서 매부를 보았는데 그것은 실제로 간호하던 매부였다. 매부는 핍의 빚을 전부 대신 갚아주고 말없이 고향으로 돌아간다. 고향으로 돌아온 핍은 비디와 조가 결혼한 사실을 알고 그들을 축복한다. 핍은 매부에게 용서를 빌고 허버트가 사업을 하고 있는 카이로로 떠난다.

> "아아, 사랑스럽고 정다운 핍, 다정한 친구."
> 매부가 말했다.
> "내가 너를 용서한다는 것을 신은 알고 있단다. 만약 내가 용
> 서할 것이 있다면 말이야!"

11년 후 다시 고향으로 돌아온 핍은 새티스 하우스에서 다시 에스텔라와 마주치게 되고 전과는 달리 부드러워진 에스텔라가 핍의 손을 잡고 새티스 하우스를 나서면서 소설은 끝을 맺는다.

핍이 찾으려고 했던 진정한 신사의 모습은 무엇인가? 그것은 귀족 태생의 드러믈도 런던에서 신사의 예절을 교육받은 핍도 아니다. 진정한 신사의 전형은 아무런 대가도 바라지 않고 핍에게 무조건적인 사랑을 쏟아준 매부 조의 모습에 있다. 제이거스가 핍을 데리러 와 그동안 키워준 데 대한 대가를 치르려하자 조는 당당히 거절하며 핍에 대한 자신의 사랑이 매도되는 것에 화를 낸다. 조는 겉으로는 거칠고 투박한 대장장이이지만 마음 속으로는 한없는 사랑을 가지고 있는 영원한 핍의 수호천사다. 이 작품을 통해 독자는 신사란 특정한 교육이나 신분에 의해 규정되는 것이 아닌 인간을 사랑하고 용서하는 내면적 품성에서 흘러나오는 것임을 느끼게 된다.

5 19세기 영국 사회에서 '신사'의 의미

《위대한 유산》은 하층 계급의 소년 핍이 진정한 신사로 거듭나는 과정을 그린 소설이다. 때문에 주인공 핍의 목소리를 따라가려면 먼저 독자는 왜 핍이 그렇게 신사가 되려고 하는지를 이해해야 하고 신사는 어떠한 사회적 계층에 속하며 또한 사회는 신사에게서 무엇을 요구하는가를 자문해 보아야 한다. 신사라는 말을 들었을 때 언뜻 사람들은 영국 신사의 이미지를 떠올린다. 왜 하필 영국 신사인가? 이 영국 신사와 핍, 그리고 디킨스가 살았던 빅토리아 시대는 밀접한 관련이 있다.

빅토리아 시대는 일반적으로 1832년의 제 1차 선거법 개정에서부터 1900년대 초까지를 말하며 이 시기는 빅토리아 여왕의 재위 기간(1837~1901)과도 거의 일치하기 때문에 빅토리아 시대라고 일컬어진다. 특히 1830년에서 1870년 사이는 격변의 시대였다. 이 시기를 중심으로 하여 앞의 시기를 중세 봉건 체제를 완전히 벗어나지 못한 구체제의 시대라고 말한다면 격변의 시기 이후는 중세와는 단절된 근대 산업 사회가 시작되는 시기라고 할 수 있다. 산업의 변화, 즉 생산 방식의 급속한 변화는 사람들의 가치관이나 생활 방식에도 영향을 미쳐 정치, 경제, 사회, 문화 전 분야에 걸친 변화를 가져 왔다. 인구 분포에도 변화가 일어나 시골을 떠나 도시로 향하는 현상이 뚜렷해졌는데 토지를 잃고 도시로 상경한 빈민들의 삶은 이 작품의 곳곳에서 드러난다. 인구 분포의 변화 뿐 아니라 인구의 성격, 즉 사회 구성원들의 속성이 달라진 것 또한 뚜렷한 변화라고 할 수 있다. 바로 중산층과 대중이라는 불특정 다수 집단의 부상이 그것이다. 기존의 농촌 봉건 사회에서는 토지를 매개로 하여 지배하는 지주와 지배 받는 소작농이 있던 단순한 신분제 사회였다. 그러나 산업화가 진행됨에 따라 토지에 기반을 둔 귀족층은 몰락했고, 대신 산업화를 주도한 부르주아가 힘을 갖기 시작했다. 이들은 지체 높은 귀족의 신분도 아니면서 하층민도 아닌 중간 계급을 형성했으며 이들이 힘을 갖게 됨에 따라 중산층의 삶의 근거지인 도시를 중심으로 이들의 문화가 사회 전 영역을 지배하기 시작했다. 따라서 종래에는 특권 계층에만 봉사했던 문화 예술의 부문도 새롭게 부상한 중산층의 문화적 수요에 부응해야 했다. 문자가 널리 보급되고 인쇄비용이 하락함에 따라 이 시기의 가장 적합한 예술 양식으로 떠오른 소설은 대중의 문화적 욕구를 충족시켜주는 동시에 대중에게 문화적 오락을 제공하기도 했다. 따라서 이 격변하는 시기에 디킨스는 이야기꾼으로서 대중을 상대로 자신의 재능을 발휘할 수 있었던 것이다. 이렇게 중산층과 대중이 등장하고 힘을 갖게 되면서 그들은 자신의 존재 기반을 돌아보고 보다 이상적인 존재 양식을 지향하게 되는데 그들이 생각한 모든 긍정적인 이미지의 총화가 바로 '신사'였다. 원래 신사라는 뜻의 영어 단어 '젠틀맨'은 순수한 혈통을 이어 받은 사람, 혹은 고귀한 혈통을 이어받은 사람이라는 뜻이었지만 사회적 신분을 지칭하는 의미에서의 신사는 봉건 사회에 그 뿌리를 두고 있다. 봉건 귀족 사회에서 귀족의 신분과 작위는 장자 상속의 원칙에 따라 세습되었기 때문에 차남 이하의 귀족 후손들을 지칭하는 명칭이 없었다. 사람들은 이들을 '젠트리'라고 불렀는데 이것이 젠틀맨의 어원이 되었던 것이다. 이러한 젠트리들은 귀족의 혈통이었지만 충분한 토지를 소유하지 못한 경우도 있었는데 이럴 경우 이들은 토지 경영이 아닌 상공업 분야에 진출해서 나름대로 살아남기도 했다. 후에는 귀족의 자손이 아니더라도 상공업으로 재산을 축적한 중간 계층이 젠틀맨에 편입되었다. 산업화가 진행되고 사회의 변화가 가속됨에 따라 신분제가 동요했으므로 19세기에 들어오면서 경제적으로 부유한 사람은 누구나 신사로 자처할 수 있었다. 때문에 신사는 사회적 성공의 척도가 되기도 했는데 어쨌거나 핵심은 출신 배경은 어떠하든 스스로의 재능과 의지로 성공을 했다면 신사가 될 수 있다는 것이다. 그러나 당시 사회는 신사의 규정에서 그치지 않고 신사란 어떤 미덕을 가지고 있어야 하는가라는 도덕적 행동 원리의 모색을 하게 되었는데 위대한 유산이 발표되던 1860년대는 이미 신사의 '도덕적 측면'이 강조되던 시대였다. 이러한 신사의 개념은 19세기 다른 나라와는 구별되는 영국적 특성을 보여준다. 요컨대 신사는 타 집단 혹은 신분과의 차이를 강조한다는 점에서 배타적이지만 출신 배경과는 상관없이 누구나 신사가 될 수 있다는 점에서 개방적이기도 하다. 기존의 기득권 세력은 자신의 특권을 유지할 수 있으면서 하층민들은 신분 상승의 기회를 얻게된 셈이므로 첨예한 대립을 하지 않고도 사회가 유지되었고 이것은 영국적 타협 정신의 본보기가 되었던 것이다. 신사는 후에 경제적 부유함보다는 사회적 책임을 강조함으로써 도덕적 요소가 강조되고 사회 계층으로서의 의미는 점차 퇴색하게 된다. 디킨스 또한 빚더미에 허덕이던 처지에서 작가로서 성공함으로써 신사로 거듭난 경우라고 할 수 있으며 주인공 핍 또한 이러한 시대 배경 아래에서 신사가 되려는 신분 상승의 꿈을 품었던 것이다.

'신분 상승'은 동서고금을 막론하고 천대받던 하층민들의 가장 큰 열망이었을 것이다. 그러나 엄격한 신분사회에서 '신분 상승'은 매우 제한적으로만 가능했을 뿐, 대부분의 하층민들은 자신의 처지를 받아들일 수밖에 없었다. 17 · 18세기를 거치면서 이러한 엄격한 신분사회는 점차 붕괴되기 시작했고, 자신의 능력으로 자신이 원하는 신분을 가질 수 있게 되었다. 현대 사회도 이의 연장선에 있다고 할 수 있다. 그러면 우리는 왜 높은 신분을 얻고자 하는가? 인간 욕망의 궁극적 목적을 '행복'이라고 한다면 '신분 상승'을 통해 우리는 행복을 얻을 수 있는 것일까? 이에 대한 자신의 견해를 적어보자.

5. 더 깊 은 이 해 를 위 하 여

추 천 할 만 한 번 역 본

위대한 유산은 번역본이 5-6종 가량 나와 있다. 대개의 번역본은 원제 'Great Expectation'을 '위대한 유산'으로 번역하여 제목을 달고 있으나 어떤 연구서나 서평에서는 간혹 '막대한 유산'으로 번역을 하기도 한다.

《위대한 유산》, 박성철 역, 문학과현실사, 1993.
《위대한 유산》, 김태희 역, 혜원출판사, 1994.
《위대한 유산》, 김재천 역, 덕성문화사, 1994.

Gulliver's Travels

걸리버 여행기

조나단 스위프트(Jonathan Swift)

이 책에 관하여

《걸리버 여행기》는 여행담이라기보다는 사회모순을 비판한 조금은 우울한 풍자소설로 출간 당시부터 많은 화제와 사회적 논란을 가져왔다. 내용이 신성모독이라 하여 한동안 금서(禁書)가 되기도 했으며 작자 조나단 스위프트는 정치 권력층에 있는 사람들로부터 많은 반발과 야유를 받아야만 했다. 작가는 걸리버가 이상한 나라들을 여행하면서 겪은 그 나라의 정치와 풍습, 생활방식 등 인간 내면의 사악함과 정치의 부조리를 과장하지 않고 차분하게 보고서 형식의 문체로 소설을 전개시켰다.

인맥과 친분관계로 돌아가는 부조리한 현실에 낙담한 외과 의사 걸리버는 남쪽 바다를 함께 항해하자는 윌리엄 프리처드 선장의 제안을 받아들여 기나긴 항해에 나선다. 첫 번째 항해에서 난파당해 도착한 곳은 소인국이다. 12센티미터밖에 되지 않는, 그야말로 작은 인종들이 사는 작은 국가에서 그는 거인이 된다. 그의 소인국 체험 일기가 담긴 1부는 영국의 왕궁과 정치를 풍자한 것이며, 인간의 도덕적 타락과 정신적 왜소함에 대해 가혹하게 비판한 것이다. 소인국을 탈출한 걸리버가 두 번째로 도착한 곳은 거인국이다. 그는 거꾸로 자신이 소인이 되어 벌과 쥐, 고양이에게 위협을 느끼며, 오만 방자하고 타락한 거인들의 노리개가 된다. 거인국을 가까스로 탈출하여 도착한 곳은 '하늘을 나는 섬나라 라퓨타'이다. 학문과 철학, 예술을 사랑하는 그곳 사람들과 생활하면서 걸리버는 그들의 어리석은 가치관을 알게 된다. 그들은 일생동안 학문을 연구하고 새로운 이론을 만들어내기 위해 노력하지만, 그 작업은 일상생활에 아무런 활용 가치가 없는 것이었다. 네 번째 항해에서 난파당해 도착한 곳은 '후이넘의 나라'이다. 말(후이넘)이 인간(야후)의 주인인 이 나라에서 걸리버는 치욕을 당한다. 그곳의 야후들은 비이성적인 동물이며, 게으르고 청결한 것을 본능적으로 싫어하고, 풀뿌리나 흙을 주워 먹으며 살아간다. 또 고귀한 성품을 지닌 말과는 달리 시기와 질투심이 강해 동족끼리 싸움을 일삼으며, 권력을 가진 자와 낮은 자를 구분하여 낮은 자를 핍박한다. 이처럼 4부에서는 말과 인간을 비교하여 인간이 지닌 악랄한 본성과 허위를 가혹하게 비판하고 있다.

작가는 이 작품에서 가공의 사회를 빌어서 궁전의 허례허식, 왕족의 교만, 고관들의 아첨, 정치의 부패, 정당과 종파의 무의미한 싸움, 편협한 학문, 불공평한 재판, 무능한 교육 등 인간이 만들어낸 모든 제도, 문물, 관습의 나쁜 점을 신랄하게 풍자했다. 독자는 이 작품을 읽으면서 풍부한 유머에 미소 짓고 예리한 풍자에 쾌감을 느끼지만, 한편으로는 자신의 치부가 무자비하게 파헤쳐지는 듯한 아픔을 또한 느끼지 않을 수 없다. 작가는 1720년부터 1726년까지 《걸리버 여행기》를 집필하면서 "세상이 이 소설을 받아들일 만한 자격을 갖추고 있기를 바라며, 무엇보다도 인쇄업자가 감옥에 갇히는 것을 각오할 용기를 갖게 되면 출판해 볼 생각이다"라는 편지를 친구에게 보냈다고 한다. 그의 예상대로 《걸리버 여행기》는 영국은 물론 유럽 전체에서 화제가 되었다. 특히 인간을 신랄하게 비판하고 야유한 마지막 장은 어느 누구도 읽어서는 안 된다는 강력한 지탄과 최고의 풍자라는 찬사를 동시에 받았다.

G u l l i v e r ' s

T r a v e l s

저 자 에   관 하 여

＿＿＿＿＿＿＿＿＿

　조나단 스위프트(Jonathan Swift, 1667~1745)는 1667년 3월 30일 아일랜드 더 블린에서 태어났다. 할아버지 토머스 스위프트는 헤리퍼드셔 구드리치의 교구신부로 서, 청교도혁명 동안 변함없이 왕당파를 지지했다. 아버지는 3형제와 함께 왕정복고 뒤 아일랜드에 정착해 1664년에 어머니 애비게일 에릭과 결혼했는데, 그녀는 아일랜 드에서 태어나기는 했지만 잉글랜드 레스터셔 지방의 목사의 딸이었다. 1666년 5월 에 누이 제인이 태어났으나, 1667년 봄 아버지가 갑자기 죽자 그의 어머니와 어린 누 이, 그리고 뱃속에 있던 조나단 스위프트는 아버지의 형제들에게 맡겨졌다. 스위프트 는 아버지가 없이 삼촌들에게 의존하면서 안정된 가정생활을 하지 못했기 때문에 늘 불안감을 느꼈다. 6세 때 당시 아일랜드 최고의 명문이던 킬케니 스쿨에 들어갔고, 1682년에 더블린의 트리니티 칼리지에 입학했다. 입학하고 몇 년 뒤에 썼다가 그가 죽은 뒤인 1755년에 출판된 미완성 자서전 《스위프트가 (Family of Swift)》를 보면, 그는 "자신이 가까운 친척들의 학대 때문에 낙담하고 풀이 죽어 학업을 소홀히 한 까 닭에 1686년 학교 측의 특별한 배려로 문학사학위만 받을 수 있었다"고 기록하고 있 다. 그는 인문학 석사학위 신청자로 1689년 2월까지 트리니티 칼리지에서 머물렀다. 그러나 1688년 명예혁명 뒤 더블린에 무질서가 만연하자 대학 당국은 학생들에게 안 전한 곳으로 피신할 것을 권했다. 그는 잉글랜드로 피신했고, 어머니를 찾아뵌 뒤 주 로 서리 주 무어파크에 있는 윌리엄 템플 경의 집에서 템플이 1699년 1월 죽을 때까 지 지냈다.

　학식이 풍부했던 템플은 회고록을 쓰고 수필을 출판할 준비를 하고 있었기 때문에 비서가 필요했다. 스위프트가 지적으로 성숙하게 된 것은 템플의 풍부한 장서를 마음 대로 이용할 수 있게 되면서 부터이다. 또한 그는 무어파크에서 템플 집의 가정부로 있던 과부의 딸 에스터 존슨(뒤에 스텔라가 됨)을 만났다. 그녀는 스위프트가 처음 무 어파크에 왔을 때 8세의 검은 머리 소녀였는데, 스위프트가 그녀의 교육을 일부 맡으 면서 둘의 사귐은 시작되었다. 하트홀에 들어간 뒤 1692년 템플의 주선으로 옥스퍼드 대학교에서 석사학위를 받았다. 1693년에는 입법 문제에 대해 템플의 대리인 자격으 로 파견되어 켄싱턴으로 가기도 했다.

　1699년 1월에 템플이 갑자기 죽음으로써 스위프트는 다양한 경험을 해야 하는 불 안정한 생활을 하게 되었다. 1700년 초에는 더블린에서 멀지 않은 라러코 교구의 신부직을 비롯해 아일랜드 교회의 여러 직책에 임명되었다.

대표적인 풍자소설인 《걸리버 여행기》의 초판이 1726년 10월에 출판되었다. 이 작품을 언제 시작했는지는 분명하지 않으나, 그의 편지에 의하면 1721년쯤에는 본격적으로 쓰고 있었고 1725년 8월에 끝마쳤던 것으로 보인다. 1714년 이래로 영국에 가지 않았다가 1726년에 작품 원본을 갖고 방문했는데, 그는 알렉산더 포프에게 보낸 편지에서 이 작품의 의도가 "세상 사람들을 즐겁게 해주려는 것이 아니라 화나게 만들려는 것"이라고 했다. 트위크넘에 사는 포프를 방문하여 옛 친구들과 만났으며, 그곳에서 출판 준비를 마쳤다. 《걸리버 여행기》는 스위프트가 더블린으로 돌아간 뒤 10월 28일에 출판되었다. 이 작품은 즉각 성공을 거두었고, 그 후로도 계속 모든 계층의 독자들을 즐겁게 해주기도 하면서 '화나게 만드는 데' 성공했다.

스위프트의 말년에 대해서는 잘못 전해진 부분이 많다. 그가 말년에 자제력이 부족했고 성격이 괴팍스러웠으며 미쳤다는 이야기도 있다. 그는 어려서부터 귓병을 앓아 가끔씩 현기증과 구토를 일으켰다. 그러나 정신에는 전혀 문제가 없어 1730년대 내내 활발히 활동하다 1745년에 돌아갔다. 그의 시신은 세인트패트릭 성당에 묻혔는데 벽면에는 그가 직접 쓴 다음과 같은 라틴어 비문이 새겨졌다.

"신학박사이자 이 성당의 참사회장인 조나단 스위프트의 시신이 이곳에 묻혀 있다. 이제는 맹렬한 분노가 더 이상 그의 마음을 괴롭힐 수 없으리라. 나그네여, 떠나시오. 그리고 가능하다면, 전력을 다해 지고의 자유를 얻으려 한 이 사람을 본받으시오."

J o n a t h a n   S w i f t

_____ G u l l i v e r ' s
T r a v e l s

1 4부로 구성된 풍자소설

조나단 스위프트의 《걸리버 여행기》는 그동안 마치 어린이들을 위한 동화인 것처럼 소개되어 왔다. 소인국과 대인국에서 벌어지는 환상적인 이야기는 어느 면에서 보면 동화적이기도 하다. 하지만 이 작품은 당대 사회의 모순을 날카로운 기지로 풍자하고 있는 문학작품이다. 작품의 서두에서는 주인공이 기행을 떠나게 된 배경을 설명하고 있다. 책읽기와 공상을 좋아하는 주인공은 독자에게 앞으로 벌어질 희한한 사건들에 대해 기대감을 가지고 읽어 줄 것을 은근히 권유하고 있다. 이 부분은 일종의 액자 소설 형식을 띠고 있으며, 앞으로 벌어질 사건이 황당무계한 것이 아니라 스스로 체험한 실제의 일이라는 신빙성을 심어 주기 위한 장치이기도 하다.

제1부에서 레뮤엘 걸리버는 케임브리지에서 의학과 항해술 및 수학 등을 공부한 뒤, 배의 전속 의사가 되어 항해에 나섰다. 그러나 난파를 당한 걸리버는 키가 6인치 정도인 소인이 사는 릴리퍼트라는 나라에 도착하게 된다. 놀이동산의 미니어쳐 같은 소인국이었지만 그 나라 내부에는 치열한 당파 싸움이 있었고, 외부에는 블레푸스쿠라는 적대 국가가 있었다. 그는 국왕으로부터 잠시 동안 총애를 받았으나 왕비

의 궁전에 화재가 있었을 때 오줌을 누어 불을 끈 사실과, 이웃 나라와의 전쟁에 적극적인 참가를 거부했다는 이유로 반역죄를 선고받는다. 걸리버는 이웃나라로 탈출하였다가, 그곳에서 영국으로 귀국한다.

제2부에서 다시금 항해에 나선 걸리버는 이번에는 거인의 나라에 도착하게 된다. 그 나라에서 어느 농부에게 발견되어, 그 딸의 애완동물이 된다. 구경거리로 농부에게 돈을 벌어주던 걸리버는 이윽고 국왕에게 알려져 농부의 딸과 함께 왕궁으로 가게 된다. 걸리버는 국왕을 향해 자신이 살고 있었던 영국이라는 나라의 정치와 경제 및 기타 문제에 관해 이야기하게 되는데, 여기서 당시의 영국 상황을 신랄하게 풍자한다. 그러던 어느 날 큰 새가 걸리버를 넣어 둔 새장을 물고 하늘로 날아가다가 바다 위에서 새장을 떨어뜨렸는데 때마침 그 곳을 지나가는 배가 있어 귀국할 수 있었다.

제3부에서 걸리버는 바르니바비 왕국의 상공을 비행하는 섬인 라퓨타에 도착하고 그곳에서 이상한 성향의 주민들과 만나게 된다. 그들은 기하학과 음악에 열중하고 사색에 잠겨 있었는데, 하인이 몽둥이로 감각 기관을 쳐서 자극을 주지 않으면 사색에서 깨어나지 않을 정도였다. 그 섬의 수도 라가드의 아카데미에서 오이에서 햇빛을 뽑아내는 연구와 같은 거의 실현 불가능한 연구에 몰두하는 사람들을 만나게 된다. 또한 과거 인물의 망령을 불러낼 수 있는 추장이 산다는 그라브다 브드립, 불사의 인간이 산다는 라그나그 섬 등을 방문한 뒤 세 번째 항해는 끝이 난다.

제4부에 소개된 나라의 국민은 언어와 이성을 지닌 말 후이넘으로

서, 사람의 형상을 한 야후를 가축으로 사육하고 있다. 처음으로 만난 말을 주인으로 하여 걸리버는 그 비호 밑에서 살게 되었다. 허위와 속임이 없는 후이넘의 세계에 마음이 끌려 걸리버는 영주하기를 바라지만, 주인의 친구가 반대하여 할 수 없이 귀국 길에 오르게 된다. 인간 세계에 돌아온 걸리버는 여전한 부패에 심한 혐오감을 느끼며, 후이넘의 세계를 그리워하면서 하루하루 살아간다.

2 릴리퍼트 소인국

이 나라 원주민들의 키는 보통 15센티미터보다 약간 작았고, 풀과 나무는 물론 다른 동물도 이와 똑같은 비율로 작았다. 가장 덩치가 큰 말과 황소의 키는 10 내지 12.5센티미터이고, 양은 3.8센티미터 전후였으며, 거위는 참새만한 크기였다. 이런 비율로 단계적으로 작아져서 가장 작은 동물에 이르게 되는데, 가장 작은 동물은 내 시력으로는 거의 보이지 않는다. 그러나 대자연은 릴리퍼트 사람들 시야에 드러나는 모든 사물을 잘 볼 수 있도록 그들의 눈을 적응시켰고, 그래서 그들은 매우 정확하게 볼 수 있지만, 멀리 떨어진 것은 잘 볼 수가 없었다.

처음에 도착한 릴리퍼트 소인국에 대한 소개이다. 단편적으로 모든 것이 작다는 것을 알리는데 그치지 않고 포용하고 수용하지 못하는 그들의 편협함과 아집에 대한 비판에까지 나아가고 있다. 객관적으로 묘사해놓은 듯하지만 작가의 냉소적인 목소리가 숨어 있다. 특히 다음과 같은 설명은 소인국의 부정적인 모습을 적나라하게 보여준다.

왕궁에서 높은 자리에 오르거나 황제의 두터운 신임을 받기

원하는 후보자들만이 이 오락을 실시한다. 그들은 젊었을 때부터 기술훈련을 받는데, 귀족 출신이나 학식 있는 사람만 그 대상인 것은 아니다. 고위층이 죽거나 면직되어 (그 나라에서는 이런 경우가 자주 있다) 그 자리가 비게 되면, 5·6명의 후보들이 줄 위에서 춤을 추어 황제와 궁중의 모든 사람을 흥겹게 해주겠다고 황제에게 신청한다. 가장 높이 뛰어오르고도 줄에서 떨어지지 않는 사람이 빈 고위직을 차지한다. 주요 각료마저도 각자 그 기술을 보여주지 않으면 안 되는 경우도 자주 있다. 황제가 만족할 만한 기술이 아니면, 그들은 면직되고 만다. 재정을 맡은 각료 플림나프는 팽팽한 줄에서 신나게 춤을 추어도 좋다는 황제의 허가를 받았는데, 그 나라 전체의 귀족 그 누구보다도 적어도 25밀리미터는 더 높이 뛰어올랐다. 나는 그가 영국에서 흔히 쓰는 노끈과 비슷한 굵기의 줄 위에서 춤뿐 아니라 거기 고정된 나무쟁반 위에서 공중제비를 여러 번 넘는 것도 보았다.

릴리퍼트에서는 모든 정치적인 일들이 비밀스럽게 진행되고 설상가상으로 그런 밀실 정치에 음모까지 횡행한다. 특히 왕 주변으로 모여드는 해바라기형 권력 구매자들의 권력욕은 줄타기나 재주부리기 이외의 다른 묘기로 표출되며 그에 따라 여러 색의 실을 나누어주는데 이런 색깔의 상징성은 바로 권력의 서열을 나타낸다. 줄타기 기술이 서툴러서 줄에서 떨어지는 일이라도 벌어지게 되면, 즉 왕의 총애에서 제외되어 정계에서 실각되면, 앞을 다투어 그 자리를 욕심내는 자들로 붐비는데 이것은 마치 매관매직을 방불케 한다.

작가는 인간 사회에서 그 구성원 모두가 공유할 수 있는 상식의 선에서 어떤 정치적 현실이 가장 이성에 부합될 수 있는가를 보여주는

데, 작품 속에서는 극명한 대조법을 통해서 전제군주제의 부정적인 정치체제를 꼬집고 있다. 소인국이나 라퓨타의 전제군주들은 중앙집권화된 절대군주로서 일반인들 위에 군림하고 있다. 릴리퍼트 위정자가 걸리버에게 보내는 다음과 같은 편지에서 그 모순의 정체를 드러내고 있다.

외국인의 눈에는 우리가 매우 번영한 것처럼 보여도, 내부의 극심한 분열과 외부의 가장 강력한 적의 침입이라는 두 가지 심각한 재난에 시달리고 있습니다. 내부 분열에 관해 당신이 알아두어야 할 점은 70여 개월 전부터 이 제국에는 투라메크산과 슬라메크산이라는 두 당파가 서로 투쟁하고 있는데, 그들은 자신들이 신은 구두의 뒤축이 높은가 낮은가에 따라 그렇게 당파를 갈라놓은 것입니다. 높은 뒤축이 우리의 유서 깊은 헌법에 제일 적합하다고 사실상 인정되어 왔습니다. 그러나 당신도 알 수 있는 일이지만, 지금의 황제 폐하는 행정부는 물론이고 황제가 하사하는 모든 직책에 있어서도 오로지 낮은 뒤축의 인사들만 임명하기로 결심했습니다. 특히 폐하의 구두 뒤축은 모든 신하들의 구두 뒤축보다 적어도 1드루르가 낮은 것입니다. (1드루르는 약 18밀리미터이다.) 이들 두 당파간의 적대감은 너무나 심해서 그들은 함께 식사도 않고 술도 마시지 않으며, 심지어는 대화도 하지 않고 있습니다. 높은 뒤축 당파인 투라메크산이 우리보다 그 숫자가 더 많다고 보지만, 슬라메크산에 소속된 우리가 권력을 쥐고 있습니다.

(······)

내가 지금부터 설명하겠지만, 우리 릴리퍼트와 블레푸스쿠

두 강대국은 지난 36개월 동안 정말 지독하게 전쟁을 계속했습니다. 전쟁이 시작된 계기는 다음과 같습니다. 태고적부터 달걀을 먹을 때 갸름한 끝이 아니라 넓은 끝을 깨어 먹는 방식이 전승되었습니다. 그런데 지금 황제의 할아버지가 소년 시절에 과거의 관습대로 달걀을 깨다가 우연히 손가락을 베게 되었습니다. 그래서 그의 아버지인 당시의 황제는 '달걀의 갸름한 끝을 깨어서 먹어라, 그렇게 하지 않으면 사형에 처한다'는 법률을 공포했습니다.

국민들이 이 새로운 법에 대해 커다란 불만을 품어 여섯 차례나 반란이 일어났다고 역사에 기록되어 있습니다. 그 결과 한 황제는 목숨을, 다른 황제는 왕관을 잃었습니다. 그 반란들은 언제나 블레푸스쿠의 군주들이 선동한 것이고, 반란이 진압된 뒤에는 반역자들이 그 나라로 망명하곤 했습니다. 달걀의 갸름한 끝을 깨뜨리는 데 굴복하지 않고 사형을 받은 사람이 지금까지 1만 1000명이나 되는데, 그들의 사형은 여러 차례에 걸쳐서 집행된 것입니다. 이 분쟁에 관해서는 수백 권의 두툼한 책들이 출판되었습니다. 그러나 넓은 끝을 깨자고 주장하는 당파의 책들은 오랫동안 출판이 금지되었고, 그들의 공직 취임이 법으로 완전히 금지되었습니다.

릴리퍼트가 블레푸스쿠로부터의 침략위기를 맞게 된 것은 높은 굽의 투라메크산파 즉, 휘그당과 낮은 굽의 슬라메크산파 즉, 토리당 간의 알력 때문이었다. 이런 알력은 계란을 깨는 방법 때문이었다. 계란을 깰 때 넓고 둥근 방향으로 깼던 빅 앤디언이 좁은 방향으로 깼던 리틀 앤디언에 의해 축출 당하자 블레푸스쿠로 망명하여 자신들을 추방시킨 릴리퍼트의 국왕에게 전쟁으로 위협하고 있다고 한다. 이 대목은 헨리 8세가 로마카톨릭과 단절함으로써 종파의 분열을 야기시켰다는 내용에 대한 풍자를 담고 있다. 그리고 릴리퍼트에서 걸리버가 궁중에 불이 났을 때 소변으로 진화했다는 것이 극형에 처하게 될 중죄의 죄목에 해당된다거나 럭낵에서 일반인들이 국왕을 접견할 때 침을 뱉는 행위가 사형에 처할 만한 죄가 된다는 것은 전제 왕권의 전횡을 상징한다.

이와는 달리 거인국은 전제군주제의 모습은 찾아 볼 수 없다. 도시의 중심에 위치한 화려한 릴리퍼트의 궁전은 어떤 음모를 꾸미는 듯한 분위기로 일관되지만, 거인국의 궁전은 위용을 자랑하는 호화로운 건축물이 아니라 그저 언덕 위에 세워진 일반적인 건물들로 평범한 분위기를 보이고 있다. 이런 분위기 때문에 거인국의 왕실은 누구나가 쉽게 접근하고 공유할 수 있는 상식의 세계임을 짐작케 해준다. 이런 상식의 세계에서는 덕성과 분별력을 지닌 통치자가 마땅히 타락을 방지하고 안정된 정치적 삶을 도모한다. 거인국은 바로 소인국이 얼마나 잘못되었는지를 비춰주는 거울로 기능한다.

③ 브롭딩낵 거인국

이 여행기의 1부가 타락되고 부패된 정치적 상황을 고발한 것이라면 2부는 이런 폐단을 극명하게 대조시킴으로써 개선의 의지를 보인 장이 된다. 거인국이 적절하고도 온당하게 균형 잡힌 국가라면, 소인국은 그만큼 국가의 권위를 대폭 축소시킬 필요가 있는 국가이다. 특히 소인국 왕의 야심은 과거의 절대적인 전제군주의 표상이었던 루이 18세에 버금간다. 하지만 브롭딩낵의 왕은 숭배·사랑·존중을 받을 수 있는 모든 자질을 지니고 있는 뛰어난 재능과 지혜의 소유자이며 상당한 학식도 겸비하고 있다. 걸리버가 화약제조의 비밀을 가르쳐 주겠다고 하자 그는 분개하면서 거절하는데 이것이 바로 국민 대다수로부터 존경받은 이유가 되었다. 이처럼 브롭딩낵 국왕은 정신적 자질 면에서 릴리퍼트의 국왕과는 대조적이다. 릴리퍼트의 왕은 학문을 후원하지만 개인적으로는 전쟁을 좋아하는 음모가이자 책략가이다. 하지만 거인국의 왕은 영지 내의 소수의 학식 있는 자에 속하며, 탁월한 이해력을 지니고 있으며, 매주 가족과 함께 식사를 할 만큼 가정적이고 자상한 인물이며, 평화를 사랑하는 평화주의자이다. 따라서 이런 왕의 이미지는 자연주의자적 관심과 인간 본성에 관한 도덕적 통찰력, 그리고 위엄을 지니면서도 자상한 모습을 겸비한 안정된 가정의 가장으로서의 이미지를 나타내고 있다.

라퓨타에서도 음악과 수학은 공직을 얻기 위한 가장 중요한 능력인데, 대신들이 아무리 청렴하게 국왕을 섬기더라도 결국에는 이 두 가지 재능을 유지하지 않고서는 자리를 지킬 수가 없다. 반면 후이넘에서는 없는 게 많았다. 밀고자, 도둑, 소매치기, 포주, 도박가, 정치가, 변호사, 살인자, 강도, 감옥, 교수대, 자만심, 허영심, 지배자, 재판관도 없다. 차라리 짐승 같은 야만성을 지닌 인간보다는 이성적인 말이 더 낫다는 독설이 당시 위정자들의 폐부를 날카롭게 찔렀을 것임은 분명해 보인다.

4 인생을 긍정하는 낙관적 풍자

《걸리버 여행기》에서 스위프트는 인생의 모순이나 추악한 모습에 신랄한 풍자만 하고 마는 염세주의적인 풍자가가 아니라, 인생을 긍정적으로 관망하는 낙관적 풍자가의 면모를 보여준다. 그리고 이런 낙관적인 견해를 지녔기에 스위프트는 인간의 어리석은 행동이나 사회악을 치유 가능한 질병으로 보았고 이 병을 치유하기 위해 임상병리 보고서와 같은 작품으로 《걸리버 여행기》를 쓴 것이다. 작품 속에서도 걸리버는 외과의사의 신분으로 모험을 하는데 이는 단순히 인술을 베푸는 것뿐만이 아닌, 사회적 외상을 치유할 수 있는 외과 의사로의 상징성도 함유하고 있다.

> 호수나 샘에 비친 나의 모습을 보게 될 때, 나는 한 마리의 야
> 후에 불과한 자신에 대하여 증오와 혐오감을 감출 수 없었다.
> 나 자신의 모습보다는 차라리 야후들의 모습을 한결 편안한 마
> 음으로 지켜볼 수 있었다. 나는, 나를 참을 수 없었던 것이다.

지금까지 풍자하고 있는 실상들은 정치의 부패를 진단하는 작가의 관점이라고 할 수 있다. 이 작품은 후이님의 말대로 '아주 작은 분량의 이성을 부여받은 동물'인 인간이 어떻게 하면 진정한 통찰을 통해서 상식이 굳건하게 자리매김할 수 있는 세상을 만들 수 있느냐의 문제를 던지고 있는 것이다. 《걸리버 여행기》가 법 · 정치 · 학문 · 도덕, 그리고 종교에 대해 직접적이면서도 신랄한 풍자를 했음에도 불구하고 결국 작가가 진실로 겨냥하는 것은, 독단적인 이데올로기나 편협한 아집이 아닌 건전한 이성과 보편적 상식이 통하는 세상일 것이다.

패러디는 때로 강력한 힘을 발휘한다. 현재 우리는 인터넷 등 여러 매체를 통해 다양한 패러디를 접할 수 있다. 직설적이고 설명적인 말보다 재치 있게 비꼰 풍자가 더욱 더 효과적으로 의사를 전달할 수 있다면 그것은 무엇 때문인지 생각해보자. 또 염세적 풍자와 낙관적 풍자의 차이에 대해서도 생각해보자

추 천 할 만 한 번 역 본

그동안 이 작품은 완역되지 않은 채 1, 2부만 소개되어 마치 어린이들만을 위한 동화로 널리 알려져 왔다. 그런데 1726년 초판본을 완역하고 오리지널 삽화도 수록하여, 읽는 재미와 보는 즐거움을 함께 느낄 수 있는 해누리 출판사의 걸리버 여행기가 2002년 출판 되었다.

《걸리버 여행기》, 이동진 편역, 해누리 출판사, 2002

Tess

테스

토마스 하디(Thomas Hardy)

이 책 에 관 하 여

──────────────

《테스》의 원제는 《더버빌가의 테스(Tess of the D' Urbervilles)》이고 부제는 〈순결한 여인〉이다. 《테스》는 산업혁명 이후 19세기 말 영국 농촌을 배경으로 벌어지는, 테스와 두 남자의 삼각관계를 그린 작품으로 어찌 보면 진부하고 통속적인 소설이라 할 수 있다. 테스는 1888년 가을경 집필을 시작한 것으로 추정된다. 《테스》의 초고가 처음 출판사에 보내졌을 때 당시의 틸랏슨 앤 선즈(Tillotson and Sons) 출판사는 이 소설이 부도덕하며 반종교적이라는 이유로 출판을 거절하였고 잡지사인 머레이(Murray)와 〈맥밀런(Macmillan)〉지(紙) 또한 연재를 거절했다. 할 수 없이 하디는 문제가 되는 몇 개의 장(chapter)을 제외시켜 〈그래픽(Graphic)〉지(紙)에 연재했고 1891년에 비로소 삭제 수정된 부분을 보완하여 완전한 하나의 단행본으로 출판할 수 있었다. 당시에 이 소설은 작품의 평가가 극과 극으로 치달아 독자와 평론가들로부터 찬사와 비난을 동시에 받았다. 특히 독자들에게 있어 문제가 된 부분은 테스의 성(性) 문제였는데 이 때문에 하디의 소설은 저급하고 혐오스러우며 사악한 소설로 평가되기도 하였다. 그러나 단순히 이 소설이 테스의 애정 편력을 보여주는 작품에 불과했다면 오늘날까지 《테스》가 고전의 반열에 오르지는 못했을 것이다. 《테스》는 변해가는 시대의 사회상과 가치관을 반영하고 전통의 편견 속에서 억압받던 사회적 약자를 주인공으로 내세움으로써 낡은 전통을 비판하고 주인공의 몰락을 통해 현대적 비극을 창조하였다. 《테스》는 현재에 이르기까지 하디의 대표작이자 수작으로 평가되고 있으며 1979년 같은 제목으로 로만 폴란스키 감독, 나스타샤 킨스키, 피터 퍼스, 리 로슨 주연으로 영화화되기도 하였다.

T e s s

저 자 에   관 하 여

하디(Thomas Hardy, 1840~1928)의 생애는 빅토리아 조(朝)에서 현대에 걸쳐져 있다. 때문에 그의 작품에서는 전통과 현대가 공존하며 시대의 변천에 따른 과도기적 현상들이 사실적으로 묘사되어 있다. 산업의 발달에 따른 농민들의 토지 이탈과 공동체의 해체, 진화론과 과학의 발달이 초래한 전통 종교관의 붕괴, 사회 계층의 혼란으로 등장하게 된 여성문제 등등이 이러한 과도기적 변화라고 할 수 있는데, 이러한 사회의 변화는 하디의 사상에 지대한 영향을 끼쳤으며 하디는 이를 적극적으로 작품에 반영하고 있다.

그는 영국 남부의 도셋(Dorset)주 하이어 보켐튼(Higher Bockhampton)에서 출생하였다. 당시 도셋은 농촌 지역의 중심적 역할을 하였지만 궁벽한 지역으로 그때까지 철도도 들어오지 않았던 지역이었다. 선조 때에는 제법 지방의 유지였지만 점점 가세가 기운 하디의 집안은 아버지 때에 와서는 더욱 살림이 어려워져 하디의 아버지는 석공 겸 벽돌공으로 건축 관계 일을 하였다. 아버지는 거친 일을 하기는 했지만 음악에 조예가 깊었고 어머니 또한 독서를 즐겼다고 한다. 그의 가족들은 영국 성공회의 독실한 신도였으며 이런 영향으로 하디의 어릴 적 꿈은 목사가 되는 것이었다. 하디는 몸이 약해서 정규 교육을 8년밖에 받지 못하였지만 독학으로 그리스 고전과 영문학 및 불문학 · 철학 · 신학 등을 공부하였다. 1856년 학교를 그만둔 하디는 도체스터의 건축가 존 힉스의 도제로 들어갔으며 이 무렵 평생 동안 그의 작품에 사상적 문학적으로 영향을 준 윌리엄 반즈와 호레이스 모울 두 사람을 만나 교우하게 된다. 1862년 그는 좀 더 고급 수준의 건축술을 배우기 위해 런던으로 상경했으며 1865년 시 창작을 시작하면서 문학 공부도 병행하였다. 런던 체류 기간 동안 하디는 사회 상류 계급의 위선과 허위 의식에 부딪히게 되었고, 이는 훗날 그의 소설에 이기적이고도 경박한 상류 계급의 일면이 가난하지만 순박한 시골 사람들과 대조적으로 등장하여 진정으로 가치 있는 삶이란 어떤 것인지 묻는 동인이 되었다. 또한 당시 논란이 되었던 진화론은 하디로 하여금 인간은 환경과 유전의 산물이며, 곤경에 처해서도 어떠한 초현실적인 도움을 받을 수 없다는 생각을 하게했고 이러한 비관은 그의 소설 속에서 주인공들의 비극적 결말로 나타나고 있다. 1866년 성직자의 꿈을 포기한 하디는 1867년 건강이 좋지 않아 귀향한다. 이듬해 첫 소설을 완성하였으나 출판되지 못하였고 1874년 교구 신부의 처제인 엠마와 결혼한다. 이때부터 하디는 전업 작가의 길로 들어서게 되며 1876년 웨스트 뉴튼에 정착함으로써 이후로는 런던과 고향을 오가며 집필을 하게 된다. 이 시기가 엠마와의 결혼 생활에서도 가장 행복한 시기였다고 하디는 회고하고 있다. 점차 런던의 문단에서 유명해진 하디는 여러 문인들과의 만남을 통해 자신의 시야를 넓혔고 1885년 도체스터 외곽으로 이주한다. 1886년 《카스터브릿지의 읍장》, 1888년 단편집 《웨섹스 이야기》의 출간에 이어 1891년 《더버빌가의 테스》를 출간하지만 비도덕적이며 반종교적이라는 논란을 불러일으킨다. 이때쯤 아내와의 사이도 소원해지면서 1895년 마지막 소설 《무명의 주드》를 출간한 하디는 이후로는 시작(詩作)에 전념하게 된다. 그의 대표 시 작품으로는 십년의 작업으로 완성한 《제왕들》이 있는데 소설에 비해 시에 대한 평가는 미온적이었고 최근에 와서야 시인으로서의 그의 업적이 평가되고 있다. 말년의 그의 삶은 아내의 죽음을 제외하고는 영예로운 편이었으며 그는 아내의 죽음에 대해 자책감과 회한을 가지고 있었다. 1914년 비서 플로렌스 에밀리 덕데일과 재혼했지만 행복한 결혼 생활은 아니었고 1927년 겨울, 건강이 급속히 악화되었다. 결국 1928년 1월11일 저녁 9시 하디는 사망하였고 그의 장례는 국장으로 치러져 웨스트민스터 사원에 묻히게 되었다. 그리고 그의 유언에 따라 그의 심장은 도셋의 스틴즈포드 교회에 있는 첫 아내 엠마의 묘지 옆에 매장되었다.

T h o m a s   H a r d y

_____T e s s

1 농촌 소설의 전통을 확립한 하디

《테스》를 깊이 있게 이해하려면 등장인물의 결혼이나 애정 관계 뿐 아니라 그들을 둘러싸고 벌어지는 여러 가지 사건을 종합적으로 보는 시각이 필요하다. 특히 농촌 공동체의 붕괴와 농민들이 토지로부터 소외되는 현상은 여주인공 테스에게 경제적 압박으로 작용함으로써 테스의 운명을 바꾸어 놓는다. 또한 전통 사회에서 여성에게 강요되었던 순결 이데올로기는 소설의 결말을 비극으로 치닫게 하고 있으며 하디는 소설을 통해 여성에게만 적용되는 순결이라는 인습을 통렬히 비판하고 있다. 그는 순결은 한 인간의 자연적 품성으로 결코 사회적 규범에 의해 인위적으로 규정될 수 없는 성질의 것임을 주장하고 있는데 이는 경제적 궁핍과, 남성들의 억압으로부터 이중으로 고통 받는 테스의 모습에서 역설적으로 드러나고 있다. 농촌 소설의 측면에서, 테스는 본격적인 웨섹스 소설로서 하디 자신이 가장 애착을 보였던 중간 계층의 몰락을 다루고 있다. 웨섹스 소설은 하디가 도셋 지방을 주무대로 하여 창작한 농촌 소설로, 하디는 전원의 한가로움이나 낭만을 다루지 않고 농사로 생계를 유지하는 시골 사람들을 전면에 등장시킴으로써 농촌 소설의 전통을 확립했다고 볼 수 있다. 농촌 사람들을 바라보는 그의 시각에서 쇠락해가는 전통(인습과 구분되는)에 대한 애착과 아쉬움이 묻어난다. 산업 혁명 이후 상공업의 발달로 지주들은 인클로저 운동을 하게 되고 이 결과 점점 토지로부터 유리되고 쫓겨난 농민들은 도시로 상경하여 공업 노동자가 되거나 소작농으로 전락하였다. 하디는 이러한 현실을 미화하거나 왜곡하지 않고 사실적으로 묘사하고 있으며 전통을 동정하거나 복고를 주장하지도 않는다. 다만 그는 있는 그대로의 현실을 정확하게 드러낼 뿐이며 그의 현실 표현 방식은 끝내 테스의 운명을 비극으로 결말지음으로써 잘 드러난다.

❷ 하디의 다양한 표현 기법

하디는 작품 안에서 여러 가지 표현 기법을 구사한다. 그가 구사한 표현 기법들은 소설의 곳곳에서 메시지를 효과적으로 전달하는 역할을 하는데 그 중 특징적인 것은 소설 속 인물들의 시선에서 이야기의 일부분을 기술하는 기법이다. 이는 독자로 하여금 좀 더 사건에 가깝게 다가가게 하면서도 객관적인 시선을 잃지 않게 해준다. 이와 비슷하게 주요 등장인물의 시선에서 사건을 기술하는 수법을 들 수 있는데, 이는 일련의 사건들에서 그들 자신에게 인상 깊었던 일만 기술하여 그들의 감정이나 심리 상태를 보다 효과적으로 알 수 있게 한다. 또한 소설의 화자는 관찰자의 입장에서 사건의 기록에만 만족하지 않고 소설 속으로 적극적으로 개입하는 면모를 보여주기도 한다. 이렇게 소설 내의 여러 목소리들은 서술상 장황하고 일관성이 없다는 인상을 주어 하디 소설의 단점으로 지적되기도 하지만, 다양한 목소리들에 의한 서술 방식은 이야기의 여러 측면들을 효과적으로 전달하여 주는 역할을 한다고 볼 수도 있다.

하디 소설의 또 하나의 특징은 상징 및 이미지의 활용이다. 소설 속의 여러 상징들은 다가올 비극을 암시함으로써 하나의 복선으로 작용하며 아름다운 자연의 이미지들은 사건의 배경이 될 뿐만 아니라 사건의 전개 과정을 매우 실감나게 묘사하고 있다.

3 7부로 구성된 《테스》

《테스》는 총 7부로 구성되어 있으며 각 부마다 그 내용의 중심 의미를 포착하게 해주는 제목이 붙어있다.

〈제1부-처녀〉

테스의 아버지 존 더버빌은 어느 날 우연히 신부로부터 자신의 선조가 명문 가문이었다는 사실을 알게 된다. 변해가는 시대에 가문의 이름은 더 이상 효용 가치가 없음에도 불구하고 명문가의 후손이라는 사실에 그는 기분이 고양되어 과음을 한다. 그 탓에 그는 다음날 새벽 벌통을 도시까지 배달하지 못하게 되고 할 수 없이 테스가 늙은 말 프린스를 끌고 동생과 함께 벌통을 배달하기로 자청한다. 그러나 잠깐 조는 사이에 집안의 단 하나 뿐인 재산 프린스는 반대편에서 오는 우편마차와 충돌하여 죽고 테스는 이에 죄책감과 책임감을 느낀다. 테스의 부모들은 테스에게 이웃 마을 트란트릿지에 사는 부자 친척에게 도움을 청할 것을 권유하고 테스는 내키지는 않지만 부모의 말을 따라 이웃 마을로 떠난다. 부자 친척이라고는 하나 사실 그 친척 집은 테스의 가족과는 전혀 상관없는, 돈을 주고 가문을 산 졸부 집안에 불과했고 그 집 아들인 알렉 더버빌은 천하의 난봉꾼으로 테스를 만나자마자 테스의 미모에 끌리게 된다. 알렉 더버빌의 조치로 테스는 그 집 양계장에서 일하게 되어 고향집을 떠나고 가족들은 내심 테스가 그와 결혼하기를 바란다. 양계장에서 일하는 동안에도 알렉은 끊임없이 그녀에게 접근하며 그녀를 넘본다. 이웃 마을의 장이 서던 날 테스는 장에 갔다가 여자들과 돌아오는 길에 시비가 붙어 싸움에 휘말리게 되고 때마침 나타난 알렉은 그녀를 무리로부터 구해내어 체이스 숲으로 데려간다. 이날 밤 숲에서 테스는 순결을 잃는다.

> 어찌하여 이 아름다운 여인의 몸에, 비단결처럼 섬세하고, 실상 흰눈처럼 깨끗한 그 몸에 마치 운명인 듯 그렇게 천박한 무늬가 새겨져야 한단 말인가? 어찌하여 천박한 것이 이렇게 아름다운 것을 차지하고, 못된 남자가 착한 여자를, 못된 여자가 착한 남자를 차지하는 일이 흔하단 말인가?

〈제2부-처녀를 지나서〉

몇 주일 후 테스는 알렉의 집을 떠나 고향으로 돌아온다. 테스는 알렉의 아이를 낳고 다시 마음을 추슬러 들판으로 일을 하러 나간다. 일하는 틈틈이 아이에게 젖을 주며 돌보지만 아이는 오래 살지 못하고 죽는다. 미혼모의 아이로 태어나 정식 세례를 받을 수 없는 탓에 테스는 아이에게 직접 세례 의식을 치러준다. 신부는 아이의 세례는 인정하지만 교회 묘지에 아이를 묻는 것은 허락하지 못한다.

〈제3부-회복〉

아이의 죽음 이후 삶에 대한 용기를 되찾은 테스는 다시 이웃 마을 탈보세이즈의 낙농장으로 일을 하러 떠난다. 이 농장에서 테스는 에인절이라는 청년을 만나게 되는데 그는 소설의 도입부에서 테스의 마을 축제 때 마을 처녀들과 함께 춤을 추는 자리에서 테스에게 춤을 신청하지 않아 테스를 서운하게 했던 그 청년이었다. 에인절은 신부의 아들이지만 전통 신앙과 대학 교육을 포기하고 농장 경영의 꿈을 가진 진보적인 사고를 가진 청년이었다. 에인절은 테스의 청순한 자태에 이끌려 그녀에게 호감을 갖게 되고 테스 역시 에인절을 좋아하게 된다.

〈제4부-결과〉

에인절은 마침내 테스에게 결혼하여 같이 농장을 경영할 것을 부탁하지만 테스는 자신의 과거 때문에 에인절을 제안을 흔쾌히 받아들일 수 없다. 테스는 에인절의 청혼을 여러 번 거절하지만 끈질긴 그의 설득에 그를 받아들이게 된다. 결혼을 하기 전 그녀는 그에게 모든 것을 고백하려 결심하지만 그녀의 결심은 실행되지 못하고 결혼식을 치르게 된다. 첫 날 밤 그녀는 망설임 끝에 끝내 자신의 과거를 에인절에게 고백하고 에인절은 자신이 사랑했던 테스는 이런 여자가 아니었다며 그녀를 용서할 수 없다고 말한다.

〈제5부-여자는 값을 치른다〉

지난 25년간의 세월이 낳은 견본품이라고 할 수 있는 이 진보적이고 선량한 청년은, 독자적인 판단을 내리기 위한 자신의 노력에도 불구하고 갑자기 어린 시절의 가르침 앞에 서면 아직은 관습과 인습의 노예에 불과했다. 테스의 도덕적 가치는 행위가 아니라 마음가짐으로 판단해야 하는 것이며 따라서 본질적으로 그의 어린 아내는 똑같이 죄악을 미워하는 다른 여자들 못지않게 르무엘 왕의 칭찬을 받을 만한 여자였으나, 이를 그에게 가르쳐 준 예언자도 없었고 그 스스로 깨우칠 만한 예지도 없었다.

에인절은 브라질로 갈 결심을 굳힌다. 당시의 관습에 따라 이혼은 할 수 없었으므로 테스에게는 잠시 동안의 별거를 요구하고 그녀를 친정으로 데려다 준다. 테스의 부모는 그녀를 못마땅해 하고 친정에서도 환영을 받지 못하는 테스는 남편과 재결합을 한다고 말하고는 집을 나온다. 에인절은 테스를 위해 약간의 돈을 비축해 두고 부모님께 작별 인사를 한 뒤 브라질로 떠난다.

8개월 후 테스는 에인절에게서 받은 돈이 다 떨어져 일자리를 구하러 돌아다닌다. 그녀는 자신의 불행이 미모 때문이라 생각하고 일부러 추하게 꾸미면서 에인절만을 기다릴 것을 다짐한다. 마침내 플린트콤 애쉬 농장에서 일자리를 구하지만 플린트콤 애쉬 농장은 고용 환경이나 근무 조건에서 이전의 탈보세즈의 낙농장에 비하면 형편없는 수준이었고 테스는 들판에서 힘겨운 노동을 한다.

사정없이 돌아가는 바퀴는 쉴 줄을 몰랐고, 귀청을 찢을 듯이 윙윙거리는 탈곡기 소리는 돌아가는 쇠얼개 근처에 있는 사람들의 뼛속까지 뒤흔들어 놓았다.

(……)

그들의 생각에는 모든 것을, 심지어 키질까지도 사람의 손으로 하던 그 시절이 속도는 느렸으나 결과는 더 좋았던 것이다. 그녀를 가장 힘들게 했던 것은 일이 쉬지 않고 계속되는 것이었다.

결혼 1주년 기념일이 다가오자 그녀는 남편의 소식을 듣기 위하여 시댁으로 찾아가지만 목사관은 비어 있고 에인절의 형들이 하는 이야기에 주눅이 든 테스는 다시 농장으로 돌아온다.

〈제6부-개심자〉

농장으로 돌아오던 중 우연히 그녀는 회개하여 복음을 전파하는 알렉을 만난다. 그는 기독교에 귀의하여 전도사가 되었다고는 하지만 그녀를 보자마자 마음이 흔들리게 되고 아무 감정도 없는 테스에게 다가가 자신을 유혹하지 않을 것을 맹세시킨다.

그러나 알렉은 다시 농장으로 찾아와서는 결혼허가증까지 떼어오며 그녀에게 결혼하자고 조른다. 테스는 이미 자신은 결혼한 몸이라며 그의 청혼을 거절하지만 알렉은 이에 굴하지 않고 그녀의 가난한 가족들을 돌보아 주겠다고 제안한다. 테스는 그의 청혼이 두려워 남편에게 제발 돌아와 달라는 편지를 목사관으로 보내지만 편지가 에인절에게 닿기까지는 시간이 너무 오래 걸렸다.

에인절은 편지를 받지 못한 채 브라질에서 고생스러운 나날을 보낸다. 애초에 생각했던 것과는 너무도 다른 환경에 농장 경영의 꿈은 포기하게 되고 이질적인 풍토 때문에 병을 얻는다. 힘든 생활 속에서 그는 테스를 떠올리고 자신이 얼마나 졸렬한 생각으로 그녀를 학대했는지를 깨닫고 다시 그녀에 대한 사랑을 확인한다.

테스는 어머니가 편찮으시다는 전갈을 받고 고향집으로 달려가지만 테스가 떠난 이후로 고향집은 더욱 가세가 기울어 밭에 파종할 씨감자까지 다 먹어치운 상태였다. 알렉은 그녀의 고향집까지 찾아와 식구들을 돕겠다고 나선다. 설상가상으로 테스의 가족들은 아버지가 돌아가시자 아버지 앞으로 되어 있던 토지의 종신 임대권까지 만료되어 토지를 빼앗기는 상황에 놓이게 되고 테스의 행실이 좋지 못하다는 이유로 마을에서는 더 이상 머물 수도 없는 처지가 된다. 알렉은 테스를 도와주겠다며 점점 그녀를 압박해오고 그녀는 급기야 에인절에게 그의 매정함과 부당한 처사를 비난하며 그를 용서할 수 없다는 내용의 편지를 쓴다. 그녀는 킹즈비어에 이삿짐을 싣고 도착하지만 그들이 이사하기로 되어있던 집은 이미 다른 사람의 손에 넘어갔고 그들은 조상인 더버빌 가문의 묘 가까이에 있는 교회 마당에 짐을 푼다.

〈제7부-성취〉

마침내 에인절이 브라질에서 돌아온다. 그는 테스를 다시 찾을 결심을 하고 그녀의 친정으로 찾아가지만 그녀는 이미 이사를 한 상태였고 그는 장모로부터 테스가 샌드번에 있다는 사실을 겨우 알아낸다. 샌드번에 도착한 에인절은 테스가 알렉과 함께 살고 있다는 사실을 알게 되고 테스는 에인절에게 너무 늦게 돌아왔다며 알렉이 그녀의 가족들을 도와주어 함께 살게 되었다고 말한다. 에인절은 쓸쓸히 돌아서고 테스는 알렉과 다투던 중 알렉을 살해한다. 급하게 여관을 뛰쳐나와 기차역으로 에인절을 찾아간 테스는 에인절에게 알렉을 살해했음을 밝힌다. 그들은 검거를 피해 도보로 도피를 하면서 피신처를 찾아 헤맨다. 에인절은 그녀를 끝까지 보호하고 함께 할 것임을 다짐한다. 빈집을 찾은 그들은 일주일간 그곳에 머물면서 행복한 신혼을 보내지만 집 관리인이 그들을 발견한다. 그들은 다시 스톤헨지로 도망치고 그곳에서 테스는 에인절에게 자신의 여동생과 결혼하기를 부탁한다. 테스가 잠든 후 경찰들이 그들을 포위하고 잠에서 깨어난 테스는 의연히 대처한다.

　　"무슨 일이에요, 에인절?"
　　벌떡 몸을 일으키며 그녀가 말했다.
　　"저를 잡으러 왔나요?"
　　"테스, 그래요."

그가 말했다.

"그들이 왔소."

"당연한 일이죠."

그녀가 나지막하게 말했다.

"에인절, 전 차라리 기뻐요. 맞아요, 기뻐요! 이런 행복이 오래 계속될 수는 없었어요, 제겐 너무 과분했거든요. 전 만족스러워요. 그리고 이젠 당신이 저를 멸시할 때까지 살지 않아도 되거든요!"

"준비 됐어요."

그녀가 조용히 말했다.

에인절과 테스의 여동생 리자 루는 언덕에서 감옥의 탑에 사형 집행을 알리는 검은 깃발이 올라가는 것을 본다. 그들은 그렇게 바라보다가 다시 손을 잡고 계속 걸어간다.

4. 깊이 생각해 보기

《테스》는 비극으로 끝을 맺는다. 그러나 《테스》의 비극은 세상에 대한 작가의 염세주의나 비관의 결과는 아닐 것이다. 그는 있는 그대로의 현실을 직시하고 좀 더 발전적인 방향으로 개선되어 나아가기를 원했을 것이다. 이러한 작가의 인식과 태도를 주인공 테스의 사고방식과 삶을 향한 그녀의 태도에서 찾아 기술해보자.

5. 더 깊은 이해를 위하여

추 천 할 만 한 번 역 본

지금까지 《테스》의 번역본은 약 10여 종이 나왔는데 그 중 서울대학교 출판부 판을 추천한다. 역자는 토머스 하디 전공자로 그 동안 번역된 한글판 《테스》의 오역을 꼼꼼히 검토하여 바로잡았고 철저한 자문을 통해 번역에 완성을 기하였다.

《테스》, 김보원 역, 서울대 출판부, 2000

The Scarlet Letter

주홍글자

나다니엘 호손(Nathaniel Hawthorne)

이 책에 관하여

이 작품은 청교도의 식민지 보스턴에서 일어난 간통사건을 다룬 작품이다. 늙은 의사와 결혼한 헤스터 프린이라는 젊은 여인은 남편보다 먼저 미국으로 건너와 살고 있었는데, 남편으로부터는 아무런 소식조차 없이 지내게 된다. 그러는 동안 헤스터는 펄이라는 사생아를 낳게 되었는데 헤스터는 간통이라는 죄목으로 공개된 장소에서 'A(adultery)'라는 글자를 가슴에 단채 일생을 살아야 하는 형을 집행당한다. 그러나 그녀는 간통한 상대자를 끝내 밝히지 않는다.

간통의 상대자는 바로 그곳의 목사 아서 딤스데일이었다. 딤스데일은 양심의 가책에 시달리면서도 사람들에게 죄의 두려움을 설교하는 위선적인 생활을 계속한다. 이런 이중적 생활 속에서 그는 양심의 가책으로 몸이 점점 쇠약해진다. 아내의 간통 사실을 알게 된 헤스터의 남편 칠링워스는 간통한 자를 찾아 복수하기로 결심한다. 그는 우연한 기회에 그 상대가 젊은 목사 딤스데일이라는 것을 알고, 그의 정신적 고통을 자극하는 데 부심한다. 사건이 발생한 지 7년 후, 새로 부임한 지사의 취임식 날 설교를 마친 목사는 스스로 처형대에 올라, 헤스터와 펄을 가까이 불러 놓고, 그녀의 가슴을 헤쳐 보인다. 그녀의 가슴에는 'A'자가 있었다. 목사는 그 자리에서 죄를 고백하고 쓰러져 죽는다.

이 작품은 17세기 미국의 어둡고 준엄한 청교도 사회를 배경으로, 죄지은 자의 고독한 심리를 묘사한 소설로 치밀한 구성과 심오한 주제 등으로 19세기 미국문학의 걸작으로 꼽히고 있다.

The Scarlet Letter

저 자 에 관 하 여

나다니엘 호손(Nathaniel Hawthorne, 1804~1864)은 1804년 7월 4일 미국 메사츄세츠주 세일럼에서 태어났는데, 네 살 때에 선장이었던 아버지가 열병에 걸려 객사하자, 어머니와 누이 엘리자베스와 루이자와 더불어 외가로 이사해 이후 외가에서 성장하였다.

그는 1825년 메인 주에 위치한 보우든 대학을 졸업한 후 고향인 세일럼으로 돌아가 1837년 그의 첫 단편집이 출판될 때까지 약 12년 간, 홀로 작가수련을 위한 긴 은거생활을 하였다. 이 기간 동안에 호손은 사람들과 거의 교제를 하지 않고, 낮에는 집 밖으로 나가지도 않았으며, 밤에만 거리를 배회하였다고 한다. 호손의 이 같은 내향적 특성은 흔히 청교도주의의 유산을 물려받은 음울한 세계관과 관련이 있는 것으로 설명되기도 한다. 그러나 호손은 자신과 청교도주의 조상과의 연관성을 부정하려 한 것으로 오히려 유명하다. 호손은 1828년경 원래는 Hathorne이었던 성에 w를 첨가하여 Hawthorne으로 표기하기 시작했는데, 이 사실은 호손이 자신과 청교도 조상들을 분리하려고 한 행동으로 받아들여져 왔다. 호손의 조상들 중에서 존 호손은 세일럼의 마녀 재판에서 주역 노릇을 한 재판관이었고, 그 전대의 윌리엄 호손은 퀘이커교도들을 이단으로 몰아 박해한 것으로 유명했다. 이 같은 선조들 때문인지 호손은 몇몇 중요 단편들과 《주홍글자》에서 교조적이며 독단적인 청교도주의에 대해 비판적인 태도를 보인다.

단편소설을 익명으로 기고해 출판하곤 했는데, 그의 작품을 높이 평가했던 엘리자베스 피바디는 그를 자신의 집에 초대했다. 1837년 11월에 이루어진 피바디가의 방문은 호손에게 인생을 바꿔놓은 사건이 되었다. 엘리자베스 피바디에게는 소피아라는 병약한 여동생이 있었는데, 호손은 소피아를 만난 후 그녀에게 강렬한 관심을 갖게 된다. 두 사람은 아무도 모르게 4년여에 걸쳐서 열렬한 연애편지를 주고받으며 사랑을 키웠다. 소피아의 존재는 호손을 마침내 골방에서 끌어내 세상과 접촉하고 그 속에서 삶을 꾸려갈 준비를 하게 하였다.

1846년 3월에 그의 세 번째 단편집 《올드맨스로부터 나온 이끼들(Mosses from

Old Manse)》이 발표되었고 비평가들로부터 극찬을 받게 되었지만, 이러한 호의적 비평에도 불구하고 작품의 판매와 수입은 부진하여 그의 생활은 여전히 가난을 면치 못했다. 그래서 호손은 친구들의 도움으로 세일럼 세관에 취직하게 된다. 그러나 그 것마저도 1849년 정권이 바뀌자 그의 정적들에 의해 무능하다는 이유로 쫓겨나게 되었다. 호손은 일찍 집으로 돌아와 부인에게 해고 사실을 말하였는데 부인은 오히려 잘된 일이라고 말하며 업무에 쫓겨 그 동안 쓰지 못한 작품이나 쓰라고 위로하였다. 이런 부인의 격려에 힘입어 호손은 《주홍글자》의 집필에 들어갔고 집필한지 8개월 만인 1850년 2월에 출판을 하게 된다. 이 작품의 대성공으로 호손의 작가적 위상은 더욱 높아졌으며 단편작가라는 평가에서 당당한 장편작가로 인정받게 된다.

1852년 고국을 떠나 7년만인 1860년 6월에 귀국한 호손은 콩코드에 정착하여 몇 권의 장편에 손을 댔으나, 끝내 한편도 완성하지 못하고 그 후 악화된 건강을 회복하기 위해 대통령직에서 물러난 친구 프랭클린 피어스와 함께 여행을 하다 1864년 5월 19일 새벽에 조용히 숨을 거두었다.

N a t h a n i e l

H a w t h o r n e

_____T h e   S c a r l e t   L e t t e r

1 나약한 목사와 용기있는 간통녀

이 작품에는 작가가 의도적으로 배치한 상징성이 도처에 숨어있다. "주홍글자"는 불의(不義)의 표지로서 헤스터의 가슴에 낙인찍혀 있을 뿐만 아니라, 양심의 가책에 몸부림치면서 끊임없이 가슴에 손을 얹고 있던 목사 딤즈데일의 가슴에도 하나의 상징으로서 자라나고 있다. 또 헤스터와 딤즈데일이 처형대에 섰을 때에도 하늘의 유성이 불길의 상징으로서 주홍글자 A를 그려낸다. 간음과 원죄를 뜻하는 "A" 글자는 치욕의 상징, 죄악의 표적으로 헤스터를 '어두운 고립' 속으로 영원히 추방한다. 그러나 "주홍 글자는 너무나도 깊이 새겨져 있어서 당신은 이것을 떼 낼 수가 없을 겁니다. 저는 저 자신의 괴로움은 물론 그분의 괴로움까지도 참아내려고 합니다." 라며, 아이 아버지의 이름을 말하면 가슴에서 주홍글자를 떼게 해 주겠다는 목사의 설득을 단호히 거부하는 데에 이르면 "A"라는 글자는 'Angel', 'Able' 또는 'Mercy' 등의 뜻으로 해석될 수 있을 만큼 헤스터는 숭고한 인간으로 드러난다. 한편 결코 말할 수 없었던 아이의 아버지 목사 아더 딤즈데일은 '숨은 죄인'으로 그려진다. 자기의 죄악 때문에 평생을 고통 속에 살고 있는 헤스터가 당당하게 A라는 주홍글자를 가슴에 달고 공개적 고립 속에서 치욕과 수난을 극복하고, 오히려 구원에 가까이 가고 있는 것과는 반대로 딤즈데일 목사는 외적으로는 성자의 삶을 살면서 내적으로는 죄의식에 의해 고립되어 점점 더 궤멸해 가고 있었다. 헤스터의 주홍글자를 보면 마치 흑사병 환자를 보듯 피해 가던 사람들은, 죄의식으로 점점 쇠약해져 가는 목사를 보고 교구 일에 너무 열심이고 학문에 열중하기 때문이라 숭배하였다. 하지만 목사에게 '숭배'는 더할 수 없는 '고립'으로 내모는 것이었다. 성자 같은 죄인과 죄인인 성자 사이의 아이러니.

딤즈데일'(Dimmesdale)은 이름부터 '어두운 골짜기' 라는 뜻으로 위선과 은밀한 죄를 상징한다. 헤스터와 함께 간음죄를 짓고도 떳떳하게 자신의 죄를 고백하지 못하고 오히려 그녀에게 함께 죄를 지은 사람의 이름을 밝히라고 요구하는 그의 모습은 극대화된 위선을 보여준다. 소심하고 나약한 목사는 매주 설교하러 단에 올라갈 때마다 자신의 죄를 고백하기 전에는 내려오지 않겠다고 몇 번씩 다짐을 하지만 번번이 실패하고 만다. 결국 자신의 내적 갈등을 견디다 못한 목사는 몽유병에 걸린 환자처럼 아무도 없는 한밤중에 처형대 위에 올라가 자신의 죄를 고백하는 것으로 스스로를 위로한다. 또한 목사는 숲 속에서 헤스터를 만났을 때에도 여지없이 나약하고 초라한 모습을 드러낸다. 반면, 헤스터는 모든 것을 포기하고 죽고 싶다는 목사에게 다음과 같이 위로한다.

"당신은 7년 동안이나 비참한 운명의 무게에 짓눌려 맥을 못 쓰고 있어요. 하지만 그 무거운 짐을 내던져버리고 가지 않으면 안돼요. 모든 것을 새로 시작하는 거예요. 한번 실패한 걸 가지고 꿈을 잃어버렸다고 하시는 거예요? 당치도 않은 말씀이에요. 미래에는 아직도 얼마든지 기회나 성공이 기다리고 있어요.

행복을 누릴 수도 있어요. 선행을 쌓을 수도 있고요. 설교를 하세요. 글을 쓰세요. 행동을 하시는 거예요. 쉽사리 쓰러져 죽는 일이 아니라면 무슨 일이든지 하세요. 자, 마음을 굳게 먹고 기운을 내세요."

여기에 나타난 헤스터의 모습은 단순한 여자로서의 모습이 아니다. 그녀의 모습은 어린 아이의 잘못을 감싸 안아 주는 포근한 어머니의 모습이다. 이 같은 모성의 상징으로서의 헤스터의 모습은 마지막 처형대 장면에서도 그대로 드러난다. 작가는 여기서 후들후들 떨며 헤스터를 향해 걸어가는 딤즈데일의 모습을 두 팔을 뻗치고 있는 엄마를 향해 걸어가고 있는 어린아이의 모습으로 묘사하고 있다.

"나를 사랑해 주셨던 여러분! 나를 거룩하다고 생각해 주셨던 여러분, 보십시오, 이 자리에 이 세상의 죄인이 여기 서 있습니다. 드디어, 드디어, 7년 전 이 여인과 함께 섰어야 마땅했을 이 자리에 나는 섰습니다. 내가 이 형단에 기어오른 힘보다도 더 강한 힘으로 이 여인은 내가 쓰러지지 않도록 나를 부축해 주고 있습니다. 헤스터가 달고 있는 이 주홍글자를 보십시오! 여러분들은 이것을 볼 때마다 몸서리를 쳤습니다. 이 여인이 어디에 가거나 ── 이렇게 비참한 업보를 짊어진 채 마음의 안식처를 찾아 어딜 가나 ── 이 글자는 이 여인 주변에 몸서리나는 빛과 무서운 혐오의 감정을 자아냈습니다. 그럼에도 불구하고, 여러분은 여러분 틈에 서있던 한 남자의 죄악과 불명예의 낙인에 대해서는 몸서리치지 않으셨습니다."

그 장면을 구경했던 대부분의 사람들은 주홍글자가 ── 헤스터 프린이 달고 있던 것과 똑같은 글자가 —— 목사의 가슴 위 살 갗에 새겨져 있는 것을 보았다고 증언들을 했다. 그 문자의 내력에 대해서는 여러 가지 말이 있었지만, 모두가 추측에 불과했음은 어쩔 수 없는 노릇이었다.

2 악마성의 상징 칠링워스(Chillingworth)

헤스터가 판결을 받는 장소에 우연히도 바다에서 난파하여 죽었다고 알려졌던 헤스터의 남편이 도착한다. 그는 난파도중 인디언들에게 구조되었고 그들로부터 신비한 약초와 의술을 배우고 그제에야 세상에 나온 것이었다. 늙고 기형적인 모습을 한 그는 처형대 위에 서 있는 아내를 보고 자기의 신분을 감추고 아이의 숨은 아버지를 찾아낼 결심을 한다. 그는 헤스터를 감옥으로 찾아가 자기 신분의 비밀을 지켜줄 것을 강요하고 "그 남자는 옷에 치욕의 글자를 수놓아 가지고 다니지는 않아. 그러나 난 그 자의 가슴 속에 박힌 글자를 찾아내고야 말겠어. 그 자를 살려 두겠어. 세상의 명예 속에 숨어 있도록 하겠어. 그러나 그 자와 당신과 아이는 모두 내 손아귀에 있어."라고 말하면서 복수를 선언한다. 그는 자기의 신분을 감추고 로저 칠링워스라는 이름으로 복수에 사로잡혀 지내게 된다. 그는 병들고 쇠약해진 딤즈데일 목사의 건강을 보살펴 달라는 신도들의 부탁으로 목사와 한 지붕 아래 살게 되면서, 목사의 육체적인 병은 정신적인 병의 징후에 불과한 것이라는 것을 눈치 챘다. 어느 날 그는 잠든 목사의 옷깃을 들추어 살에 새겨진 신비스런 표적을 발견하고는 '마치 한 영혼이 천국으로 가는 길을 잃고 사탄의 왕국으로 유인되었을 때 사탄이 기뻐 날뛰는 것처럼' 광적인 기쁨에 빠진다. 목사의 가슴 속에 새겨진 표적이 바로 헤스터가 늘 옷 위에 달고 다니는 바로 그것과 같은 것이라는 것은 맨 마지막 장에서 밝혀진다. 바로 그것은 주홍빛 오명의 낙인, 숨겨 온 비밀의 증거였던 것이다.

작가는 헤스터의 남편 칠링워스(Chillingworth)에게도 상징적 이름을 붙여 두었다. '한기가 스미는 쌀쌀한'이란 뜻을 가진 이름처럼 칠링워스는 인간의 내부에 도사리고 있으면서 언제라도 마각을 드러낼 수 있는 악마성을 대변하는 인물이다. 그의 외모 역시 이것을 반영하고 있다. 찌푸린 인상과 한쪽 어깨가 다른 쪽보다 높은 기이한 그의 외모는 지성과 감성간의 균형을 상실한 채 동정심마저 잃어버린 인간상을 시각적으로 보여주고 있다. 이러한 칠링워스는 작품에서 사탄의 상징인 뱀으로 형상화되어 나타나고 있다.

이 사나이는 광장에 도착하자 헤스터가 알아차리기 전부터 이미 시선을 헤스터 프린에게 쏟고 있었던 것이다. 그렇지만 이윽고 그의 눈매가 찌를 듯한 날카로운 모습으로 바뀌었다. 공포에 싸여 번민하고 괴로워하는 표정이 그의 얼굴에 떠올랐다. 마치 얼굴 위를 잽싸게 지나가려던 뱀이 한순간 멈춰 서서 몸을 사리는 똬리를 사람에게 들키기라도 한 것처럼, 그의 얼굴은 뭔가 격렬한 감정에 싸여 어두워졌다.

그가 지난 날 다정하고 선량한 인간으로부터 악마로 변해가는 과정은 매우 의미심장한데, 그의 일그러진 모습은 죄가 늘어남에 따라 그대로 그의 외관에도 반영되어 나타난다. 그리고 거머리처럼 딤즈데일의 영혼에 밀착하여 피를 말리던 그가 딤즈데일이 마침내 교수대에 올라 자신의 죄를 대중 앞에 고백함으로써 그의 복수를 더 진행시킬 수 없게 되자, 피 빨아먹을 대상을 잃고 말라죽는 거머리처럼 사라지는 비유 역시 매우 인상적이다.

3 값진 보물 펄(Pearl)

펄은 태어나는 순간부터 딤즈데일이 교수대에서 숨을 거두는 순간 그녀의 뜨거운 눈물과 함께 인간성을 되찾을 때까지 실제 인물이라기보다는 하나의 상징으로서 역할한다. 헤스터에게 있어서의 펄은, 'Pearl'이라는 이름에서 알 수 있듯이 그녀 자신의 모든 것을 바친 대가로 고난과 시련 속에서 얻은 값진 진주, 즉 그녀의 유일한 보물이다. 헤스터는 펄을 사회가 그녀로부터 빼앗아간 모든 것을 보상해주고자 하늘이 보내주신 선물이라고 말한다. 또한 헤아릴 수 없는 신의 섭리로 인하여 죄 많은 정열의 도가니 속에서 태어난 아름다운 불멸의 꽃송이라고 말한다. 하지만 세상의 잣대로 보면 불륜이라는 추악한 죄의 산물일 수밖에 없다. 이런 점에서 같은 원죄의 상징인 것이다. 하지만 헤스터 가슴 위의 주홍글자와 펄의 의미는 다르다. 그녀 가슴 위의 치욕적인 붉은 "A"자는 독선적인 청교도주의 도덕관에 의해 강요된 것이고, 펄은 신이 그녀에게 보내준 사랑과 구원의 상징이기 때문이다. 펄이 세상에 태어나 처음 알아본 것은 다름 아닌 어머니의 가슴에 달려있는 주홍글자였다. 또한 소녀가 된 펄은 들꽃을 꺾어 헤스터의 주홍글자를 표적으로 삼아 맞추기를 좋아했고, 헤스터가 그녀의 운명을 벗어버리고자 주홍글자를 냇가에 던졌을 때는 주홍글자가 없는 어머니의 존재를 거부했다. 펄에게 있어서 주홍글자와 어머니는 결코 분리될 수 없었다.

펄은 헤스터에게 자기도 크게 되면 자연스럽게 주홍글자를 다는 것이 아니냐고 묻는데 이것은 이미 펄에게 주홍글자는 죄의 상징이 아니었기 때문이다. 그렇다고 딸까지 이어지는 죄과의 의미도 아니다. 다만 자신을 바르게 살아갈 수 있도록 반성하게 하는 하나의 검열과 같은 것이다. 결국 주홍글자는 헤스터의 양심의 보호자이며 감시자인 동시에 사랑과 구원의 상징이 된다.

그러나 헤스터 프린에게는 펄이 가정을 이룩한 그 미지의 땅에서보다도 여기 뉴잉글랜드에 더욱 진실한 생활이 있었다. 이 땅에는 그녀의 죄악이 있었고, 그녀의 슬픔이 있었다. 또 참회의 생활을 할 땅도 여기밖에는 없었다. 그런 연유로 그녀는 이 땅으로 되돌아왔다. 그리고 우리가 여태껏 서술한 이 암담한 소설에 나오는 그 표적을 다시 몸에 붙인 것이다. 물론 이것은 그녀의 자유의사에 의한 것이었다. 비록 엄격하기 이를 데 없는 시대의 가장 가혹한 위정자라 해도, 이것을 강요하지는 못했을 것이니 말이다. 그 후 한 번도 표적이 그녀의 가슴을 떠나 본 적이 없었다. 그러나 헤스터의 일과가 되어 있는 근로와 반성과 헌신의 세월이 흐르는 동안, 주홍글자는 세인의 멸시와 박해를 자아내는 치욕의 표적이 아니라, 오히려 무언가 동정을 느끼게 하는, 또 두려우면서도 존경에 가득 찬 눈으로 쳐다보는 그 어떤 상징이 되었다. 헤스터 프린은 아무런 이기적인 목적이 없었고, 자기의 이익이나 향락을 위하는 일이 전혀 없었으며, 또 엄청난 고난을 자기 스스로가 겪어 본 여성이라고 해서 사람들은 슬픈 일이나 어려운 일이 생겼을 때 그녀를 찾아와 조언을 구했다. 특히 여자들이——상처 입은 사랑, 헛되고 욕되고 잘못된 사랑, 또는 불의의 죄 많은 사랑의 시련에 희생된 여인들과, 또는 아무도 몰라주고 찾아주지 않아서 열매를 맺지 못한 쓸쓸한 여

인들이── 헤스터의 오두막을 찾아와, 왜 우리는 이렇게 비참하
며, 어떻게 해결방법이 없겠느냐고 묻는 것이었다. 헤스터는 그
들을 위로하고 자기의 힘이 자라는 데까지 의논해 주었다. 또
그녀는 언젠가 이 세상에 하느님의 뜻이 이루어지는 밝은 시기
가 찾아오면 새로운 진리가 밝혀질 것이며, 그렇게 되면 남녀가
서로의 행복을 위한 확고한 기초가 다져질 것이라는 자신의 굳
은 신념을 말하며 그들을 안심시키는 것이었다.

▌4▐ 조소와 멸시의 표적에서 존경과 숭배의 표적으로

목사가 죽고 난 뒤 칠링워스는 마치 뿌리가 뽑혀진 잡초가 햇빛에
말라 버리는 것처럼 일시에 모든 생명력을 잃고 죽고 만다. 죽으면서
그는 막대한 유산을 펄에게 남긴다. 사람들이 악마의 자식이라고 불
렀던 펄은 부유한 여상속자가 되어 청교도의 땅을 떠났다. 그러나 헤
스터는 그 숙명의 땅으로 다시 돌아와 스스로 주홍글자를 달고 공인
된 성자와 같은 여생을 살게 된다. 헤스터는 자신의 죄악과 숙명을 피
하지 않고 이겨낸다. 그리하여 '치욕의 표적', '조소와 멸시의 표적'이
던 주홍글자는 세상 사람들의 존경과 숭배의 표적으로 바뀌고, 죄인
이었던 그녀는 성녀와도 같은 존재로 변하게 된다.

작가는 이 작품에서 작중인물들에게 글자의 뜻을 붙여 이름을 지었다. 그리고 주홍
글자 "A"도 문자와 관련되어 있다. 작가는 왜 자의(字意–글자의 뜻)를 인물 혹은 주제
와 관련시켜 제시하고 있는지 생각해보자.

추 천 할 만 한 번 역 본

계명대학교 출판부에서 나온 책은 기존의 《주홍글씨》라는 제목을 《주홍글자》라는 제
목으로 수정 번역했을 뿐 아니라 서론을 비롯하여 많은 오역을 바로잡아 번역했다.

《주홍글자》, 정문영 역주, 계명대학교 출판부, 1999

책 에 빠 지 는 즐 거 움

Adventures of Huckleberry Finn

허클베리 핀의 모험

마크 트웨인(Mark Twain)

이 책에 관하여

《허클베리 핀의 모험》은 헤밍웨이로부터 "미국 문학의 출발은 《허클베리 핀의 모험》이다."라는 찬사를 받은 작품답게 미국의 토속적 방언으로 씌어진 일대 서사시, 미국이 지속적으로 안고 있는 인종문제라는 주제를 최초로 다룬 작품이라 할 수 있다. 또한 마크 트웨인과 40여 년 간 친분을 유지했던 당시 유명한 비평가 윌리엄 하워스는 마크 트웨인을 "미국 문학사의 링컨 같은 존재"라고 극찬을 아끼지 않았다. 그 만큼 마크 트웨인의 《허클베리 핀의 모험》은 미국 문단에서 특이한 위치를 차지하면서 많은 주목을 받아왔다. 풍자이면서도 초기의 해학을 넘어 '인간 심성의 미덕과 타락'을 직접 다룬 작품으로 극찬되기도 했다.

훌륭한 작품들이 대개 그러하듯이 마트 트웨인의 이 작품도 제대로 빛을 보기까지는 갖가지 어려움을 겪었다. 이 작품이 처음 출간된 19세기 말과 20세기 초의 독자들은 내용이 불건전하다는 이유로 비난의 화살을 던졌다. 주인공인 허클베리 핀이 거짓말을 밥 먹듯 하고 담배를 피우며 말버릇이 바르지 못한 불량소년이라는 것이 무엇보다도 청소년들이 읽기에는 여러 모로 부적절하다는 판정을 받았던 것이다. 이 책이 출간되었을 당시 〈라이프〉지는 이 작품을 두고 '피를 굳게 하는 유머'니 '하수구의 리얼리즘'이니 또는 '천박하고 지루한 농담'이니 하고 신랄하게 비판했다. 그리고 매사추세츠 주의 콩코드 도서관은 《허클베리 핀의 모험》을 쓰레기 같은 작품으로 여겨 도서관 장서 목록에서 삭제해 버렸다. 이 작품이 배척 받은 데에는 헉이 사용하는 말투도 톡톡히 한 몫을 했는데 그가 사용한 남서부 지방의 사투리를 비롯하여 비어나 속어는 소년으로서는 도저히 입에 담기 어려운 상스러운 것이었다. 또한 헉과 다른 인물들이 사용하는 어법도 미국의 표준어와는 꽤 거리가 먼 것이었다. 그러나 그가 즐겨 쓴 구어체 문장은 당시 작가들에게 큰 영향을 미쳤으며, 미국 문학의 발전에 크게 공헌하기도 했다.

이 책은 제목 그대로 허클베리 핀이라는 소년이 겪는 갖가지 모험담으로 되어있다. 기존 사회의 인습에 물들지 않은 14살의 순진한 어린 소년 허클베리 핀을 주인공 1인칭 화자로 설정하여, 내재된 작가의 복합적인 경험과 당시 남북 전쟁 이전의 미국 남부 사회의 병폐와 허위를 마크 트웨인만의 유머로 현실을 풍자하며 미국이 가져야 할 새로운 비전을 제시했다고 볼 수 있다.

저 자 에 관 하 여

마크 트웨인(Mark Twain, 1835~1910)의 본명은 새뮤얼 랭혼 클레멘스(Samuel Langhorn Clemens)이며 미주리주 플로리다에서 출생하였다. 그는 '미국 현대문학의 아버지'라 불리는 19세기 대표적 소설가로, 남북전쟁 뒤의 미국 리얼리즘문학을 대표하는 작가 중 한 사람이다. 그의 필명인 마크 트웨인은 강가 뱃사람의 용어로 안전수역을 나타내는 '두 길'(한 길은 6피트)을 뜻하는 것으로 알려져 있다. 젊은 시절 인쇄공과 미시시피 강의 뱃길 안내원, 저널리스트, 출판업자로 일하기도 했고 금광을 찾아 떠돌기도 하는 등 다양한 직업을 전전했다. 아버지의 죽음과 가난, 그로 인한 삶의 고단함을 일찌감치 경험해야 했음에도 낙천적이고 자유분방한 기질을 잃지 않았던 그는 버지니아주 한 신문의 통신원으로 일하기 시작하면서 마크 트웨인이란 필명을 비로소 세상에 알리기 시작한다. 마크 트웨인의 삶은 주정을 부린 혐의로 감옥에 감금되기도 하는 등 결코 순탄하지 만은 않았다. 그는 한곳에 정착하지 못하고 항상 안절부절했었는데 이러한 그의 태도는 그의 거의 모든 문학 작품에 반영되어 간혹 종잡을 수 없는 분위기를 창조해 내곤 했다. 그는 작품 속에 고상한 문체와 세속적인 문체를 섞어 사용했고 주인공이나 주제도 고상한 것과 세속적인 것을 번갈아 사용했다. 그는 미주리 주 내륙 출신이면서 서부와 동부에서 활동을 했으며 미국인이면서 많은 시간을 유럽에서 보냈고, 돈을 증오하면서도 돈을 벌기 위해 일생을 사업에 투자하여 실패를 거듭하게 되고 인간을 기계의 한 부분인 양 여기는 자연주의 사고에 심취되어 있으면서도 인간의 자유 의지를 역설하기도 했다. 가난과 부유를 모두 경험했고, 남부에서 태어나 서부와 북부에서 작품 활동을 하며 남부 지역의 문학을 미국문학으로 격상시킨 미국을 대표할 수 있는 작품을 남겼던 그는 코네티컷주의 레딩에서 1910년 세상을 떠났다. 그의 작품세계는 주로 물질문명에 대한 비판과 재치 있게 사회를 풍자하는 내용을 담고 있는데, 《도금시대》, 《왕자와 거지》 등이 이 부류에 속하는 작품이다. 그러나 차차 비관적인 생각으로 기울어져 《괴상한 타관 사람》, 《인간이란 무엇인가》에서는 미국 문명에 대한 비관주의를 드러내고 있다.

Adventures of
Huckleberry Finn

1 보고 들은 것을 그대로 이야기하겠어!

"《톰 소여의 모험》이라는 책을 읽지 않았다면 나에 대해 잘 모르겠지만 그런 건 아무래도 좋아. 그 책을 쓴 사람은 마크 트 웨인인데, 군데군데 과장된 표현을 하고 있지만 대체로 사실을 쓰고 있단 말이야. (……) 그 책은 대체로 거짓말이 없는 책이 야. 아까도 말했지만 좀 과장된 부분이 있긴 해도 말이야."

헉은 자신이 보고 들은 것을 그대로 이야기하고 다른 내용들은 더 하지 않겠다는 의도를 밝히는데 이는 작가가 헉을 통해 어린이의 관 점에서 당시 사회 현상들을 서술하기 위한 것으로서 독자들로 하여금 더욱 흥미를 느끼게 만든다. 마크 트웨인은 한 소년의 눈을 통해 당시 사회의 종교적 위선, 사회의 폭력, 노예제도에 대한 부정과 사회비판 을 고발하고 있다.

2 자유에 대한 찬가

《허클베리 핀의 모험》에 나타나는 주제 중 하나는 자유에 대한 찬가 이다. 헉은 더글러스 부인에게 맡겨져 문명생활과 교육을 받지만 그 에게는 불편한 것으로 여겨질 뿐이다. 더글러스 부인과 함께 사는 왓슨 여사의 계속되는 간섭은 헉에게 이들과의 생활에 싫증을 느끼게 하는데, 이후 헉의 아버지가 헉을 납치해 자연에서 생활을 하게 되면서 아버지의 행동에 두려움을 느끼기도 하지만, 규범에 얽매이지 않는 자연 생활의 자유로움을 만끽하기도 한다.

나는 톰이나 짐보다도 한 발 앞서서 인디언 부락으로 가야할 것 같아. 왜냐하면 말이야, 샐리 아주머니가 나를 양자로 삼아서 예의범절을 가르쳐줄 셈인 모양이거든. 그건 안 되지. 난 참을 수가 없는걸. 그건 벌써 그전에도 내가 경험한 일이니까 말이야.

이야기의 마지막 부분에서 샐리 아주머니가 헉을 다시 교화시키려 하자 헉은 또다시 도망칠 생각을 한다. 마크 트웨인은 그의 작품에서 주로 문명과 자연 상태의 갈등을 나타내고자 한다. 헉은 '자유롭고 만족스러움'을 느끼고 싶어 하는 것이다.

마침 그때였어. 총을 가진 사나이 둘이 보트를 타고 다가오는 거야. 그 사람들이 멈추는 바람에 나도 카누를 멈추었지. 그 중 한 사람이 묻더군.

"이봐 오늘밤 상류에서 검둥이가 다섯 명이나 도망쳤어. 저기 타고 있는 사람은 흑인이냐, 백인이냐?"

나는 즉시 대답할 수가 없었어. 대답하려고 했지만 말이 나오지 않는 거야. 한동안 용기를 내서 말하려고 했지만 나는 아무래도 사내가 못되는가봐. 토끼만큼의 용기도 없는 거야. 나는 스스로 마음이 약해져 있는 것을 알 수 있었어. 그래서 이렇게 말했지.

"백인이에요."

"다가오지 마라 얘야. 바람 부는 쪽에 있어. 제길, 바람을 타고 우리한테까지 오지는 않았겠지. 네 아버지는 마마지? 왜 분명하게 말하지 않니? 너 이 일대에 마마를 퍼뜨릴 셈이냐?"

"아니, 저어……."

나는 울상이 되어 말했지.

"그래 얘야, 잘 가거라. 잘 가. 도망친 검둥이를 발견하면 도움을 청해서 붙잡아라. 그러면 약간의 돈이 생길 테니까 말이야."

혁은 사회의 규범을 거부하고 자신의 자유를 따르는 것을 더 좋아하는데 이러한 갈등은 사회 집단과 자유를 추구하는 개인 의지의 갈등으로 표현되고 있다. 만약 혁이 사회 규범을 따르려 했다면 도망 노예를 노예 사냥꾼들에게 알렸겠지만 혁은 짐에게 인간적인 연민을 느끼고 짐이 흑인이 아니고 천연두에 걸린 자신의 아버지라고 거짓말을 해 위기를 모면하기도 했다.

혁은 왓슨 아주머니의 노예인 짐과 여행을 같이 하게 되는데, 여러 사건들을 통해 혁과 짐이 동일하게 바라는 것은 자유라는 것을 알 수 있다.

내가 이렇게 고민하는 도중에도 짐은 큰소리로 지껄여대고 있었어.

"자유의 땅에 가서 맨 처음 무엇을 할 것인고 하니 맨 처음 돈을 벌어서 1센트라도 헛되이 쓰지 않고 마누라를 사겠다는 거야."

짐이 마누라라고 부르는 여자는 왓슨 아주머니네 바로 이웃에 있는 농장에서 일하고 있었어. 그리고 둘이 열심히 일해서 두 아이를 사겠다는 것이었어. 만약 어린애들 주인이 팔지 않겠다면 노예 폐지론자에게 부탁해서 훔쳐낸다는 거야. 이런 이야기를 듣고 있으려니까 나는 온몸이 얼어붙는 것 같은 느낌이 들더군. 짐은 지금까지 이처럼 대담한 이야기를 한 적이 없었거든. 그러던 그가 이제 얼마 안 있으면 자유로운 몸이 된다는 생각에 이렇게까지 달라진 거야…….

"이제 곧 나는 기뻐서 환성을 지르게 될 거야. 그리고 이것은 모두 헉 덕분이라고 말할 거야. 나는 이제 자유의 몸이지만 만일 헉이 없었더라면 자유를 찾지 못했을 거야. 헉이 나를 자유롭게 해주었어. 짐은 언제까지나 잊지 않을 거야. 헉, 너는 짐의 제일가는 친구야. 하나 밖에 없는 친구야."

헉과 짐이 찾아가는 '자유' 주(州)는 바로 그들이 갈망하는 자유를 상징하는 곳이다. 짐이 바라는 것은 노예 신분에서 벗어나는 것, 그리고 헉이 찾고자 하는 자유는 문명을 교육시키려고 하는 더글러스 부인과 아버지의 폭력으로부터의 자유이다. 타인의 간섭에서 벗어나는 자유만이 아니라 인종과 남녀노소를 막론하고 인간이라면 누구나 누릴 수 있는 참된 자유인 것이다. 이 두 사람이 자유를 꿈꾸는 동기는 다르지만 작가는 헉과 짐을 통해 이들이 처해있는 세계, 즉 인종 차별의 세계, 어른들의 부패한 모습으로 인해 진정한 자유를 찾아 볼 수 없는 세계를 벗어나 새로운 세계로 가고자 하는 욕구를 나타내고 있다.

③ 인종을 초월한 동등한 자유

《허클베리 핀의 모험》의 또 다른 주제는 인간 평등이다. 마크 트웨인은 흑인 노예인 짐을 고상한 인간성을 지닌 인물로 묘사하고 있다. 헉에게 사려깊은 충고를 한다거나, 헉이 쉴 수 있도록 그의 잠자리를 양보하는 등 이제까지 흑인에게는 결여되어 있다고 여겨져 왔던 점들을 부각시켜 흑인에 대해 사회적으로 형성되어 있는 왜곡된 생각들을 비판하고 있는 것이다. 이 책은 당시 상황에 비추어 보아 인종 문제에 관해 상당히 진보적인 내용을 담고 있는데 두 주인공이 추구하는 자유와 관련지어 생각해보면 인종을 초월하여 동등한 자유를 누려야 한다는 인간 평등의 의미가 담겨진 것이다.

짐은 자유가 눈앞에 다가온 것을 생각하면 온몸이 떨리고 뜨겁게 달아오른다고 했는데, 사실은 그놈의 말을 듣고 있자니 나도 온몸이 떨리고 뜨겁게 달아올랐어. 짐이 이제는 자유의 몸이나 다름없다는 생각이 내 머리를 스쳤기 때문이지. 그런데 그건 대체 누구 탓이었을까? 바로 내 탓이었어. 이 사실이 내 양심에 걸렸어. 나는 괴로워서 마음을 가라앉힐 수 없었고 한 곳에 가만히 있을 수가 없었어. 내가 하고 있는 일이 어떤 일인지 그때까지는 뚜렷하게 인식되지 않았었는데 이젠 확실해 진거야. 그래서 그것이 점점 나를 더 괴롭게 하는 것이었어. '내 탓이 아니야, 내가 짐을 그의 주인으로부터 도망치게 한 것이 아니야.' 하고 나 자신에게 말하려 했지만 역시 그렇게 되지 않았어.

"미안하지도 않아? 왓슨 아주머니가 네게 무슨 잘못을 저질렀단 말이냐. 그 사람의 검둥이가 네 눈앞에서 도망치려는 것을 보고 있으면서도 너는 아무 말도 하지 않고 있지 않느냐? 그 불

쌍한 왓슨 아주머니가 너한테 무슨 짓을 했다고? 어떻게 그런
매정한 짓을 할 수가 있지. 그 사람은 너한테 글을 가르쳐 주려
고 했어. 예의범절을 가르쳐 주려고 했다고. 모든 방법으로 너
를 도와주려고 했어."

　나는 비참하고 한심스런 생각이 들어서 차라리 죽어버렸으
면 하고 생각했을 정도였어. 나는 짐을 신고하러 가려던 참이었
어. 하지만 짐에게 이런 얘기를 듣고 나니까 온몸의 기운이 싹
빠져버리는 것 같은 느낌이 들더군.

　당시에는 노예를 돕는 사람은 지옥에 간다고 믿겨질 만큼 흑인 노
예에 대한 인종 차별이 극심했었다. 헉과 짐이 카이로에 가까워 졌을
때 곧 자유의 몸이 될 거라고 기뻐하는 짐을 보며 헉은 자신이 불법으
로 도망친 노예의 도피를 도와주었다는 죄책감에 시달린다. 헉 역시
처음에는 당시의 사회에 만연해 있던 흑인에 대한 편견을 가지고 짐
을 바라보았던 것이다. 그러나 짐과 함께 여러 사건들을 겪어 온 헉은
흑인 노예를 돕는 것이 죄가 된다면 기꺼이 죄인이 되리라는 결심을
하게 될 정도로 성숙하게 된다. 또한 짐과의 역경을 통해 인간으로서
더욱 중요한 것이 무엇인가를 깨닫게 된다.

　어차피 노예로 지내야 한다면 짐에게는 가족들도 있는 고향
에서 노예 살이를 하는 것이 천 배 만 배 더 나을 것이 아닌가?
그래서 나는 톰 소여에게 편지를 띄워서, 짐이 어디에 있다는
것을 왓슨 아주머니에게 알리도록 하는 것이 어떨까 하고 생각
해 보았지. 하지만 나는 곧 생각을 달리 했어. 거기에는 두 가지
이유가 있었지. 왓슨 아주머니는 짐이 자기에게서 도망간 몹쓸

인간, 배은망덕한 인간이라고 단정해 버리고 또다시 강 하류 쪽으로 팔아넘기지 않을까 하는 생각과 설사 팔아넘기지 않더라도 모든 사람이 짐을 은혜를 모르는 검둥이라고 따돌리고 짐도 항상 그 생각을 떨쳐버리지 못하여 언제나 초조한 수치감 속에서 살지 않을까 하는 생각이었어. 그래서 나는 난처해졌어. 어떻게 해야 좋을지 알 수가 없었지. 그러나 나중에서야 한 생각이 얼른 떠오르더군.

'좋아. 이제부터 편지를 쓰자. 그리고 나서 기도를 할 수 있는지 어떤지를 시험해보자.'

'왓슨 아주머니께. 아주머니, 탈주 노예인 짐은 피크스빌에서 2마일 하류에 있는데, 펠프스씨가 붙잡고 있으니까 만일 아주머니께서 상금을 보내면 그것과 교환해 주겠지요.'

'헉 핀……'

나는 여러 가지 일들을 차례로 생각했어. 그러는 중에 줄곧 짐의 모습이 내 눈앞에 아른거렸어. 낮의 짐, 밤의 짐. 달밤인 때도 있었고 태풍인 때도 있었지. 그리고 나와 짐은 떠들고 노래하고 웃으면서 줄곧 함께 내려왔지. 하지만 어찌된 영문인지 짐에게 매정한 생각을 품었던 일은 하나도 떠오르지 않고, 그 반대인 경우만 머릿속에 떠오르는 거야. 나를 아껴주고, 나를 위해서 모든 시중을 들어주고, 또 늘 얼마나 친절하게 해주었던가. 어느 쪽으로도 단안을 내리기가 어려웠어. 나는 편지를 손에 들고 있었어. 온몸이 부들부들 떨렸어. 두 가지 중에 어느 한쪽을 정하고 나면 그때는 이미 되돌릴 수 없는 것이잖아. 나는 그것을 너무 잘 알고 있었으니까 말이야. 나는 잠시 생각하고는 혼자 마음 속으로 말했어.

'좋아, 그렇다면 나는 지옥으로 간다.'

그리고 나서 편지를 갈기갈기 찢어버렸어.

 짐은 헉과 여행 하던 중 사기꾼들에 의해 펠프스가에 붙잡히게 되고, 헉은 고민을 한다. 아주머니에게 편지를 써서 알릴 것인가, 아니면 짐을 구해서 노예의 신분에서 해방시켜줄 것인가. 이러한 갈등은 헉이 사회적인 관습에 신경을 쓰고 있다는 것을 보여준다. 결국 헉은 짐을 구해내기로 결심함으로써 사회의 잘못된 관습, 즉 인종 차별에 대해 저항한다. 헉이 왓슨 아주머니에 대한 죄책감과 짐과의 의리 사이에서 고민하다가 결국 짐을 구해내기로 결정한 이유는 바로 짐을 흑인 노예로서가 아니라 헉 자신을 신뢰하는 한 사람의 인간으로 인식하게 되었기 때문이다.

4. 깊이 생각해 보기

　우리는 헉의 양면성을 작품 곳곳에서 볼 수 있는데, 이에 대해 작가는 나중에 "이 작품의 아이러니는 건전한 양심과 왜곡된 양심이 갈등하게 되고 그 갈등에서 왜곡된 양심이 패하는 것으로부터 생겨난다."고 말했다고 한다. 자신의 입장에서 '건전한 양심'과 '왜곡된 양심'이 갈등하는 상황을 제시하고 이를 해결해 나가는 바람직한 방향에 대해 생각해 보자.

5. 더 깊은 이해를 위하여

추천할 만한 번역본

　여러 번역본 중 특히 두 번역본의 특징에 눈에 띈다. 중명출판사 판은 두 주인공들이 겪게 되는 사건들을 통해 미국 사회가 여전히 안고 있는 인종 문제에 대한 솔직한 통찰에의 접근을 모색하며, 흑인들의 말투를 특정 지역의 사투리가 아닌 교육 정도가 낮고 차별 받은 사람들이 쓰는 투박한 말투로 번역했다는 점이 특징이다. 그리고 민음사에서 출판된 번역본은 100여 년 만에 한 가정집 다락방에서 우연히 발견된 친필 원고를 바탕으로 기존의 작품에 빠져 있었던 여러 장과 에피소드를 복원한 유일한 종합판 번역이라는 평을 받고 있다.

　《허클베리 핀의 모험》, 세계 문학전집 6, 김욱동 역, 민음사, 1998
　《허클베리 핀의 모험》, 태혜숙 역, 중명출판사, 1999

A Farewell to Arms

무기여 잘 있거라

헤밍웨이(Hemingway, Ernest Miller)

이 책에 관하여

　　1929년에 발표된 이 장편소설은 제1차 세계대전을 배경으로 미국인 군의관 프레드릭 헨리와 영국인 간호사 캐서린 버클리의 사랑을 그리면서 전쟁과 사랑이라는 주제를 통해 종교, 문화, 역사가 그 의미를 상실한 20세기 초 미국의 뿌리 잃은 세대의 비극적 삶을 다루고 있다. 우리는 이 작품을 통해 방향 감각을 잃고 부조리한 삶을 살아갈 수밖에 없는 이들이 어떻게 용기를 가지고 인간의 위엄을 지키며 냉철하게 자신의 삶을 개척해 나가는가를 보게 된다.

　　헤밍웨이는 1928년 3월 파리에 머물면서 《무기여 잘 있거라》의 집필을 시작했는데 이때는 대전이 끝난 지 약 10년이 되는 해이다. 집필은 그가 본국으로 돌아온 후에도 계속되었고, 8월말 와이오밍 주 빅 폰 근방의 한 시골에서 탈고했지만 그 후에도 퇴고에 퇴고를 거듭한 끝에 1929년에 접어들어서야 출판사로 넘어갔다. 마지막 결말 부분은 17회나 고쳐 썼다고 한다.

　　집필 당시 헤밍웨이를 사로잡았던 니힐리즘(nihilism, 허무주의. 라틴어의 '무(無)'를 의미하는 니힐(nihil)이 그 어원이다.)은 캐서린의 비극적인 죽음으로 작품의 막을 내리게 한다. 이 마지막 부분에 작품의 온 무게가 실려 있다. 주인공(프레드릭 헨리)은 스스로 무거운 짐을 짊어지고 맨손으로 세계의 무의미함과 어리석음을 견디지 않으면 안 되었다. 그 묵묵한 인내의 자세에 주인공 존재 이유의 모든 것이 함축되어 있다.

　　작품에서는 주로 두 주인공의 대화를 통해 서로의 감정이 표현되고 있는데 독자들은 그 대화를 통해 둘 사이에 오고가는 사랑의 감정을 감각적으로 이해할 수 있다. 참혹한 전쟁 상황을 군의관 프레드릭의 눈을 통해 서술하고 있으면서도 부분부분 전시에 일어나는 주변 인물들 간의 에피소드로 전체적 상황을 연출하고 있다. 1930년에 L. 스토링즈가 극화했고 1932년과 1958년에는 영화로 제작되기도 했다.

저 자 에   관 하 여

　헤밍웨이(Ernest Miller Hemingway, 1899~1961)는 1899년 7월 21일 미국 시카고 교외의 오크파크에서 출생했다. 그의 아버지는 사냥 등 야외 스포츠를 좋아하는 의사였고, 어머니는 음악을 사랑하며 종교심이 가득한 여성이었다. 이런 부모의 성격이 헤밍웨이의 인생과 문학에 큰 영향을 준 것으로 보인다. 고교시절 풋볼 선수이기도 했던 그는 시와 단편소설을 쓰기 시작했다. 고교 졸업 후에 대학에 진학하지 않고 캔자스시티의 〈스타, star〉지 기자가 되었고, 제1차 세계대전 시기인 1918년 의용병으로 적십자 야전병원 수송차 운전병이 되어 이탈리아 전선에 투입되었다가 다리에 중상을 입고 밀라노 육군병원에 입원, 휴전이 되어 1919년 귀국하였다. 후일 캐나다 〈토론토 스타〉지의 특파원이 되어 다시 유럽 각지를 시찰하며 그리스–터키 전쟁을 보도했다.

　1923년 《3편의 단편과 10편의 시(Three Stories and Ten Poems)》를 출판했고, 1924년 《우리들의 시대에(In Our Time)》를 발표했다. 1926년 《봄의 분류(The Torrents of Spring)》에 이어 《해는 또 다시 떠오른다(The Sun Also Rises)》를 발표하면서 당대의 명성을 얻는다.

　1928년 아버지의 권총자살을 겪은 후 이듬해 전쟁의 허무함과 고전적 비련을 주제로 한 《무기여 잘 있거라(A Farewell to Arms)》를 완성했다. 이 작품은 전쟁문학의 걸작으로 손꼽히며 국외에서도 큰 호응을 얻었다. 그 후에 에스파냐의 투우를 다룬 《오후의 죽음(Death in the Afternoon)》(1932), 아프리카에서의 맹수사냥과 인생론을 함께 다룬 에세이집 《아프리카의 푸른 언덕(Green Hills of Africa)》(1935)을 발표했다. 《오후의 죽음》과 《아프리카의 푸른 언덕》에서는 작가의 문학관, 인생관을 직접 볼 수 있다. 사회소설과는 맞지 않는 작가임을 보여준 장편사회소설 《가진 자와 못 가진 자(To Have and Have Not)》(1937)에서는 밀수입에 종사하는 어선의 선장을 주인공으로 작품을 썼다.

　《제5열(The Fifth Column)》(1938)에서는 자신이 에스파냐 내란 시 공화정부군에서 체험한 스파이 활동을 담았고, 그의 최대 장편 《누구를 위하여 종은 울리나(For

Whom the Bell Tolls》)(1940)에서는 미국 청년 로버트 조던을 주인공으로 에스파냐 내란의 모습을 담고 있다. 이 작품은 《무기여 잘 있거라》 이상의 반향을 불러일으키기도 했다. 《노인과 바다(The Old Man and the Sea)》(1952)는 대어를 낚으려고 분투하는 늙은 어부의 불굴의 정신과 고상한 모습을 힘차면서도 간결하게 묘사한 단편으로서, 작가에게 1953년 퓰리처상과 1954년 노벨문학상을 안겨주었다.

《우리들의 시대에》외에 《남자들만의 세계(Men Without Women)》(1927), 《승자는 허무하다(Winner Take Nothing)》(1932)와 같은 단편이 있으며, 《살인청부업자(The Killers)》(1927), 《킬리만자로의 눈(The Snow of Kilimanjaro)》(1936) 등과 함께 단편작가로도 널리 알려졌다.

1953년 아프리카 여행 중 두 번의 비행기 사고로 중상을 입고, 1961년 7월 엽총사고로 사망한 헤밍웨이는 《이동축제일》(1964), 《만류의 섬들》(1970) 등의 유고를 남겼다. 그는 지성과 문명의 세계를 속임수로 보고, 가혹한 현실에 맞섰다가 패배하는 인간의 비극적인 모습을, 간결한 문체로 힘차게 묘사한 20세기의 대표적 작가이다.

E r n e s t   M i l l e r

H e m i n g w a y

———A F a r e w e l l t o A r m s

1 참혹한 전쟁터

　제1차 세계 대전, 어느 이탈리아 전선의 늦은 여름, 군부대 이동로의 주변 모습과 그곳으로 이동하는 군부대의 모습을 그리며 시작되는 이 작품은, 미국 출신 이탈리아군 소속 중위 군의관인 프레드릭 헨리라는 주인공의 눈을 통해 이야기를 이끌어 간다.

　이탈리아군은 오스트리아군과 독일군을 상대로 전투를 벌이고 있다. 승리를 거두고 있는 이탈리아군은 저녁이 되면 늘 그렇듯이 모여 술을 마신다. 주인공 프레드릭도 그의 친구 리날도와 항상 놀림 받는 군종신부와 함께 술을 마신다. 프레드릭은 미국인으로서 이탈리아군에 파병되어 있는 상황이고 그의 이탈리아어는 서툰 편이다.

　어느 날 밤 친구 리날도를 따라 군종병원에 갔던 프레드릭은 리날도의 마음에 들었던 캐서린이라는 간호보조사와 만나게 되고 곧 사랑에 빠진다. 프레드릭과 캐서린의 첫 데이트. 프레드릭은 잠시 이곳에서 사귈 누군가로 그녀를 대하지만 캐서린은 프레드릭과의 키스 한번으로 자신의 마음을 모두 내어준다.

　헤밍웨이는 프레드릭 헨리라는 인물의 눈을 통해 작품 전반에 걸쳐 전쟁의 참혹함과 부질없음을 말하고 있다. 탈장한 병사가 전투에 참가 하지 않기 위해 탈장대를 버린 상황에서 프레드릭은 일부러 머리에 혹을 내어 자신의 차에 태우기를 권한다.

"다리 어디가 아픈가?"
"다리가 아닙니다. 탈장입니다."
"왜 수송차를 타지 않았지?"
"보내 줘야죠. 중위님은 내가 일부러 탈장대를 풀었다고 그럽
니다."
(……)
"영어를 할 줄 아세요?"
"할 줄 알지."
"어떻게 생각하세요. 이 빌어먹을 전쟁을?"
"썩었다."
"그렇죠, 썩었죠, 정말 썩었어요."

어떻게 해서라도 전쟁에서 빠져보려는 병사가 다시 끌려가는 상황
은 전쟁의 피할 수 없는 비참함을 독자에게 보여준다.

한편 캐서린은 프레드릭이 자신을 좋아하지 않는다는 것을 깨닫고
관계를 정리하려고 했지만 프레드릭이 바쁜 와중에 자신의 병문안을
왔다는 사실에 마음이 흔들려 자신의 성 안토니오 목걸이를 선물한
다. 프레드릭은 차츰 캐서린에게 진정한 사랑을 느끼기 시작한다.
프레드릭은 전투 중 참호 속에서 운전병과 또 다른 병사와 함께 야
전식사를 하는 도중 적군의 박격포 공격을 받아 한쪽 무릎 아래 다리
가 포탄의 파편에 맞는 중상을 당하게 된다.

나는 먹다 남은 치즈를 먹고 포도주를 한 모금 더 마셨다.

(……)

이내 츄 츄 츄 하는 소리와, 용광로의 문이 확하고 열어 젖혀졌을 때와 같은 강렬한 섬광과 꽝. 섬광은 처음에는 흰색이더니 이내 적색으로 변했고, 맹렬한 폭음과 함께 확하고 사방으로 퍼졌다. 나는 숨을 쉬려고 했지만 쉴 수가 없었고, 내 몸이면서도 내 몸 같지 않게 몸 전체가 내 밖으로 빠져나가는 것 같았다. 그리고 몸이 허공에 떠 있는 것만 같았다.

(……)

땅바닥이 엉망으로 갈라졌고, 내 머리 앞에는 갈래갈래 찢겨진 들보가 가로누워 있었다.

(……)

물이 철썩하고 크게 튀기는 소리가 나고, 조명탄이 떠올라 확하고 터지며 흰색으로 비쳤다. 봉화가 오르고, 폭탄이 터졌다.

(……)

포화가 어두워졌다 밝아졌다 하는 사이에 보니까, 두 다리는 모두 무릎 위가 으스러져 있었다. 한 쪽 다리는 없어졌고, 다른 한 쪽 다리는 힘줄과 바지가랑이의 일부로 간신히 달라붙어 있었다. 잘린 나머지 부분이 몸에 붙어 있는 것처럼 꿈틀꿈틀 움직였다.

병원으로 이송되던 중 프레드릭의 위 칸에서 이송되던 병사의 상처가 지혈이 되지 않아 그의 몸으로 병사의 피가 물 흐르듯이 떨어지는 묘사를 통해 참혹한 전쟁터의 모습이 그대로 그려진다.

무엇이 뚝뚝 떨어지는 것을 나는 느꼈다. 처음에는 천천히 규칙적으로 똑똑 한 방울씩 떨어지고 있더니 이내 그것은 흐르는 것처럼 주욱 떨어져 내렸다.

(……)

피의 흐름은 여전히 계속되었다. 캄캄했기 때문에 머리 위 들것의 어느 부분에서 떨어지는지는 잘 알 수가 없었다. 몸에 떨어지지 않게 옆으로 몸을 비키려고 했다. 셔츠 밑에 피가 흘러 들어온 데가 뜨듯한 것이 끈적끈적했다.

(……)

"어떻습니까, 그 사람은?"

"어째 죽었나 보오."

(……)

핏방울은, 해가 진후에 고드름에서 떨어지는 물방울처럼, 한참 만에 한 방울씩 떨어졌다.

2 전쟁 중에 꽃핀 사랑

밀라노에 있는 병원으로 이송된 프레드릭은 부상 중이었지만 전시의 참혹함과는 상반되는 평화로움을 느낀다. 이 병원에서 그는 각기 다른 성격의 간호사들과 병원의 수위를 만나는데 그는 병원에 있는 동안 전쟁터에서 그의 주변에 있던 이들과는 동질의 성격이라 할 수 있으면서도 전혀 급박함이 없어 보이는 반대 분위기 속에서 일하는 이들을 통해 전쟁의 긴박함을 잊어가는 듯한 모습을 보인다.

운 좋게도 그의 사랑 캐서린 버클리는 그가 치료받고 있는 밀라노의 병원으로 전근 오게 되면서 캐서린은 프레드릭과 함께 하는 시간을 갖기 위해 스스로 다른 이들의 야근업무를 모두 떠맡는다. 둘의 사랑이 깊어가면서 프레드릭의 부상도 호전된다.

이렇게 전쟁의 와중에서 캐서린과의 달콤한 사랑을 경험하던 프레드릭은 자신이 은성훈장을 탈 수 있음을 알게 된다. 하지만 다른 군인들이 훈장에 눈독을 들이고 그것을 얻기 위해 거짓말까지 하는 태도와는 달리 프레드릭은 훈장에 대한 욕심이 없었다.

프레드릭은 부상이 호전되어 스스로 걸을 수 있게 되자 캐서린과 함께 전쟁 중이라고는 볼 수 없을 정도로 달콤한 시간을 갖는데 더욱 열중한다. 경마장에 가고 주변을 산책하면서 프레드릭과 캐서린의 사랑은 더욱 깊어지고 둘은 결혼을 약속한다.

프레드릭의 부상이 호전되자 전쟁 일선으로 복귀하라는 명령을 받게 되고 둘은 다시 이별한다. 이별하는 날 둘은 멋진 호텔에서 사랑을 나누는데 여기에서 캐서린은 자신이 프레드릭에게 한낱 창부와 같은 존재는 아닌가 하는 의혹을 가지며 우울함에 빠진다.

> 실내는 빨간 플러시 천으로 장식되어 있었다. 거울이 몇 개씩이나 걸려 있었고, 의자가 두 개, 벨벳 침대 커버를 두른 큰 침대가 하나. 그리고 욕실로 통하는 문.
>
> (······)
>
> 나는 다른 세 개의 거울에 비쳐 있는 그녀의 모습을 보고 있었다. 행복해 하는 얼굴은 아니었다. 그녀는 케이프를 침대 위에 떨어뜨렸다.
>
> "왜 그러지?"
>
> (······)
>
> "난 이제까지 한 번도 매춘부 같다는 생각을 해 본 적이 없었어요."

(……)

"아니 누가 당신을 매춘부라고 그럽디까?"

"그런 건 아녜요. 하지만 그런 생각이 들어요. 기분 나빠요."

(……)

"이리 오세요. 나는 이제까지 대로 좋은 여자가 될게요, 다
시……."

그녀의 낮은 자존감이 아직 완전히 치유되지 못한 것이다.

3 우리는 전쟁을 원하지 않는다

전쟁 일선으로 돌아온 프레드릭은 그의 의지와는 상관없이 주변의
부추김으로 은성훈장을 받는다. 서로 헐뜯는 듯한 대화를 나누면서
우정을 쌓아 가는 친구 리날디와 여전히 주위 사람들에게 놀림 받으
면서 묵묵히 자신의 자리를 지키는 신부와의 재회를 통해 프레드릭은
다시 전쟁터로 돌아 왔다는 것을 확인한다. 하지만 그가 밀라노에 있
는 병원에서 전쟁을 잊고 캐서린과 사랑에 빠져있던 사이, 전선의 분
위기는 사뭇 달라지고 있었다. 프레드릭은 그가 호인이라고 생각하던
소령과의 대화를 통해 그리고 신부와의 대화를 통해 이제 전쟁을 원
하는 사람이 점점 줄어들고 있다는 생각을 굳힌다.

"많은 사람들이 이번 여름에 전쟁을 느꼈을 것입니다. 절대
로 이 사람들만큼은 느끼지 못할 거라고 생각했던 장교들까지
도 이제는 전쟁이라는 것을 깨닫게 된 것입니다."

(……)

"어떻게 될까요?"

"전투를 그만 두겠죠."

"누가요?"

"쌍방이 다"

한편 프레드릭은 긴 부대이동의 행군 속에서 전쟁이 장기화됨에 따라 이탈리아군에게 전쟁의 긴박함이 무뎌지고 있다는 것을 느낀다. 이 전쟁은 프레드릭 자신에게만이 아니라 군 전체에게도 무모함으로 인식되고 있는 것이었다. 이동 중에 프레드릭은 두 명의 여인을 차에 태우게 되는데 이 둘은 아직 결혼하지 않은 자매이다. 두 처녀에 대해 다른 병사들은 성적 호기심을 가지고 접근하지만 프레드릭은 이들을 보호해 주고 싶어 한다. 장기화되고 있는 전쟁의 상황 속에서 기본적인 인간으로서의 의식이 무뎌지고 있는 가운데 병사들은 여성을 한낱 위안부 정도로 취급하고 있었지만 프레드릭은 이런 의식의 나태함에 빠져있지 않았다. 밀라노에서 캐서린과 지내던 기간이 프레드릭에게 인간성 회복의 기회를 준 것으로 보이지만, 어쩌면 작가는 애초에 프레드릭과 같은 인물에게 전쟁이란 어울리지 않은 것임을 보여주고 있는 지도 모른다.

직선으로 계속되는 부대이동이 적군에게는 공격의 기회가 될 수 있다고 간파한 프레드릭은 샛길로 빠져나간다. 하지만 진창길이 된 샛길에서 프레드릭의 차는 빠져나오지 못하고 결국 그와 일행은 도보로 이동한다. 전쟁에 지칠 대로 지쳐버린 이탈리아군이 무작정 쏜 총에 일행 중 한 명이 목숨을 잃었고, 숨을 곳을 찾던 중 또 한명의 병사가 탈영한다.

독일군을 따돌리고 다시 이탈리아군 본대로 합류한 프레드릭과 운전병은 부대의 분위기가 심상치 않음을 발견한다. 전쟁에 지친 병사들이 전쟁을 포기하고 자칭 '평화 여단'이란 이름으로 이탈리아인이 아닌 장교들을 색출해 심문하고 총살하는 상황이 벌어진 것이다. 프레드릭은 미국인이었고 그의 이탈리아어가 다른 이들과는 달랐기 때문에 프레드릭은 스파이로 몰리고 총살의 위기에 빠지게 된다. 그러나 결정적인 순간에 강물로 뛰어들어 가까스로 목숨을 구한 프레드릭은 얼음처럼 차가운 강물 속에서 떠 있는 목재에 몸을 맡긴 채 떠내려가다 강둑에서 육지로 올라와 밀라노로 가기 위해 기차에 숨어 탄다. 자신이 장교임을 숨기기 위해 군복 팔소매에 붙어 있던 별을 떼어버리고 기차에 몸을 숨기다가 생긴 머리의 커다란 혹은 마치 전쟁과 인연을 끊기 위해 치룬 홍역의 상처인 듯 하다.

▐4▌ 프레드릭과 캐서린의 재회 : 전쟁은 끝났다

밀라노에서 친구 시몬스로부터 양복 한 벌을 선물 받은 프레드릭은 이후 두 번 다시 군복을 입지 않는다. 캐서린을 만나기 위해 밀라노에 호텔을 예약하고 그와 친분이 있었던 바텐더의 도움으로 캐서린과 재회하게 된다.

신문에서는 연일 이탈리아군의 퇴각 소식을 알리고 있는 상황 속에서 프레드릭과 캐서린은 밀라노의 병원에서 그랬던 것처럼 그의 호텔방을 둘의 보금자리로 삼아 사랑을 나눈다. 캐서린은 아이를 갖게 되고 그녀의 출산일이 다가오면서 프레드릭은 둘의 사랑만을 생각하기 위해 전쟁 소식 일색인 신문을 의도적으로 피한다.

이러한 행복한 시간도 잠시 뿐, 폭풍이 채 가시지 않은 어느 날 밤 바텐더를 통해 프레드릭은 자신이 다음 날 아침에 체포될 것이라는 소식을 접하게 된다. 결국 프레드릭과 캐서린은 바텐더와 전날 낚시를 하기 위해 타 보았던 보트를 빌려 타고 스위스로 도주한다. 거센 파도 위에서 약한 노를 저어 가까스로 도주하는 프레드릭과 캐서린은

비참해하거나 우울해하기보다는 오히려 서로를 신뢰하고 사랑하며
서로를 배려하며 행복해 한다.

> "난 그만 피로할 대로 피로해져서 뭐가 뭔지 모르겠소."
> "어디 당신 손 좀 보여 주세요."
> 나는 두 손을 내밀었다. 두 손 다 물집이 터져서 피부가 빨갛
> 게 되어 있었다.
> "옆구리에 구멍은 나 있지 않소."
> (……)
> "아이 불쌍해라 그 손."

　스위스에 도착한 둘은 스위스 군에 체포되긴 했지만, 당시의 전쟁
상황과는 관련 없을 것으로 여겨질 수 있는 미국인과 영국인이라는
이 둘의 신분은 프레드릭이 스파이로 오해받았던 때와는 정반대로 이
들에게 호의적인 상황을 제공한다. 이들에게 더 이상 전쟁의 그림자
는 보이지 않는다.

⑤ 이것이 둘이서 잔 대가란 말이다

　스위스의 몽트뢰에서 마음씨 좋은 노부인의 집에 방을 얻게 된 이
들은 밀라노 병원, 호텔에서 가꾸었던 보금자리를 스위스의 작은 마
을로 옮기게 된다.

　더 이상 방황하지 않으며 살 수 있다는 기대에 부푼 프레드릭과 캐
서린은 서로를 '여보'라고 부르며 아이의 출산을 기다리는 행복에 젖
는다. 미용실의 소파에서 캐서린이 머리를 다듬는 모습을 보며 재미
있어 하고 전쟁터에서의 친구 리날디의 얘기를 옛 추억 떠올리듯이

꺼내는 모습 속에서 전쟁은 이미 이들과 관계없는 것으로 되었다. 캐서린의 의견에 따라 프레드릭은 수염을 기르기도 하는데 이들은 더이상 자존감 낮은 캐서린과 가벼운 마음으로 교제에 임했던 프레드릭이 아니었다. 서로를 존중해 주며 서로를 위하고 믿고 의지하는 이 세상에서 가장 행복한 모습의 부부인 것이다.

캐서린의 배가 점점 불러옴에 따라 이들 부부는 시골에 자리 잡은 보금자리를 병원 가까이에 있는 호텔로 옮기고 캐서린은 아기 옷을 사는 것으로 임신부로서의 마지막 준비를 끝낸다.

그러던 어느 날 새벽녘 캐서린은 진통이 시작되었고 준비되었던 대로 병원으로 옮겨 분만대에 오른다. 캐서린이 고통스러워하는 모습을 보며 프레드릭은 자신과 사랑을 나누었던 결과로 캐서린이 아파한다며 자책하고 캐서린은 자신의 이름을 캐서린 버클리가 아닌 프레드릭의 성을 따 캐서린 헨리로 바꾸고 프레드릭에게 자신이 아이를 낳을 동안 지루하게 기다리지 말고 나가서 식사를 하고 오라고 배려한다. 프레드릭은 불안에 휩싸인다.

"불쌍한 내 귀여운 캣, 이것이 둘이서 잔 대가란 말이다. 이것이 그 함정의 결말이란 말이다. 이것이 서로 인간이 사랑한 데서 얻은 보수란 말이다. (……) 그런데 만일 그녀가 죽으면 어찌 되지? 천만에 죽긴 왜. 다만 혼이 나고 있을 뿐이라니까. 초산은 대개가 오래 걸리는 법이다. (……) 천만에 죽긴 왜 죽어. 죽을 리가 없다니까"

왠지 모르게 프레드릭은 캐서린이 죽을 지도 모른다는 걱정에 휩싸이게 되고, 이내 의사로부터 분만에 어려움이 있으므로 제왕절개 수

술을 하자는 의견을 듣는다. 결국 제왕절개 수술로 프레드릭은 아이의 모습을 보게 되지만 아이는 이미 죽어 있었다. 설상가상으로 수술한 부위를 봉합하면서 캐서린은 지혈이 되지 않아 과다출혈로 죽게 된다. 캐서린이 죽기 직전 이 둘의 사랑은 최고도에 달하게 되며 서로를 진정으로 믿고 있음을 보여준다.

캐서린의 죽음에 프레드릭은 분노하거나 통곡하지 않는다. 프레드릭은 이제까지 그가 겪었던 전쟁의 비참함과 무모함, 먼저 세상을 떠난 자신의 사랑을 모두 감싸 안고 묵묵하게 호텔로 돌아간다.

전쟁을 경험하지 않은 이들에게 전쟁은 《삼국지》류의 남성적이고 호전적인 환상으로 그려질 수도 있다. 그러나 《무기여 잘 있거라》는 이와는 정반대로 전쟁의 비극과 그 속에서 피어난 사랑을 이야기하고 있다. 우리에게 전쟁이 의미하는 것은 무엇일까? 경험하지는 못했지만 자신이 고려할 수 있는 모든 방면의 상황을 예로 들어 생각해 보자.

추 천 할 만 한 번 역 본

김병철 번역의 《무기여 잘 있거라》는 헤밍웨이의 최초의 장편 《해는 또다시 떠오른다》를 함께 실었고, 김현수 번역의 《무기여 잘 있거라》는 어부의 바다 항해를 통해 자연과 인간의 관계를 잔잔하게 그린 《노인과 바다》를 함께 수록했다. 시사영어사에서 영한대역문고로 나온 《무기여 잘 있거라》도 추천할 만하다.

《무기여 잘 있거라》, 김병철 옮김, 범우사, 1999.

《무기여 잘 있거라》(High Class Book 27), 김현수 옮김, 육문사, 2000.

《무기여 잘 있거라》(영한대역문고 57), 시사영어사, 2000

Les Essais

수상록

몽테뉴(Montaigne, Michel Eyquem de)

이 책에 관하여

《수상록》의 원어인 '레 에세'(Les Essais)는 '경험록'이나 '체험기'로도 번역할 수 있는 것으로, 소위 '에세이'란 말의 어원에 해당한다. 《수상록》은 몽테뉴가 1972년부터 92년까지 20년 동안 수정과 증보를 거쳐 3권으로 출간된 것으로, '엣세'라는 용어가 처음으로 만들어져 사용된 작품이기도 하다.

《수상록》의 개요를 일관된 논리로 설명한다는 것은 작품의 형식상 불가능하다. 그 이유는 이 책이 2-3개의 장을 제외하고는 거의 한정된 주제에 대한 독립된 성찰로 이루어져 있으며, 그것들이 전후의 글들과는 관련 없이 수집되었기 때문이다. 《수상록》이라는 표제 자체가 몽테뉴의 이런 비방법적인 의도를 잘 말해주고 있다. 내용을 보면 '삶'에 대한 성찰로부터 '우정'이나 '대화의 기술'에 대한 것, 일상생활의 '사소한' 경험들까지 다방면에 있어 몽테뉴의 관심이 생각의 흐름에 따라 나열되어있다. 더구나 개개의 글조차도 만연체에 가까운 서술 형식으로 인해, 단락 단락이 논리적으로 긴밀하게 연결되어 있는 것이 아니라 서로 독립되어 있다. 그럼에도 불구하고 몽테뉴의 《수상록》을 어떠한 내용을 지닌 책이라 규정할 수 있을까?

"바로 나 자신이 내 책의 소재이다."

이것은 수상록 초판 처음에 몽테뉴가 〈독자들에게〉라는 글에 쓴 구절이다. 여기에서도 나타나듯, 《수상록》의 저술 목적은 몽테뉴가 자기 자신의 모습이나 감정과 특징을 생생하게 관찰하고 표현하기 위한 것이었다. 자기 자신에 대한 이러한 탐구 작업은 결국 개인적인 차원을 넘어 '인간의 보편적 모습'을 그리는 데까지 이르게 된다. 따라서 몽테뉴의 궁극적 의도는 '나는 누구인가'의 질문으로 시작해 '인간이란 무엇인가'란 물음에 답하는 것이라고 볼 수 있다. 이러한 몽테뉴의 《수상록》(3권)은 프랑스 모럴리스트의 전통을 구축하는데 큰 기여를 하였고, 17세기 이래 프랑스 문학, 유럽 각국의 문학에 큰 영향을 끼쳤다. 초기의 《수상록》에는 자신의 초상이라기보다는 그리스 로마 고전에서 실례를 모아 비교하는 글들이 쓰여 졌으나, 사색이 깊어짐에 따라 그 자신의 삶, 경험, 개인적 성찰이 글의 지배적인 주제로 자리 잡게 되었다.

《수상록》을 통해서 몽테뉴가 끊임없이 역설하고자 한 것은 인간성의 존중과 평화였다. 인간이 이 세계와 신의 섭리를 알 수 없음에도 불구하고 작은 지식이나 근거 없는 맹신으로 서로가 서로를 재단하고 죽이고 있는 세태를 고발하고, 신앙에 의한 종교전쟁의 허망함과 무익함을 설득하고자 한 것이다. 이런 의미에서 그는 무엇보다도 인간을 사랑한 휴머니스트였으며, 세상을 단칼에 베어버리는 독단과 맹신의 위험을 경고하는 '열린 사상가'로서의 면모를 현 세대에 보여주고 있다.

L e s   E s s a i s

저 자 에 관 하 여

————————————

　몽테뉴(Michel Eyquem de Montaigne, 1533~1592)는 1533년 페리고르주의 몽테뉴에서 태어났다. 이로 인해 그는 본명 대신 영지의 이름을 따라서 '몽테뉴'로 불리어졌다. 몽테뉴는 그 지방 귀족 상업 시민계 출신의 부유한 집안에서 태어났다. 몽테뉴는 부친의 남다른 교육열로 2세 때부터 가정교사에 의하여 라틴어를 배웠는데, 집안에 라틴어를 쓰는 사람만 두어 그 말로만 생활할 수 있도록 하는 철저한 교육을 받았다. 라틴어 조기교육은 어린 몽테뉴에게 종교의 도그마에 물들지 않은 '이교도의 범신론적 문학'에 탐닉할 기회를 주었다. 6세부터 보르도에 나가 학교 교육을 받기 시작하여 고대 로마의 문학 고전들을 섭렵했고, 대학에 들어가서는 법학을 전공했다. 21세에 지방 법원 판사가 되어, 38세에 보르도 최고법원 판사 자리에서 퇴임하기까지 17년간 법관 생활을 했다. 그 후 1568년 아버지가 돌아가시자, 그는 자기 성에 틀어박혀 독서와 사색에 의한 내성적인 생활을 하며 글을 쓰기 시작했다. 그 글들을 모아 1580년에 각각 57장과 37장의 두 권으로 된 《수상록》 초판을 보르도에서 출간했다. 그 해부터 몽테뉴는 지병인 신장결석을 치료하고, 몸을 보양하기 위해 프랑스 동부 지방, 독일, 스위스, 이탈리아를 거치는 여행을 하게 된다. 여행이 끝날 무렵 이탈리아 보르도의 시장으로 당선되었다는 전갈을 받고 돌아온 그는 1581년에서 1585년 두 번의 임기동안 행정책임자로서 역할을 수행한다. 퇴임 후 다시 독서와 집필 생활로 돌아가 1588년에는 처음의 제1, 2권을 대폭 증보 가필하고, 새로 쓴 13장으로 구성된 제3권을 추가하여 《수상록》의 개정 신판을 파리에서 출간한다. 그 후에도 몽테뉴는 그가 사망하기까지 4년간 계속 그 책의 난 외 여백에 자필로 방대한 가필과 수정을 계속한다. 그것을 대본으로 한 새로운 책이 1595년에 《저자의 사후에 발견된 신판》이란 이름으로 파리에서 출간되었다.

　몽테뉴가 태어날 즈음, 당시의 유럽은 르네상스(문예부흥)의 전성기였으며, 다른 한편 1천년 동안 유럽을 지배했던 카톨릭과 이에 대항해 일어난 프로테스탄트간의 대립이 첨예한 갈등의 국면으로 치닫는 종교 개혁기였다. 특히 그가 살던 16세기 후반 프랑스는 카톨릭과 프로테스탄트의 대립으로 유혈이 낭자하던 때였다. 자유로운 정신의 소유자인 몽테뉴가 보기에 두 세력은 모두 광기와 맹목의 종교이데올로기에 사로잡혀 있었다. '종교전쟁만큼 종교와 무관한 것은 없다.' 이런 지적에서 그가 비판하려 했던 것은 관용의 정신이 없는 현실이었다.

1 인간이란 무엇인가

　"각 사람은 자신 안에 인간조건의 완전한 형태를 지니고 있다."라는 말에서 알 수 있듯이 몽테뉴의 궁극적 질문은 '인간이란 무엇인가'이다. 이런 인간탐구의 시작은 몽테뉴 자신에서부터였다. 그는 자신을 예외적인 인간이 아닌 평범한 인간으로 보고, 이웃의 누군가를 관찰하듯 최대한의 객관성을 가지고 자신을 관찰한다. 그리고 이런 자신을 그리는 작업은 개인적 차원을 넘어 인간의 보편적 모습을 그리는 데까지 이르게 되어있다.

　자유와 독립을 소중히 여기고 독단론을 비웃었던 몽테뉴의 지적 태도로 보아 《수상록》에서 어떤 일관된 철학적 체계를 찾는 것은 무리이다. 그러나 그가 각별한 관심을 기울였던 몇 가지 철학적 명제들을 추출할 수 있고, 나아가 그의 관심의 이동에 따라 내적 성찰의 진전을 그려볼 수도 있다.

2 몽테뉴와 스토이시즘 ; 감각적 존재로서의 인간

　처음 출간된 《수상록》 2권의 책은 몽테뉴 자신의 기록보다는, 그가 즐겨 읽던 고전 텍스트들과 관련된 단편적인 성찰들로 채워져 있다. 몽테뉴가 이 책을 처음 쓰기 시작한 초기에는 스토이시즘에 기울어져 있었다는 것이 일반적인 해석이다. 이점은 다소 그의 자유분방하고 태평무사한 자연적 기질로 비쳐 볼 때 낯설게 느껴진다. 그러나 어떻게든 피할 수 없었던 고통과 불안과 죽음의 위협 앞에서 몽테뉴는 고통을 이기고 정신적 평정을 유지할 방도를 스토이시즘에서 찾으려 했던 것으로 보인다.

〈철학은 죽는 법을 배우는 일이다〉라는 글에서 몽테뉴는 '인간은 모든 종류의 고통에 필연적으로 노출되어서 살아갈 수밖에 없다.'고 했다. 따라서 우리가 고통에 대처하는 방식은 삶을 어떻게 살아갈 것인가 하는 문제와 직결되어있는 것이다. 그렇다면 그는 스토이시즘을 통해 고통의 문제에 어떻게 대처하고 있을까?

심한 고통의 작용에 대해 철학은 정신으로 하여금 스스로를
상실하지 않고 평시의 움직임을 따르도록 붙들어 주어야 한다.

스토이시즘에 기울어진 이 시기에 몽테뉴는 고통이 표출되는 것을 자연스러운 것으로 받아들이며 인간에 대한 현실주의적인 인식을 견지하고 있다. 다시 말해서 고통을 이기고 넘어서려 하기보다는 고통을 덜 느끼는 방식, 잘 견디는 방식으로서 스토이시즘을 받아들이고 있다. 따라서 몽테뉴에게 스토이시즘은 최소한도의 것이며, 매우 인간적인 것으로 나타난다.

몽테뉴는 고통을 감각적 차원에 한정시킴으로 정신적 자유와 평정만은 유지하기를 원했다. 문제는 통제력이 허락되지 않는 감각적 차원이 아니라 고통을 자유로이 처분할 수 있는 정신에 있다는 것이다. 그러나 이것은 고통과 정면으로 대결하는 것이 아니라 지킬 수 있는 것만이라도 지키기 위한 방어적 수단에 그치는 문제라 할 수 있다.

영웅주의를 믿지 않는 몽테뉴는 죽음의 문제에 대해서도 비슷한 견해를 취하고 있다. 그는 죽음이 두려운 것은 죽음 그 자체가 아닌, 죽음이 우리에게 주는 '낯설음'때문이라고 보았다. 죽음을 외면하는 대신 오히려 그것을 삶 속에 끌어들여 죽음과 함께 살 때 인간은 해방을 경험할 수 있다고 말한다.

죽음이 우리를 어디에서 기다리고 있는지는 확실하지 않다.
그러니 도처에서 죽음을 기다리자. 죽음을 미리 생각하는 것은
자유를 미리 생각하는 것과 같다. 죽는 법을 배운 자는 노예에
서 풀려나는 법을 배운 것이다.

몽테뉴는 스토이시즘에서 죽음과의 의연한 대면이라는 기본적인 형식을 차용했지만 그 가운데 어떤 풍요로움을 누리는 쾌락주의적인 삶의 도덕철학을 담으려 했다. 결국, 그는 자신의 현실적인 문제와 자연적 성향에 고무되어 한때 스토이시즘에 기울었으나, 이를 통해 자기 자신을 넘어서는 것이 아니라 자신에게 적합한 삶의 태도를 찾은 것이다.

3 회의주의 : 인간에 대한 환상 없는 인식

《수상록》 2권 12장 '레이몽 스봉에 대한 변호'는 책 전체의 거의 6분의 1을 차지하는 방대한 분량으로 가장 체계적인 사고의 전개를 담고 있는 책이다. 이 장에서 의도하고 있는 것은 회의주의에 관한 총괄적이고 방법론적인 진술이다. 이것의 처음 의도는 기독교 신앙의 진리를 이성으로 증명하려 했던 레이몽 스봉의 신학저서 《자연신학》을 변호하는데 있다. 그러나 이 변론 속에서 몽테뉴는 처음 의도는 구실

인양 제쳐두고, 이성에 대한 근원적 비판을 하면서 물고기가 물을 만난 듯 회의주의 안에서 축제를 벌이고 있다. 그렇다면 어떻게 그는 스토이시즘에서 회의주의로 방향을 바꾸게 된 걸까?

앞에서도 보았듯이 몽테뉴의 스토이시즘적 요소에는 감각적 존재로서의 인간에 대한 현실주의적 인식이 밑바탕에 깔려있었다. 고통을 피하고자 하는 욕구를 자연스러운 현상으로 본 그는 허황된 영웅주의를 믿지 않았으며, 다만 최소한도의 정신적 자유를 누리는 것에 만족하고 있다. 이렇게 볼 때, 그의 회의주의에서 강조된 점은 인간에 대한 환상 없는 인식이다. 이러한 관점에서 스토이시즘과 회의주의 사이에는 극단적인 단절이 있는 것이 아니라, 회의주의 가운데 현실주의적 감각이 그 심도와 폭에 있어 차원을 달리하고 있는 것이다.

그런데 몽테뉴 자신의 이러한 회의주의적 사유가 인간 전체에 대한 관찰로까지 확대되면서 스토아주의 최후의 보루였던 정신의 자율성마저 회의의 물결에 휩쓸리게 된다. 과연 인간은 감각적 동요에 초연할 수 있을 만큼 강인한 의지와 자율적 이성을 소유하고 있는가라는 질문이 생기게 되는 것이다.

몽테뉴의 회의주의는 새로운 것이 아니라 고대 철학 속에서 이미 논의된 모든 회의주의적 주제들을 그의 방식대로 전체적 구도 가운데 되살려 편입시키고 있는 것이라 할 수 있다. 그는 '인간의 확신은 단지 환각제와 같으며, 인식 수단인 감각과 이성은 단지 인간을 기만하기 위해 주어진 것'이라고 본다. 나아가 사회적 신념과 제도 및 도덕도 결국은 우연의 산물이며, 시대와 나라에 따라 변하는 인위적 질서라는 것이다. 결국 상호 모순되는 논리를 가진 독단론적 철학자들에 대해 그가 할 수 있는 말은 '내가 무엇을 아는가?'라는 물음밖에 없게 된다. 이 보편적 부정은 몽테뉴의 정신적 모험에 있어 어떤 의미를 갖는 것인가. 만약 회의주의의 논리대로 그것을 극단에까지 밀고 간다면 완전한 침묵과 무(無)행동으로 귀착되게 마련이다. 그러나 그는 이 전면적 부정을 통해 하나의 현명한 삶의 방식을 획득하기에 이른다. 그에게 있어 중요한 것은 지적탐구의 결론으로서 회의주의가 아니라 거기서 도출해낼 수 있는 실제적 모럴(도덕의식)의 한 배경으로서 회의주의인 것이다.

이와 관련하여 몽테뉴에게 있어 눈에 띠는 것은 회의주의가 주는 인간과 삶에 대한 환상 없는 인식, 즉 '의식의 명석함'이다. 그것은 존재와 사물을 있는 그대로 보게 하며, 다양성과 복합성을 수용할 수 있는 관대한 정신을 누리게 해준다. '회의' 그 자체가 무관심을 이끌어가는 대신 이 정신으로 인간과 세계의 이해와 폭을 넓혀가게 하는 것이다. 이렇게 볼 때, 회의는 정신을 독단으로부터 구원해 본래의 자유를 누리게 해주는 것이 된다. 그러므로 몽테뉴의 회의는 단순히 '판단의 유보'라는 소극적인 측면에 국한되지 않으며, 정신을 광신적 독단으로부터 해방시켜 전적인 독립과 자유를 향유하는 적극적인 의미를 갖게 하는 것이다.

4 겸손과 자유, 그리고 자연

1588년에 발표된 《수상록》 3권은 여러 면에서 몽테뉴의 원숙한 사상을 보여주고 있다. 이때에 이르러 몽테뉴는 자기 '스스로'를 《수상록》의 주제로 삼는다는 사실을 명확하게 인식하게 되고, 보다 많은 양을 할애해 직접적으로 몽테뉴 자신과 현실과의 만남, 삶의 다양한 경험을 묘사하면서, 인생에 대한 그의 깊은 통찰을 보여주고 있다. 이러한 주제에 대해 몽테뉴는 궁극적으로 '우리는 어떻게 살 것인가. 어떻게 사는 것이 가장 현명하고 아름다운가.'를 질문하며 겸손과 절도 그리고 자유의 가치를 발견하며 인생 그 자체를 긍정할 수 있는 길을 열어주었다.

《수상록》 3권을 통해 우선적으로 관찰할 수 있는 것은, 몽테뉴가 인간의 최대 미덕으로 믿었던 것은 '겸손'이라는 사실이다. 그는 '겸손'의 근원이 인간과 현실에 대한 현실주의적인 인식이라고 보았다. 인간이 스스로의 인간성을 넘어선다는 것은 황당무계한 일이라 생각하였던 그는 모든 종류의 과대망상을 경계하고, 오직 인간으로서 머무는 '겸손'을 선택하고 있는 것이다. 이와 더불어 '절도' 역시 겸손과 거의 동일한 의미를 갖는다. 여기서 '절도'란 자연이 인간에게 허용한 범위 안에서 머물 수 있는 지혜를 말하고 있다. 세네카의 말을 인용해 그는 이렇게 부연하고 있다.

> 만약 인간이 인간성을 넘어서지 못한다면 인간이란 그 얼마나 추하고 비열한 존재인가! 물론, 이것은 훌륭하고 필요한 욕망이다. 그러나 터무니없이 부조리하다. 왜냐하면 주먹보다 더 큰 주먹을 만들고, 팔보다 더 큰 팔뚝을 만들고 두 다리의 폭보다 더 크게 건너뛰려는 것은 불가능하고 또한 자연에 반한 것이기 때문이다.

이처럼 '절도(節度)'를 지킨다는 것은 인간의 영역 안에 머무는 것을 뜻하는데, 이 영역은 극히 한정적이고 상대적이다. 우리의 감각은 시간에 따라 변하고 이성은 어떤 확실성에도 도달할 수 없기 때문이다. 따라서 몽테뉴는 삶에 있어서 '확신'을 희구하는 것은 헛된 일이며, 어떠한 확신이라도 그것을 가졌다고 믿는 것은 단순히 환각일 뿐이라고 생각한다. 이런 측면에서 논란이 되고 있는 몽테뉴의 보수주의를 이해할 수 있다. 이미 언급하였듯이 그는 사회제도와 법을 우연의 소산이며 습관으로 여기면서, 전복의 대상으로서는 고려하지 않았다. 몽테뉴에게 있어 그러한 시도는 또 하나의 상대적인 질서를 위해서 온갖 파괴와 혼란만을 야기시키는 것에 지나지 않기 때문이다. 그는 "그가 살아가는 곳의 규칙과 법을 따르는 것은 규칙 중의 규칙이요, 법 중의 법이다."라고 말하고 있다. 그러나 이런 겸손과 절도의 도덕을 부정적으로만 평가할 수는 없다. 그것은 이미 앞에서 보았듯 방법적 회의가 어떻게 정신적 열림으로까지 인도하는가를 확인하였기 때문이다. 자신의 생각을 절대적인 것으로 믿지 않는 겸손한 사고는, 이질적인 것을 포용하는 '관용(寬容)'으로 이어지게 한다. 몽테뉴의 이러한 '관용'의 정신이 가장 격렬한 대립과 반목으로 분열되었던 당시에 어떤 의미를 주었을지는 쉽게 짐작할 수 있다.

몽테뉴가 최후에 도달한 정신적 가치는 '자유(自由)'이다. '자유'의 가치는 실제로 몽테뉴 사상이 뿌리를 내리고 있는 토양과도 같다. 자유는 의지와 이성의 노력으로 얻어진 것이 아니라, 단지 인위적으로 조작된 환각과 독단으로부터 해방되어 자연적으로 누리게 되는 것, 즉 자연으로 돌아온 정신에게 주어지는 무상의 선물이라고 할 수 있다. 그는 감정과 행동, 사고의 전적인 자유를 위해 '이 세계 속에 깊이 빠져 들어가는 대신 그 위를 미끄러져 나가야 한다.'고 생각했다. 이것을 통해 얻어지는 자유는 그 자체를 위한 것이 아니라 참으로 삶을 삶답게 영위하기 위한 것이다.

몽테뉴는 우리가 스스로의 삶을 영위하기 위해서는 행동에 질서와 평정을 부여해야 한다고 보았다. 그리고 이러한 질서와 평정의 획득은 '인간이 인간으로 머무를 줄 아는 겸손과 절도, 독단에서 해방된 정신의 자유, 때로는 무관심과 참여의 유보'를 통해서 얻을 수 있다는 것이다. 이러한 측면에서 몽테뉴는 '자연(自然)'이란 단어에 중요한 의미를 부여한다. 그는 인간의 불행과 비극을 사실상 자연을 거역하는 데 있다고 본다. 따라서 이 비극의 치유책은 인간이 인간의 척도를 지키고 그의 자연으로 되돌아가는 데 있다는 것이다. 몽테뉴는 이처럼 삶의 만년에 인간과 삶에 대한 전폭적인 신뢰와 낙관을 보여주고 있다. 다시 말해, 개인적 고통과 시대적 아픔을 넘어서 생 그 자체를 찬양하고 있는 것이다.

> 자신의 존재를 정직하게 즐길 줄 아는 것은 절대적, 말하자면, 신적인 완성이다.

이같이 인간의 '삶에 대한 긍정'을 이끌어내는 몽테뉴의 선언은 단순히 개인적인 것으로 끝나는 것이 아니라 인간이란 가치를 새롭고 완벽하게 정의함으로써, '인간'에 대한 자각으로 시작되는 16세기의 정신적 모험에 놀라운 결론을 제공하고 있다.

5 인간과 자연에 대한 사랑

지금까지 《수상록》에 나타난 몽테뉴의 사상을 그의 세 단계에 걸친 사고의 변화 과정을 통해 살펴보았다. 각각의 사유는 서로 분리되어 별개의 경험으로 있는 것이 아니라 서로 연관되고 상호 침투되어 있다. 그가 만년에 도달한 삶에 대한 예지 속에서도 초기의 스토이시즘에 따른 통찰은 배제되지 않았고, 오히려 삶과 현실에 대한 초연하고 자유로운 태도를 뒷받침하고 있다. 이것이 회의주의를 거치면서 자아와 삶 자체를 긍정적으로 인식하며 '나는 인생을 사랑한다.'는 위대한 긍정을 이끌어내고 있는 것이다. 이것은 인간의 재발견과 자연에 대한 사랑으로 시작되었던 16세기 르네상스 시기의 자연스러운 인식처럼 보인다. 그러나 몽테뉴의 인간과 자연에 대한 사랑은 냉철한 회의를 통해서 보다 현명하면서도 '인간적인 차원'으로 되돌려 졌다. 결국 그의 최후 메시지는 인간이 오직 인간으로 서는 것, 다시 말해 인간으로서의 운명을 충일하게 받아들이는 것으로 귀착된다고 할 수 있다.

《수상록》에 나타난 몽테뉴의 사상을 그의 세 단계에 걸친 사고의 변화 과정을 통해 살펴보았다. 각각의 사유는 서로 분리되어 별개의 경험으로 있는 것이 아니라 서로 연관되고 상호 침투되어 있을 것이다. 만년에 이른 '겸손, 절도, 자유로 대변되는 삶에 대한 예지'의 측면에 앞의 두 단계의 사고가 어떻게 종합되고 있는지 생각해 보자.

추천할 만한 번역본

이미 《수상록》은 고전교양시리즈 등으로 여러 출판사에서 나온 것이 있는데, 《수상록》의 내용 중 중요하다고 생각되는 것들만 모아놓은 것들이고, 원래 몽테뉴의 《수상록》 총 3권이 다 번역되어 있는 번역본은 현재까지는 없다. 그러므로 몽테뉴의 전체 사상 흐름을 알려고 한다면, 번역본만을 읽는 것보다는 몽테뉴를 연구한 후세 작가가 쓴 다른 책들을 읽는 것도 좋은 방법이라고 생각된다. 그러나 번역본 자체만을 읽는 것도 몽테뉴의 사색과 경험을 통해 나타나는 인간과 삶을 보는 지혜를 곱씹어보는데 충분히 의의가 있다.

《수상록》 전희직 옮김, 혜원출판사, 1999년

Candide

깡디드

볼테르(Voltaire ; Francois-Maire Arouet)

이 책에 관하여

<hr/>

　1759년 발간된 《깡디드》의 원제는 《깡디드냐 낙천주의자냐》이며, 볼테르의 사회, 정치, 철학사상을 풀어 쓴 우화소설인 동시에 당시 라이프니츠의 '예정 조화설'을 비판하려는 분명한 목적을 가지고 쓴 작품으로 알려져 있다. 또한 이 작품은 볼테르의 작품 가운데 가장 예술적 가치가 높고 생명이 긴 소설로서, 사상적 경향이 많은 작품이라고 할 수 있다. 이러한 《깡디드》에서는 18세기 프랑스 사회가 지닌 뿌리 깊은 병폐와 종교에의 맹신을 철저히 부정하고, 인간 스스로가 이성에 호소하여 이상적인 사회를 건설하여야 한다는 것을 주제로 삼고 있다. 또한 이 작품에서는 주인공을 둘러싸고 다양한 인물들이 등장하는데, 이름과 별명의 정교한 작용에 의해 이미 그 특징이 드러나는 이 인물들은 꼭두각시처럼 보이지만 두드러진 윤곽과 과장된 언어를 통해 충분히 깊이를 더하고 있다. 이야기 전체 구성을 고전적인 구조에서 벗어나 일관성이 없는 여정, 이별, 재회로 작품 전체에 무질서한 삶의 이미지를 부여하고 있다. 실제로 이 무질서로부터 한 인물의 성격을 이루는 일종의 부조리가 생겨나게 되는 것이다. 그렇다고 허위와 무위를 내세우는 것은 아니다. "결국 세상은 되는 대로 되어가는 거야. 하늘이 우리를 도와주시는 한, 우리는 그저 뜰을 경작해야 한다."고 말하며 그 많은 이론과 요설을 배격하고, 인간의 운명은 오직 뜰을 경작해 나가듯이 스스로 개척하고 발전해 가는 것이라는 자신의 사상을 인상 깊게 묘사하고 있다.

Candide

저 자 에   관 하 여

볼테르(Voltaire, 1694~1778)는 프랑스의 대표적인 계몽 사상가이다. 볼테르란 이름은 그의 필명이고 본명은 프랑스와 마리 아루에(Francois Maire Arouet)이다. 1694년 파리에서 한 공증인의 막내아들로 태어난 그는 아버지에게서 직접 교육받았다. 1704년 10살의 나이로 파리에 있는 예수회파의 루이 르 그랑(Louis-le-Grand) 대학에 입학했다. 이 학교에서 그는 주로 문학과 신학공부에 열중했다.

루이 15세의 섭정을 비난하던 프랑스와는 1717년 4월 바스티유 감옥에 투옥되었으며 그곳에서 볼테르라는 필명으로 종교전쟁을 끝나게 한 앙리 4세를 찬양하는 《앙리아드(La Henriade), 1728》라는 장편시를 완성했다. 석방되자 그가 쓴 희곡 《오이디푸스(Oedipe), 1718》가 무대에 올려져 대성공을 거두면서 문필가로서의 주목과 환대를 받기 시작한다.

1725년 12월 한 사교장에서 볼테르는 어떤 후작에게 불손한 언동을 보이고 이 사건으로 그는 영국으로 추방된다. 3년동안 계속되는 그의 영국 생활은 그가 학자로서, 또는 사상가로서 성장하게 되는 중요한 계기였다. 32세의 나이로 영국에 도착한 볼테르는 1년 동안 영어를 완전히 습득하고 당대의 문예사조를 비롯해서 뉴턴, 로크, 흄, 샤프츠베리, 포프 등의 사상에 정통하게 된다. 그가 이때 쓴 《철학서간(Letters Philosophiques-일명 영국인에 대한 서간), 1734》은 영국인이 누리는 자유에 비교하여 고국의 부패한 귀족들 및 그들과 결탁한 기독교를 신랄하게 비판한 것이다. 이책 때문에 또다시 바스티유에 투옥될 위험에 처한 그는 샤틀레 백작부인과 함께 로렌 지방에 있는 그녀의 성으로 피신한다. 볼테르는 이곳에서 생활하는 15년 동안 문학, 철학, 역사 등에 걸쳐 많은 저서들을 출판했다.

1737년 그는 《메로프(Merope)》라는 희곡을 썼으며 1738년에는 샤틀레 부인으로부터 배운 뉴턴의 이론을 토대로 하여 《뉴턴 철학 원론(Elements de la philosophie de Newton)》과 《퓌셀(Pucelle)》이라는 서사 시집을 썼다. 1742년에는 모든 종교의 창시자를 인류의 사기꾼으로 묘사한 희곡 《마호메트(Mahomet)》를, 그리고 1747년에는 철학자 쟈디그를 묘사한 소설집 《쟈디그(Zadig)》를 출판했다. 그러나 샤틀레 부인과의 생활은 1749년 그녀의 죽음으로 끝나고 만다. 1750년 프로이센의 프리드리히 2세의 초빙으로 베를린에 가서 역사서 《루이 14세의 세기(Le Siecle de Louis XIV), 1751》를 완성하고 베를린을 떠난다. 그 후 수년동안 제네바에 머물다가, 1761년에 스위스 국경에 가까운 페르네의 한 촌으로 들어간다.

《관용론(Traite sur la tolerance), 1763》과 세계문명사인 《풍속시론, 1756》, 철학소설 《깡디드(Candide), 1759》, 《철학사전(Dictionnaire Philosophique portatif), 1764》이 만년의 대표작이다.

V o l t a i r e

F r a n c o i s   M a i r e

A r o u e t

——Candide

1 모든 것은 결과를 위해 존재한다

주인공 깡디드는 베스트팔렌 주에 있는 툰더 텐 트롱크라는, 한 남작의 성에 살던 성품이 온순한 소년이다. 그의 이름 깡디드(Candide)는 프랑스어로 '단순하다'는 뜻이다. 그는 귀족의 72대 손이라고 밝히고 있는데, 이것은 그가 실제로 귀족의 후예라고 말하기에는 어렵다는 것을 뜻한다. 남작의 성은 훌륭한 것이며 그 안에는 남작과 뚱뚱한 남작의 부인, 그리고 깡디드의 사랑이자 남작 부부의 딸인 뀌네꽁드가 살고 있다. 또한 깡디드와 뀌네꽁드의 선생인 빵글로스가 이 둘에게 세상이 돌아가는 이치에 대해 가르치고 있다.

"모든 사물은 현재 되어 있는 상태 그대로며 다르게는 절대 존재할 수 없다는 점은 이제 증명되었어요. 왜냐하면 모든 것은 결과를 위해서 존재하고 모든 것은 보다 나은 결과를 위해서 필요한 것이기 때문입니다. 잘 보세요, 코는 안경을 걸치기 위해서 존재하는 것입니다. 그래서 우리는 안경을 이렇게 쓰고 있잖아요. 두 다리는 분명히 구두를 신기 위해서 있는 것이니까 우리는 구두를 신고 다니잖아요. 돌은 깨서 자갈로 만들어 성을 쌓아 올리기 위해서 생겨난 것입니다. 전하가 아주 아름다운 성을 소유하고 계시는 까닭은 이 지방에서 가장 훌륭한 남작 전하 이시니까 보다 좋은 곳에서 사셔야만 하기 때문이지요. 그리고 돼지는 우리에게 먹이가 되기 위하여 존재하는 것이니까 우리는 일 년 내내 돼지고기를 먹는 것이지요. '모든 것이 잘 되어 간다'라고 주장하는 것은 잘못된 것이요, '모든 것이 보다 좋게 되어간다'라고 해야 합니다."

이러한 가르침을 받으며 깡디드와 뀌네꽁드는 성안에서 함께 자라 간다. 하지만, 깡디드가 뀌네꽁드의 손수건을 주워주다가 그녀의 손 등에 키스하는 모습을 본 남작은 깡디드를 성 밖으로 내쫓는다.

성에서 쫓겨난 깡디드는 이웃 촌락의 술집에서 불가리아 병사에게 잡혀 불가리아군에 들어가 훈련을 받게 된다. 고된 훈련 속에서 도망 치다 잡힌 깡디드는 4천대가 넘는 매를 맞으며 죽음의 위기에 놓이게 된다. 마침 주위를 지나던 불가리아 왕의 은혜로 형을 면하게 되고 신 비의 외과 의사로부터 치료를 받아 회복하게 된다. 그 당시 불가리아 는 아바르 국과 전쟁 중이었다.

여기서는 부상당한 노인들이, 참혹하게 학살당하여 피투성이 가 된 젖을 어린애에게 물린 채 죽어 가고 있는 자신들의 아내 모 습을 지켜보고 있었고, 저기서는 젊은 여인들이 몇몇 영웅들의 육욕을 채워 주고 난 뒤 배가 갈려진 채로 마지막 숨을 내쉬고 있었으며, 또 다른 곳에서는 전신이 반쯤 불에 탄 사람들이 제발 빨리 죽여 달라고 부르짖고 있었다. 뇌장은 잘려 나간 팔과 다리 곁의 땅바닥 위에 널려 있었다.

이런 참혹한 곳에서 깡디드는 네덜란드로 탈출한다.

2 이게 바로 최선의 세계인가?

네덜란드에서 그는 스승이었던 빵글로스와 재회한다. 하지만 반가움도 잠시 그의 모습은 추악한 거지로 변해 있었고 그의 냄새나는 입을 통해 그의 얼굴보다도 더 충격적인 얘기를 듣게 된다. 불가리아의 병사들에게 그의 사랑 뀌네꽁드는 죽임을 당하고 그의 부모 역시 모두 죽었다는 것이다. 또한 빵글로스의 얼굴이 엉망진창이 된 이유는 그가 성에 있을 때 시종 빠게뜨로부터 매독을 옮았기 때문이라고 말한다. 깡디드는 빵글로스와 함께 한 상인을 위해 일하기 시작한다. 둘은 상인의 리스본행 상선에 함께 하게 된다.

그들이 타고 있던 상선은 폭풍 속에서 산산 조각이 난다. 상인은 물에 빠져 죽고 깡디드와 빵글로스는 판자에 의지해 리스본에 도착한다. 그들이 도착한 리스본은 지진의 습격을 받은 직후였다. 그곳에서 먼저 상륙한 선원이 돈을 찾아내기 위해 지진의 폐허를 뒤지는 모습을 보며 깡디드는 빵글로스에게 세상의 원칙을 구한다.

> "이 모든 것은 최선의 상태에 있기 때문이야. 딴 곳에는 있을 수 없는 화산이 리스본에 있기 때문이지. 그러니까 세상 만물을 반드시 그것이 존재한다거나 존재하지 않는다고 말한다는 것은 불가능한 일이라는 거지. 왜냐하면 우리가 겪고 있는 세상사는 모두가 선으로 충만해 있기 때문이지."

리스본에는 지진과 같은 천재(天災)를 막아내기 위해 사람을 잡아 화형시키는 관습이 있었다. 희생양으로 다른 사람들과 함께 깡디드와 빵글로스는 화형에 처해지게 된다. 빵글로스가 화형에 처해지고 깡디드의 차례가 된 순간 또다시 지진이 일어나 깡디드는 매를 맞고 풀려난다. 깡디드는 자신이 스승에게 배웠던 최선에 대해 자문한다.

"이게 바로 최선의 세계인가? 이것이 정말 가능한 한 최선을
다한 세계라면 또 다른 세계는 도대체 어떤 곳이란 말인가?

③ 뀌네꽁드를 만나 도주하다

어디선가 나타난 노파를 따라간 깡디드는 죽은 줄 알았던 뀌네꽁드를 만나게 된다. 너무나 큰 충격을 받은 이 둘은 서로 기절한다.

정신을 차린 깡디드는 뀌네꽁드에게 일어났던 일들을 듣기 시작한다. 불가리아 병사들이 비오는 밤에 들이닥쳐 그녀의 아버지와 오빠, 어머니까지 죽였던 것이다. 그녀가 불가리아 병사에게 옆구리를 찔리고 죽임을 당하기 직전 불가리아 대장이 들어와 그녀를 구해주었다. 그 대가로 그녀는 불가리아 대장을 위해 일하게 되었다. 그 후 뀌네꽁드는 유태인 장사꾼에게 팔렸다. 그는 그녀를 겁탈하려 하지만 그녀는 완강히 거부했다. 동시에 종교재판소의 재판장의 눈에 들게 되자 재판장은 그녀를 갖기 위해 유태인을 화형에 처하겠다는 협박으로 유태인과 그녀에 대한 소유권을 반반씩 나눠 갖게 되었다. 그 후 리스본에서 지진이 일어나자 그곳의 관습처럼 재판장은 지진을 막기 위한 희생으로 유태인을 화형에 처하려 하였고, 때마침 찾아온 지진으로 목숨을 구한 깡디드를 뀌네꽁드가 보고 그녀의 시종에게 깡디드를 불러오게 한 것이다.

뀌네꽁드를 소유하고 있는 두 사람. 유태인 상인과 종교재판소 재판장은 월, 수, 금/화, 목, 토 이런 식으로 뀌네꽁드를 찾아오고 있었

다. 깡디드와 함께 있던 그녀를 그날 밤 찾아온 이는 유태인 상인이었
다. 그녀를 겁탈하려는 모습을 참지 못한 깡디드는 그를 칼로 찔러 죽
인다. 또한 자정을 지나자 또 다른 그녀의 소유자 종교재판소 재판장
이 찾아왔다. 그의 신고를 두려워한 깡디드는 그도 죽인다. 깡디드와
뀌네꽁드는 그녀의 시종인 노파의 조언에 따라 스페인의 항구 까딕스
로 야반도주한다.

4 시종 노파의 이야기

세 명의 일행은 그들의 목적지인 스페인의 까딕스로 가기 위해 군
함에 올라탄다. 그 와중에 뀌네꽁드가 챙겨온 보석들을 여관에서 함
께 있었던 성 프란체스코회의 수도사에게 모두 도둑맞고, 그들은 타
고 있던 말 세 필 중 한 필을 팔아 여비를 마련해야 했다.

그들의 여정 중 노파는 자신이 겪은 이야기를 한다. 사실 그녀는 교
황 우르바누스 10세의 딸이었으며 그녀의 어머니는 팔레스타인의 공
녀였다. 그녀는 소중하게 키워졌고 아름답게 자라 마사 까라라 공국
의 국왕과 약혼한 몸이었다. 하지만 그녀의 아버지가 초콜릿을 먹고
급사하자 그녀의 어머니와 그녀는 실의에 빠지고 전답을 팔아 범선에
올라탔다. 그런데 해적들이 이 배를 공격하고 모녀는 모로코로 끌려
가 노예 생활을 하게 되었다. 모녀가 끌려간 모로코는 전쟁 중이었으
며 이 전쟁으로 인해 그녀의 어머니는 죽고 그녀 혼자 남게 된 것이다.

그녀는 모로코에서 모국 이탈리아의 한 남자에게 속아 알제리로 팔
려가고 그곳에서 당시 유행이었던 페스트에 걸렸다. 혼자 살아남은
그녀의 온 몸은 페스트로 인해 만신창이가 되었다. 그런 그녀는 한 장
사꾼에 의해 튀니지로, 튀니지에서 트리폴리로, 트리폴리에서 알렉산
드리아로, 알렉산드리아에서 스미르나로, 스미르나에서 다시 콘스탄

티노플로 팔려갔다. 그곳에서 그녀는 터키 근위병의 노예가 되었다. 당시 러시아와 터키는 전쟁 중이었으며 러시아의 공격 속에 이 터키 병들은 고립되었다. 밖으로 나가면 죽게 되는 상황에서 그녀와 몇몇 여종들은 이 터키병들의 아사를 막기 위해 자신의 엉덩이 살을 조금씩 잘라 식량으로 제공하였다. 결국 러시아군에 의해 요새는 점령당했고 그녀는 부근의 프랑스 출신의 외과의사에게 치료를 받게 되었다. 치료가 끝나고 그녀는 다시 모스크바로 팔려갔다. 러시아에서 그녀는 어느 귀족의 정원을 돌보게 되었지만, 귀족이 역적으로 처형당하자 그곳을 탈출했다. 그 후 러시아의 모든 도시를 돌아다니며 목숨을 구걸하다가 결국 깡디드에게 죽임을 당한, 유태인 상인의 하녀로 들어가게 된 것이다.

5 새로운 유랑 생활

그들이 올라탄 군함 총독의 눈에 든 뀌네꽁드는 그에게 청혼을 받고, 깡디드에게 피해가 가지 않도록 결혼을 허락한다. 동시에 깡디드에게는 탈출을 권유한다.

깡디드는 까깡보라는 시종과 함께 예수회 교도들의 왕국으로 도망친다. 그곳에서 깡디드는 죽은 줄 알았던 뀌네꽁드의 오빠가 파라과이에서 예수회 교도의 신부이자 사령관으로 있음을 알고 재회한다. 뀌네꽁드의 오빠와의 대화 중에 깡디드는 뀌네꽁드를 사랑하며 결혼할 생각이라고 하자 그는 깡디드의 신분을 문제 삼으며 화를 내고 깡디드는 우발적으로 남작을 살해한다.

깡디드와 까깡보는 그곳에서 탈출하고 유랑객이 된다. 두 소녀가 두 원숭이에게 쫓기는 것을 보고 총으로 원숭이들을 쏴 죽인다. 하지만 이들은 서로 연인관계였으며 자신들의 애인을 살해한 행위를 대이족에게 고발한다. 대이족에게 죽임을 당할 위기 속에서 까깡보의 기지로 풀려난다.

또 다시 시작된 유랑 생활, 식량은 바닥이 나고 타던 말들도 지쳐 쓰러져 죽게 되자 둘은 배에 몸을 맡기고 하느님의 가호에 자신의 목숨을 맡기며 배를 강에 띄운다. 배가 닿은 곳에서 그들은, 보석을 대수롭지 않게 아이들의 장난감으로 취급하며 식당에서 식대를 받지 않는 이상한 나라에 도착한다. 이 나라에서 그들은 그곳 궁정에서 고관으로 있다가 물러난 노인을 만나 그들이 잉카족의 후예이며 스페인에게 정복당했음을 알게 된다. 그들은 이곳을 '황금향'이라고 부르며 유일신을 믿고 모두가 이 나라에서 떠나지 않길 원한다는 것을 알게 된다. 그곳의 재판소와 의회를 보고 싶어 하나 재판할 일이 없는 이 나라에는 그런 것은 없고 감옥조차도 없다는 것을 알고 놀란다. 왕궁으로 들어간 일행은 왕으로부터 많은 보석과 보석들을 운반할 양 102마리를 선물로 받고 뀌네꽁드를 총독으로부터 구해내기 위해 길을 떠난다.

6 우리를 못살게 굴기 위해서지요

뀌네꽁드를 구하기 위해 가는 도중 102마리의 양 중 100마리의 양이 죽고 그들의 등에 실려 있던 보석들도 모두 잃게 된다. 작가는 이 부분에서 깡디드를 빌어 자신의 생각을 독자에게 보인다.

"여보게, 이 세상의 부라는 것이 얼마나 덧없는가를 보게. 이
세상에는 인간이 원래 지녔던 덕과 앞으로 뀌네꽁드 양을 다시
금 만날 수 있다는 행복밖에는 더 이상 확고부동한 것이 없네."

그들은 수리남 시가지에서 총독이 사는 부에노스아이레스로 가는

배편이 없음을 알고 차선책으로 까깡보에게 부에노스아이레스로 수단과 방법을 가리지 않고 가서 뀌네꽁드를 구해오도록 한다. 자신은 안전한 베네치아로 가서 기다리겠다며 까깡보와 헤어진 깡디드는 베네치아로 가는 배를 타던 중 네덜란드 출신의 교활한 선장에게 속아 두 마리의 양과 양에 실린 보물들을 빼앗긴다. 보석을 실은 양이 없어진 깡디드는 남은 보석으로 마르땡이라는 노학자를 시종으로 구한다.

마르땡과 깡디드는 보르도 행 프랑스 여객선에 오른다. 자신이 배운 삶의 철학에 대해 논하던 중 둘은 맞은편에서 두 척의 배가 서로 싸우고 있는 모습을 목격한다. 침몰당한 배는 자신의 보물을 빼앗아간 네덜란드 선장의 배였던 것이다. 배가 침몰하면서 그의 두 마리의 양 중 한 마리가 함께 떠내려 오는 것을 보고 깡디드는 양을 건져낸다.

프랑스에 도착할 무렵 깡디드와 마르땡은 자신의 논리를 열심히 펼친다.

"그렇다면 이 세상이란 어떤 목적을 위해서 만들어졌다고 생각하시나요?"

"우리를 못살게 굴기 위해서지요."

7 세상은 선한가? 불행한가?

프랑스에 도착한 두 사람은 자신이 건져낸 양이 천연두에 걸려 그 털이 붉게 된 것을 과학적으로 밝혀낸다. 또한 그가 갖고 있는 많은 보석으로 인해 많은 사람들을 만나게 되고 환영잔치까지 받는다. 뀌네꽁드를 기다리기 위해 베네치아로 가는 도중 파리에 들른 깡디드는 그곳에서 한 신부, 훌륭한 사상가들과 함께 프랑스의 연극과 철학에 대해 토론한다. 또한 후작부인에게 잠시 마음이 흔들리며 자신의 다

이아몬드를 그녀에게 맡기기까지 한다. 신부의 속임수로 인해 경찰에게 체포되지만 이들이 모두 한통속임을 안 깡디드는 그의 보석으로 이들을 매수한다. 어찌할 수 없는 상황 속에서 둘은 베네치아가 아닌 영국의 포츠머드 행 여객선을 탄다.

영국에 도착한 깡디드는 다른 부하들의 사기를 북돋아 주기 위해 제독을 총살시키는 관례를 목도한다. 하지만 이 사건에 개입하는 대신 베네치아로 향하는 배에 올라탄다.

까깡보가 먼저 도착해 뀌네꽁드와 함께 자신을 기다릴 것으로 예상했던 깡디드는 베네치아에서 어디에서도 그들을 찾을 수 없음을 알고 실의에 빠진다. 깡디드는 마르땡과 또다시 논쟁을 하고 세상에서 가장 행복해 보이는 테아토 수도회의 수도사와 그와 함께 있는 아가씨를 저녁식사에 초대한다. 이내 수도사와 함께 있는 아가씨가 빵글로스 선생과 연관이 있었던 빠게뜨라는 사실을 알고 놀란다. 빠게뜨는 세상 이곳저곳을 다니며 자신의 몸을 팔아 연명하고 있었으며 수도사와 함께 있는 이유도 그 때문이었던 것이다. 깡디드는 수도사와 빠게뜨에게 큰돈을 쥐어 주며 보낸다. 이 일련의 사건들 속에서 깡디드는 세상의 선함을 발견하려 애쓰고 마르땡은 세상의 불행함을 설득시키려 애쓴다. 결국 이 둘은 세상의 선함과 불행함에 대해 내기를 건다.

8 아직도 모든 것은 최선을 위해 존재한다고 생각하세요?

내기의 승자를 가리기 위해 깡디드는 마르땡과 함께 전혀 슬픔을 모르고 산다는 노인을 찾아간다. 궁전 같은 저택 속에서 아름다운 두 소녀의 시중을 받으며 살고 있는 노인, 뽀꼬끼랑떼 공은 훌륭한 미술 작품, 아름다운 음악, 멋진 만찬을 제공한다. 깡디드는 특히 이 노인의 서재에 관심을 많이 보이며 그와 세상의 훌륭한 책들에 대한 논쟁을 편다. 하지만 결국 이 노인은 이 풍요로움 속에서도 기쁨을 느끼지 못하고 있다는 것을 확인한다.

깡디드는 마르땡과 함께 기이한 경험을 한다. 여섯 명의 황제와 동시에 저녁식사를 하게 된 것이다. 또한 여섯 명의 황제 중의 한명의 시종으로 있는 까깡보를 만난다. 깡디드는 여섯 명의 황제들의 이야기를 모두 듣고 그 중 가장 형편이 어려운 황제에게 엄청난 금액을 선물한다.

깡디드와 마르땡은 까깡보가 섬기고 있는 황제의 배에 함께 오른다. 배 위에서 그는 까깡보로부터 뀌네꽁드의 소식을 듣는다. 그녀는 지금 쁘로뽕띠드 강가에서 그릇을 씻고 있는 볼품없는 노예로 일하고 있으며 그녀의 아름다움도 사라져 버렸다는 것이다. 실망 속에서도 그는 뀌네꽁드와 결혼하겠다는 마음을 버리지 않는다. 그는 결국 황제로부터 까깡보를 되사고 흑해의 운하에서 배를 바꿔 타 뀌네꽁드가 그릇을 씻고 있다는 쁘로뽕띠드로 향한다. 그들이 올라탄 배의 노를 젓고 있는 노예들 중 두 명이 빵글로스 선생과 자신이 죽인 줄 알았던 뀌네꽁드의 오빠라는 것을 알게 된 깡디드는 선장으로부터 그 둘의 몸값을 치루고 노예로부터 해방시킨다.

깡디드는 칼에 찔렸던 남작은 수도원의 신부에게 치료받고 감옥에 끌려갔었고, 사제로 복귀한 뒤 터키 황제의 시종무관과 함께 벗고 목욕한 것이 회교도들에게 죄를 범한 것이 되어 매를 맞고 배에서 노를 젓는 노예 신세가 되었음을 알게 된다. 또한 화형당해 죽은 줄 알았던 빵글로스 선생은 비가 와서 화형 대신 교수형을 당했으나 비에 젖은 밧줄 때문에 목숨을 건지게 되었고, 죽은 것으로 판단한 외과의사에 의해 산채로 배가 열십자로 갈리게 되는 고통을 겪었으며 기사의 종으로 일하다가 탈출한 곳에서 기독교인으로서 아름다운 여자 회교 신도가 떨어뜨린 꽃을 주워 주었다는 것이 죄가 되어 매를 맞고 노 젓는 신세가 되었다는 것을 알게 된다. 깡디드는 자신에게 세상은 최선으로 가득 차 있다고 가르친 빵글로스 선생의 고통스러운 이야기를 듣고 그의 사상에 반문을 제기한다.

　　"좋습니다, 빵글로스 선생님. 교수형을 당하시고, 의사에게 칼로 배를 갈리시고 그러고도 모자라 사정없이 몰매를 맞으시고, 또 갤리선에서 노예의 몸으로 노를 젓는 일을 당하셨으면서도 여전히 모든 것은 최선의 세상을 위해 존재한다는 생각을 고집하시렵니까?"

　　"그건 언제나 변함없는 나의 견해네. 결국 나는 철학자이니까. 라이프니츠가 오류를 범했다곤 생각되지 않기 때문에 내가 한 말을 부인하거나 취소한다는 것은 도무지 불가능하네. 게다가 나는 그의 예정조화설이 세상에서 가장 훌륭한 것이며 또한 충만과 미묘한 내용으로 가득 차 있는 것이라고 믿고 있다네."

9　그러나 지금 우리는 우리의 뜰을 경작해야 합니다

　　마침내 깡디드는 남작, 빵글로스, 마르땡, 까깡보와 함께 빨랫줄에 냅킨을 널어 말리고 있는 뀌네꽁드와 노파를 만나게 된다. 까깡보의 말처럼 그녀는 더 이상 아름답지 않았다. 깡디드의 뀌네꽁드에 대한 마음은 이내 수그러들게 되지만 그녀의 오빠인 남작이 둘의 결혼을 반대하자 오히려 끝까지 뀌네꽁드와 결혼하고 말겠다는 결정을 내린다.

　　생명의 은인인 깡디드를 끝까지 천한 신분으로 취급한 남작은 뀌네꽁드를 제외한 모두의 동의로 로마의 교구장에게 팔려간다. 남작을 제외한 이들은 깡디드와 뀌네꽁드의 결혼 이후 얼마간 그의 보석으로 행복하게 산다. 하지만 유태인들에게 재산을 사기당한 깡디드는 얼마 남지 않은 전답을 가꾸며 연명하게 된다. 모두들 살기 위해 노동을 하면서 자신의 위치를 잡아가는 상황에서도 빵글로스는 세상은 최선으로 가득 차 있다는 둥 그의 논리를 펴기에 바쁘다. 하지만 이제까지 그의 철학을 따르던 깡디드는 자신의 철학을 처음으로 주장한다.

"모든 일이 이젠 가능한 최선의 세계로 맥락을 짓게 되었네. 만일 깡디드 자네가 뀌네꽁드 양을 사랑한 것 때문에 후원에서 발로 엉덩이를 채어 성 밖으로 추방당하지 않았더라면, 그리고 자네가 종교재판장 앞에 서보지 않았더라면, 또 자네가 맨발로 아메리카 대륙에 가 보지 않았더라면, 그리고 자네가 남작을 칼로 멋지게 찌르지 않았더라면, 또 자네가 이상향 엘도라도에서 얻은 양을 몽땅 잃어버리지 않았더라면, 자넨 결코 이곳에서 설탕에 절인 레몬류의 과일과 피스타치오 열매를 먹어 보지 못했을 것이네."

"옳은 말씀이십니다. 그러나 지금 우린 우리의 뜰을 경작해야 합니다."

빵글로스의 '세상은 최선으로 가득 차 있다.'는 주장에 대해 깡디드는 계속 의문을 제기하다가 마지막에 자신의 견해를 제기한다.

"옳은 말씀이십니다. 그러나 지금 우린 우리의 뜰을 경작해야 합니다."

간단한 문장에 담긴 깡디드의 이러한 주장의 의미를 작품 전체의 구성과 관련하여 생각해 보자.

5. 더 깊은 이해를 위하여

추 천 할 만 한 번 역 본

서양 고전을 많이 번역한 범우사는 책의 끝부분에 볼테르와 그의 작품 《깡디드》에 관한 설명을 첨부해 책을 읽은 후 놓쳤을 만한 부분을 짚어주고 있다.

《깡디드》, 염기용 옮김, 범우사, 1996

La Nausee

구토

장 폴 사르트르(Jean-Paul Sartre)

이 책에 관하여

실존주의의 형상화라는 난해한 주제를 지닌 이 작품은 주인공 로캉탱의 예리한 관찰을 통해서 소시민적 권태와 부르주아의 위선, 그리고 더 나아가 무의미한 대화들만 주고받는 모든 인간들의 비진정성을 드러낸다. 실존을 자각하는 순간 구토를 시작한 로캉탱은 철학 교사로 있으면서 작가적 명성을 열망하던 사르트르의 분신이다. 그러므로 이 작품은 실존주의 철학의 근저를 이루는 작가의 체험이며, 작가이자 철학자인 사르트르의 첫 장편 소설인 동시에 앙티로망(전통적인 소설 형식을 부정하고, 작자가 정리를 하기 이전의 자연 발생적인 지각이나 충동이나 기억을, 그것에 알맞은 새로운 형식과 기교를 구사하여 재현하려고 하는 경향의 소설)의 선구로 높은 평가를 받고 있다.

《구토》(1938)는 서른 살 연금생활자인 앙뜨완느 로캉탱의 형이상학적 일기 형식으로 되어 있다. 그는 18세기의 모험가인 드 롤르봉에 대한 논문을 쓰기 위해 부빌의 한 호텔에 자리 잡는다.

그러던 어느 날 그는 기이한 경험을 하는데, 바로 구토증이었다. 조약돌을 보고도, 탁자 위에 놓인 자신의 손을 보고도, 공원의 마로니에 나무뿌리를 보고도 그는 구토를 느낀다. 이것은 실존에 대한 의식이다. 그때까지 의식하지 못하였던 실존의 우발성에 구토를 느끼는 것이다.

로캉탱은 그때까지 자신의 존재에 의미를 부여하던 것들이 환상에 불과하다는 것을 깨닫는다. 스쳐가는 사람들이 나누는 의미 없는 대화, 그와 접촉하는 소수의 사람들, 부빌의 풍광 등이 인상파 화가의 붓끝인 양 이어지는, 결국 언젠가는 자신을 버릴, 도시의 깊은 우울함 속에 고립된 채 살아간다. 로캉탱이 일기를 쓰게 된 것은 얼마 전부터 외계(外界)의 사물이나 인간들이 가져다주는 구토증의 의미를 밝히고 싶었기 때문이다. 구토증이란 결국 존재 그 자체가 우연이고 부조리이며, 존재계(存在界)가 모두 의미와 필연성을 상실한 것에 대한 직접적인 체험이다. 그는 그것을 옛애인 아니와의 6년 만의 재회를 앞두고, 공원의 마로니에를 응시하다가 직감적으로 확신하게 된다. 오랜만에 보는 아니도 옛날의 신비한 매력을 잃고 타성에 젖은 허무감 속에서 살고 있었다.

　절망한 로캉탱은 역사연구도 포기한 채 그 곳을 떠나면서 재즈 음악이 주는 감동 속에 장차 소설을 쓰는 것이 구원이 되지나 않을까 하는 희망을 가져본다.

La Nausee

저 자 에 관 하 여

장 폴 사르트르(Jean-Paul Sartre, 1905~1980)는 1905년 6월 21일 프랑스 파리에서 태어났다. 아버지 장 밥티스트 사르트르는 아들이 태어나고 얼마 되지 않아 죽고 마는데, 아버지의 죽음은 사르트르에게 아버지라는 권위와 위엄과 중압감에서 벗어나 충분한 자유를 만끽하며 자신의 존재를 확장시켜 나갈 수 있는 특권적인 환경을 제공하게 된다. 남아(男兒)는 오이디푸스 콤플렉스를 경험하면서 남성으로 사회화된다고 프로이트는 주장했는데, 사르트르는 이런 일련의 과정을 겪지 않았기 때문에 훗날 시몬느 드 보봐르와의 계약 결혼 등 남들과는 사뭇 다른 사고방식을 가질 수 있었는지도 모른다. 사르트르는 젊은 어머니의 사랑을 독차지하며, 인간은 태어나면서부터 자유롭도록 운명 지워진 존재라는 그의 실존 철학의 뿌리를 어려서부터 감지하게 된다. 그는 외가에서 어린 시절의 대부분을 보내게 되는데, 이곳에서 사르트르는 문학에 대해 거의 종교적인 경의를 가지고 있던 외할아버지의 영향으로 문학 세계와 처음으로 접하게 된다. 혼자 있으면서 자주 공상의 세계에 잠기곤 하던 사르트르에게 문학은 참으로 대단한 존재였다. 어린 사르트르에게 있어 문학이란 일상의 세계와 전혀 다른, 초월적 위치로 자신을 끌어올려 줄 수 있는 마법과 같은 것이었다. 훗날 '내 인생은 책 속에서 시작되었고, 또 아마도 그 속에서 마치게 될 것이다' 라고 말할 정도로 문학에 대한 사르트르의 열정은 대단한 것이었다.

1916년 사르트르가 11세가 되던 해 어머니가 재혼을 하면서 사르트르는 어머니를 따라 파리를 떠나 라 로셸로 간다. 어머니의 재혼이라는 충격에다 그 동안 정들은 외가를 떠난 허전함으로 사르트르는 이곳에서 생애 중 가장 불행한 4년여를 보내게 된다. 친구도 없이 고독하게 보낸 이곳에서 사르트르는 자신들의 기득권을 철저하게 누리고 있는 부르주아의 허영과 위선, 자기 기만을 깨닫는다. 그리고 이러한 부르주아의 부정적인 모습은 후일 그의 모든 작품, 특히 《구토》에서 신랄한 비판과 혐오의 대상이 된다. 메를로퐁티, 무니에, 아롱 등과 함께 파리의 명문 에콜 노르말 슈페리어에 다녔으며, 특히 젊은 나이에 극적인 생애를 마친 폴 니장과의 교우는 그에게 깊은 인상을 심어주었다. 평생의 연인 시몬 드 보봐르와도 그 시절에 만났다. 전형적인 수재 코스를 밟아 졸업하고, 병역을 마친 그는 항구 도시 루아브르에서 고등학교 철학 교사로 일하다가 1933년 베를린으로 1년 간 유학, 후설과 하이데거를 연구하였다.

그 후 사르트르는 《존재와 무(L'Etre etle Neant)》(1943), 《실존주의는 휴머니즘이다(L'Existentialisme est un Humanisme)》(1946) 등을 발표하고 〈레탕모데른〉지를 발간하는 등 활발한 활동을 펼치며 2차 대전 전후 시대의 사조를 대표하는 위대한 사상가로 평가받았다.

그는 많은 희곡을 발표하여 호평받기도 했는데, 《파리떼(Les Moiuches)》(1943), 《무덤 없는 죽음(Morts sans Sepulture)》(1946), 《공손한 창녀(La Putain Respectueuse)》(1946), 《더러운 손(Les Mains Sales)》(1948) 등의 희곡을 썼으며, 《내기는 끝났다(Les Chemins de la Liberte)》(1947), 《톱니바퀴(L'Engrenage)》(1948) 등의 시나리오를 쓰기도 했다. 또한 《자유의 길(Les Chemins de la Liberte)》의 제1권인 《철들 무렵(L'Age de Raison)》(1945), 제2권 《유예(猶豫)(Le Sursis)》(1945), 그리고 제3권인 《영혼 속의 죽음(La Mort dans l'ame)》(1949) 등의 소설을 발표함으로써 소설가로서의 지위를 굳히면서, 지식인의 행동에 관련된 문제를 부각시키는 동시에 사회나 개인의 진상을 밝히고 있다. 이와 아울러 이 시기에는 평론가로서의 활동하기도 했는데, 보들레르에 관한 체계적인 연구서인《보들레르론 (Baudelaire)》(1947), 평론집 《상황 I(Situation I)》(1947), 시와 음악을 통한 참여문학의 가능성을 시사한 《검은 오르페우스(Orpheenoir)》(1948), 《예술가와 그의 양심(L'Artiste et sa conscience)》(1950), 참여문학의 대표적 문학서인 《문학이란 무엇인가?》(1947) 등의 평론집을 내기도 했다.

J e a n - P a u l

S a r t r e

────── L a N a u s e e

1 **젊은이여 침을 뱉자. 마음 속 가래라도 맘껏 뱉자**

《구토》의 주인공 '로캉탱'은 구토를 한다. 이 구토는 이상의 《권태》
라는 작품에서 보이는 삶의 지리멸렬한 권태일 수도 있고 밀란 쿤데
라의 《참을 수 없는 존재의 가벼움》에서 보이는 '존재의 가벼움' 일 수
도 있다.

> 나는 안다. 그 도시가 먼저 나를 버리는 것이다. 나는 부빌을
> 떠나지 않았는데, 나는 이미 거기에 있지 않다. 부빌은 침묵하
> 고 있다. 이미 나에 대한 걱정을 하지 않고 있는 그 도시. 그 도
> 시에 내가 아직 두 시간이나 더 있어야 한다는 것은 이상하다고
> 생각한다. 나는 더 버림받고 있다는 느낌이 든다.

로캉탱의 이 고백은 우리도 한번쯤 해봤음직한 생각이다. 아무런
연대감 없이 그냥 부유하듯 스쳐 지나가버리는 가벼운 만남들, 그리
고 더 이상 마음 붙일 수 없는 것들.

낯선 이방인들만 가득한 곳에서 하나의 섬처럼 살고 있는 우리 현대
인들은 오히려 이런 부조리한 사회에 냉소적이기 마련이다. 단지 햇볕
에 눈이 부셔서 살인을 한 알베르 까뮈의 소설 《이방인》의 주인공 '뫼

르소'처럼. 《구토》의 로캉탱과 《이방인》의 뫼르소는 삶을 별 의미 없이 살아가는 무미건조한 현대인의 모습이다. 그러기에 우리에게 많은 깨우침과 한번쯤 자신의 본질에 대해 생각해볼 수 있는 기회를 준다.

2 존재한다는 것은…

나의 생각, 그것은 '나'다. 그래서 나는 멈출 수가 없다.

나는 생각하는 고로 존재한다. 그리고 나는 생각하기를 단념할 수 없다.

지금 이 순간조차도 —— 그것은 무서운 일이다 —— 내가 존재한다면 그것은 내가 존재하기를 두려워하고 있기 때문이다. 내가 갈망하고 있는 저 무(無)로부터 나 자신을 끄집어내는 것이 바로나, '나'다. 존재하는 데 대한 증오, 싫증, 그것이 '나를 존재하게 하는' 방법이며, 존재 속에 나를 밀어 넣는 방법인 것이다. 생각은 현기증처럼 내 뒤에서 생겨나고, 나는 그것이 내 머리 뒤에서 생기는 것을 느낀다. 만약 내가 양보하면 그것은 앞으로, 내 두 눈 사이로 오려고 한다. 다만 나는 언제나 양보한다. 생각이 커지고 커진다. 그리하여 거기 나를 충만케 하고 나의 존재를 새롭게 하는 무한한 것이 있다. 내 침이 달콤하다. 몸이 미지근하다. 얼이 빠진 것 같다. 나의 나이프가 탁자 위에 있다. 그것을 편다. 왜 안 돼? 하여간 그것은 자그마하나마 변화를 가져올 것이다.

나는 왼손을 종이 더미 위에 얹고, 손바닥을 나이프로 찌른다. 동작이 너무 신경질적이다. 칼날이 미끄러져서 상처가 가볍다. 피가 흐른다. 그래서 무슨 변화가 생겼나?

결국 나는 백지 위에, 아까 써놓은 글씨 곁에 마침내 나 자신에게서 떨어져 나간 약간의 핏방울을 만족스럽게 바라본다. 백지 위에 있는 네 줄의 글씨와 핏방울, 그것은 좋은 추억이 될 것이다.

(······)

최선의 방법은 그날그날 일어난 일들을 적어두는 것이다. 뚜렷하게 관찰하기 위하여 일기를 적을 것. 아무리 하찮게 보이는 일이라도, 그 뉘앙스며 사소한 사실들을 놓치지 말 것. 특히 그것들을 분류할 것. 내가 이 테이블, 저 거리, 저 사람들, 나의 담뱃갑을 어떻게 보는가를 써야만 한다. 왜냐하면 변한 것은 바로 '그것'이기 때문이다. 그 변화의 범위와 성질을 정확하게 결정지을 필요가 있다. 예를 들어 여기에 나의 잉크병이 든 종이 상자가 있다고 하자. 내가 전에는 그것을 어떻게 보았던가를 적도록 노력해야 할 것이다. 그리고 지금은 어떻게 그것을 ······. 그런데, '그것은 직육면체이고 테이블 위에.' 이렇게 말하는 것은 어리석다. 거기에 대해서는 아무 할 말이 없다. 바로 그런 일을 피해야만 한다. 아무것도 아닌 것을 신기하게 만들어서는 안 된다. 일기를 쓴다면, 다음과 같은 위험이 있을 것이다. 즉 모든 일을 과장하는 것, 너무 날카롭게 주의를 기울인 나머지 줄곧 진실을 왜곡하는 일이다.

한편 바로 이 잉크병이라든지 기타의 어떤 물건에 관해서 그제의 그 인상을 언젠가 다시 가지게 되리라는 것은 분명하다. 나는 늘 마음을 가다듬고 있어야 한다. 그렇지 않으면 그 인상이 손가락 틈으로 또 스며들어올 것이다. 아무것도······해서는 안 된다. 일어나는 일을 정성스럽게, 되도록 상세하게 적어야 하겠다.

첫머리부터 인상적인 문장으로 시작하는 이 글은 마치 하나의 철학적인 에피그램의 모음집 같다. 그래서 수첩 어딘가에 이 잠언들을 적어놓고 경구로 삼고 싶은 충동을 느끼게 한다. 《구토》는 앙투안 로캉탱이라는 존재 이유를 모르는 한 지식인이 적어온 일종의 형이상학적 일기로 이루어져 있다.

직업도 없고 가정도 없는 자유인 로캉탱은 욕망도 희망도 없는 무미건조한 인물이다. 그는 다만 18세기의 방탕하며 음모가였던 르 롤르봉에 관한 연구를 하기 위해 부빌에 머물고 있다. 그는 일반적인 철학자처럼 관념적으로 사색하는 것이 아니라 사물을 대하고 있는 인간의 시각, 촉각, 후각, 청각 등을 통하여 존재의 이유를 찾고자 한다. 그러면서 그는 존재의 본래 모습은 아무런 뜻도 이유도 없이 내던져져 있는 상태임을, 즉 존재의 우연성, 무상성, 비정당성을 깨닫는다. 이 나무가 저 돌이 왜 여기에 있어야 하는지 설명할 수 없다. 일체의 설명은 존재의 본체를 드러내는 것이 아니라 오히려 그것을 위장하고 자신의 생각으로 사물을 은폐하려는 기만에 불과하다. 이것을 깨달았을 때 로캉탱은 18세기의 기인 드 롤르봉에 대한 연구를 포기한다. 과거의 인물을 연구하고 그것을 합리적으로 해석하려는 노력은 그 인물 자신과는 상관없는 '나의 생각'에 불과하기 때문이다. 그의 신비로운 존재는 영원히 밝혀질 수 없는 것이다. 마치 나무가 우리와 상관없이 설명을 거부하면서 그대로 서 있는 것처럼 말이다. 이것은 현재를 살아가는 인간의 경우도 마찬가지다. '그저 우연히 이 세상에 내던져진 존재'인 인간은 특별한 존재 이유도 없이 그저 살아가는 것이다.

그러나 이러한 우연성과 무상성은 단순히 허무주의를 뜻하는 것은 아니다. 그보다는 우리나 세계가 이유 없이 존재하고 있다는 사실을 강조하고 있다. 이것이 바로 실존이다. 이 실존과 마주서는 인간은 스

스로의 존재에 대해서 공포를 느끼는 한편, 이미 존재한다는 단순한
사실로 말미암아 부과된 책임을 벗어날 수 없다.

3 철없는 환상가

결국 나를 역겹게 하는 것은 어제 저녁때 숭고했었다는 사실
이다. 스무 살 때, 나는 술에 취한 다음 나 자신을 데카르트와
같은 부류의 인간이라고 설명하곤 했다. 내가 영웅 심리로 가득
차 있다는 것은 잘 알고 있었으나, 나는 그대로 가만히 있었다.
그것이 재미있었다. 그리고 그 이튿날, 나는 토해 낸 오물이 가
득 찬 침대에서 잠이 깬 것처럼 불쾌했다. 술이 취해도 나는 토
하지 않는다. 그러나 술에 취해 토하기라도 하는 편이 훨씬 더
나을 것이다. 어제는 취했기 때문이라고 변명할 수도 없다. 나
는 바보처럼 흥분했다. 물과 같이 투명한 추상적인 생각으로 나
자신을 씻어 낼 필요가 있다.

기존의 관습과 인습의 속박에서 벗어나기 위해서는 무한한 자유가
필요했지만. 그러한 자유란 인간 존재의 비극성 앞에서는 무의미한
것이었다. '구토'란 바로 이렇게 추악하게 널려져 있는 모든 이유 없는
존재들 앞에서 본능적으로 느끼게 되는 메스꺼움이다. 사물과의 만남
속에서 존재의 의미가 흔들릴 때 로캉탱이 느끼는 관념적인 증세인
것이다. 그렇다면 모든 의미가 박탈되고 아무런 존재 이유가 없는 이
부조리한 존재성에 대해서 우리는 어떤 행동을 취해야 하는가?

그는 또 나를 본다. 이번에는 나에게 말을 걸 모양이다. 나는
긴장한다. 우리들 사이에 있는 것은 공감이 아니다. 우리가 비슷

하다는 사실뿐이다. 그 사나이도 나처럼 고독하지만 오히려 나 보다 더 심한 고독 속에 잠겨 있다. 그는 자기의 구토를, 또는 그 와 비슷한 그 무엇을 기다리고 있음에 틀림없다. 그러나 이제는 나를 '알아보는' 사람들이 있는 것이다. 그들은 나의 얼굴을 보 고 나서 '저것은 우리와 동류이다'라고 생각한다. 그래서 그는 무엇을 바라는 것일까? 우리는 서로서로 아무 일도 해줄 수 없 다는 것을 그 사나이는 충분히 알고 있을 것이다.

사르트르는 존재 이유가 없음을 깨닫지 못한 부빌의 여러 어리석은 인물 군상들을 통해서 역설적으로 답하고 있다. 그들은 자기들의 생존 이 태어났을 때부터 정당화되고 있고, 생존을 위한 권리가 보장되어 있 고, 인생에 확고한 목적이 있는 듯이 행동한다. 그런 행동들은 존재의 근본적 진실을 가리기 위한 허위를 바탕에 두고 있는 것이며, 인간이란 무엇이냐는 본원적인 질문을 회피하기 위한 위선인 것이다. 즉 그들은 스스로 존재의 의미를 발견하지 못하는 데서 오는 불안을 회피하기 위 해서 과거의 인습, 기존의 모든 가치관에 의존하여 주체성을 잃고 그 속에 비겁하게 안주하고 있는 것이다. 로캉탱은 일요일의 거리에 쏟아 져 나오는 사람들의 만족스러운 듯한 표정 속에서, 도서관 앞 광장에 세워진 아카데미 장학관 앵페트라즈의 동상에서, 그리고 도시의 박물 관에 걸려 있는 명사들의 근엄한 초상화 속에서 존재의 진상을 감추려 는 세속적인 인간 군상들의 가련한 자기 기만을 꿰뚫어 본다.

이 자기 기만은 로캉탱이 매일처럼 도서관에서 만나는 독서광의 특 징이기도 하다. 그는 어떤 의미에서는 부빌의 시민들보다 더 가련하 고 불행한 인간이다. 그들이 세속적인 명예와의 관계 속에서 자기 위 안을 찾는다면, 독서광은 지식의 화신(化身)이 되기 위한 금욕적 생활을 한다. 학문에 대단한 신앙을 가진 그는 도서관에 비치되어 있는 모든 책을 알파벳순으로 샅샅이 읽고 나면 세계와 인간에 대해 알 수 있으리라는 신념을 갖고 산다. 지식의 무체계적인 습득이 곧 삶의 전부라고 믿고 있는 이 철없는 환상가는 한 번도 지식과 삶의 관계를, 자아의 실존적 의미를 생각해 본 적이 없는 반성 이전의 인간이다.

④ 나 하나쯤은 없어도 그만인가?

우리는 우리 자신도 주체하지 못하는 거북한 존재의 무리였다. 우리는 너나할 것 없이 누구나 거기에 있을 이유가 조금도 없다. 당황하고 어딘지 불안한 각 존재는 다른 존재와의 관계에서 여분이라는 것을 느끼는 것이었다. '여분', 이것이야말로 저 나무, 저 철책, 저 조약돌들 사이에서 내가 설정할 수 있는 유일한 관계였다. 마로니에를 '헤아리고', 그것들을 라 벨레다와의 관계에 '배치'하여 플라타너스의 높이와 비교하려고 애썼으나 허사였다. 그것들은 제각기 내가 그 속에 가두어버리려던 관계 속에서 빠져나가버리는 것이었고, 고립하여 넘쳐 나오곤 했다. 그 관계를(인간 세계의 붕괴를 지연시키기 위하여, 유지하려고 내가 고집을 부리던 그 척도와 양과 방향의 관계를 나는 필연성 없는 것이라고 느꼈다. 그 관계들은 사물에게는 이미 들어맞지 않는 것이었다. 약간 왼편쪽으로 나의 정면에 서있는 마로니에. 그것은 '여분의 것'이었다. 라 벨레다도 '여분의 것' …… 그리고 '나'도─힘없고, 피곤하고, 추잡하고, 음식을 삭이며, 우울한 생각을 되씹고 있는 '나' 역시 ── 여분의 존재였다. 다행히도 나는 그것을 느끼지 않고 있었다. 특히, 나는 그것을 알고 있었다. 그러나 나는 그것을 느끼는 것이 두려웠기 때문에 마음이 놓이지 않았다. (지금도 나는 그것이 두렵다.── 나는 그것에 뒷덜미를 잡혀서 높은 파도처럼 들어 올려지지나 않을까 두렵다.) 그 여분의 존재를 최소한 하나라도 말소시키기 위해서 자살이나 할까 막연히 생각해보았다. 그러나 나의 죽음 자체가 여분이었을 것이다. 나의 시체도, 그 미소하는 정원 깊숙이, 이 조약돌 위, 풀 사이에 흐를 피도 여분이다. 그리고 썩은 육체는 그것을 받아들이는 땅 속에서도 여분의 것이며, 또 깨끗이 씻기고 껍질이 벗겨지고, 이빨처럼 깨끗하고 청결한 나의 뼈도 여분의 것이었으리라. 나는 영원히 여분의 존재였다.

익명의 시대를 살고 있는 우리는, 종종 나 자신도 사회의 여분, 즉 잉여적 존재가 아닌가 하는 자문을 해본 적이 있을 것이다. 나 하나쯤 있어도 없어도 그만인 듯한 낭패감에 존재란 것이 이처럼 하찮고 미미한 것인지 절망해 본 적도 있을 것이다.

⑤ 부조리한 인간들의 자기 기만

부조리에 대한 인식도 작품에 드러난다. 일기의 형식이 그러하듯 자신의 생각을 독백처럼 적어놓기 때문에 그 사람의 가치관을 알 수 있고, 독자로 하여금 남의 일기를 몰래 훔쳐 읽는 듯한 관음증에 대한 묘한 호기심을 자극한다.

부조리 역시 말이다. 나는 말과 싸운다. 거기서 나는 사물을 만지작거리곤 했다. 그러나 나는 여기서 그 부조리의 절대적인 성격을 정착시키고 싶었다. 인간들의 채색된 조그만 세계에 있어서의 한 동작, 한 사건은 상대적으로만 부조리하다. 즉 그 동작, 또는 사건에 수반하는 상황과의 관계에 있어서 그러하다.

(……) 부조리하지 않을 수 있는 관계란 아무것도 없었다.

이처럼 사르트르는 참다운 고뇌를 겪으면서 운명과 대결하는 대신에 안이하게 기성의 편견과 관습의 굴레에 매여 살면서 자기 존재를 정당한 것으로 믿고 있는 부조리한 인간들의 자기 기만 행위를 고발하고 있는 것이다.

6 진실로 구원의 길은 없는가?

그는 우연적이고 정당화될 수 없는 자신의 존재가 필연성을 가질수 없을까 하는 질문에 긍정적인 대답을 준비한다. 그는 소설의 첫 부분에서부터 음악이 갖고 있는 세계의 견고한 구조에 반하고 그 속에서 어떤 필연적인 세계의 존재를 느껴 왔는데, 이제 예술 창조야말로 자신을 절대적 경지로 들어서게 하는, 존재한다는 죄악에서 벗어나게해줄 수 있는 유일한 길이라고 생각하게 된다. 예술의 세계, 그것은 소리나 말이 필연적으로 이어지고 어떠한 우연도 끼어들 여지가 없는 세계인 것이다. 그래서 로캉탱은 음악과 같이 순수한, 강철처럼 아름답고 견고한 소설을 쓰기로 결심을 하게 된다. 이러한 작품의 결말은 사르트르가 어려서부터 줄곧 지녀온 문학을 통한 삶의 구원, 그 집념의 재현인 것이다. 예술의 아름다움과 상상의 세계가 인간을 영원히 부조리한 존재의 현실에서 끌어내 줄 수 있음을 사르트르는 암시하고 있는 것이다. 사르트르는 존재의 초월을 통해서 오히려 존재의 의미를 부여하고자 한 것이다. 그러나 이후 사르트르는 이 소설의 결말처럼 심미적 방향으로 들어섬으로써 존재의 우연성에서 벗어나지 않는다. 오히려 그 정반대인 행동과 실천을 무기로 한 참여문학을 통해 자신의 존재 이유에 필연성을 부여한다.

나는 존재한다. 왜냐하면 그것이 내 권리이니까.
아무 일도 없다. 존재했다.

일기 곳곳에 등장하는 이런 말들은 어쩌면 무의미한 존재가 되기 싫은, 자신의 존재를 확인하고 싶은 강한 욕망의 외침으로 들린다.

로캉탱의 입을 빌어 사르트르는 개인적 인간보다는 사회적 인간을 주장하며, 역사적 상황에 처할 수밖에 없는 자유로운 존재로서의 인간은 사회적인 행동을 통해서 자신의 개인주의를 초월해야 할 책임이 있다고 역설한다. 사르트르가 추구하고자 했던 것은 결국 개인적 존재로서의 인간과 사회적 존재로서의 인간의 역할이라 할 수 있다. 인간은 항상 자신을 새롭게 만들어 나가야 하는 자유롭고 주체적인 존재이다. 그러나 인간은 일정한 역사적, 사회적 상황 속에 처해 있으며, 자기 창조의 노력은 자유를 향한 그 상황의 변혁, 즉 사회 혁명과 분리될 수 없다. 그리고 문학은 적극적 참여를 통해서만 그 존재 의의를 획득하는 것이다.

4. 깊이 생각해 보기

자신의 삶에 별 반성이나 자각 없이 앞만 향해 치달려온 현대인에게 인간 존재의 우연성, 무상성에 대해 고찰할 기회를 주는 작품이다. 저자는 삶의 부조리와 존재의 우연성 앞에서 깊이 절망하지만 결국 '구원의 길'을 제시한다.

저자가 제시한 '구원의 길'에 대한 자신의 견해를 밝혀 보자.

5. 더 깊은 이해를 위하여

추천할 만한 번역본

여러 번역서들 가운데 불문학 전공자가 번역한 문예출판사의 《구토》는 정제된 문장과 풍부한 뉘앙스 전달이 잘 되어 있다. 게다가 책표지에 있는 에곤쉴레의 그로테스크한 인물화는 주인공 로캉탱의 모습과 오버랩 되어 인상적이다.

《구토》, 방곤 역, 문예출판사, 1999

Faust

파우스트

괴테(Goethe, Johann Wolfgang von)

이 책 에 관 하 여

　《파우스트》는 괴테가 그의 전 생애를 걸고 매달린 작품으로 집필 기간만 60년이
되는 대작이다. 때문에 《파우스트》 안에는 작가 자신의 삶에 대한 세계관과 온갖 예
지가 깃들어 있으며 작가가 살았던 질풍노도 시기의 자유분방한 창조성과 고전주의
적 조화로움이 잘 드러나고 있다. 희곡 《파우스트》의 근본적 주제는 '인간의 진실한
욕구와 이상을 추구하고자 하는 끊임없는 자기 정진'이라고 할 수 있는데, 사실 《파
우스트》의 소재 자체는 괴테 고유의 것이 아니고 16,17세기 경 독일에 널리 유포되
어있던 전설적인 인물에서 차용한 것이다. 전설의 주인공 파우스트는 16세기에 살았
던 떠돌이 마술사로 점성술에 능했으며 신학과 의학에도 조예가 깊었는데 그의 기행
적인 행동은 그를 전설적인 인물로 만들었다. 그는 더 높은 인식에의 갈망으로 악마
와 계약을 맺는다. 신의 권위에 짓눌려 있던 중세의 분위기 아래에서 파우스트가 갈
망했던 더 높은 인식은 신에 대한 무조건적인 복종에 반항하는 계몽주의적 사고였
다. 따라서 여러 사람들에 의해 간행된 책 속에서 파우스트는 한낱 관능적인 쾌락을
추구하다가 파멸하는 타락한 젊은이로 그려졌으며 인식을 갈망하는 주인공의 시도
는 역설적이게도 종교적으로 민중을 순치하기 위한 수단으로 읽혀졌다. 그러나 현실
을 새롭게 평가하고 개작이 거듭되면서 파우스트의 모티프 또한 쾌락을 추구하는 탕
아에서 현실을 뛰어넘으려는 초인으로 탈바꿈하게 된다. 파우스트 이야기는 영국에
서도 관심거리가 되었는데 크리스토퍼 말로는 이러한 파우스트의 초월적 인간형을
극으로 표현했고 이 극은 17세기에 독일로 역수입되어 유랑극단에 의하여 독일 각지
에서 공연되었다. 괴테 또한 어린 시절부터 파우스트의 인형극을 접하면서 자랐고
보다 합리적으로 씌어진 초월적 파우스트의 일대기를 읽었을 것이라 추측된다. 괴테
가 파우스트 전설을 작품화해야겠다고 구상한 때는 슈트라스부르크에서의 유학시절
로 1773년 처음 집필을 시작하여 2년 후 초고 《파우스트》를 완성하게 된다. 여기에
는 메피스토펠레스와의 계약, 그레트헨과의 사랑과 비극적 종말 등이 수록되어 있
다. 후에 바이마르에서의 체류 10년 동안에는 창작 활동에 몰두하지 못하였고 이탈
리아 여행을 통하여 다시 창작 활동에 불이 붙기 시작한다. 바이마르로 돌아와 그때

까지 쓴 것들을 정리하여 《파우스트 단편》을 출간하였고, 동료인 실러의 격려에 힘입어 다시 파우스트 비극으로 탄생되었다. 1797년 6월부터 괴테는 다시 《파우스트》에 몰두하여 결국 《파우스트》 제1부는 1808년 괴테 전집 제 8권에 끼어 출판되었다. 1800년대 초에 《파우스트》 제2부를 염두에 두고 헬레나 에피소드를 구상했는데, 이것은 훗날 제2부 3막으로 발전하였다. 헬레나를 다룬 막은 1826년에 완성되었고 제 4막이 빈 채로 제2부가 1831년 완성되었지만 최종적으로 《파우스트》 본은 1832년에 완성되었으며 그것은 괴테 사후에 출간되었다.

F a u s t

저 자 에   관 하 여

괴테(Goethe, Johann Wolfgang von, 1749∼1832)는 19세기 유럽 문학의 정상이라고 할 수 있으며 독일 문학은 괴테에 와서야 비로소 전형적인 독일인의 모습을 자국 문학 속에 구현하게 되었다. 그는 프랑크푸르트 암마인 출생으로 법률가이며 제실고문관이었던 엄격한 아버지와 시장의 딸이면서 명랑한 성격의 어머니 밑에서 자라났다. 10세 때에 7년 전쟁으로 프랑스군이 프랑크푸르트를 점령했는데 괴테의 집이 프랑스 민정장관의 숙소가 되어 이 시기 동안 괴테는 자유롭게 프랑스 문화에 접할 기회를 얻었고, 15세 때 그레트헨과 첫 사랑을 경험했다. 이후 그의 여성 편력은 창작의 밑거름이 된다. 라이프치히 법대 시절에는 베리쉬, 슈토크, 외저 등의 예술가들과의 교유를 통해 문학과 미술에 심취했으며 식당 주인의 딸 케트헨과 교제하였다. 자유분방한 생활을 하다가 19세 때 각혈을 동반한 폐결핵을 앓아 고향으로 돌아와 요양하게 된다. 1770년 스트라스부르에서 법학 공부를 계속하기 위해 체류하던 중 헤르더를 알게 되어 문학과 언어에 많은 영향을 받았다. 이 때 괴테는 종래의 로코코 취미의 문학관에서 벗어나 셰익스피어의 위대함을 배우게 되었다. 이 무렵 10월에 근교 마을 제젠하임에서 그곳의 목사 딸 프리데리케를 만나 사랑에 빠지지만 뒤에 일방적으로 약혼을 파기한다. 1771년 변호사가 되어 고향에서 개업하였고 72년에는 제국 고등원의 실습생으로서 몇 달 동안 베츨러에 머물렀다. 이때 샬로테 부프와의 이루어질 수 없는 사랑은 《젊은 베르테르의 슬픔》을 낳게 했다. 괴테는 이 작품으로 일약 문단에서 이름을 날렸고, 독일 문학운동의 하나인 질풍노도 운동, 즉 슈투름 운트 드랑(Sturm und Drang)의 대표 작가로 활동하였다. 1775년에 바이마르 공국에 초청된 그는 재상이 되어 10년 남짓 국정에 참여하는데 이 기간 동안은 창작을 쉬고 자연과학 연구에 몰두하여 지질학과 광물학에 심취하기도 했다. 이 기간 동안 괴테는 샬로테 폰 슈타인 부인과의 연애를 통해 예술 완성에 큰 영향을 받았으나 부인과의 관계는 괴테가 이탈리아로 도망치듯 떠남으로써 끝나게 된다. 이탈리아의 여행은 작가 괴테의 삶에서 하나의 전환점이 되었고 그가 고전주의를 지향하는 동기가 되었다. 바이마르에 돌아와서는 여공 크리스티아네 불피우스를 만나 동거하면서 가정을 이루었으며 이 시기에 시인과 궁정인의 갈등을 그린 희곡 《타소》와 관능의 기쁨을 노래한 《로마 애가》를 발표하였다. 1794년부터 그는 실러가 기획한 잡지 《호렌》에 협력하여 실러와 우정을 다졌고 실러의 격려에 힘입어 중단되었던 《파우스트》의 집필에 착수한다. 1805년 실러의 죽음과 더불어 괴테는 만년기를 맞이하였다. 만년기 괴테 문학의 특징은 세계 문학의 제창과 그 실천이었으며 그는 각 국민 문학 간의 교류를 꾀하였다. 만년의 문학 작품으로는 《빌헬름 마이스터의 편력시대》와 《파우스트》가 최고봉을 이룬다.

G o e t h e ,

J o h a n n

W o l f g a n g   v o n

———— G o e t h e ,

J o h a n n   W o l f g a n g   v o n

1 1만 2천 행의 극시

《파우스트》는 파우스트와 메피스토의 계약에서부터 그레트헨의 비극을 다룬 제1부와 보다 확장된 세계와 구성의 복잡함이 보이는 제2부로 이루어진 1만 2천 행의 극시이다.

제1부는 고딕 시대의 독일 대학, 작은 마을 등을 무대로 비교적 자연주의에 가까운 내용을 담고 있으며 작은 세계의 경험이다. 제2부는 공간이 독일이라는 한정된 지역에서 벗어나 남쪽 그리스라는 신화적 공간으로 확장되며 시간 역시 신화의 시대로 들어가 상상의 한 가운데에서 흐르고 있다. 파우스트는 헬레네를 페르세포네로부터 구해내어 결혼을 하는데 이는 두 문화의 결합을 상징하는 것이기도 하다. 괴테는 파우스트를 통해 낭만적인 북부의 환상과 고전적인 남방의 조화를 합하여 하나의 혼융된 세계를 만들었다.

2 천상의 서곡 : 신과 악마의 내기

천상의 서곡은 1800년 경 씌어졌으며 구약 성서 가운데 욥기 제1장 6절~12절의 내용을 모티프로 하고 있다. 대천사들이 신의 창조의 대업을 찬미하고 있는 가운데 메피스토가 등장한다. 메피스토는 명민한 오성으로 눈앞에서 벌어지는 현상은 파악할 수 있지만 이성을 가지고 있지 않아서 끊임없이 생성 발전하는 신의 대업을 이해 할 수 없다. 때문에 신의 피조물인 인간을 불쌍히 여기고 신의 하인 중 하나인 파우스트를 타락시켜 영혼을 지옥에 떨어뜨리겠다고 장담한다. 그러나 신은 모든 것이 잘 될 것이라고 하면서 메피스토에게 최악의 술수를 부려도 좋다고 허락한다.

> **메피스토텔레스** 내기를 할까요? 당신은 결국 그 자를 잃고 말
> 겁니다. 허락만 해주신다면 녀석을 슬쩍 나의
> 길로 끌어 내리리이다.
>
> **주님** 그가 지상에 살고 있는 동안에는 네가 무슨
> 유혹을 하든 말리지 않겠다. 인간은 노력하는
> 한 방황하는 법이니까.

3 제1부 : 더 높은 인식을 갈망하는 파우스트

어두운 밤 서재에 앉아있는 파우스트의 독백으로 시작한다. 파우스트는 모든 학문을 섭렵했지만 그것은 지식의 파편에 불과하고 진정한 통찰을 얻을 수 없음을 깨닫고는 안타까워한다. 그는 단순히 지식을 소유하는 것이 아닌 보다 높은 인식을 갈망하고 있는 것이다. 또한 한 걸음 더 나아가 인식 뿐 아니라 스스로 체험하기를 원함으로써 신으로까지의 격상을 꿈꾸게 되는데 이것은 신에 대한 오만이 아닌 순수한 탐구와 체험에의 욕구이다. 때문에 파우스트는 마법에 의지하기도 하고 노스트라다무스의 책에 나오는 대우주의 부적을 보기도 하지만 대우주의 힘에 압도당할 뿐이다. 그래서 지령을 불러내 지령과 자신이 동등하다고 느끼지만 지령은 그의 오만함을 물리치고 다시금 그를

인간의 굴레 속으로 밀어 넣는다. 이런 저런 시도들이 실패로 돌아가자 파우스트는 극단적으로 자살을 시도하게 된다. 그에게 있어서 자살은 삶으로부터의 도피나 절망이 아닌 인식을 향한 또 다른 수단이다. 그러나 부활절 종소리에 독이 든 잔을 입에서 뗀 파우스트는 서재에서 벗어나 봄날 생명력이 넘치는 부활절 축제에 민중들과 함께 어울린다. 파우스트는 자연으로부터 잠시 위안을 얻기도 하지만 근원적인 고뇌에서 벗어날 수는 없었다. 파우스트의 내면에서는 두 가지 욕구가 대립하는데 하나는 현실을 긍정하고 즐기려는 욕구이며 다른 하나는 현실을 벗어나 좀 더 높은 이념 세계에서 삶의 의미를 찾으려는 욕구이다. 파우스트가 고뇌하고 있을 때 메피스토가 강아지의 모습으로 나타나 그의 서재에 들어간다. 파우스트는 그가 악마라는 것을 알면서도 지극한 인식의 만족을 위해 그의 제안을 받아들이며 계약을 맺는다.

> **파우스트**　이건 엄숙한 약속이다. 내가 "순간을 향해 멈추어
> 라! 너 정말 아름답구나!" 라고 말한다면, 그땐 자
> 네가 날 결박해도 좋아. 난 기꺼이 파멸의 길을 걷
> 겠다.

악마를 하인 삼아 파우스트는 서재를 떠나 더 넓은 세상으로 나아가게 된다. 메피스토는 말초적인 쾌락으로 파우스트를 굴복시키고자 아우어바흐 지하 술집으로 파우스트를 데리고 가지만 술집에서의 향락은 파우스트에게 아무런 감동도 주지 못한다. 메피스토는 다시 마녀의 부엌에서 파우스트에게 회춘하는 약을 마시게 하고 파우스트는 삼십년이 젊어진다. 관능적인 유혹에 빠진 파우스트는 길거리에서 본

그레트헨을 자기의 애인으로 만들어 달라고 메피스토에게 조른다. 이 부분부터 그레트헨의 비극이 시작된다. 메피스토는 온갖 수단을 동원하여 파우스트로 하여금 그레트헨에게 접근하도록 하고 마침내 그레트헨은 파우스트를 사랑하게 된다. 그러나 그 사랑으로 말미암아 그레트헨은 어머니를 살해하고 오빠인 발렌틴을 죽게 만들고 파우스트와의 사이에서 태어난 아기를 죽이게 되어 영아 살해라는 용서받지 못할 죄를 저지르게 된다. 처음부터 그녀의 육체를 사랑했을 뿐인 파우스트는 점차 그녀의 순수함과 진실한 사랑에 감동하게 되지만 그레트헨이 아이를 죽이고 정신적 착란 상태가 되자 그녀를 버리고 도망친다. 그레트헨에게 비극적인 종말이 다가오고 있는 동안 파우스트 또한 죄책감과 회한에 시달리게 된다. 처음부터 그레트헨은 파우스트를 묶어 둘 힘이 없었다. 파우스트는 멈추지 않고 끊임없이 정진해가는 인물이기 때문이다. 설령 악마가 그를 타락시키기 위하여 그레트헨을 이용하고 그녀로 하여금 죄를 짓게 했다고 하더라도 악마조차도 그를 타락으로 계속 묶어둘 수는 없었던 것이다. 죄의식을 느끼는 파우스트를 메피스토는 또다시 관능적으로 유혹하여 마녀들의 축제인 발푸르기스의 밤에 브로켄 산으로 데리고 간다. 어지러운 환락과 환상들 속에서 파우스트는 그레트헨의 환영을 본다. 그는 메피스토와 함께 영아 살해 죄로 사형을 선고 받은 그녀를 구하기 위해 옥으로 가지만 그녀는 그의 도움을 거절하고 참회하며 담담히 심판을 받아들인다. 그레트헨의 순수한 영혼은 악마로부터 자신을 지켜내며 마지막 순간에도 악마의 수중에 떨어진 파우스트를 버리지 않고 그의 이름을 부른다. 메피스토는 그녀가 심판을 받았다고 외치지만 천상의 목소리는 그녀가 구원받았음을 알린다.

4 **제2부 : 더 넓은 세계로**

제2부는 전체가 5막으로 이루어져 있다. 제1부에서 그레트헨이 중심을 이루고 있다면 2부에서는 헬레네가 중심이 되고 있다. 제1부는 모든 것이 그대로 묘사되어 있어 읽기가 수월하나 제2부는 현실을 넘어서서 추상적인 세계로 이끌려 올라가므로 난해하다는 평을 듣기도 한다.

제1부에서 그레트헨의 비극을 거친 파우스트는 자연에 안겨서 그레트헨의 비극으로부터 벗어난다. 이는 작은 세계(소시민적 생활)에서 보다 넓은 세계(국가적인 생활)로 가기 위한 과정으로 파우스트는 다시금 더 높은 세계로 도약할 생명력을 얻는다.

제1막에서 메피스토와 파우스트는 황제의 궁전으로 들어가 재정난에 빠진 황제에게 땅속에 묻혀 있는 황금을 담보 삼아서 화폐를 주조할 것을 조언한다. 황제는 메피스토와 파우스트를 신임하고 이번에는 미의 전형인 파리스와 헬레네를 불러내서 보여 달라고 한다. 파우스트는 메피스토가 가르쳐준 대로 어머니들의 나라로 들어가 헬레네의 환영을 불러낸다. 헬레네의 모습을 본 순간 파우스트는 완벽한 미의 원형에 전율하게 되고 파리스에게 질투와 적개심을 느끼게 된다. 질투를 참지 못한 파우스트가 헬레네의 환영을 움켜잡고 파리스로부터 헬레네를 떼어놓으려고 하자 폭발이 일어나고 파우스트는 쓰러지고 만다.

제2막에서 메피스토는 폭발로 실신한 파우스트를 데리고 그의 옛 서재로 간다. 파우스트의 서재는 그가 악마를 따라 나서 실종된 후로 그의 조수 바그너가 연구를 계속하여 인조인간 호문쿨루스를 완성할 단계에 있었다. 호문쿨루스는 명석한 두뇌로 자고 있는 파우스트의 꿈을 해몽해서 헬레네와 파우스트를 이어주는 교량적 역할을 한다. 호문쿨루스는 메피스토에게 파우스트를 데리고 고대 발푸르기스의 밤을 찾아갈 것을 제의한다. 메피스토는 고전미의 세계가 마땅치 않지만 파우스트로서는 헬레네를 본 이상 그녀를 포기할 수가 없었다. 그녀는 단순히 관능과 쾌락의 대상이 아닌, 지고의 미이며 예술 창조의 원동력이기 때문에 파우스트는 지상의 세계에서 헬레네를 잡기 위해 안간힘을 쓰는 것이다. 고대 발푸르기스의 밤에 등장하는 신화적 모티프들은 원형 신화에 있는 그대로가 아니라 괴테가 상상력을 발휘하여 변형을 시킨 것으로 고대와 발푸르기스의 밤을 결합시킴으로써 북부 독일의 낭만과 고전미의 융합을 볼 수 있다.

5 파우스트와 헬레네의 결합, 그리고 오이포리온

제3막은 헬레네가 트로이에서 돌아와 부친의 궁전 앞에 서게 되는 것에서 시작한다. 헬레네는 전쟁이 끝난 후 트로이의 포로들과 함께 송환되어 온다. 헬레네는 트로이 전쟁의 전사자들을 위로하는 제사에 제물로 바쳐질까봐 두려워한다. 마침 궁정을 지키는 하녀로 변신한 메피스토는 헬레네의 불안을 이용하여 그녀를 파우스트에게 접근시키려고 하는데 헬레네에게 은근히 파우스트가 그녀를 구할 것임을 암시하여 둘의 결합을 이끌어낸다. 이 장면에서 헬레네와 파우스트의 결합은 두 사람 사이에서 교환되는 사랑의 고백이라는 시로 상징적으로 표현되고 있다. 이 시는 그리스 시 형식에는 없는 운율로서 파우스트는 헬레네에게 운율을 가르쳐 주고 그러면 헬레네가 하나의 의미를 가진 문장을 완성시킨다. 이로써 그리스의 고대와 근대의 게르만의 정신이 뜻있는 결합을 이루게 되는 것이다.

그들 결합의 결실은 오이포리온이라는 아들의 탄생으로 맺어진다. 파우스트와 헬레네 사이에서 태어난 오이포리온은 조화의 상징인 동시에 근대시의 특징인 낭만주의적 정열과 고전미의 결합이라고 볼 수 있다. 따라서 천재 오이포리온은 땅을 딛고 서 있지만 더 높은 곳을 향하여 비약을 꿈꾼다. 오이포리온은 질풍노도 시기를 보냈던 아버지 파우스트의 약동하는 창조적 기질을 물려받았다고도 볼 수 있다. 이 위험도 절제도 모르는 천재는 초월적인 비상을 시도하다가 추락해서 죽고 만다. 오이포리온이 죽음으로써 헬레네의 육신은 사라지고 의상과 면사포만이 파우스트의 팔에 남는다. 헬레네는 그리스 문화의 잔영만을 남기고 페르세포네에게로 돌아간 것이다. 모든 환영은 사라지고 4막의 무대가 다시 독일로 옮겨진다.

6 구원과 승천

제4막은 다시 자연인으로 돌아온 파우스트가 메피스토의 도움으로 황제를 반역한 반란의 세력들을 진압하는 내용이다. 진압에 따른 포상으로 파우스트는 황제에게서 해안지대의 땅을 하사받게 되고 파우스트는 창조와 사회적 책임을 다하려는 욕구로 그 땅을 비옥하게 하리라 다짐한다.

제5막의 파우스트는 이제 늙은이가 되어있다. 그가 매립한 해안 지대는 이제 옥토가 되어 사람들이 빽빽이 들어차 산다. 모든 것이 풍요로운 가운데 파우스트는 언덕 위의 보리수 그늘에서 그가 이루어 놓은 창조의 결과를 보고 싶어 하나 그곳에는 그가 매립한 땅에서 살기를 거부하는 노부부가 살고 있다. 파우스트는 세 장정에게 명하여 그들을 몰아내고 그곳에서 휴식을 취하길 원하나 노부부는 실랑이 도중 일어난 화재 때문에 죽고 만다. 번뇌하는 파우스트에게 근심의 영이 다가와 입김을 불자 파우스트는 눈이 멀게 되었지만 반대로 마음이 밝아져 개발을 통해 사회적으로 기여하고자 하는 의지가 더욱 확고해진다. 그는 마음의 눈을 통해 그가 일구어낸 복락을 보고 "오, 머물러라 너는 정말 아름답구나!"라고 외친다. 그 순간 파우스트는 쓰러진다.

파우스트   그렇다 나는 이 뜻을 위해 모든 걸 바치겠다. 지혜의 마지막 결론은 이렇다. 자유도 생명도 날마다 싸워서 얻는 자만이 그것을 누릴 자격이 있는 것이다. 그래서 위험에 둘러싸이더라도 여기에선 남녀노소가 모두 값진 나날을 보내는 것이다. 나는 이러한 군중을 지켜보며 자유로운 땅에서 자유로운 백성들과 살고 싶다. 그러면 순간을 향해 이렇게 말해도 좋으리라 '멈추어라! 너 정말 아름답구나.'

메피스토는 도깨비들과 그의 영혼을 빼앗으려 하나 그레트헨의 영혼이 천사들과 함께 내려와 파우스트를 구원하여 승천하며 신비의 합창으로 끝을 맺는다.

신비의 합창   일체의 무상한 것은 한낱 비유일 뿐, 미칠 수 없는 것 여기에서 실현되고, 형언할 수 없는 것 여기에서 이루어진다. 영원히 여성적인 것이 우리를 이끌어 올리도다.

7 파우스트의 여정=현자의 구도기

더 높은 인식과 삶의 절정을 체험하기 위한 악마와의 계약으로 시작되는 파우스트의 여정은 현자의 구도기라고 할 수 있을 것이다. 보통의 사람들은 그가 악마와 계약을 했다는 사실 때문에 파우스트에 흥미를 갖게 되지만 파우스트는 쾌락을 위하여 악마에게 영혼을 팔 인물은 아니다. 악마는 그에게 사후 세계에서의 영혼을 요구했지만 파우스트는 사후 세계 같은 것은 어떻게 되어도 좋다고 생각한다. 그는 지극히 현실 지향적인 인물로서 그는 다만 긴 인생과 광활한 우주를 한 점에 축소시켜서 최상의 진리를 한 순간만이라도 체험하기를 원하는 것이다. 따라서 처음부터 악마와 파우스트는 서로 생각이 달랐으며 어찌 보면 그것은 표피적인 계약의 형식을 따르고 있을 뿐 공동의 목표를 추구하는 진정한 계약과는 다른 것이다. 때문에 악마의 꾐에 빠져 저지르게 되는 죄 또한 구도를 향한 과정이라고 볼 수 있다. 진리는 그저 앉아 있는 사람에게 거저 주어지는 것이 아니다. 그것은 수많은 시행착오와 고난을 겪은 사람만이 맛 볼 수 있는 것이며 끊임없이 진리를 추구하고 행동하는 것만이 인간의 본질이라고 할 수 있다. 우리는 파우스트를 통해 쉬지 않고 정진해가는 근대적인 인간상을 발견할 수 있으며 결말에서 그레트헨을 통한 파우스트의 구원을 통해 순수한 사랑과 헌신의 소중함을 깨달을 수 있다.

'더 높은 인식'에 이르기 위해 우리는 여러 종류의 길을 택할 수 있다. 자연 속에서 수도를 하기도 하고 세상으로 나와 타락을 경험하기도 한다. 파우스트가 선택한 '타락 경험'은 '더 높은 인식'을 얻는데 어떠한 역할을 했는지에 대해 생각해보자.

추 천 할   만 한   번 역 본

《파우스트》의 번역본은 여러 종이 나와 있다. 정서웅 역의 《파우스트》는 괴테의 유려한 장시를 단절 없이 맛볼 수 있다는 장점을 가지고 있다. 그러나 보다 친절하고 자세한 설명을 원한다면 강두식 역주의 《파우스트》를 읽는 것이 좋겠다.

《파우스트》 정서웅 역 , 민음사, 1999

《파우스트》 강두식 역주, 서울대학교 출판부, 1988

Die Aufzeichunungen des Malte Laurids Brigge

말테의 수기

라이너 마리아 릴케(R. M. Rilkes)

이 책에 관하여

근대적인 개념의 소설들은 인물의 전형성을 부정하는데서 출발한다. 소설이 개인의 발전과정을 어떤 전형적인 인물이나 사회적인 유형으로 그려내야 한다는 19세기의 주장을 뒤엎고 있는 것이다. 그 이유는 근대 소설의 주인공들이 더 이상 전통적인 소설 개념의 틀에 맞지 않기 때문이다. 근대 소설의 주인공은 고독하고 삶으로부터 소외된 인물로서 소통이 불가능한 고립된 상황에 처해 있다. 20세기 전반기에는 이러한 상황을 실존주의 문학으로 드러내려는 경향이 있었는데, 이를 살펴보면 작품 속에는 주인공들이 느끼는 위기의식과 허무감이 상징적으로든지 또는 직접적으로든지 형상화되고 있다.

《말테의 수기(Die Aufzeichunungen des Malte Laurids Brigge)》는 흔히 신비주의 시인, 상징주의 시인으로 일컬어지는 라이너 마리아 릴케(Rainer Maria Rilke)의 작품으로 그의 초기시와 후기시의 중간에 출간된 유일한 소설작품이다. 이 작품은 1인칭 시점의 일기 형식으로 쓰여 있다. 주인공 말테가 느끼는 '나는 누구인가'라는 실존의 문제가 파격적이면서도 서정적인 문체로 표현되고 있어서 근대적인 소설의 한 전형을 보여주고 있다. 책을 천천히 음미하다 보면 밀려드는 현실에 대한 불안과 절망에 괴로워하는 주인공의 내면을 볼 수 있을 뿐 아니라, 어느덧 운명과 싸우는 근대적 자아의 면모를 확인할 수 있을 것이다.

Die Aufzeichunungen des

Malte Laurids Brigge

저 자 에   관 하 여

　릴케(Rainer Maria Rilke, 1875~1926)는 1875년 오스트리아 프라하에서 태어났
다. 1884년 부모가 이혼하였고 이후 육군 유년학교와 육군 고등학교를 다녔으나 몸이
약하여 고등학교를 중퇴해야 했다. 1894년에는 처녀 시집 《생명과 노래》를 출판하였
고, 1895년 프라하 대학에 입학하였다. 1897년에 시집 《강림절》을 출판하였다. 1899
년과 1900년에는 러시아를 여행하였다. 1900년에는 독일에서 여류 조각가 클라라 베
스토프를 만나 이듬해 그녀와 결혼하였다. 1902년에는 오귀스트 로댕을 만나기 위해
파리로 갔는데, 그곳에서 앙드레 지드 등과 교유하였다. 이 해 《형상시집》과 희곡 《일
상생활》등을 출판하였다. 1903년에는 이탈리아에 체류하였고, 이듬해에는 스웨덴을
여행하였고, 한동안 로댕의 비서로 일하면서 베를린, 카셀, 마르부르크 등을 여행하였
다. 이 해에 《기도시집》 1, 2, 3부를 합본 출간하였다. 1910년에는 《말테의 수기》를 간
행하였고 이 해 4월 두이노 성을 방문하였다. 이후로 1912년까지 이곳에서 몇 차례
머물면서 《두이노의 비가》를 집필하였다고 한다. 1911년에는 북아프리카를 여행했으
며 1913년에는 독일 각지를 여행하다가 1914년 1차 세계 대전이 일어나자 뮌헨에서
은거했다. 1919년 1차 대전 종전 이후에는 스위스로 떠났고 이후에 생을 마감할 때까
지 뮈조트 성에 머물렀다. 1922년에 《두이노의 비가》를 출판하였고 1926년 정원에서
장미를 꺾다가 손가락에 가시를 찔렸는데 상처가 악화되어 12월 29일에 세상을 하직
하였다.

Die Aufzeichunungen des
Malte Laurids Brigge

1 나는 누구이며, 어디로 가고 있는가?

말테라는 젊은 시인이 파리에서 쓴 일기로 시작되는 《말테의 수기》
는 일정한 형식이 없다. 일기라고는 하지만 일관된 시간의 흐름에 따
라 기록된 것도 아니고 논리적으로도 분명한 서술의 순서가 없다. 수
기 전체는 71개의 개별적인 장으로 나누어지는데 크게 네 부분으로
정리할 수 있다. 말테가 낯선 파리의 거리에서 느끼는 불안과 위기감
을 서술하는 부분과, 다음에 그러한 불안과 위기감을 떨쳐버리기 위
한 노력으로 유년 시절의 기억을 떠올리는 부분, 그리고 추상적인 과
거로 침잠하여 역사적인 인물들에게서 답을 찾는 부분, 마지막으로
탕자의 이야기를 서술하는 부분으로 이루어져 있다.

릴케는 이러한 과정을 일기라는 형식을 통해 기록하였는데, 여기서
일기라는 형식은 작품이 완결된 것이 아니라 계속된다는 것을 의미한
다. 또한 일기는 일상을 서술한다는 특징 때문에 소설이 갖는 허구성
을 허무는데 일정한 역할을 한다. 그럼으로써 릴케는 본질이 가려진
가식적인 세상을 '폭로'하려고 하였다. 소설의 형식에 있어서도 짤막
한 생각들을 필기해 놓은 듯한 점, 연대기적인 사건이 결여된 점, 개인
의 내면세계가 부각된 점 등은 20세기 근대 소설로서의 특징을 잘 드
러내고 있다.

릴케의 《말테의 수기》를 이해하려면 실존주의적인 개인을 이해해야 한다. 인간은 자신과 세계에 대해 이성의 힘을 통해 최대한 정확하게 인식하려고 한다. 하지만 그러한 노력에도 불구하고 개인의 인식을 넘어서는 일들이 자꾸 발생한다. 이성의 힘을 긍정하고 이를 계발하는 쪽으로 나아가는 것이 계몽시대의 주조였다면 현대에 와서는 이 세상이 명확한 이해를 줄 것 같았던 이성의 힘만으로는 이 세계를 명확히 알 수 없고 오히려 세계는 애매하고 불확실한 것이라는 생각이 전면에 드러나기 시작한 것이다. 의식과 존재 사이의 불일치를 릴케는 작품 속에서 다음과 같이 표현하고 있다.

> 모든 공기의 성분 하나하나마다 소름끼치는 어떤 것이 존재하고 있다. 너는 투명한 공기와 함께 그것을 들이마신다. 하지만 그것은 너의 내면에서 침전하고 굳어져 여러 내장기관 사이에서 날카로운 기하학적인 도형을 형성한다. 왜냐하면 형장(刑場)이나 고문실에서, 정신병원이나 수술실, 또는 늦가을의 다리 밑에 있는 모든 것에 고통과 공포가 스며들어 있는데, 그 모든 것이 끈질긴 불멸을 나타내고 있고, 그 모든 것이 스스로를 주장하면서 모든 존재하는 것을 질투하며, 자신의 끔찍한 현실성에 매달려 있는 것이다.

자아와 타자의 분리, 미래에 대한 불안, 죽음에 대한 공포 등의 문제는 모두 자신의 존재 근거를 상실한 현대인에게 공통된 것이다. 자기의 존재 근거가 얼마나 허약한지, 그 모든 것들이 無로 돌아갈 수도 있다는 불안감과 위기의식이 늘 우리를 사로잡고 있는 것이다. 더욱 심한 것은 그 불안감과 위기의식에는 대상도, 근거도 없다는 점이다.

하지만 이러한 불안함은 부정적인 의미가 아니라 실존주의에서 인간의 존재 양상을 드러내는 용어로서 이해된다. 인간이 근원적인 불안과 위기의식을 극복할 때 진정한 자유가 도래한다는 것이다.

《말테의 수기》에서는 불안과 공포를 이겨내는 힘이 새롭게 보는 법을 통해 얻은 인식의 전환으로써 그려지고 있다. 실존적인 위기 상황을 파리라는 근대의 대도시 속에서 직접 체험하는 말테는 자신의 일기 속에서 끊임없이 여러 가지 방식으로 글쓰기를 시도함으로써 이 힘을 발견한다. 이러한 변화의 과정 속에서 그는 진정한 삶의 방식을 찾아간다.

2 삶의 의미를 상실한 자아

주인공 말테는 처음 파리에 도착했을 때의 인상을 다음과 같이 그려내고 있다.

> 그래, 그러니까 사람들은 살기 위해 이리로 온다. 나는 오히려 여기에서 죽어가고 있지 않나 하는 생각이 든다. 밖으로 나가보았다. 병원이 보였다. 그리고 한 사람이 비틀거리며 넘어지는 것이 보였다. 사람들이 그 주위에 모여들었고, 덕분에 나머지 일들을 보지 않아도 되었다.

낯선 파리에서 이방인으로서 살아가던 말테는 거리 곳곳에서 쓸쓸함을 발견한다. 파리의 거리는 근대의 분열상과 비참함이 적나라하게 드러나는 곳으로 묘사된다. 그는 요오드포름과 감자튀김의 기름 냄새, 불안의 냄새가 나는 도시를 배회한다. 자신의 작은 방안에 앉아서도 머리 위를 지나다니는 듯한 전차 소리, 자동차 소리, 유리 깨지는 소리, 고함 소리 등 도시의 일상적인 소음으로 시달린다. 하지만 소음보다 더 무서운 것은 침묵인데, 큰 불이 났을 때 불길을 잡지 못하고 쓰러지는 건물을 그저 바라볼 수밖에 없는 순간에 오는 침묵과 같은 것이 더 큰 공포를 불러 일으킨다고 한다. 또 말테는 모든 인간들이 여러 개의 얼굴을 가지고 있어서 사용하다가 낡으면 새 얼굴로 바꾼다고 하였다. 말테의 상상은 너무 빨리 자기의 얼굴을 떼어냈기 때문에 손 안에 얼굴이 남아 있게 된 한 부인에 대한 경악으로까지 이어진다.

또 어떤 사람들은 섬뜩할 정도로 재빨리 하나하나 얼굴을 만들어 내고 갈아 치운다. 처음에는 영원히 그럴 수 있을 것처럼 보이지만, 결국은 마흔 살도 채 안돼서 이미 마지막 얼굴이 나오게 된다. 물론 그것은 비극적 운명을 타고난 경우이다. 그들은 얼굴을 아끼는데 익숙하지 않아서 마지막 얼굴은 일주일 만에 헤지고 군데군데가 종이 장처럼 얇아진다. 그리고는 조금씩 조금씩 밑바닥이 드러나서 얼굴이라 할 수도 없는 지경에 이른다. 결국 그들은 그 모양을 하고 돌아다니게 된다.

(중략)

여자는 소스라치게 놀라서 벌떡 몸을 일으켰다. 너무나 재빠르고 격렬하게 일어났지만 두 손은 여전히 얼굴을 가리고 있었다. 그 속에서 내가 볼 수 있었던 것은 얼굴의 텅 빈 형식이었다. 이 여자의 손만 보고 그 손 틈으로 드러난 갈가리 찢겨 있는 얼굴을 보지 않기란 형용할 수 없을 정도로 힘든 일이었다. 손 안에 있는 얼굴을 보는 것도 끔찍했지만, 상처를 입고 드러난 얼굴 없는 머리는 훨씬 더 무서웠다.

익숙한 세계에 대한 낯선 느낌에서 비롯된 이러한 경악은 견고해 보였던 우리의 믿음을 불안하게 만든다. 이러한 인식은 곧 죽음을 연상시키는 도시의 병원으로 이어진다. 하루에 559개의 침대에서 사람들이 죽어가는 병원, 죽음을 대량 생산하는 현대의 비인간성 속에서 말테는 세상의 모호함, 우연, 무정형성을 발견한다. 일상적인 의미를 상실한 자아의 위기감과 공포가 우연한 죽음, 대량 생산되는 죽음으로 나타나는 것이다. 이것은 미처 준비되어 있지 않은 자신에게 죽음이 다가오지는 않을까하는 두려움의 다른 표현이다.

③ 존재의 확실성을 보장 받으려는 시도 - 유년 시절을 회상함

공장에서 대량 생산되는 익명적인 죽음과는 달리 말테는 개인으로서의 고유한 죽음의 예로서 할아버지 브릭게의 죽음을 들고 있다. 대량 생산되는 현대의 죽음과는 대조적인 모습인 할아버지의 죽음은 말테가 처음으로 고향 덴마크에 대한 기억을 꺼내게 한다. 말테는 현실의 공포를 물리치기 위해서 과거를 재구성하고 이에 대한 글을 자신의 일기 속에 옮겨 놓은 것이다. 이후 전개에 있어서도 외롭고 힘든 현실과 비참하지 않았던 과거는 병치되어 드러난다. 물론 이 병치 속에 말테의 심경은 혼란스런 모습을 하고 있다. 말테는 현실에서 어떠한 관계도 맺지 않고 마치 공허한 종이조각처럼 배회하며 외롭게 살아가는 자신을 가엽게 여긴다.

아는 사람도 없고 가진 것도 없이 짐가방과 책 상자 하나만을 가지고 그 무엇에도 호기심이 없이 이 세상을 떠돌고 있다. 집도, 물려받은 물건도 없이, 개들도 없이 이렇게 사는 것이 도대체 무슨 삶이란 말인가. 적어도 추억이라도 있다면…… 하지만 추억을 가지고 있는 사람이 있을까? 어린 시절의 기억이 있다 해도 그것은 땅 속에 묻혀버린 것이나 다름없을 텐데. 아마도 사람들은 그 모든 것에 닿을 수 있기 위해서 나이를 먹는 게 틀림없다.

이런 상황에서 생기는 자기 연민과 자기 동정이 다른 곳, 다른 상태를 꿈꾸게 하는 것이다. 이 때 말테가 느끼는 상실감과 고립감은 후반부의 탕자의 이야기와 대조가 된다. 홀로 외로이 국립도서관에 앉아 책을 읽는 그는 파리에서 살지 않는 행복한 시인을 부러워한다. 그는 산속의 조용한 집에 살고 있으면서 고원의 깨끗한 공기 속에 울려 퍼지는 종소리와 같은 시를 짓고 싶어 한다. 하지만 말테의 꿈과는 달리 그는 버림받았다는 사실을 깨달으면서, 어린 시절은 기억 속에서만 불러낼 수 있으며 과거는 그저 여운에 지나지 않는다는 것을 직시한다.

말테는 내면의 상상과 외부의 현실을 혼동하는 자아의 분열적인 상황 속에서 자신의 존재에 대한 확실성을 보장받고 싶어 한다. 그래서 그는 유년 시절을 회상하며 어렸을 적의 기억을 일기에 적음으로써 조금이나마 불안감에서 벗어나려고 한다. 하지만 말테의 기억도 역시 열병과 공포에 대한 회상, 풀리지 않는 긴장과 초현실적이고 말할 수도 없는 어떤 모호함을 포함하기 때문에 어렸을 때의 기억을 통해서도 현재의 막막함은 사라지지 않고 단지 그에게 제한된 위안만을 가져다줄 뿐이었다.

나는 아이로서의 존재가 없어지지 않았다는 것, 그렇다고 해서 어른으로서의 삶이 시작된 것도 아니라는 것을 알고 있었다. 나는 그렇게 삶의 단계를 나누는 것이 각자의 자유이며, 나 또한 스스로 결정해야 한다고 생각했다. 하지만 내가 그런 것을 생각해 내기에는 너무나 서투르다는 것이 곧 밝혀졌다. 내가 단계를 나누려고 할 때마다 삶은 그런 것에 대해 하는 바가 없다는 암시를 보냈다. 그래도 내가 어린 시절이 지나버렸다고 주장을 하면, 그 순간 다가오던 모든 것도 달아나 버렸다. 그래서 서 있을 수 있기 위해 아래를 무겁게 한 납 병정처럼 너무나 많은 과거의 무게가 나에게 남아 있었다.

말테가 파리에서 체험한 실존적인 모호함은 유년 시절을 회상해 보아도 해결되지 않았다. 그래서 그는 더욱 과거로 침잠한다. 그는 좀 더 추상적인 과거, 즉 역사적인 인물을 탐구하기 시작한다. 이 때 말테가 부각시킨 역사적인 인물들은 모두 자신을 투영시킨 인물들이라고 할 수 있다. 그는 그리샤 오트레피오프와 샤를르 대공을 비롯한 여러 역사적인 인물들을 다루고 있다.

4 **참된 자기 긍정과 새로운 출발의 의지 – 탕자 이야기**
말테의 수기는 탕자의 이야기로 끝을 맺는다. 탕자의 이야기 속에서 이 작품 전체는 다시 요약되어 비유적으로 설명되는데 작가는 이로부터 하나의 완결된 결론을 이끌어내고 있다고 할 수 있다. 물론 처음의 일기 형식이 계속 유지되지도 않고, 말테의 이야기도 작품 안에서 끝까지 분명히 서술되지 않는다. 말테의 이야기는 여전히 미완성인 채로 남아있어서 많은 해석의 여지가 있다.

뭐니 뭐니 해도 나는 탕자의 이야기가 사랑받고 싶지 않았던 젊은이에 대한 전설이라고 확신한다. 어릴 때부터 가족들은 모두 그를 사랑했다. 그는 그러한 사랑 속에서 자라났다. 아직 어렸던 그는 세상이란 으레 그런 것이려니 생각하게 되었고 따뜻한 인간의 애정에 저도 모르는 사이에 길들어져 버렸던 것이다.

이렇게 모든 사람들에게 사랑받던 사람이 언젠가부터 사람들로부터 사랑받지 않기 위해서 가출을 하고 방탕한 생활을 한다. 그 사람은 집을 나와서 진정한 자유를 누리고 싶어 한다. 그는 익숙했던 관계들을 벗어버리고 진정 자신의 본질이 무엇인가를 탐구하러 여행을 떠나는 것이다. 관계 속에서 제한된 자신의 본질, 완전한 자기 자신의 모습을 찾는 과정이 이 탕자의 이야기라 할 수 있다. 방황을 끝낸 그는 결국 다시 돌아오는 데 이전과는 완연히 다른 모습이다.

인간들이 중요시하는 우연적인 운명에서 그가 벗어난 지는 이미 오래 되었다. 하지만 이제는 즐거움과 고통조차 그 풍미를 잃고 그를 위한 순수한 자양분이 되었다. 그의 존재의 뿌리에서는 한파를 견뎌낸 단단한 식물이, 풍성한 결실을 맺을 기쁨의 식물이 자라났다. 그는 자신의 내적 삶을 형성할 자양분을 흡수하는데 전념했다. 그는 그 어떤 것도 빠뜨리지 않았다. 그 어떤 것에도 그의 사랑이 들어있고 점점 자라나고 있었기 때문이다.

그렇다, 그의 마음의 내적 평형은 그가 일찍이 실행할 수 없었던 것 중에서 가장 중요한 것을, 단지 소박하게 기다릴 따름이었던 것 중에서 가장 중요한 것을 만회할 결심을 하는 데까지 이르렀다.

그는 유년 시절을 생각했다. 조용히 생각해 보면 볼수록 유년 시절이 공허하게 지나간 것처럼 여겨졌다. 모든 추억들은 그 자

체로 예감과 같이 모호한 데가 있었다. 그 추억들을 이미 지나
간 일로 간주하는 것은 추억을 거의 미래의 일로 만드는 것이었
다. 이 모든 것을 다시 한 번, 그리고 이제 정말로 겪어보자는
것이 떠났던 자가 고향으로 돌아온 까닭이었다.

오랜 방황 끝에 귀향한 탕자처럼 말테 역시 파리의 대도시에서 보
이는 분열상에 대한 기록, 유년 시절의 무서운 기억, 세계와 자아의 공
고한 관계를 찾기 위한 방법으로써 시도했던 많은 역사적 인물에 대
한 서술을 거쳐 이제는 탕자의 이야기를 새롭게 고쳐 씀으로써 위기
의 상태, 고립과 절망의 상태를 벗어나 참된 자기 긍정의 힘을 얻고,
예술적 창조 속에서 삶의 의미를 발견한다. 탕자의 이야기는 고도의
은유로 형상화 되어 있다. 주인공 말테는 한 사람의 인간으로서 작품
속 탕자의 이야기 속에 숨어들어가 있다. 탕자의 이러한 결심, 새롭게
출발해야겠다는 결심은 암시적으로 말테가 절망을 딛고 새로운 출발
을 하겠다는 의지와 통한다. 그리하여 우리는 삶의 불안과 공포에 당
당하게 마주할 말테의 앞길을 상상할 수 있을 것이다.

5 근대적 자아 말테

《말테의 수기》는 기존의 가치나 규범, 질서, 인간의 이성을 중시한
윤리적인 삶에 대해 회의하고 예술적인 삶을 소망하는 한 인간의 심
경이 잘 드러난 작품이다. 주인공 말테의 일기로 드러나 있는 이 작품
에서는 단순히 이상적이고 조화로운 아름다움이 아니라 그 이면에 감
추어져 있는 소외된 인간의 고통이나 비참함까지도 포함하면서 한층
더 나아간 미의식을 불러일으킨다. 말테가 부딪치는 현실에 대한 위
기감은 말테에게 새롭고 변화된 인식을 불러일으키는 원동력이 된다.

우리가 살고 있는 현실은 실존적인 필연성이다. 예측 불가능하기 때문에 불안한 현실에서는 문학작품을 통해 창조된 새로운 세계야말로 질서와 의미를 찾을 수 있는 실마리가 된다. 이것이 바로 이 작품이 의도하는 미학적인 해결책이라고 생각된다. 따라서 자신의 내면 안에서 떠도는 공허함과 외적인 세계의 황폐함에 맞서 새로운 가치를 창조함으로써 이를 바꾸어 보려고 노력하는 분열적인 말테의 자아는 바로 서정적이고 근대적인 자아를 대표하고 있는 것이다. 또한 그가 바라보고 느끼고 있는 경험적인 현실 세계의 파괴는 바로 근대 산문문학에 있어서의 미학적인 토대와 일치하는 것이다.

주인공 말테의 시각을 통해 표출되는 단편적이고 분열된 세계는 말테의 내면세계를 가득 채우는 위기의식과 상응한다. 작품의 주제는 여러 개의 소주제들을 통해 상징적이고 반복적으로 나타난다. 소주제들은 지금 그리고 여기, 오늘이나 어제 본 것, 사건, 기억나는 것, 어떤 장소, 어떤 물건, 그리고 생각들이 계속해서 이어지는 개별적인 장면들이나 에피소드 속에 담겨져 있다. 불안, 죽음, 공포, 사랑, 예술, 고독 등의 주제가 유사하거나 대조적인 모티브를 통해 연상적인 수법을 통해 반복되어 주인공 말테가 전하고자 하는 메시지를 점점 강화시키고 구성을 더욱 풍부하게 한다.

작품의 마지막에 나오는 '탕자의 비유'에 나오는 탕자는 주인공 말테이자 나아가 작가인 릴케 자신이라고 할 수 있다. 그래서 탕자의 이야기는 작품 전체를 다시 정리하는 동시에 말테가 가지고 있는 위기의식의 해결을 암시한다. 그리고 바로 이 탕자의 이야기를 재구성하고 새롭게 서술함으로써 말테의 위기감과 상실된 자의식은 극복되는 것이다.

4. 깊이 생각해 보기

　무엇인가 확실하게 알 수 있다고 생각했던 시기를 지나 이제는 정말 알고 있었나를 회의하는 시기에 인간의 정신은 한 층 더 성장을 하게 되었다. 근대정신의 궤적을 그려 낸 《말테의 수기》에서 릴케-말테-탕자, 즉 작가-화자-작중인물 사이의 관계를 생각 해보고 작품 전체 속에서 '탕자의 이야기'가 가지는 의미를 생각해보자

5. 더 깊은 이해를 위하여

　　추 천 할　만 한　번 역 본

　라이너 마리아 릴케의 전집은 책세상에서 2000년 간행하였다. 「라이너 마리아 릴케 의 事物詩」라는 석사학위 논문을 쓴 전영애의 《말테의 수기》를 추천한다. 서울대학교 강두식 교수의 번역본도 조금 오래되었지만 추천할 만하다.

《말테의 수기 外》, 강두식 역, 正音社, 1966

《말테의 수기》, 전영애 역, 서울대학교출판부, 1997

《말테의 수기》, 김용민 역, 책세상, 2000. (릴케전집 12)

Unterm Rad

수레바퀴 아래서

헤르만 헤세(Hesse, Hermann)

이 책에 관하여

헤세는 자신의 소설을 영혼의 전기라고 하였다. 그의 소설은 자신의 중요한 시기에 겪은 내적인 성장을 다루고 있다. 헤세 자신도 "내가 쓴 모든 산문작품들은 영혼의 전기들이고, 이 모든 작품들 속에서 문제시되는 것은 사건이나 갈등, 긴장 등이 아니라 근본적으로 한 인물, 바로 자신과 같은 신비한 인물이 세계와의 관계 속에서 드러내는 독백들이다."라고 하였다. 어떤 작가든 시대와 사회 속에서 고민하고, 이러한 고민을 바탕으로 창작에 임하게 된다. 특히, 헤세의 작품에는 그의 자화상적인 측면이 짙게 배어 있다.

《수레바퀴 아래서》는 1906년에 발표된 헤세의 초기 작품으로 헤세 자신의 소년시절에 대한 자서전적인 작품이다. 시적인 표현이 돋보이는 이 작품은 이후 《데미안》, 《나르치스와 골드문트》에 이르는 일련의 자전적인 소설의 계보에 서 있다.

저자에 관하여

헤르만 헤세(Hermann Hesse, 1877~1962)는 1877년 독일 뷔르템베르크주의 칼프에서 태어났다. 1946년 노벨 문학상 수상자인 그는 인간의 본질적인 정신을 찾기 위해 문명의 기존 양식들을 벗어난 인간에 대해 다루고 있다.

동양에서 선교사로 있었던 아버지의 간절한 부탁으로 마울브론신학대학에 입학한 헤세는 모범생이었지만 학교생활에 잘 적응하지 못했다. 결국 그는 칼프 탑시계 공장에서 견습공으로 일하게 되었고, 나중에는 튀빙겐 서점에서도 일했다. 갑갑한 전통학교에 대한 그의 혐오는 지나치게 근면한 학생이 자기 파멸에 이르는 내용의 소설인 《수레바퀴 아래서(Unterm Rad)》(1906)에 잘 나타나 있다. 1904년까지 서점 점원으로 일했고, 그해 자유 기고가가 되었으며, 실패에도 불구하고 슬픔을 극복하는 작가에 관한 《페터 카멘친트(Peter Camenzind)》라는 첫 소설을 발표했다. 예술가의 내면과 외면의 탐구는 《게르트루트(Gertrud)》(1910), 《로스할데(Rosshalde)》(1914)에서 계속되었다. 이즈음 인도를 방문했는데, 이 경험은 뒤에 석가모니의 초기 생애를 그린 서정 소설 《싯다르타(Siddhartha)》(1922)에 반영되었다. 제1차 세계대전 중에는 중립국 스위스에 살면서 군국주의와 민족주의를 배격하고 독일의 전쟁 포로들과 수용자들을 위한 잡지를 편집하기도 했다. 1919년 스위스의 영주권을 얻었고 1923년 그곳 시민이 되어 몬타놀라에 정착했다.

인간의 위기에 대한 심오한 감성을 지닌 작가로서, 카를 구스타프 융의 제자인 J. B. 랑과 함께 정신분석을 연구했으며 융과도 알게 되었다. 분석의 영향이 《데미안(Demian)》(1919)에 나타나는데, 이 소설은 고뇌하는 청년의 자기인식 과정을 고찰한 작품이다. 이 소설은 곤경에 빠진 독일 국민에게 큰 영향을 끼쳤으며 이후 그는 유명해졌다. 그의 후기 작품은 그가 융의 개념인 내향성과 외향성, 집단 무의식, 이상주의 및 상징 등에 관심을 가지고 있음을 보여준다. 《황야의 이리(Der Steppenwolf)》(1927)에서는 중년 남자의 유산계급 수용과 정신적인 자기실현 사이의 갈등이 묘사되었다. 《지와 사랑(Narziss und Goldmund)》(1930)에서는 기존 종교에 만족하는 지적인 금욕주의자와 자기 자신의 구원 형태를 추구하는 예술적 관능주의자를 대비시켰다. 그의 최후의 최장편 소설 《유리알 유희(Das Glasperlenspiel)》(1943)에서는 극도의 재능 있는 지식인을 통해 사변적인 삶과 적극적인 삶의 이중성을 탐구했다.

U n t e r m   R a d

_____U n t e r m   R a d

헤세가 29세 때 발표한 《수레바퀴 아래서》는 그의 소년기를 정리하는 자전적인 내용을 담고 있다. 헤세 자신이 라틴어 학교를 다니고 주 시험에 응시하여 합격하였으며 신학교에서 도망쳐 나와 신경쇠약 증세로 의사의 진찰을 받았으며 시계공장에서 견습공으로 일한 경험이 있기 때문이다. 작품은 일곱 개의 장으로 이루어져 있다.

1 재능 있는 소년 한스

한스 기벤라트는 슈바르츠발트의 작은 마을에서 재능 있는 아이였다. 그는 마을 대표로 주 시험을 보러 갔다. 그는 이 마을의 유일한 대표자였다. 대표이기 때문에 선생님들의 특별한 지도를 받으면서 천진하게 뛰노는 아이의 모습은 잃어버린 지 오래였다. 제1장에서 등장하는 한스의 모습은 어른들에 의해 길들여진 전형적인 학생의 모습이다.

한스가 정원에 마지막으로 들어간 일이 벌써 오래 전이었다. 텅 빈 칸막이는 금방이라도 쓰러질 것만 같았다. 벽 모퉁이의 석순들은 다 허물어져 버렸다. 나무로 만든 자그마한 물레바퀴는 비틀어지고 깨어진 채 수도관 옆에서 하릴없이 나뒹굴고 있었다. 한스는 기쁨에 겨워하던 어린 시절을 떠올렸다. 그때는 이 모든 물건들을 자기 손으로 만들고, 또 다듬기도 했었다. 벌써 2년이란 세월이 흘렀다. 아주 오래 전의 일이었다. 그는 자그마한 물레바퀴를 집어 들더니 이리저리 구부린 뒤에 쓰지 못하게 완전히 부수어 버렸다. 그러고는 울타리 너머로 내던져버렸다. 이런 쓸모없는 물건은 없애야 한다! 정말이지 이 모든 일들은 이미 오래 전에 다 끝나버린 것이었다.

그래도 한스는 아직 완전히 어른의 세계에 들어선 것은 아니다. 그는 때때로 어린 시절에 그리워하던 엠마를 생각하기도 하고 어린 시절에 놀던 시냇가, 숲 속을 떠올린다. 하지만 이는 한가로운 생각일 뿐 그의 생각은 온통 어떻게 하면 주 정부 시험에 합격하여 주위의 기대에 부응하고 자기를 만족시킬까 하는 것이었다. 그래서 똑같은 장소인데도 이제는 아름다움을 즐기지 못하고 그냥 지나쳐버린다.

그는 천천히 시장 터를 가로질러 낡은 시청을 지나고, 시장 골목을 거쳐 대장간을 지나서 오래된 다리에 이르렀다. 거기에서 한동안 이리저리 돌아다니다가, 마침내 넓은 다리 난간에 걸터앉았다. 그는 여러 달에 걸쳐 매일 네 번씩이나 여기를 지나다녔었다. 그런데도 다리 위에 있는 자그마한 고딕식의 예배당을 제대로 쳐다본 적이 없었다. 뿐만 아니라 강물이나 수문, 둑이나 방앗간 등을 전혀 눈여겨보지도 않았었다. 수영 터인 초원이나 수양버들이 늘어진 강변도 그냥 지나쳤었다. 그 강변에는 제혁 공장이 들어서 있었다. 강물은 호수처럼 깊고 푸르게, 그리고 잔잔하게 흐르고 있었다. 끝이 뾰족한 버드나무 가지들은 휘어진 채 강물에 닿을 정도로 깊이 드리워져 있었다.

2 이미 어른이 된 듯한 소년

주 정부 시험에서 2등으로 합격한 한스는 마을 아이들에 대해 우월함을 느끼면서 그들을 내려다 본다. 다른 아이들이 학교에 갔을 시간에 한가롭게 낚시를 한다든지 하면서 그는 다른 아이들이 모두 자기의 발아래에 있다고 생각한다.

어린 녀석들은 존경어린 표정으로 살그머니 한스 옆으로 기어왔다. 그렇다, 이제 한스는 유명 인물이 되어 있었다. 그는 여느 아이들과는 전혀 달라 보였다. 햇볕에 그을린 가느다란 목덜미 위로 고운 머리가 자연스러우면서도 우아하게 모습을 드러내고 있었다. 그리고 영혼이 충만한 듯한 얼굴과 남을 압도하는 듯한 눈망울을 가지고 있었다. 아무튼 한스는 너무 말라 있었다. 가느다란 팔다리가 무척 연약해 보였다. 가슴과 등은 갈빗대를 셀 수 있을 정도였다. 장딴지에는 살이 거의 붙어 있지 않았다.

방학 중에도 그는 스스로 야망을 불태우며 쉬지 않고 공부를 계속한다. 여기에는 마을 목사나 라틴어 학교의 교장 선생 등 주변 어른들의 부추김이 일조하고 있었다. 그러면서 그는 자신이 마치 어른의 세계에 진입이라도 한 듯, 자기가 진정한 학문의 세계에 발을 들여놓기라도 한 듯한 기분에 도취한다. 어린 한스 기벤라트는 스스로를 기꺼이 사회의 틀에 맞추면서 뿌듯해 하고 있는 것이다.

주 시험에 대한 불안감과 승리감으로 인해 사라져버렸던 야망이 다시금 살아나서는 한스에게 조금도 쉴 틈을 주지 않았다. 동시에 지난 몇 달 사이에 자주 느껴왔던 형용할 수 없는 야릇한 감정이 그의 머릿속에서 고개를 들기 시작했다. 그것은 두통이 아니었다. 빠른 맥박과 흥분을 동반한 승리에 대한 조급함이었다. 또한 무작정 앞으로 나아가려고 하는 억제되지 못한 욕망이기도 하였다. 나중에는 어김없이 머리가 아파오기 시작했다. 하지만 이 섬세한 고열이 지속되면서 독서와 학습의 성취는 폭풍처럼 빠르게 이루어졌다. 그래서 한스는 예전에 15분가량 걸리던 크세노폰의 가장 어려운 문장들을 이제는 손쉽게 읽을 수 있었다. 사전을 거의 들여다보지 않고도 날카로운 이해력을 십분 발휘하여 무척이나 난해한 글들을 척척 읽어 내려갔다.

그래서 한스는 무척 기뻤다. 이처럼 고조된 학습 의욕과 인식 욕구에 자신감이 가득 찬 자아의식이 더해 갔다. 마치 학교나 선생이나 학창 시절이 벌써 오래전에 흘러가 버린 것처럼, 그리고 지식과 능력의 고지를 향하여 자기에게 주어진 혼자만의 길을 걷고 있기나 한 것처럼.

3 새로운 세계 – 하일너와의 만남

고향을 떠나 신학교로 온 한스는 새로운 친구들과 함께 학교생활을 시작한다. 여전히 그는 금욕적이고 성실한 학생이다. 아직 그는 헤르만 하일너에게 조심스런 입장을 보인다. 우연히 연못가에서 만난 하일너와의 대화에서도 그는 약간의 경계심을 품고 있었다.

한스는 잠자코 있었다. 이 하일너라는 친구는 정말이지 괴짜였다. 그는 시를 쓰는 공상가였다. 한스가 하일너에 대하여 놀라움을 금치 못한 적이 벌써 한두 번이 아니었다. 누구나 알고 있듯이 하일너는 어지간히 공부를 하지 않았다. 그런데도 매우 박식하여 어떤 질문에도 훌륭하게 대답할 줄 알았다. 그러면서도 그는 이러한 지식을 경멸하고 있었다.

하지만 시간이 흐를수록 경계심은 관심으로 바뀌었고, 자신과는 다른 유형의 재능을 가진 하일너에게 한스는 끌리고 있었다. 하일너는 자신의 영혼을 시어에 담을 줄 알았고, 온몸으로 아름다움을 느낄 수 있었다. 한스도 제대로 이해하지는 못했지만 그러한 하일너에게 감명을 받았다. 그러나 아직까지 한스는 자신의 고지식한 성실함을 포기하지 않았다.

마땅히 해야 하는 필수적인 공부를 하기 위해서도 그는 자신을 채찍질하지 않으면 안 되었다. 이 기인과의 우정이 한스를 지치게 만들었고, 때 묻지 않은 자아의 순수한 존재를 병들게 했다. 그는 이 사실을 어렴풋하게나마 느끼고 있었다. 하지만 하일너가 울적해하고 슬퍼하면 할수록 더욱더 애처로운 생각이 들었다. 또한 자신이 친구에게 없어서는 안 될 존재라는 자각이 한스를 한층 정겹고 으쓱하게 만들었다.

하일너가 징계를 받자 학교의 모든 학생들이 그를 외면했다. 한스도 예외는 아니었는데, 하일너를 두둔하다가 학교에서 따돌림을 받고 선생들로부터 외면 받을까 두려워서였다. 그에게는 우정을 지킬 용기가 아직 없었던 것이다. 그는 부끄러움과 죄책감에 사로잡혔지만 직접 하일너에게 다가가지는 못했다. 그는 낙인찍히는 것이 두려웠다.

그는 친구로서의 의무감과 학생으로서의 공명심 사이에서 갈등을 겪었다. 그러다가 끝내 지치고 말았다. 그가 지닌 미래의 이상은 남보다 앞서 나아가는 것, 시험에서 훌륭한 성적을 올리는 것, 그리고 나름대로의 주어진 역할을 잘 감당하는 것이었다. 물론 감상적이거나 위험한 역할은 아니었다. 한스는 두려움에 쌓인 채 방구석에 틀어박혀 꼼짝도 않고 있었다. 지금이라도 자리를 박차고 일어나 용기를 내어 친구에게로 달려갈 수도 있었다. 하지만 시간이 지남에 따라 차츰 더 어려워지고 말았다. 급기야 자기도 모르는 사이에 그의 배신은 이미 굳어져 버린 것이다.

4 내면의 커다란 변화를 겪다

어느 겨울날 헬라스 방을 쓰던 힌딩어라는 학생이 물에 빠져 죽었다. 힌딩어를 찾으러 나갔다가 한동안 소원하였던 두 소년이 마주쳤다. 여전히 냉담한 하일너와 새삼 더욱 죄책감을 느끼는 한스의 표정이 교차한다. 힌딩어의 죽음과 장례식을 계기로 한스는 더 이상 애써 붙잡고 있던 사회와의 끈을 놓아버린다. 힌딩어의 죽음이 한스의 순결한 영혼이 죽는 것과 겹쳐져 더 이상 참을 수 없는 지경에 이르렀기 때문이다.

모범 소년 한스는 가슴이 저리는 듯한 슬픔과 부끄러움을 느꼈다. 얼어붙은 들판 길을 걸어 비틀거리며 계속 앞으로 나아갔다. 추위에 새파래진 뺨을 타고 하염없이 쏟아져 내리는 눈물을 주체할 수가 없었다. 그는 잊을 수도 없고, 또 후회해도 돌이킬 수 없는 죄악과 태만이 있다는 사실을 깨달았다. 재단사의 아들이 아닌, 바로 자신의 친구 하일너가 맨 앞에서 높이 들린 들것 위에 실려 가는 것처럼 여겨졌다. 마치 한스의 배신에 대한 고통과 분노를 한 몸에 지고 또 다른 세계로 떠나가듯이. 성적이나 시험이나 성공에 의해서가 아니라, 양심의 순결이나 오욕에 의하여 인간이 평가되는 그러한 세계로.

그날 이후 한스 기벤라트의 내면에는 커다란 변화가 일어났다. 이제 그는 소년에서 청년으로 변해 있었다. 그의 영혼도 낯선 환경에 제대로 적응하지 못하고, 불안에 휩싸인 채 이리저리 방황하며 아직 편히 쉬지 못하고 있었다. 그는 죄책감을 떨쳐버리고 하일너에게 다가섰다. 동료 학생들의 곱지 않은 시선과 선생님들의 엄중한 감시의 눈초리도 그에게는 문제가 되지 않았다. 한스와 하일너는 학교에서 이제 완전히 낙인이 찍혀버린 것이다. 이제 그는 더 이상 모범생이나 최우등생이 아니었기 때문에 다른 학우들을 내려다볼 수도 없었다. 그러나 한편으로는 그 점이 마음에 걸렸는지 한스는 신경 쇠약에 걸렸다. 의사의 처방으로 한 시간씩 산책을 나가는 동안 교장 선생님의 금지령에도 불구하고 하일너가 함께 했다. 하일너는 한스에게 새로운 세상을 열어 주었다.

한스는 곧 피곤해졌다. 그래서 당장이라도 드러누워 잠들고 싶은 욕구에 자꾸 빠져들었다. 그는 자신을 둘러싸고 있는 현실과는 다른 숱한 형상들을 보고 있었다. 한스 자신은 그것들의 정체를 알지 못했을 뿐 아니라, 생각하려고 하지도 않았다. 그것은 밝고, 부드럽고, 색다른 꿈들이었다. 마치 초상처럼, 낯선 나무들이 줄지어 있는 가로수처럼 그를 둘러싸고 있었다. 그렇다고 거기서 무슨 일이 일어나지는 않았다. 단지 바라보기 위하여 존재하는 순수한 그림들이었다. 하지만 이 그림들을 바라보는 것이 곧 한스에게는 하나의 체험이었다.

하일너가 학교를 떠난 이후에 한스는 슬픔과 고통의 나날을 보내야 했다. 뒤에 남은 한스에게 세상의 시선은 곱지 않았다.

> 교장 선생은 한스를 그냥 내버려두었다. 그리고 마치 바리새인이 세리(稅吏)에게 그러했듯이 경멸에 가득 찬 동정심으로 그를 쳐다보았다. 이제 기벤라트는 더 이상 학생들의 무리에 끼어들지 못했다. 그는 문둥병자나 다름없는 존재가 되어버린 것이다.

5 자살을 꿈꾸는 조숙자

한스는 갈수록 학교에 적응하지 못하고 마침내는 신경 쇠약 증세가 심해져 학교를 포기하기에 이른다. 한스가 이렇게까지 된 것은 어린 영혼의 순수함을 지켜줄 수 없었던 어른들과 세상의 탓일 것이다. 학교를 떠나온 뒤 만난 자연은 이전과는 전혀 다른 느낌으로 다가왔다. 하지만 스스로를 위안하려던 마음가짐은 좌절 속에서 죽음에 대한 생각으로 이어지곤 했다.

> 이렇듯 고통과 고독에 내맡겨진 병든 소년 한스에게 위로자의 가면을 쓴 또 다른 유령이 다가왔다. 그리고 점차 그와 친숙하게 되어 급기야는 자신과 떼어놓을 수 없는 존재가 되어버렸다. 그것은 다름 아닌 죽음에 대한 생각이었다. 권총을 구한다거나 숲 속 어딘가에 밧줄을 매단다거나 하는 일은 물론 어렵지

않았다. 이러한 생각은 거의 매일 같이 한스의 산책길을 따라다녔다. 한스는 조용하고 외딴 장소를 찾아 이리저리 헤매던 끝에 편히 죽음을 맞이할 수 있는 곳을 발견하고는 죽음의 보금자리로 정해 놓았다. 그리고 시간이 있을 때마다 거기에 찾아갔다. 머지않아 사람들이 멀리서 자신의 시체를 발견하게 되리라는 상상을 하며 이상야릇한 쾌감을 느끼기도 했다.

조숙한 소년 한스는 몸과 마음이 병든 나날 속에서 현실과는 동떨어진 또 하나의 유년기를 체험한다. 그의 생각은 아름다웠던 시절을 향해 치달렸다. 엠마에 대한 동경과 아름다웠던 자연 풍경도 그 중 한 가지였다. 그동안 꽁꽁 막아두었던 마음의 샘이 갑자기 툭 터져버린 것이다.

줄기를 잘라낸 나무는 뿌리 근처에서 다시 새로운 싹이 움터 나온다. 이처럼 왕성한 시기에 병들어 상처 입은 영혼 또한 꿈으로 가득 찬 봄날 같은 어린 시절로 되돌아가기도 한다. 마치 거기서 새로운 희망을 찾아내어 끊어진 생명의 끈을 다시금 이을 수 있기라도 한 듯이. 뿌리에서 움튼 새싹은 하루가 다르게 무럭무럭 자라나지만, 그것은 단지 겉으로 보이는 생명에 불과할 뿐, 결코 다시 나무가 되지는 않는다.

6 희망의 빛

과즙을 짜는 일터에서 엠마를 만난 한스는 그녀와 은밀한 만남을 가진다. 그리고 일순간 절망 속에서 구원의 빛을 발견한 것 같은 생각이 들었다. 그는 새로 일거리를 찾아 기계공의 견습생으로 들어가기로 마음을 정했다. 하지만 엠마는 그저 그를 놀린 것에 불과했다.

한스는 가슴속에서도 이상하리만치 굳건한 감정과 처음 느껴보는 눈부신 희망의 파도가 세차게, 불안하게, 그리고 달콤하게 굽이쳤다. 하지만 동시에 이것이 단지 하나의 꿈에 지나지 않으며 결코 실현될 수 없다는 겁에 질린 절망적인 불안감이 그의 마음을 흔들어 놓았다. 이 모순적인 감정은 희미하게 솟구치는 샘물이 되어 있었다. 몹시도 강렬한 그 무엇이 한스의 가슴 깊숙이 묶여진 사슬을 끊고, 자유를 만끽하려는 듯했다. 그것은 아마도 흐느낌이거나 노래이거나 부르짖음이거나, 아니면 떠들썩한 웃음이었을 것이다. 이 흥분된 감정은 겨우 집에 돌아와서야 조금 가라앉았다. 집에서는 물론 모든 것이 평소와 다름없었다.

7 죽음

한스는 처음으로 견습생으로서의 일을 마치고 학교 동창생 아우구스트가 사준 술을 실컷 마시고 취한다. 그리고 잠시 숲 속에서 잠이 들었다가 다시 물가 쪽으로 걸어간다. 이튿날 그는 싸늘한 시체로 집에 돌아오고 마을 사람들은 재능 있는 한 청년의 죽음을 애도한다.

같은 시각, 아버지가 마음 속으로 그토록 꾸짖던 한스는 이미 싸늘한 시체가 되어 검푸른 강물을 따라 골짜기 아래로 조용히 떠내려가고 있었다. 구역질이나 부끄러움이나 괴로움도 모두 그에게서 떠나버렸다. 어둠 속에서 흘러 내려가는 한스의 메마른 몸뚱이 위로 푸른빛을 띤 차가운 가을밤의 달빛이 비치고 있었다. 시커먼 강물은 그의 손과 머리, 그리고 창백한 입술을 어루만지고 있었다. 날이 밝기 전에 먹이를 구하려고 나선 겁 많은 수달이 교활한 눈초리를 번뜩이며 그의 곁을 소리 없이 지나갔을 뿐, 어느 누구도 그를 보지 못했다.

《수레바퀴 아래서》는 헤세 자신도 말하였듯 자전적인 소설이다. 실제 헤세의 삶에 비추어보아도 자전적인 소설이라 할 수 있다. 그렇다면 소설 속 한스는 헤세의 분신으로 여길 수 있을 것이다. 그런데 왜 헤세는 결국 자신의 분신이 죽는 것으로 이야기를 결말지었을까? 실제의 헤세는 죽지 않았지만 작품 속 한스는 죽었다는 사실은 어떤 의미를 가지는 것일까?

추 천 할 만 한 번 역 본

《수레바퀴 아래서》는 지금까지 10여종의 번역본이 출판되었다. 그 가운데 민음사와 범우사의 책은 독문학 전공자의 섬세한 번역이 돋보이는 책이다.

《수레바퀴 아래서》, 김이섭 역, 민음사, 1997(2001년 재간행).

《수레바퀴 아래서》, 박환덕 역, 범우사, 1988.

책
에
빠
지
는
즐
거
움

Die Blechtrommel

양철북

권터 그라스(Günter Grass)

이 책 에 관 하 여

권터 그라스의 1959년 작 《양철북》은 30세의 청년 오스카가 정신병 요양소에 들어가 그의 가족의 역사, 단치히 사람들의 소시민적 세계를 이른바 '개구리 시점'으로 회상한 자전적 장편 소설이다. '개구리 시점'은 '조감적 시점'의 반대 개념으로 우물 안 개구리가 위를 올려다 보는 듯한 좁은 시점을 의미한다. 다시 말하면 난쟁이인 오스카가 정상적인 사람들의 세계를 좁은 시각으로 올려다보는 시점을 말한다. 이 소설은 독일 역사에 대한 일종의 학습을 가능하게 하는데, 작가 권터 그라스는 당시 일반적인 사람의 눈을 통해서가 아니라 오스카라는 비정상적인 아이의 눈을 통해 독일 역사를 바라보게 한다.

오스카의 외할머니는 출신을 알 수 없는 사람과의 관계를 통해 오스카의 어머니를 낳는다. 그리고 오스카도 얀과 마체라트 중 누가 자신의 아버지인지 알 수 없는 상황에서 출생한다. 작품에 드러난 이 비정상적 출생과정은 독일 역사에 대한 일종의 비유, 즉 근원을 찾기 어려운 독일 역사를 나타내는 것이다.

세 살이 되자 오스카는 성장을 거부하고 북에 집착하는데 작가는 이런 오스카의 모습을 통해 당시 사회적·경제적으로 어려운 상황에서 나치즘을 받아들였던 독일 소시민 계층에 대한 거부감을 암시적으로 드러낸다.

그리고 작가는 오스카 어머니의 죽음과 오스카의 친아버지로 추정되는 얀의 죽음을 통해 단치히 시의 몰락과 2차 세계대전의 발발을 암시한다. 근원을 알기 어려운 독일의 역사, 나치즘에 맹신하던 당시 독일 소시민의 상태는 전쟁을 겪는 동안 끔찍한 학살을 당연시하는 등 극도의 혼란에 이르게 된다. 그리고 오스카라는 비정상적 아이의 폐쇄적인 눈을 통해 보여 졌던 이 혼란상은 열렬한 나치주의자이자 법적인 아버지인 마체라트의 죽음-나치즘의 몰락-을 통해 일단락된다.

오스카는 자신의 뿌리인 아그네스와 얀, 마체라트 이 세 사람이 죽고 난 뒤에야 비로소 다시 성장할 것을 다짐하게 되는데, 이것은 나치 치하에서 어떤 정치적 책임이나 역사의식을 가지지 않았던 소시민 계층이 나치즘의 몰락을 계기로 '세 살 수준'을 벗어나 비로소 성장을 시작한다는 것을 의미한다. 그러나 성장을 결심했지만 오스카의 키는 121cm에 멈추고 등이 굽더니 마침내는 꼽추가 되고 만다. 작가 귄터 그라스가 설정한 이 흉측한 오스카의 모습은 유태인 학살로 대표되는 나치의 온갖 만행에 자신의 뿌리를 두었음에도 이제는 무관한 듯 지난 과거에 대해 반성하기를 기피하는 전후 독일사회의 모습을 형상화한 것이다. 즉, 작가는 오스카를 통해서 자발적으로 나치에 동조한 독일 소시민 계층의 정치적 무의식과 과거의 잘못을 의도적으로 은폐하려는 전후 독일 사회의 기회주의적 역사의식을 고발하고 있는 것이다.

Die Blechtrommel

저 자 에 관 하 여

권터 그라스(Günter Grass, 1927~)는 1927년 10월 16일, 폴란드 단치히 근교인 랑푸우르에서 태어났다. 아버지는 식료품 가게 주인이었고 어머니는 카슈바이 출신의 가난한 농부였다. 권터 그라스의 소년기는 암울한 역사적 사건들로 점철되어 있었다. 1938년 히틀러는 폴란드를 무력 침공하였고 그는 2차 대전 당시 독일 청소년들이 의무적으로 가입해야 했던 히틀러 유겐트(히틀러의 청년군)에 들어갔으며 1943년에는 공군 보조병으로, 1945년에는 전차병으로 종군하게 된다. 소년기에 겪은 무자비한 전쟁의 실상은 권터 그라스의 문학 세계에 많은 영향을 끼치게 된다. 전쟁 후 잠시 칼리 광산에서 일한 뒤 그는 뒤셀도르프에서 석공 실습(1949~1952)을, 베를린에서는 그래픽과 조각술(1953~1956)에 대해 공부하였고, 1954년 스위스의 발레리나 안나 슈바이츠와 결혼하여 1956년부터 1959년까지 파리에서 지내게 된다.

이후 지속적으로 작품을 집필하였던 그라스는 1959년 《양철북》을 출간하고 1961년에는 중편 소설 《고양이와 쥐》, 1963년에는 《개들의 시절》을 발표하였는데 권터 그라스의 이 세 소설은 흔히 단치히 3부작으로 일컬어진다. 1969년에는 《국부 마취》, 1970년대에 들어 《달팽이의 일기》, 《넙치》를 발표하고 1992년에는 《무당개구리의 죽음》을, 1995년에는 《아득한 평원》을 발표하였다. 1999년 7월에는 20세기 전체를 회고하는 형식의 《나의 세기》를 발표하였으며 그해 9월 30일 독일 소설가로서는 일곱 번째로 노벨 문학상의 영예를 얻게 되었다.

G ü n t e r   G r a s s

—— D i e   B l e c h t r o m m e l

《양철북》은 1인칭 화자의 서술 구조를 지니고 있다. 그러나 여기서 주목해야 할 사실은 오스카가 전후 사정을 설명해 주는 해설자와는 구별되는 기능을 하고 있다는 점이다. 오스카는 해설자이기에 앞서 주의 깊은 관찰자로서 기능을 하고 있다.

1 비정상적인 탄생

이야기는 폴란드의 카슈비아족 농부의 딸인 안나 브론스키가 도망병이 달려오는 것을 네 겹의 치마폭에 숨겨주었다가 겁탈당하는 데서부터 시작된다. 네 겹치마에서 빠져 나와 도망치다 발각된 요셉은 결국 군인들에 의해 사살되고 안나는 아비 없는 자식을 잉태하여 딸 아그네스를 낳는다. 어찌 보면 성폭행이라 할 수 있는 요셉의 행동은 안나에게 거부당하지 않는다. 성폭행을 거부하지 않은 안나의 모호함은 '오로지 요셉이 자신의 삶의 희망'이었다고 말하는 대목에 이르면 성폭행이 아닌 사랑의 시작을 가져온 행동으로 전환된다.

나의 할머니 안나 브론스키는 10월 어느 날 늦은 오후에 여러 벌의 치마를 껴입고 감자밭 가에 앉아 있었다. 할머니는 단한 벌이 아니라 네 벌의 치마를 껴입고 있었다. 그렇다고 한 벌의 치마와 세 벌의 속치마를 입고 있었다는 말은 아니다. 그녀는 네 벌의 치마를 입고 있었는데, 그것은 한 벌의 치마가 다른 치마를 떠받치는 식이었다. 말하자면 그녀는 하나의 체계에 따라 입고 있었다. 즉 치마의 순서를 매일 바꾸는 것이었다. 어제 맨 위에 입고 있던 치마는 오늘 바로 그 밑으로 들어갔고, 어제 두 번째이던 치마는 오늘 세 번째가 되었으며, 어제 세 번째였던 치마가 오늘은 그녀의 피부와 맞닿게 되었다. 그리고 어제 피부와 맞닿았던 치마는 오늘 그 모양을 분명히 드러내었는데 그것은 아무 무늬도 없는 것이었다. 나의 할머니 안나 브론스키는 그러니까 어느 것이든 감자색의 치마를 좋아했다. 아마 그 빛깔이 그녀에게 어울렸음이 분명하다.

도망병 요셉과의 비정상적 관계 속에서 태어난 오스카의 어머니 아그네스 역시 비정상적인 애정 관계를 갖는다. 그녀는 그의 사촌인 얀 브론스키를 사랑하지만 얀이 군에 복무하는 동안 마체라트를 만나 결혼하게 된다. 그녀는 마체라트와의 결혼 후에도 얀과의 성관계를 지속한다. 그녀가 두 사람을 다 사랑하고 있다는 상황 설정은 후에 오스카의 아버지가 누구인지 불확실하게 만드는 원인이 된다. 어디서 온 사람인지도 모르는 사람과 성폭행인지 아닌지도 모르는 상황 속에서 아그네스를 낳은 그녀의 어머니, 그리고 아이의 아버지가 누구인지도 확실히 알 수 없는 상태에서 아이를 낳은 그녀, 이런 설정들은 그들의 뿌리가 어디에서 온 것인지 불명확하게 한다.

앞의 예사롭지 않은 암시처럼 오스카는 끔찍한 모습으로 세상에 나왔으며, 태어나자마자 성인의 정신을 갖게 된다. 그는 세상에 나온 순간 처음 바라본 60촉짜리 전구가 세상의 전부란 생각에 환멸을 느껴

다시 어머니의 자궁으로 되돌아가려 하나 양철북을 사주겠다는 말에 세상에 남기로 한다. 그는 이미 태어나면서부터 자신이 살아야 할 세상이 얼마나 타락한 곳인지를 잘 알고 있었다.

나의 장래와 관련된 이러한 모든 걱정 말고도, 나는 어머니와 아버지 마체라트가 나의 반대나 결심을 이해하거나 경우에 따라서는 존경해 줄 수도 있는 기관을 가지고 있지 않다는 것을 이미 알고 있었다. 그리고 60년이나 70년 후, 모든 전원이 일시에 단전되어 전류가 끊길 때까지 그러한 상태가 계속되리라고 추론하였다. 그러므로 나는 전구 아래에서 인생을 시작하기도 전에 삶에 대한 욕망을 잃어버렸던 것이다. 다만 나에게 약속된 저 양철북만이 당시 태아의 머리 위치로 되돌아가려는 나의 욕구가 강력하게 표출되는 것을 막아주었다.

② 성장을 멈추기로 결심하다

오스카는 자신이 세 살이 되던 해에 어머니와 얀의 부정적 관계를 목격한다. 자신의 생일 파티라고 해서 모인 어른들이 오스카의 눈에는 한결같이 난잡하고 부정적이며 불결하게 보인다. 어머니의 부정, 어른들의 게걸스러움을 목격하면서 오스카는 성장을 멈출 것을 결심한다. 그리고 오스카는 스스로 지하실 아래로 떨어짐으로써 자신이 성장을 멈추게 된 것에 대한 외면적 이유를 만들어 낸다. 그리하여 오스카는 94cm에서 성장을 멈춘다.

작은 사람들과 큰 사람들, 작은 해협과 큰 해협, 소문자 abc 와 대문자 ABC, 꼬마 한스와 카를 대제, 다윗과 골리앗, 난쟁이와 거인, 세상은 이러한 대립의 구조로 이루어져 있는 것이다. 나는 언제까지나 세 살짜리이고, 엄지손가락만한 꼬마이며, 자라지 않는 난쟁이로 머물렀다. 그것은 대소의 교리와 같은 구분에서 벗어나기 위해서였다. 그리고 172cm의 이른바 성인이 되어, 거울 앞에 서서 손수 면도를 하고 있는, 나의 아버지라고 칭하는 사나이에게 내 자신의 인생을 맡긴 채 장사꾼이 되어버리는 것을 피하기 위해서였다. 마체라트의 소망에 따라 식료품 가게를 맡는다는 것은 스물한 살의 오스카가 성인의 세계로 들어가는 것을 의미한다. 돈 상자를 들고 짤랑거리지 않기 위해 나는 북에 매달렸고 세 번째 생일날 이후 단 1cm도 성장하지 않았던 것이다. 나는 세 살짜리 어린애 그대로 머물렀지만 세 배나 현명한 어린애였다. 즉 모든 어른보다 키는 작으나 그를 능가하였고 자신의 그림자를 어른의 그림자로 재려고 하지 않았다.

그렇게 성장을 멈춘 꼬마 오스카는 그림자처럼 북을 안고 다닌다. 세상과는 아무런 관계가 없는 듯 그만의 연주를 하는 오스카. 그러나 오스카에게는 신기한 힘이 있었으니 자신이 북을 치는 데 방해되는 상황이 있으면 상식을 넘은 괴이한 소리로 유리로 된 모든 것을 부숴 버리는 것이었다. 수업시간조차 선생님의 수업에는 아랑곳하지 않고 북을 쳐대는 오스카는 결국 학교에 다닐 수 없게 된다. 선생님의 엄격한 통제마저도 오스카의 괴성 앞에서는 아무런 힘을 갖지 못하였기 때문이다. 오스카는 그런 방식으로 세상의 기본적인 틀을 거부했던 것이다. 오스카는 북을 빼앗으려는 사람에게는 기괴한 힘을 보이지만 그렇지 않은 경우에는 항상 천진한 어린이의 모습으로 대한다.

3 어머니의 불륜을 목격하다

어느 날인가부터 오스카는 목요일이 되면 어머니의 손에 이끌려 시내에 나가게 된다. 어머니는 시내에 도착하면 오스카를 가게에 잠깐 맡겨두고 어딘가를 다녀오곤 하였는데, 오스카의 어머니는 그 동안 사촌 얀을 만나 불륜을 저지르고 있었던 것이다. 호기심에 어머니의 뒤를 밟았던 오스카는 어머니의 불륜 장면을 목격하고 알 수 없는 표정으로 북을 치며 스토크탑에 올라 기괴한 비명으로 시립극장의 유리들을 모두 깨버리고 만다.

> 처음으로 우리 집 다락방에서 실험(소리로 유리를 깨뜨리는) 한 이후 말하자면 매너리즘에 빠져 있는 나의 소리를 새롭게 하기 위해, 석양빛을 반사하는 유리창으로 유혹하고 있는 저 커피 가는 맷돌 같은 극장, 즉 시립 극장을 향하여 소리를 질렀다. 겨우 15분도 채 되지 않는 동안에 나는 로비의 모든 창과 문의 유리 일부를 파괴하는데 성공했다. 나는 곧 더욱 대담한 실험을 함으로써 모든 사물들의 내부를 송두리째 비워버리려고 했다. 창이 열려 있는 로비를 지나고 칸막이 한 좌석의 열쇠 구멍을 통과하여 어두운 극장의 내부까지 이 고함 소리를 들여보내어, 모든 예약객의 자부심, 그리고 잘 닦아 거울처럼 빛을 내고, 빛을 굴절시키는, 다면체로 깎여진 모든 장식물과 아울러 극장의 샹들리에에 소리를 부딪치려고 했다.

이런 사건이 있은 후 오스카는 곡마단을 보러간 자리에서 운명적으로 난쟁이 베브라를 만나게 된다.

베브라 씨는 쪼글쪼글하게 주름이 잡힌 집게손가락을 세우면서 나에게 충고했다.

"오스카, 경험 있는 동료의 말을 믿어요. 우리 같은 사람은 결코 관객이 될 수 없어. 우리 같은 사람은 무대로, 연기장으로 나가지 않으면 안 돼. 우리 같은 사람은 관객들 앞에서 재주를 보이고, 흥행을 맞추지 않으면 안 돼. 그렇게 하지 않으면 저쪽 사람들에게 유린당하고 말지. 저쪽 사람들은 우리를 학대하는 것을 즐거워한단 말이야."

4 전쟁과 어머니의 죽음

어느 날, 집 안 피아노 위에 있던 베토벤 사진은 히틀러 사진으로 바뀌고 전쟁의 기운이 드높아 진다. 단치히 곳곳에서는 세력이 막강해진 나치 세력이 폴란드인들을 멸시하는 현상이 일어나고, 힘의 균형이 깨진 도시에서 독일인들은 나치의 힘을 좇아 점점 획일화되어 간다. 이렇게 사람들을 맹신도로 재생산해 내는 나치의 정치 선동장에서 오스카는 '약간'의 '저항'을 한다. 바로 오스카는 자신만의 방법으로 나치의 허상을 폭로하고 있는 것이다. 나치의 힘이란 것은 별 것도 아닌 저항에 쉽게 왜곡될 수 있는 그런 종류의 힘이었음을.

한동안, 정확하게 말하자면 1938년 11월까지 나는 북을 가지고 연단 밑에 쪼그리고 앉아 크고 작은 성공을 지켜보면서 군중 집회를 와해시키고, 연설자를 더듬거리게 만들었으며, 행진곡이나 찬가를 왈츠나 트롯으로 변형시키곤 했다. (……) 나는 개인적인 또한 미학적인 이유에서, 또 스승 베브라의 충고를 명심해서, 제복의 색과 재단 방법, 연단에서 흔히 연주되는 음악의 박자와 음의 강약을 거부하고, 단순한 어린 아이의 장난감을 두들겨 약간 저항했을 뿐이다.

성 금요일, 오스카의 가족은 얀과 더불어 바닷가로 소풍을 갔다가 죽은 말의 머리를 이용해 뱀장어를 잡는 모습을 보게 된다. 말의 눈, 코, 입, 귀에서 뱀장어가 꿈틀거리는 모습을 본 아그네스는 구토를 하고 얀은 그녀를 부축하여 집으로 데려온다. 한편, 바닷가에서 그렇게 잡힌 뱀장어를 사온 마체라트는 뱀장어 요리를 아그네스에게 강제로 먹이려 했고, 둘은 심하게 싸우게 된다. 그리고 사촌 얀은 성관계를 통해 상심한 아그네스를 위로한다. 이렇게 위로받은 아그네스는 얼마간 평온을 되찾았지만 아그네스의 외면적 평온은 불륜에 대한 내면적 죄의식을 키우고 있었다. 결국 아그네스는 얀과의 불륜관계로 인한 죄의식을 이기지 못하고 닥치는 대로 생선을 먹은 뒤 황달로 죽고 만다.

그날 밤 어머니는 시립 병원으로 운반되어야 했다. 마체라트는 구급차가 오기 전에 울면서 슬퍼했다.

"어째서 당신은 아이를 원하지 않는 거야. 누구의 아이면 어때? 혹시 그 흉한 말 대가리를 아직도 생각하고 있는 거야? 그런 곳엔 얼씬도 안 하는 건데! 자, 잊어버려요. 아그네스, 일부러 그런 건 아니란 말이오."

(……)

어머니는 운반되어 갔다. 어머니는 제방도 말 대가리도 잊지 않았음이 분명했으며, 그것이 프리츠라고 불리든 한스라고 불리든 간에 말에 대한 기억을 내내 지니고 있었던 것이다. 그녀의 신체 기관들은 성 금요일의 산책을 뼈저리도록 너무도 분명

하게 기억하고 있었다. 그래서 그 산책이 되풀이되지나 않을까
하는 두려움 때문에, 그녀의 신체 기관과 의견을 같이 했던 나
의 어머니가 죽은 것이었다.

2차 대전이 발발하기 전, 단치히에서 폴란드인들은 독일인들에 의
해 차별을 받게 되었고, 결국 폴란드인들은 그 차별에 항거하여 우체
국에서 최후의 싸움을 벌인다. 오스카는 그 전투의 현장으로 얀을 유
인하고 그곳에서 죽도록 만든다. 우체국 사건을 시작으로 2차 세계대
전은 시작된다.

9월 1일의 전날 저녁, 나와 오스카 마체라트가 귀갓길의 얀
브론스키를 기다렸으며, 수리가 필요한 북을 핑계로 삼아 얀 브
론스키가 방위할 의욕이 없어 떠나왔던 폴란드 우체국으로 그
를 다시 유인해 갔다는 사실을 내가 인정한다고 치자. 하지만
그러한 증언이 에버하르트 군법 회의에 무슨 영향을 줄 수 있었
겠는가? 오스카는 증언을 하지 않았다. 추정상의 그의 아버지
를 변호하지도 않았다

5 오스카의 아들? 마체라트의 아들?

어머니와 얀이 죽은 후 다시 새로운 삶을 살아가는 오스카와 마체
라트. 그들을 도와주기 위해 마리아라는 소녀가 그 집으로 들어온다.
마리아는 오스카와 동갑으로 오스카는 그녀에게 사랑을 느끼고 호기
심 많은 처녀인 마리아 역시 그의 성적 호기심을 받아들여 준다. 그러
나 그것은 그저 장난일 뿐이었다. 마리아는 어느새 아버지의 정부가
되어 있었고 그 사실을 알게 된 오스카는 실망한다. 곧, 마리아는 임신

하고 아이를 낳게 된다. 이렇게 태어난 아이를 오스카는 이복동생으로 여기지 않고 자신의 아이임을 확신한다. 그러면서 아이가 3살이 되는 해에 북을 사주고 성장을 멈추고 싶다면 도와주겠다고 말한다.

나는 생각했다. 여기에 한 아들이 있다! 그 애가 세살이 되면 양철북을 사주리라. 하지만 우리는 알고 싶다. 이 아이의 아버지가 누구인지—— 저 마체라트인지, 아니면 나 오스카 브론스키인지를……. 물론 초대를 한 장본인인 마체라트로서는 이와 같은 논증은 상상도 할 수 없는 일이었다. 이 사나이는 자신에게 가장 회의적인 순간에 있어서도, 이를테면 스카트 놀이에서 집 높이만큼 크게 졌을 때라도 자기는 이중의 의미에서의 아버지, 즉 낳은 아버지이자 기른 아버지라는 사실을 믿어 의심치 않았다.

그리고 스스로 베브라의 난쟁이 공연단을 찾아가 그들의 일원이 된다. 그곳에서 오스카는 새로운 사랑을 만나게 되고 여러 곳을 돌며 공연을 한다. 그러나 2차 대전은 독일의 패전으로 끝나고 오스카는 사랑하는 여인마저 잃게 된다. 오스카는 자신의 아들이라고 믿는 쿠르트의 3살 생일에 맞춰 북을 사들고 집으로 간다. 하지만 오스카의 아버지는 나치 동조 세력이었기 때문에 전후 처벌 대상이었다. 독일군이 패주한 단치히에는 러시아 군인들이 몰려오고 오스카의 가족은 처벌을 피하기 위해 지하실에 숨어 지낸다. 하지만 지하실 생활은 얼마 되지 않아 발각되고 위기의 순간에 오스카의 아버지는 오스카가 전해준 나치의 뺏지를 삼키고 죽는다. 아버지의 장례를 치르며 오스카는 관을 덮는 흙 속에 북을 버리면서 다시 성장할 것을 결심한다.

자라야 하나 말아야 하나? 너는 스물한 살이다. 오스카야. 너
는 자랄 것인가 말 것인가? 너는 고아다. 너는 결국은 자라야
한다. 너의 불쌍한 어머니가 돌아가신 후에 너는 이미 절반은
고아였다. 이미 그때에 너는 결심했어야 했다. 그러고 나서 그
들이 너의 추정상의 아버지인 얀 브론스키를 땅껍질 바로 아래
에 눕혔다. 그리하여 너는 추정상의 완전한 고아가 되어 자스페
라고 불리는 이 모래밭 위에 서서 살짝 녹이 슨 탄피를 쥐고 있
었다... 자라야 하나 말아야 하나? 지금 그들은 너의 두 번째 추
정상의 아버지인 마체라트를 위하여 구멍을 파고 있다. 네가 아
는 한, 이제 추정상의 아버지는 더 이상 존재하지 않는다. 그런
데도 너는 왜 '자라야 하나 말아야 하나' 라는 두 개의 푸른 유
리병 속으로 곡예를 하고 있느냐?

6 성장을 결심하고 나서...

전쟁이 끝난 후 오스카는 마리아와 자신의 아이라고 믿는 쿠르트를
데리고 서독으로 떠난다. 서독에 온 오스카는 뒤셀도르프 근교에서
화폐개혁과 암거래 시장을 경험한다. 오스카는 직업을 찾는다. 처음
에는 묘비석을 깎는 석수로, 나중에는 미술대학에서 모델로 일한다.

오스카는 이 화가가 언젠가는 나에게만 유일하게 어울리는
물체를 가져와서 들도록 할까 봐 두려워하고 있었다. 마침내 그
가 북을 가지고 왔을 때, 나는 "싫어"라면서 소리를 질렀다. 라
스콜니코프가 명령했다.
"북을 들어라, 오스카. 나는 너를 알고 있다!"
나는 떨면서 말했다.

"다시는 안 돼. 이미 지난 일이야!"

그가 침울하게 말했다

"지나가 버리는 것이란 없는 법이야. 만사는 되풀이되는 것이지. 죄와 벌. 그리고 또 죄!"

나는 사력을 다해 말했다.

"오스카는 참회했다. 북만은 용서해 주기 바란다. 무엇이든지 들겠지만, 북만은 싫다!"

성장을 결심했지만 그의 성장은 121cm에서 다시 중단된다. 그는 이제 어린 아이가 아니라 등에 혹이 난 난쟁이가 된 것이다. 이제 그에게는 소리로 유리를 깨는 능력도 사라진다. 그는 다시 북을 잡는다. 그리고 북 연주자로서 스타가 된다.

양파 주점에서 주인으로부터 돼지나 물고기 모양의 도마와 식칼을 80페니히에, 그리고 밭에서 자라나 부엌에서 요리되는 보통의 양파를 12마르크에 나누어 받아 그것을 잘게 더 잘게 썰었다. 그 즙이 무엇인가를 이루어줄 때까지. 하지만 그 즙이 도대체 무엇을 이루어주었단 말인가? 그것은 이 세상과 이 세상의 슬픔이 해내지 못한 것을 달성했다. 즉 인간의 둥그런 눈물을 자아냈던 것이다. 손님들은 울고 또 울었다…… 양파 주점의 손님들은 양파를 즐기고 난 후 조잡한 천을 깐 편안하지 못한 상자 위에 걸터앉아 있는 이웃들에게 마음을 털어놓았다. 하지만 오스카는 양파 같은 것이 없어도 눈물을 흘릴 수 있는 소수의 행복한 사람들 중의 하나였다. 게다가 내 북이 힘이 되어주었다. 아주 특별한 박자로 조금 두들기기만 하면 오스카의 눈에서는 눈물이 넘쳐흘렀다. 그것은 양파 주점에서 흘리는 값비싼 눈물보다 낫지도 못하지도 않는 그런 눈물이었다.

그 후 오스카는 애매한 살인사건에 연루되어 혐의자로 체포되고 정신이상자로 몰려 정신병원에 수용된다. 그곳에서 그는 자신의 수상록을 집필하기 시작하는데 1954년 30세의 생일날 2년간의 집필을 마치는 것으로 소설은 막을 내린다.

더 이상 무얼 말하란 말인가. 전등 아래에서 태어나고, 세살의 나이에 일부러 성장을 멈추고, 북을 얻고, 노래로 유리를 부수고, 바닐라 냄새를 맡고, 교회 안에서 기침을 하고, 루치에게 먹이를 주고, 개미를 관찰하고, 다시 성장을 결심하고, 북을 파묻고, 서방으로 가서 동쪽을 잃고, 석공 일을 배우고 모델 일을 시작하고, 돈을 벌고, 손가락을 보관하고, 손가락을 선사하고, 웃으면서 도주하고, 에스컬레이터를 올라가서 체포되고, 유죄판결을 받고, 수감되고, 그 후에 석방되어 오늘 30회째 생일을 축하하고 있으며, 그러면서도 여전히 검은 마녀를 두려워하고 있는 것이다—아멘.

이 작품에서 작가가 선택한 개구리 시점은 독자들의 작품 수용에 어떤 역할을 하는 것일까? 작가의 의도를 생각해 보자. 그리고 작품 속에 등장하는 여러 상징 가운데 비정상적 인물—가령, 애매모호한 출생을 가진 오스카와 그의 어머니 아그네스—제시는 어떤 의미를 가지고 있는가?

추 천 할   만 한   번 역 본

1999년 노벨 문학상 수상자 귄터 그라스의 대표작 《양철북》은 문고판 등으로 몇 차례 번역되긴 했다. 그러나 장희창 번역의 《양철북》은 최신 독어판(슈타이들, 1996)을 원본으로 한 완역판이다. 손에 들어올 만큼 책 크기가 아담하고, 책 속에 작가 귄터 그라스가 직접 그린 《양철북》 초판의 표지 그림과 작가의 의식세계를 짐작하게 하는 몇몇 그림들이 실려 있어 독서 이외의 즐거움을 준다. 그리고 책의 마지막 부분에서는 작품에 대한 해설과 작가의 연보를 싣고 있어 작품에 대한 이해를 돕는다.

《양철북》, 장희창 역, 민음사, 2003

책
에

빠

지

는

즐

거

움

Don Quixote

돈키호테

세르반테스(Miguel de Cervantes Saavedra)

이 책에 관하여

《돈키호테》의 원제목은 《재치 있는 신사, 라 만차의 돈키호테(Elingenioso hidalgo don Quixote de la Mancha)》이다. 1부 4권 52장은 1605년 초판이 나왔고, 속편은 권의 구별 없이 74장으로 1615년 발간되었다. 작자 세르반테스의 창작 의도는 당시 크게 유행했던 황당무계한 기사담을 야유하는 데 있었는데, 이 작품이 발표되자 이런 부류의 기사담은 사라지게 되었다.

《돈키호테》에 등장하는 중요인물로는 돈키호테와, 산초, 둘시네아를 들 수 있다.

돈키호테는 라 만차 지방의 몰락한 귀족으로 기사도 책을 지나치게 읽은 나머지 정신이상이 되어 현실적 세계를 무시한 채 과거와 가공의 미래를 꿈꾸며 몽환 속에 사는 인물이다. 돈키호테를 보좌하는 산초는 현실적 인물이기는 하나 우연을 신뢰하는 숙명론자로서 주인을 궁지에 몰아넣거나 희망을 주는 역할을 한다. 둘시네아는 돈키호테가 또보소에 산다고 믿는 이상적인 여인을 말한다.

돈키호테와 산초는 대립적인 인물로서 각각 이상과 현실, 정신과 물질, 환상과 사실의 충돌을 드러낸다. 그러나 이러한 충돌은 서로에게 상호작용을 하게 되어 돈키호테는 차츰 현실적인 성격으로, 산초는 오히려 돈키호테의 세계관을 동경하게 된다. 《돈키호테》는 기존의 줄거리 중심적인 소설이 아닌 인물의 개성과 성격변화에 중점을 두었다는 점에서 근대 문학의 효시로 불리고 있다.

《돈키호테》에 대한 평가는 시대와 사회 계급의 차이에 따라 여러 가지였다. 17세기에는 《돈키호테》를 일종의 환상적인 소극으로 보았고, 양식(良識)의 시대인 18세기에 이르러서는 돈키호테는 우둔함의 대표자로 이해되었으며, 19세기에 이르러서는 이상과 현실 사이에서 피나는 투쟁을 전개하는 거룩한 영웅으로 변신하게 된다.

러시아의 대문호 투르게네프(1818~1883)는 '가장 새로운 영혼의 가장 뛰어난 작품'을 쓴 위대한 작가로 세익스피어와 세르반테스를 찬양하면서 두 작품의 유사점과 차이점을 비교하였다. 오늘날 인간정신의 두 유형으로 일컬어지는 '햄릿형'과 '돈키호테'형은 그에게서 유래한 것이다. '햄릿'의 인간은 회의적이며 사색적인 성격으로 현실에 대한 깊은 통찰력을 지니지만, 실천력이 부족하여 세상에 기여하는 바가 별로 없다. 반면 '돈키호테형'은 비록 단조로운 생각과 적은 지식을 가지고 있지만 어떠한 상황에서도 자신의 신념을 굽히지 않고 행동하는 인물로 분류된다. 투르게네프는 '돈키호테형'의 인간이 인류 역사발전에 기여한다고 말한다.

저 자 에 관 하 여

　스페인의 소설가 세르반테스(Miguel de Cervantes Saavedra, 1547~1616)는 1547년 10월 4일 알카라데나레스에서 태어났다. 가난한 외과의사의 아들로 태어난 그는 가족과 함께 각지를 전전하며 많은 고생을 하게 된다. 22세에 이탈리아로 건너가 추기경의 시중을 들었으며 다음해에는 세계3대 해전 중의 하나인 터키와의 레판토 해전에 참가하였다. 세르반테스는 이 해전에서 가슴과 왼팔에 부상을 입는다. 그 후 4년 간을 계속 복무한 후, 1575년에 제대하여 귀국하던 중 해적선의 습격을 받아 알제리에서 5년 간의 노예생활을 한다. 그는 네 번이나 탈출을 시도하였으나 번번이 실패하였고 33세 때 특사가 되어 11년 만에 스페인으로 귀국하였다.

　귀국 후 그는 문필가가 되기로 결심하고 몇 편의 작품을 썼지만 주목받지는 못하였다. 1584년 카탈리나 데 팔라시오스(Catalina de Salazary Palacios)와 결혼한 후 가족의 생계를 위해 스페인 무적함대의 식량 징발계원으로 일한다. 이 시기에 그는 교회에서 파문을 당하고 세비랴에서 감옥생활을 하는 등 힘든 세월을 보내며 《돈키호테》를 탄생시켰다. 출옥한 그는 다시 영세 수입의 문필 생활을 하였는데 남의 창작물에 운문의 찬사 서문을 써주는 일로 간신히 생활을 꾸려나간다.

　1605년 불후의 명작 《재치 있는 신사, 라 만차의 돈키호테》 1부가 햇빛을 보게 되었으나 그 속편은 1615년까지 발간되지 않았다. 그 사이 《모범 소설집》과 《파르나수스에의 여행》, 《상연되지 않은 8편의 희곡과 8편의 막간극》 등을 발표했다. 《돈키호테》가 엄청난 인기를 누리자 '아베야네다'라는 가명으로 다른 작가가 《돈키호테》 2부를 1614년에 출판한다. 당시 2부를 집필 중이던 세르반테스는 속편을 서둘러 1615년 《돈키호테》 2부를 출판하기에 이른다.

　《돈키호테》의 완간으로 그는 대단한 문학적 명성을 얻었다. 하지만 불우한 환경을 딛고 얻은 뒤늦은 명성을 얼마 누리지 못한 채 1616년 4월 23일 71세의 나이로 세상을 떠났다.

_____D o n   Q u i x o t e

1 돈키호테의 기사 서임식

《돈키호테》는 주인공 돈키호테에 대한 소개로부터 시작된다. 라 만 차 지방의 시골 귀족인 알론소 엘 부에노는 기사소설을 지나치게 읽 은 나머지 이성을 잃는다. 그는 불의와 악에 대항하여 싸우고 약자를 보호하는 편력기사(여기저기 떠돌아다니는 기사)가 되어 국가에 봉사 하고 자신의 명예를 드높이고자 결심한다. 스스로를 '돈키호테'라 칭 하며 말라빠진 말 '로시난테'를 타고 모험을 떠난다.

얼마 전, 라 만차 지방의 어느 마을에— 마을 이름은 말하고 싶지 않다— 한 점잖은 양반이 살았는데, 그는 창꽂이에 창을 꽂아 두고, 낡은 방패와 여윈 말과 사냥개를 으레 갖추고 있는 신사 중의 하나였다. 이 신사는 쉰이 가까운 사람으로 몸은 탄 탄하나 홀쭉하고, 얼굴은 빼빼 말랐는데, 아침에 일찌감치 일어 나고 사냥을 대단히 좋아했다. 사람들 말을 들으면 그의 성씨는 '끼하다'라고 하기도 하며 '께사다'라고도 한다(이 점에 대해서 는 저자들 사이에 약간의 의견 대립이 있다).

그러나 그런 건 우리 이야기와는 별로 관계가 없다. 우리는 단지 이야기를 하면서 한 치라도 진실에서 벗어나지만 않으면

된다.

　이제 독자들이 알아야 할 사실은, 이 양반이 아무 할 일이 없을 때에는—— 한 해의 대부분이 할 일이 없었지만—— 기사 수련에 관한 책을 탐독하였다는 사실이다. 그는 그런 책을 어찌나 애독하고 즐겼는지 사냥하는 것을 잊을 정도였고 더더구나 토지를 관리하는 일까지 잊을 지경이었다. 기사담에 대한 열중과 사랑으로 말미암아 마침내 그는 그런 책을 사기 위하여 많은 경작지를 팔아 치웠고, 구할 수 있는 한 자꾸만 집에다 책을 사들였다. 그는 그 중에서도 이름 높은 펠리씨아노 데 실바의 작품들을 가장 높이 쳤다. 그의 화려한 문체와 복잡 미묘한 문장은 정말 주옥처럼 보였기 때문이다. 특히 '그대가 나의 이성을 대하는 이성 아닌 이성이 내 이성을 약하게 만들었으므로, 나는 그대의 미모를 이성으로써 원망하나이다.' 한 것이라든지, '별들과 더불어 그대의 신성(神性)을 신성하게 지켜 주시는 높은 하늘은 그대의 위대성이 마땅히 받아야 할 명예를 받을 만하게 하시도다.' 하는 식으로 씌어진 애정에 대한 발언이나 결투 신청의 발언을 읽을 때에 그는 그지없이 감복하곤 했다.

　(……)

　그런데 그의 이성이 완전히 망가졌을 때 그는 온 세상에 어떤 미치광이도 가져 보지 못한 기이한 공상에 빠졌다. 그는 자기의 명성을 떨치고 나라에 봉사하기 위해서 편력 기사가 되어 모험을 찾아서 말 타고 갑옷 입고 온 세상을 두루 다니며 그가 읽은 기사들의 행동을 그대로 따르고 모든 잘못된 것을 고치며 온갖 위험을 당하고 그것을 극복함으로써 불후의 명성과 영광을 얻는 것이 옳고 합당하다고 생각했던 것이다.

(······)

그가 맨 먼저 한 일은 수백 년 동안 까맣게 잊혀져 구석에 처박혀 녹이 슬고 곰팡이가 난 조상들이 쓰던 갑옷을 닦는 일이었다. 그러나 그가 최선을 다해서 그것을 닦고 수선을 하고 보니 커다란 결함이 한 가지 나타났다. 즉 투구는 일종의 반가리개같이 오려 가지고 이 결함을 교묘히 시정했다. 그렇게 만든 가리개를 투구에 갖다 맞추니까 완전한 투구 모양이 잡혔다. 그러나 그게 칼날의 위험을 견디어 낼 수 있을 만큼 튼튼한가 보려고 그가 칼을 뽑아들고 두 번을 내려쳤더니 웬걸 일주일이나 걸려서 만든 그것이 첫 번 공격에 단박 결딴이 나버리는 통에 그간 노고에 대한 보람은 느낄 수가 없었다. 그래서 그는 이 위험을 방지하기 위하여 안에다 쇳조각을 좀 붙여 가지고 얼굴가리개를 다시 만들었다. 그러고는 두 번 다시 시험을 해 보고 싶지 않아서 그 물건을 아주 잘 만든 투구로 인정하고 사용키로 결정하였다.

그 다음으로 그는 자기의 말을 살피러 갔는데 그 말은 바싹 말라서 발굽은 온통 갈라지고 가죽과 뼈밖에 없었다던 고넬라의 말보다도 결점이 더 많았지만 그의 눈엔 알렉산더 대왕의 부케팔로스나 씨드의 바비에까보다도 우수한 준마로 보였다. 그는 자기 말에게 '무슨 이름을 붙일까' 하고 생각하는 데 꼬박 4일을 소비했다.

(······)

삭제하고 버리고 고치고 지우고 다시 지은 끝에 드디어 그를 '로시난테'라 부르기도 결정하였다. 그 이름은 참말 훌륭하고 쩡쩡 울리는 것 같았고 또 세상에서 제일가는 지금의 위치에 이르기 전에 평범한 말이었을 때와도 어울리는 것 같았다. 그의 말에게 이처럼 흡족한 이름을 지어 주고 나서 그는 자기 이름을 짓기로 결심하고 여드레 동안이나 그걸 생각했다. 드디어 그는 자기를 '돈키호테'라 부르기도 결심했다.

(……)

그러나 용감한 '아다디스'가 맨숭맨숭한 자기 이름만으로 만족지 않고 이름을 더 유명하게 하느라고 자기가 출생한 지방의 이름을 덧붙여서 '고올의 아다디스'라 자칭했던 사실을 기억하고 그도 제 이름에다가 자기 지방 이름을 덧붙여서 '라 만차의 돈키호테'라 자칭하기로 결정하였다. 이렇게 함으로써 자기의 가문과 지방을 정확하게 알릴 뿐 아니라, 지방 이름에서 자기 성을 따왔으니 향토를 명예롭게 한다고 생각하였다.

이제 갑옷도 말끔하게 되었고 투구도 완전하게 되었고 말의 이름도 지어졌고, 자기 명칭도 결정했으니 남은 것은 단 한 가지— 열렬히 사랑을 바칠 귀부인을 하나 구하는 일 뿐이다. 귀부인이 없는 편력 기사는 잎이나 열매가 없는 나무와도 같고 영혼이 없는 육체와도 같은 것이다 그는 거듭거듭 혼자서 뇌까리기를,

"만일 내 죗값으로 또는 행운으로 편력기사들이 보통 겪는 것처럼 이 근처에서 어떠한 거인을 만나서 한 칼에 그 놈을 낙마 시킨다든지, 배꼽까지 두 쪽으로 갈라놓는다든지 여하튼 그 놈에게 이겨서 항복을 받는다면 그 놈을 내 사랑스런 귀부인에게 선물로 보내서 그 앞에 무릎을 꿇고 공손한 말씨로 '귀부인이시여, 저는 말린드라니아 섬의 왕인 까라꿀리암브로이온데, 사람의 말로써는 이루 다 찬양할 수 없는 '라 만차의 돈키호테' 기사님에게 단 한 번 싸움에 지고 귀부인 면전에 가서 뵈오라는 분부를 받았사옵니다. 귀부인께서 이 몸을 마음에 드시는 대로

처분하소서.' 하고 말을 하게 한다면 좋지 않겠는가?"

오, 이 말을 생각해 냈을 때, 우리 기사님은 얼마나 기뻐하였던고! 게다가 그의 귀부인이라 부를 수 있는 여자를 발견했을 때의 그의 무쌍한 기쁨! 그것은 다음과 같은 경과로 이루어졌다고 한다. 즉 그의 이웃 마을에는 그가 한때 사랑을 품었던 매우 예쁘게 생긴 농갓집 처녀가 있었다. 그러나 그 여자는 그가 사랑한다는 걸 알지도 못했고 생각조차도 하지 않았다고 한다. 그 여자의 이름은 '알돈싸 로렌쏘'였는데, 그는 이 여자를 꿈에도 잊지 못할 귀부인으로 삼는 것이 적합하다고 생각하였다. 그러고는 그 여자의 본명과는 과히 거리가 멀지 않으면서도 공주와 귀부인의 신분을 암시할 수 있는 이름을 모색한 끝에 그 여자를 '둘시네아 델 또보소'라 부르기로 결심하였다. 본디 그 여자는 엘 또보소에서 출생하였는데 그녀 이름은 이미 결정한 자기 이름과 기타 자기 소유물에 붙인 이름들과 꼭 마찬가지로 음악적이요 이국적이요, 의미심장한 듯이 들렸다.

7월의 어느 날 기사로서 영광된 첫 번째 모험을 나선 돈키호테는 해질녘 주막에 도착한다. '낯가리개와 창과 둥근 방패와 흉갑 등 어울리지 않는 무장을 한 이 꼴사나운' 모습을 한 돈키호테는 주막 창녀들에게 멋진 시와 공주의 호칭을 선사하고, '악질적인 도둑놈'인 주막의 주인에게 기사 서임(敍任)식을 부탁한다. 돈키호테에게 주막은 성이요, 창녀들은 성안의 공주였으며, 주인은 작지만 격조 있는 성주였던 것이다.

"귀하께서 들어주시리라고 이미 짐작하고 있었습니다."
하고 돈키호테는 말하였다.

"관대히 승낙하실 일이란 다름이 아니오라 내일 아침에 이 사람의 기사 서임식을 집행해 주십사 하는 것입니다. 오늘 밤 성내의 예배당에서 갑옷차림의 불침번을 서고, 내일은 아까 말씀드린 대로 이 몸이 바라고 바라던 소망을 꼭 이루고야 말겠소이다. 그리하여 약한 자들을 위해 모험을 찾아 천하를 두루 돌아다니겠습니다."

앞에서도 말했지만 주막집 주인은 약간 교활한 구석이 있는 자였다. 손님이 상식을 벗어난 점을 어느 정도 눈치 채고 있던 그는 이 말을 듣자 자기의 판단이 틀림없다고 생각했다. 그래서 그날 밤 한 번 실컷 웃음거리로나 삼아 보자고 마음먹고 그의 기분을 맞추기로 했다.

정식 기사가 된 우리의 돈키호테가 주막을 나와 맨 처음 한 일은 매질당하는 아이를 구한 것이었다. 기사로서의 한 가지 소임을 마치고 의기양양해진 돈키호테는 다음에 길가는 일행들에게 둘시네아가 최고의 미인임을 선언시키다가 몽둥이질을 당하게 된다. 간신히 몸을 추스른 돈키호테는 상처 입은 기사의 심정을 비통한 시로 읊으며 집으로 돌아온다.

2 풍차와의 결투

보름 정도를 집에 머물며 돈키호테는 신부님과 이발사를 상대로 지금 세상은 편력 기사를 필요로 한다는 자신의 생각을 전하고, 이웃에 사는 소작인 산초 판사를 '자기를 따라나서 모험 끝에 어떤 섬이라도 얻게 되면 그 섬의 영주를 시켜주겠노라'고 꾀어 그 종자(從者)로 삼고 두 번째 모험에 나서게 된다. 길을 가던 우리의 돈키호테는 '서른 명이 넘는 거인들'을 만나게 된다. 이 장면은 우리가 흔히 알고 있는 풍차와의 결투 장면이다.

"운명은 바야흐로 우리가 예상했던 것보다 더 좋은 방향으로 우리를 인도하고 있다. 자, 산초여, 저쪽을 보아라. 서른 아니 그보다 훨씬 많은 흉악한 거인들이 버티고 서 있다. 나는 저놈들과 싸워 다 죽인 후에 거기서 얻은 전리품으로 일약 거부가 된단 말이다. 이것이야말로 정의의 전투, 이 지구상에 널려 있는 악의 씨를 근절시키는 것만이 하느님에 대한 위대한 봉사인 것이다."

"아니, 거인들이 어디에 있어요?"

하고 산초가 물었다.

"아, 저쪽에 긴 팔을 가진 놈들 말이다. 어떤 놈들은 팔 길이가 거의 20리나 뻗쳐 있구나."

"나리, 저 거인처럼 보이는 것들은 말입죠, 실상은 풍차들이에요. 그리고 저 팔처럼 보이는 것이 바람의 힘에 움직여서 맷돌을 돌게 하는 날개입죠."

"정말 너는 모험이라는 것을 도시 겪어 보지 못한 모양이로구나. 저놈들은 틀림없는 거인들이야. 겁이 나거든 여기 가만히 있거라. 여기를 물러나서 내가 저놈들하고 치열한 싸움을 하는 동안 너는 기도나 하며 엎드려 있으란 말이야."

말이 채 끝나기도 전에 돈키호테는 로시난테에게 박차를 가했다. 지금 공격하려는 것은 거인들이 아니고 다만 풍차라고 악을 쓰는 산초의 말을 아예 들은 체도 하지 않았다. 그는 그것들이 거인이라는 것을 굳게 믿었기 때문에 종자 산초의 말을 귀담아듣지도 않았을 뿐만 아니라 가까이 가서도 그것이 정말 무엇인가를 확인하려고 하지도 않았다. 그는 큰 소리로 이렇게 외쳤다.

"이 비겁하고 형편없는 놈들아, 오직 기사 한 명이 너희들을 대적하려고 하니, 아예 도망갈 생각은 말아라."

이 때 마침 바람이 불어서 풍차 날개들이 움직이기 시작했다. 돈키호테는 이것을 보자 다시 소리를 질렀다.

"네놈들이 부리아레오보다 더 많은 팔을 움직인다 할지라도 나한테 크게 경을 칠 것은 이미 정해진 사실이다."

이렇게 말하면서도 그는 자기가 사모하는 임 둘시네아에게 이 난관을 돌파할 수 있도록 도와주십사 하고 두 손 모아 비는 것을 잊지 않았다. 그러고는 방패로 몸을 가리고 창은 가슴받이에 달린 철고리에 꽂은 채 로시난테에게 박차를 가하면서 맨 앞에 있는 풍차로 덤벼들었다. 창으로 날개를 치니 세찬 바람이 불어 와서 그것을 돌리는 통에 창은 그만 산산조각이 나 버리고 동시에 말과 기수는 몽땅 휩쓸려 하늘 위로 올라갔다가 땅으로 떨어져 들판을 떼굴떼굴 굴렀다. 산초 판사가 당나귀를 전속력으로 몰아 주인을 구하려고 달려가 보니 돈키호테는 처참하게 쓰러져 있었다. 그만큼 그는 말과 함께 호되게 얻어터진 것이었다.

"아이고, 맙소사. 그래 소인이 나리보고 좀 똑똑히 살피시고 일을 저지르라고 하지 않았습니까? 머리에 풍차 날개를 달고 다니는 사람이라면 모를까, 저건 누구나 다 알아볼 수 있는 풍차예요. 풍차."

이렇게 떠드는 산초의 말에 돈키호테는 이렇게 대답하였다.

"네 이놈, 산초야! 입 좀 다물지 못할까? 다른 일과 달라서 병가(兵家)의 일은 실로 귀신도 측량키 어려울 만큼 변화무쌍한 거야. 내 짐작에는, 아니 짐작이 아니라 사실이지만 내 방과 책들을 훔쳐 간 현자(賢者) 프레스톤이 거인들을 풍차로 둔갑시켜 내가 그놈들을 이길 영광을 빼앗아 간 거야. 그놈이 나를 원수로 여기는 품이 보통 이 정도야. 그러나 결국은 그놈의 사악한 계책도 나의 정의의 칼 앞에서는 맥을 못 추고 말걸."

그는 또 양떼를 교전중인 군대로 생각하고 덤비는가 하면, 포도주가 든 가죽 주머니를 상대로 격투를 벌이기도 한다. 이 과정에서 산초는 돈키호테가 비정상적이라는 것을 알았다. 하지만 여행을 멈출 수는 없었다. 결국 돈키호테 일행은 그의 무모한 여행을 알고 있는 신부와 이발사의 노력으로 다시 집으로 돌아온다.

❸ 영웅의 최후

《돈키호테》 2부는 주인공의 세 번째 모험으로 시작된다. 하지만 세 번째 모험에는 대단한 계획이 숨겨져 있었다. 그 계획이란 바로 산초 판사와 산손 까르라스코(산초 판사가 돈키호테에게 소개시킨 인물), 그리고 돈키호테의 이해 못할 편력을 막고 싶은 신부와 이발사 등에 의해 준비된 것이었다.

돈키호테가 어처구니없는 모험을 한답시고 마음이 흔들리는 일 없이 자기 집에 조용히 발을 붙이고 살 수 있게 하려면 어떤 수단을 써야 하는가?
(……)
그러나 의논은 어이없이, 그것도 까르라스코의 열정적인 의견에 따라 돈키호테를 출발하는 대로 내버려 두자는 결론에 이르렀다. 왜냐하면 그를 만류한다는 것은 불가능하게 여겨졌기 때문이다.

그리고 이런 계획을 세웠던 것이다. 즉, '산손이 모험의 도중에 편력의 기사로 변장하고 나타서 그에게 도전한다. 그럴 수 있는 계기는 쉽게 발견될 것이다. 그리하여 돈키호테를 쓰러뜨리기로 하는데 이것 또한 쉬운 일이므로 싸우기 전에 패자는 승자의 뜻을 따른다는 계약과 조건을 정해 놓기로 한다. 그리하여 패자의 고배를 마신 돈키호테에게 기사 산손이 고향으로 돌아가도록 명령하고 2년 동안 혹은 그가 허락할 때까지 집을 나와서는 안 된다고 명령해둔다. 돈키호테는 패배한 이상 기사도의 법도를 어기지 않으려고 할 것은 분명하며, 그렇게 칩거하고 있는 동안에 여태까지의 공명심을 잊어버리게 되거나 광기를 고칠 무슨 적당한 방법을 발견할 여유가 생길지 모른다.'는 것이었다.

이런 계획을 알 리 없는 위대한 기사 돈키호테는 가는 곳마다 상상할 수도 없는 모험을 겪고 그 어려움 속에 전공(戰功)을 쌓아 나가게 된다. 특히나 마법에 걸린 둘시네아를 마법에서 구출하기 위해 최선을 다하였다. 그러나 짜여진 각본대로 여정의 가운데 백월의 기사가 등장하는데 그는 바로 산손 까르라스코였다. 돈키호테는 정의감에 불타 백월의 기사와 일대 격전을 벌이지만 결국 싸움에 지고 만다. 그리고 승리한 백월의 기사는 돈키호테에게 낙향할 것을 명령한다. 결국 산손 까르라스코의 계획은 성공을 거두었고 돈키호테는 낙향하여 집에 은둔하게 된다. 고향에 은둔하며 살고 있던 돈키호테는 차츰 현실에 관심을 가지게 된다. 약속한 1년이 지나는 동안 돈키호테는 양치기로 살 계획도 하게 된다. 그러나 돈키호테는 이미 죽어가고 있었다.

고배를 마신 데서 유래한 우울증 때문인지, 혹은 하늘의 뜻인지, 그는 지독한 열병에 걸려 엿새 동안 자리에서 일어나지 못했다. 그 엿새 동안 이따금 신부와 이발사 등 그의 친구들이 찾아왔고, 그의 선량한 종자 산초는 머리맡을 떠나는 일이 없었다.

(……)

(병석에서 조카딸을 향해)

"자비라는 것은 말이야"

하고 돈키호테는 대답했다.

"아가야, 말하자면 이순에도 하느님이 내게 베풀어 주신 바로 그것을 말하는 거야. 나는 지금 자유롭고 밝은 이성을 되찾은 거야. 어리석게도 그 기사도에 관한 지긋지긋한 책을 쉬지 않고 탐독한 탓으로 내 이성에 덮여 있던 무지라는 안개가 그림자도 없이 깨끗이 가셨거든. (……) 그런데 다만 원통하기 짝이 없는 것은 이 몽매에서 눈뜨는 것이 너무 늦어 영혼의 빛이 될 다른 책을 읽고 얼마간이나마 보상을 할 시간이 이젠 남지 않았다는 거야. 나는 말이다, 아가야, 곧 죽을 것만 같구나. (……) 과연 나는 오류를 범하기는 했지만 이 마지막 마당에까지 그것이 정말 그랬었다고 사람들로 하여금 믿게 하고 싶지 않구나. 아가야, 내 친한 벗들을 불러 주지 않겠느냐. (……) 참회하고 유언서를 만들고 싶어서 그런다."

우리의 돈키호테는 친구인 신부에게 참회하고 친구들 앞에 유언서를 남긴 뒤 조용히 숨을 거둔다.

소개된 인용문들을 읽어보면 서술자의 개입이 아주 많이, 그것도 적극적인 역할을 하고 있다. 이 같은 편집자적 논평이 가지는 긍정적 의미와 부정적 의미에 대해서 생각해보자. 그리고 '돈키호테형'의 인간이 인류 역사발전에 기여한다고 한 투르게네프는 말에 대하여 생각해보자.

추 천 할   만 한   번 역 본

《돈키호테》에 관한 번역은 아주 많이 되어 있는데, 그 중 강영운 번역의 《돈키호테》를 추천한다. 이 책은 책머리에 세르반테스의 글과 〈돈키호테 데 라 만차의 책에 부치는 시〉라는 편명으로 역대의 수많은 시인들이 이 책에 관해 쓴 시들을 싣고 있어 세르반테스의 생각과 서양에서 이 책이 어떤 의미를 지녔는지 볼 수 있다. 그리고 본문 가운데 상세한 주석을 따로 편집하지 않고 본문 가운데 작은 글씨로 삽입해 두어서 글 읽기가 편하다는 장점이 있다.

《돈키호테》, 강영운 역, 일신서적출판사, 1996

한 알 한 알 새겨가며 읽는 고전의 묘미

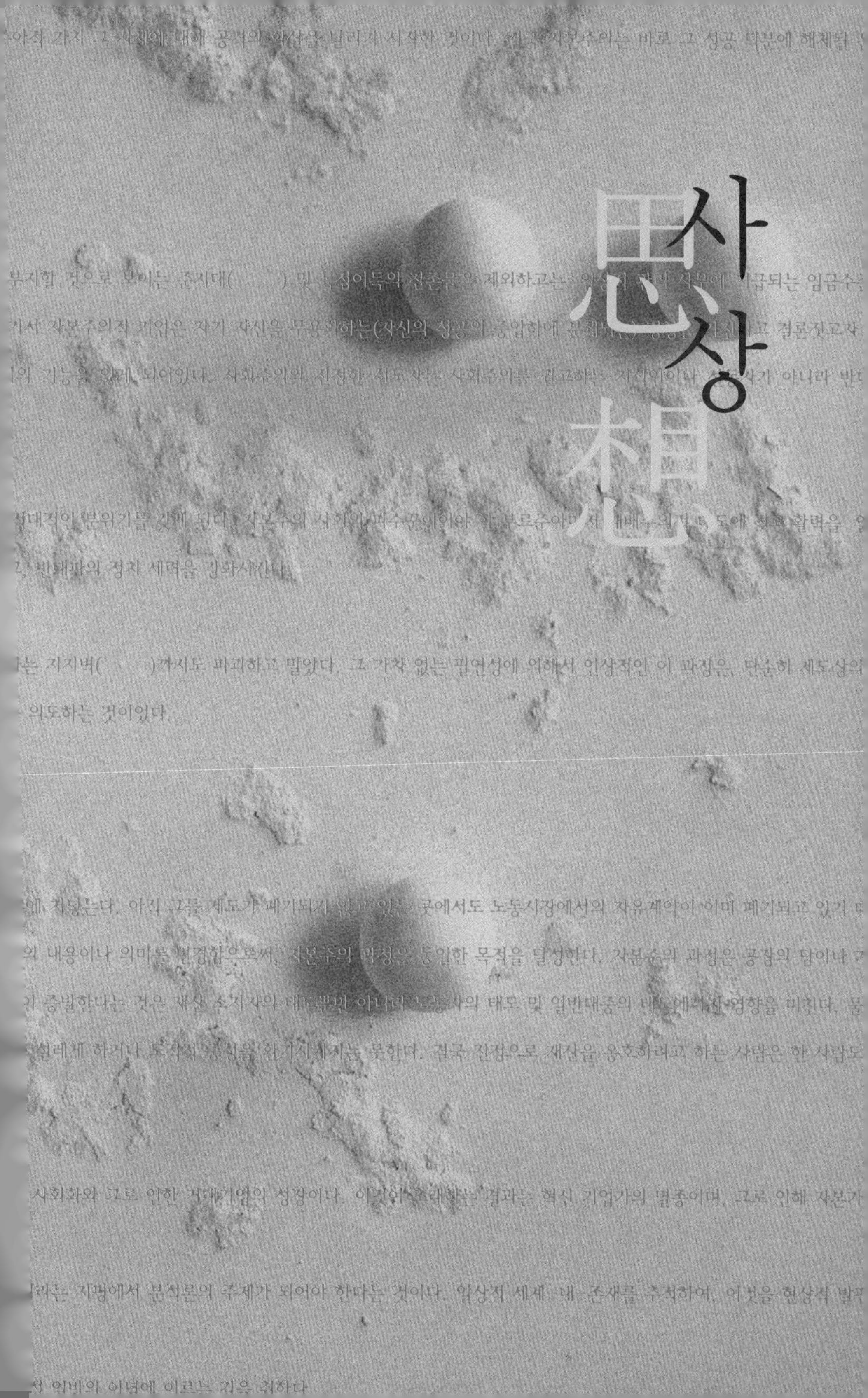

사상 思想

思想

s t a r t . . . . .

Novum Organum

신기관

베이컨(Francis Bacon)

이 책에 관하여

프랜시스 베이컨은 16세기 영국의 르네상스를 이끈 가장 중요한 철학자였다. 그 때까지만 하더라도 유럽의 지식인 사이에서는 아리스토텔레스의 학풍과 스콜라 철학이 지배적이었는데, 베이컨은 이러한 학문 방법으로는 결코 이용후생의 길을 열 수 없다고 생각했다. 학문이 인간의 실생활에 도움을 줄 수 있어야 한다는 신념을 갖고 있던 베이컨은 그 전까지의 학문 탐구 방법에 근본적인 대혁신을 계획한다. 이 계획은 여섯 부분으로 이루어져 있는데 그 중 제2부에 속하는 것이 바로 이 《신기관(Novum Organum)》이다. 이 제목은 아리스토텔레스의 논리학 저서인 《기관(Organum)》에 대한 대항적인 의미를 담고 있는데, 이는 우리말로 '신논리론' 또는 '신논리학'으로 번역되기도 한다.

베이컨은 하느님이 부여한 인간의 의무이자 권위인 자연에 대한 온전한 지배를 위해 '위대한 발견'이 필요하고, 이러한 발견을 위해서는 기존의 학문적 전통과 완전히 결별하고 새로운 방법론으로 처음부터 다시 시작해야 한다고 생각했다. 즉, 아리스토텔레스학파의 근간을 이루던 연역적 논리에서 벗어나 귀납적 방법으로 자연에서 직접 진리를 구한다면 인류가 과학의 힘으로 우주를 지배할 날도 멀지 않았다는 것이 베이컨의 전망이었다. 특히나 '실험'을 통해 여러 주제들에 대한 자료를 수집, 기록하는 것은 자연과학의 근거와 기초가 된다고 믿었다. 이것은 중세에서 근대로 향하는 과학의 역사적 반역을 알리는 신호탄이었다.

근대정신의 대표적 특징 중 하나인 과학적 접근방법 가운데 이 책에서 주장하는 것은 바로 귀납적 관찰방법이다. 《신기관》은 두 권으로 되어 있는데, 제1권은 '(우상) 파괴편', 제2권은 '(진리) 건설편'으로 부르고 있다. 제1권에서는 "아는 것이 힘이다"라는 널리 알려진 경구에서 시작해 인간의 정신을 사로잡고 있는 편견들, 즉 네 가지 '우상'을 하나씩 논박하고 자신이 주장한 귀납법의 개요를 보여준다. 제2장에서는 우상에서 해방된 인간의 지성이 과학적 발견을 위해 걸어야 할 길의 구체적인 예를 보여준다.

물론 베이컨은 이 책을 통해 이루려고 했던 학문의 대혁신이라는 방대한 과제가 자기 혼자 힘으로 이루어질 수 있다고 생각하지는 않았다. 단지 자신이 앞장을 서면 지식인 사회의 호응과 왕실의 지원이 있으리라 기대했다. 그러나 지식인 사회는 냉담했고 왕실에서도 베이컨의 기대를 저버렸다. 이러한 상황에 비추어 볼 때 베이컨이 세웠던 놀라운 계획을 제대로 완성할 수 없었던 것은 어쩌면 당연한 일인지도 모른다. 그가 제안한 자연과 경험에 대한 수집은 실로 엄청난 노력과 비용이 필요한 대사업이었기 때문이다. 비록 미완성으로 마치기는 했지만, 《신기관》은 그의 다른 저작에 비하면 비교적 완성도가 높고, '경험 철학'의 선구적 저작이라는 점에서 철학적 의의가 크다고 할 수 있다.

Novum Organum

저 자 에   관 하 여

베이컨(Francis Bacon, 1561~1626)은 영국의 철학자, 정치가로 르네상스기 이후의 근대철학, 특히 영국 고전경험론의 창시자로 유명하다. 런던의 명문 집안 출신인 그는 12세에 명문 케임브리지에 입학할 정도로 뛰어난 재능을 가지고 있었다. 그는 당시 사람들이 철학계의 수장으로 받들던 아리스토텔레스에 대해 비판적인 시각을 갖고 있었다. "인간의 삶에 어떤 유익함도 주지 못하는 이 그리스 철학의 두목에게 나는 지독한 환멸을 느낄 뿐이다."라고 말할 정도로 그는 현실과 괴리되어 있는 이론적 학문에 대해 가차 없이 비판을 가했다. 사실 그가 아리스토텔레스를 비난했던 이유는 '실천적 지식보다 이론적 지식이 중요하다'는 주장 때문이었다. 그만큼 그는 현실과 밀접한 관계를 맺고 있는 경험적 지식들을 중요시했다.

캠브리지에서 공부하던 그는 18세에 아버지를 잃고 변호사 공부를 시작해 21세의 나이로 변호사자격증을 얻었다. 당돌한 변호사로 이름을 떨치던 그는 엘리자베스 여왕 치하에서 국회의원이 되었고, 제임스 1세 치하에서는 52세에 검찰총장, 58세에 왕 다음의 관직인 대법관의 자리까지 오르게 된다. 더불어 벨럼의 자작, 이어서 오르반즈의 자작이 되는 등 출세가도를 달린다. 하지만 뇌물 수뢰사건으로 의회의 탄핵을 받아 관직과 지위를 박탈당하고 정계에서 은퇴한 후 고향으로 내려와 연구와 저술에 전념하다가 1626년에 세상을 떠났다.

그는 냉정하면서도 유연한 지성을 가진 현실파의 인물이었고 비록 전통적인 스콜라 철학에서 자유롭지는 못했지만 그것의 결함을 비판하고 새로운 경험론적 방법을 발견하고 제창하려고 노력했다. 즉, 그는 우주 일체의 활동의 원인을, 특히 우리들 인간이 자유롭게 지배하고 명령할 수 있는 원인을 규명하려고 힘썼으며, 그러기 위해서 인류가 현재 소유하고 있는 지적 재산의 일람표를 만들어 거기에 무엇이 있고 무엇을 보충하여야 하는지를 분명히 하려고 하였다. 이것을 그는 《학문의 진보》에서 말하고 있다. 이 책은 원래 전 6부로 집필을 구상했지만 실제로 간행된 것은 3부 뿐이다. 특히 제1부 《학문의 진보(The Advancement of learning)》와 제2부 《신기관(Novum Organum)》은 아리스토텔레스의 논리학서 《기관(Organum)》에 대항하는 신논리학이 중심 요점이다.

그 외의 대표적 저서로는 발명·발견을 뜻하는 대로 성취시킬 수 있는 기계공학적 마술의 달성에 관한 내용을 담은 《뉴 아틀란티스(The New Atlantis)》와 그의 실천 철학을 문학적으로 논술한 《수필집》(1597), 그리고 영국 고유의 사회적, 실천적, 공리 주의적 윤리의 방향을 시사하는 《학문의 권위와 진보》(1622), 《숲과 숲》(1627) 등이 있다.

F r a n c i s   B a c o n

———N o v u m   O r g a n u m

1 형식논리학의 대안; 감각과 경험

베이컨은 《신기관》을 통해 아리스토텔레스 이후 오랜 기간 동안 이어져 온 연역 논리학의 폐해와 허구성을 지적하고 진정한 지식 탐구 방법을 제시한다. 자연에 대해 이미 다 탐구했다는 듯한 태도를 가진 독단론자들이나 이와 반대로 '아무 것도 알 수 없다'고 주장한 회의론자들 모두 서로가 가진 극단의 교만과 절망에 빠져 올바른 학문의 길을 제시할 수 없었다. 그들은 오로지 지성의 힘만 가지고 사색에 집중하는 것으로 모든 일을 해결하려 했다. 그러나 그들의 정신은 나태에 빠져 문제의 본질에서 벗어나 있었으며 심지어 허망한 '우상'에 사로잡혀 있었다. 인간이 할 수 있는 정신활동은 감각활동에 뒤이어 일어나게 되므로 감각 본래의 기능을 막아버린 상황에서는 제대로 된 지적 활동을 할 수 없게 되는 것이다.

따라서 학문 활동을 할 때에는 논리라는 정신 활동에만 우리의 지적 대상을 묶어 두지 말고 자연 속에서 직접 부딪혀가며 새로운 것을 발견하고, 또한 발견한 것에 안주하지 말고 더욱 깊이 연구하여 진정한 본질에 다가가도록 노력해야 할 것이다. 지금까지와는 다른 학문의 연구 방법과 지식 탐구 자세에 대해 많은 사람들이 부당하다고 말할 수 있다. 하지만 단순히 이제껏 쌓아왔던 학문의 권위와 논증의 형식

에 기대어 건성으로 판단하지 말고 진정으로 자기가 자신의 주인이
되기 시작한 후에 판단을 내려야 한다.

② 귀납법의 제안

130개의 단장으로 완성되어 있는 제 1권은 아리스토텔레스가 주장
한 연역 논리학의 허구성을 지적하고 귀납법이라는 새로운 학문 탐구
방법을 제시하면서 인간이 갖고 있는 '우상'을 타파해야 한다고 역설
하고 있다. 베이컨이 생각하고 있는 학문의 목적은 인간이 자연을 지
배하기 위한 것이고, 자연에 대한 지배는 자연에 대한 진정한 지식을
통해 얻어진다. 그러나 그리스에서 학문이 생겨나고 발달하기 시작한
이후 로마시대를 거쳐 베이컨의 시대에 이르기까지 약 2천 년 이상이
흘렀지만 학문은 실생활에 전혀 쓸모가 없다. 또한 그 학문의 기조가
되는 연역 논리학은 새로운 지식을 발견하는데 아무런 도움이 되지
않는다.

연역 논리학, 즉 삼단 논법은 명제로 구성되고 명제는 단어로 구성
되고 단어는 개념의 기호로 구성되는데 이 개념이 모호하고 추상적으
로 정의되기 때문에 그 구조가 결코 견고할 수 없다. 또한 보편 명제에
서 출발하여 어떤 특수한 결론을 단정적으로 이끌어내는 연역법은 이
론적일 수밖에 없다.

연역법이란 '모든 사람은 죽는다. 로미오는 사람이다. 따라서 로미
오는 죽는다.'와 같은 논증 방식을 말한다. 이것은 주로 설명과 논증에
사용되지만 베이컨은 이 논리가 시작되는 원리나 핵심 공리가 실생활
과 관계없는 탁상공론에만 사용되는 것에 대해 큰 불만을 가졌다. 즉
'중간 수준의 공리(公理; intermediate axiom)'에 희망을 걸어야 하고 이
일은 단계적으로 상승하는 '참된 귀납법'만이 할 수 있다.

귀납법은 확실한 특수 명제에서 출발하여 보편적인 결론을 어림짐작으로 이끌어 내는 것이다. 예를 들어 '로미오는 죽었다. 줄리엣도 죽었다. 이들은 모두 사람이다. 결국 사람은 죽는다.'와 같은 방식은 귀납법이라 할 수 있다. 이것은 대개 탐구와 발견에 사용되는데 새로운 지식을 얻기에는 유리하지만 완전하게 믿기는 힘들다.

그런데 아리스토텔레스는 귀납법이 학문에서는 보조적 수단에 지나지 않는다고 무시하였다. 애매하고 불확실하다는 것은 필연성과 보편성을 생명으로 하는 학문의 영역에서는 치명적이라는 것이 그 이유였다. 물론 귀납법의 결론에 신뢰성을 높이는 방법이 없지 않다. 개별 사례를 더 많이 확보하는 것이다. 로미오와 줄리엣뿐만 아니라 이순신, 안중근, 간디 등 첨가할 수 있는 모든 개별 사례를 가능한 한 많이 확보할수록 '그러므로 사람은 죽는다'는 귀납법의 결론은 더 분명해지고 확실해진다. 그러나 아리스토텔레스는 '더욱 더'에 가까워질 뿐 완전한 필연성을 얻는 것이 아니라고 했다. 하지만 베이컨은 연역법은 단지 이미 알고 있는 것만을 거듭 확인하고 반복할 뿐이며, 이런 논법에 따라 내린 결론도 그렇게 필연적이지만은 않다고 생각했다. 어차피 그렇다면 귀납법을 사용하는 것이 학문의 진보와 혁신을 이루는 데 더 유용할 것이라고 주장했다. 개별적인 사례에서 저차원의 공리로, 그 다음에 중간 수준의 공리로, 계속해서 고차원의 공리로 차차 올라간 다음, 마지막으로 가장 일반적인 공리에 도달하는 논리법에서 저차원의 공리나 가장 고차원의 일반적 공리도 관념적이고 추상적이어서 실질적 가치가 없다. 그러나 중간 수준의 공리에는 진실이 있고 생명이 있기 때문에 인간의 운명과 미래도 여기에 달려있다는 것이다. 따라서 이러한 중간 수준의 공리를 거쳐 추상성을 탈피한, 적용의 한계가 분명한 '쓸모 있는' 결론을 만들어 내는 것이 중요하다고 주장했다.

 베이컨은 귀납법에 의한 실용적인 지식을 강조하기는 했지만 학문적 탐구에서 당장 이익을 보려는 태도에는 반대했다. 그리고 학문을 탐구하는 사람은 "이익을 가져오는 '수익 실험'보다는 빛을 가져오는 '계명 실험'에 치중해 원인과 공리를 찾아내는 데 주력해야한다"고 강조했다. 왜냐하면 "올바른 방법으로 탐구되고 수립된 공리는 작은 성과를 찔끔찔끔 내는 것이 아니라 풍부한 성과를 줄줄이 다발로 가져오기" 때문이다.

4 4가지 우상의 제거

 하지만 이러한 '참된 귀납법'을 채택한다고 자연의 진리가 저절로 발견되는 것은 아니다. 인간의 정신 속에 깊이 뿌리박혀 있는 우상을 먼저 제거해야 한다. 인간은 누구나가 우상을 갖고 있는데 예를 들면 자본주의 사회에서 하나의 상품은 좋은 우상의 예가 될 수 있다. 감수성이 예민한 청소년들에게 스포츠 스타나 연예인들은 잘 팔리는 우상 상품이 된다. 청소년들은 그들이 마시는 음료, 입는 옷, 타는 차들을 똑같이 따라한다. 베이컨은 이런 우상을 타파해야 한다고 말했는데 그가 말한 것은 지금의 것과는 약간 다른 편견이나 선입견을 뜻한다.

 베이컨은 진실한 앎에 이르기 위해서 버려야 할 편견 혹은, 거짓된 믿음을 네 가지 우상으로 정리했다. 종족의 우상(Idola Tribus), 동굴의 우상(Idola Specus), 시장의 우상(Idola Fori) 및 극장의 우상(Idola Theatri)이 바로 그것이다.

 종족의 우상은 인간성 그 자체에, 인간이라는 종족 그 자체에 뿌리박고 있는 우상이다. 인간이 가진 생물학적 특성이나 사회적 정서 때문에 존재하는 그대로의 자연을 잘못 이해하는 태도를 가리킨다. 즉 세상에 존재하는 모든 것들을 그 자체의 입장에서가 아니라 인간의 감정이나 입장에서 보는 것이다. 인간의 사고에 끊임없이 끼어드는 의인화가 이런 편견의 예라 할 수 있다. 큰 병에 걸린 노부모를 위해 기도를 하는 한 부부가 있었다. 이들은 비가 오나 눈이 오나 부모의 병이 낫게 해달라고 하늘에 기도했다. 그러던 어느 날 부모의 큰 병이 씻은 듯이 나았다. 이 소식을 들은 마을의 한 사람은 이렇게 말한다. '부부의 정성에 하늘이 감동해 부모를 낫게 했다'고 말이다. 하지만 하늘이 감동했다는 것은 단지 하늘을 의인화해서 말한 것뿐이다. 사실은 그 동안 먹어온 약이나 치료 때문에 병이 치료되었는데도 말이다. 이처럼 '인간의 감각이 만물의 척도다'라는 주장과 일맥상통한 것이 종족의 우상이다.

동굴의 우상은 각 개인이 가지고 있는 우상이다. 이것은 인간이라는 종족이 아닌, 개인이 지닌 한계, 즉 개인이 받은 교육이나 성향, 역할 때문에 가질 수밖에 없는 편견을 말한다. 다시 말해 개인이 자신의 경험만을 믿고 세상의 참 모습을 보지 못하거나 인정하지 않으려는 잘못된 편견을 가리킨다. 우리가 흔히 말하는 '우물 안 개구리'라는 속담도 이런 의미를 지니고 있다.

또한 이것은 그가 받은 교육이나 다른 사람에게 들은 이야기에 의한 것일 수도 있고, 그가 읽은 책이나 존경하고 있는 사람의 권위에 의한 것이거나 살면서 혼자만 느끼는 징크스일 수도 있다. 경기에 나가기 전에 거울을 보면 안 된다거나, 시험보기 전에 물건을 떨어뜨리면 안 된다거나 하는 각 개인의 생각이 바로 이 우상의 예이다.

시장의 우상은 인간 상호간의 교류와 접촉에서 생기는 우상이다. 사람들은 흔히 관찰이나 경험 없이 떠도는 말들을 그대로 받아들여서 그 말에 걸맞은 실제 대상이 있을 것이라고 믿어버린다. 이처럼 말과 글로 인해 만들어지는 잘못된 생각이 바로 시장의 우상이다. 속임수와 사기가 가능한 것이 바로 이 때문이다. 어리석은 사람만이 속임수에 빠져드는 것은 아니다. 올바른 정신을 가진 사람도 속수무책으로 이것에 빠지는 경우가 있다. 인간은 언어로 의사소통을 하는데, 그 언어는 일반인들의 이해수준에 맞추어 정해지기 마련이다. 여기에서 어떤 말은 그 의미가 잘못 만들어졌을 수 있고 사기꾼의 목적에 의해 바뀔 수도 있다. '행운의 여신', '용' 같은 말들은 분명히 그 실체를 객관적으로 증명하기 어려운 시장의 우상에 의해 만들어진 것들이다.

마지막으로 극장의 우상은 철학의 다양한 학설과 그릇된 증명방법 때문에 사람의 마음에 생기게 된 우상이다. 이것은 전통이나 권위에 사로잡혀서 진실을 보지 못하게 되는 편견을 일컫는다. 가령 무엇이 진리인지 거짓인지를 따지는 데에 있어 부릅뜬 눈으로 살펴서 밝혀내려 하지 않고, 스승님의 '가라사대'에 의존해서 판별하려 한다면 우리는 이러한 편견에 빠져있는 셈이다.

이러한 네 가지 우상을 제거하는 것은 결코 쉬운 일이 아니다. 그러나 이것을 부수지 못하면 우리는 결코 자연의 정복자가 될 수 없다고 베이컨은 단언했다. 자연을 정복하려면 자연을 이해해야 하고 그러려면 진실을 알아야 한다. 그리고 진실을 알기 위해 제일 먼저 해야 하는 일이 우상을 타파하는 일이다. 이 점에서 우상 타파는 그 자체가 진리를 보여 주는 것이 아니라, 진리를 향해 나아가는 길에 놓인 장애물을 없애는 일에 불과하다. 따라서 우상 타파에서 나아가 진리를 밝

히는 작업을 해야 하며, 그러려면 더 적극적이고 실천적인 행동이 필
요하다.

5 귀납의 실례 제시

미완성 상태에서 그치고 있는 제2권에서는 우상에서 해방된 인간의
지성이 과학적 발견을 위해 걸어야 할 길, 즉 '참된 귀납법'의 구체적
인 예를 보여주고 있는데, 지금의 안목으로 보면 유치한 것도 많고 우
스운 것도 있지만, 현대 과학을 이루기 위해 그 동안 얼마나 고된 노력
을 하고 어떤 관점으로 과학을 인도하려 했는지를 이해할 수 있게 해
준다.

학문의 과업은 모든 물체의 생성과 운동 속에 숨어 있는 '잠재적 과
정(latens processus)'을 발견하는 일이며, 운동하지 않고 정지해 있는 물
체에 대해서는 그 속에 숨어 있는 '잠재적 구조(latens schematismus)'를
발견하는 일이다. 자연에는 어떤 정해진 법칙에 따라 개별적으로 활
동하는 개체 이외에는 아무것도 존재하지 않는다. 운동을 하건 하지
않건 그 법칙에 대한 탐구와 발견 및 개발이 이론과 실천의 기초를 이
루게 된다.

예를 들어 흰색이라는 본성의 원인을 흰색을 띠고 있는 특정한 물
체에 대해서만 알고 있을 경우 그 인식은 아직 완전한 것이라고 할 수
없다. 또한 어떤 결과를 다만 특정한 대상에 대해서만, 즉 그러한 결과
가 발생하는 특정한 대상 가운데 하나에 대해서만 알고 있을 경우에
도 그것은 아직 완전한 것이 아니다. 실험을 통해 일정한 규칙을 발견
할 수 있어야 비로소 제대로 된 이론이 성립될 수 있다.

또한 이 부분에서는 가설의 수립과 검증 과정을 '열(熱)'을 예로 들
어 자세하게 설명하고 있다.

제일 먼저 '열의 존재표'를 만들기 시작하는데 여기에는 열의 성질을 갖고 있는 모든 긍정적 사례가 총망라된다. 그 후 '열의 부재표'에서 열을 결여하고 있는 부정적 사례들을 망라한다. 예를 들어 차가운 공기는 뜨거운 증기에 대한 부정적 사례에 속한다. 마지막으로 열이 서로 다른 정도로 존재하고 있는 사례들을 모아 '열의 비교표'를 만든다. 예를 들면 동물의 열은 움직이면 올라가고, 신체부위에 따라 다르다. 이 세 가지 표를 만든 다음부터 열의 본성에 대한 귀납적 추리가 시작된다. 각 표에서 긍정적, 부정적인 사례에서 얻을 수 있는 본성과 '차갑다, 뜨겁다' 와 같은 반대되는 본성들을 찾아 적절히 제외, 배제하면 열의 긍정적 형상만 남게 된다. 이러한 귀납추리를 통해 베이컨이 얻은 '최초의 수확'은 열이 특수한 성격의 운동이라는 것이다. 즉 운동이 열의 본성이고 위로 향하는 팽창 운동이라는 것과 물체의 작은 분자 사이에서 저지, 반발, 격퇴 등이 빠르게 일어나는 팽창운동이라는 것 등이 열의 결과적 본성이다.

이처럼 열을 예로 들어 중간 수준의 공리를 수립하는 귀납추리의 방법을 보여준 베이컨은 다음으로 '수은의 무게에 관한 사례' 등을 통해 '특권적 사례'에 대해 설명한다. 특권적 사례는 다른 사례에 비해 이론적으로나 실용적으로 가치가 더 큰 사례를 말한다. 수은을 예로 들면, 일반적으로 물체가 견고할수록 무겁다고 생각하기 쉽지만 수은은 '견고하지 않은' 액체인데도 무겁다. 그러므로 수은은 무게에 관한 사례 가운데에서도 매우 중요한 '특권적 사례'에 속한다. 이 외에도 동쪽에서 서쪽으로 회전하는 공기의 운동, 밀물과 썰물 등 '감각기관을 도와주는 것'과 '이성을 도와주는 것' 및 '작업에의 응용을 도와주는 것' 등 모두 27가지를 장황하게 나열하고 있다.

원래 베이컨은 제2권에서 특권적 사례에서 발전해 '귀납의 지주에 대해', '주제의 본성에 따른 탐구의 변화에 대해', '공리의 상승적 단계와 하강적 단계에 대해' 등 여러 주제를 서술할 예정이었으나 미완성으로 남기게 된다.

6 그의 한계와 의의

베이컨이 근대 과학의 문을 열었다는 사실에는 의심이 없지만 그 또한 중세의 학문 탐구 방법에서 완전히 자유롭지는 못했다. 그가 《신기관》에서 제시한 여러 사례 중 '열'의 본성에 관한 연구의 과정을 보면 관찰한 사례들로부터 '자동적으로' 결론을 이끌어낸 듯이 말하고 있지만, 오히려 결론을 먼저 내려놓고 이에 합당한 사례들을 수집해 놓은 듯한 느낌을 지울 수 없다. 더군다나 이 결론은 당시 과학자들 사이에서 널리 알려진 것이었다. 다시 말해 학문에 대한 과학적 접근 방법을 제창했지만 실제로 그는 당대의 과학적 사실에 대해 잘 알지 못했다. 또한 '형상'이나 '정기'와 같은 중세적 개념을 '작용' 또는 '효과' 등 근대적 관념으로 바꾸긴 했지만 수학적인 양으로 바꿀 수 있다는 생각은 하지 못해 다시 중세의 판단 기준인 질적 구분을 하고 말았다.

이러한 약점과 한계에도 불구하고 베이컨이 내세운 '귀납적 방법론'과 '실험에 의한 질적 분류'는 결코 과소평가할 수 없다. 그는 아리스토텔레스 이후 중세 후기까지의 학문 방법을 근대적 방법인 '실험에 의한 양적 측정'으로 변화시키는데 큰 공로를 세웠기 때문이다.

3 에서 제시한 4가지 우상, 즉 종족의 우상, 동굴의 우상, 시장의 우상, 극장의 우상에 대해 생각해 보자. 현재 나의 삶에서 각각의 우상에 해당하는 것들을 실례(實例)로 들어 설명하고 이에서 벗어날 수 있는 구체적인 방법을 베이컨이 제시한 귀납적 방법을 토대로 하여 제시해 보자.

추천할 만한 번역본

서점에서 쉽게 구할 수 있는 《신기관(Novum Organum)》의 번역본은 한길사에서 출판한 《신기관》을 들 수 있다. 일반인들이 읽기에 무리가 없을 정도로 논지가 선명하고 문장 또한 잘 다듬어져 있다.

《신기관》, 진석용 역, 한길사, 2001

Discourse on Method

방법서설

데카르트(Rene Descartes)

이 책에 관하여

1637년 네델란드에서 간행된 이 책은 그 유명한 '나는 생각한다. 고로 존재한다(Cogito ergo Sum)'라는 데카르트의 제1철학의 원리가 담긴 저서로 원제(原題)는 《이성(理性)을 올바르게 인도하여 여러 가지 학문에서 진리를 구하기 위한 방법의 서설(序說)》 이다.

프랑스인이었던 데카르트는 유럽 각지를 돌아다니며 자신만의 학문세계를 구축하고자 했는데, 그는 당시 새롭게 발견된 첨단의 자연과학적 진리들을 바탕으로 포괄적인 '우주론'을 구상하기에 이른다.

그러나 지동설을 주장했던 갈릴레이의 죽음을 목도(目睹)한 뒤 지동설의 많은 부분을 수용했던 자신의 저서를 그만 포기하고, 대신 1637년 〈굴절광학〉, 〈기상학〉, 〈기하학〉의 세 시론(試論)을 묶어 한 권의 책으로 출간하였다. '방법서설'은 이들 세 논문의 서설(序說)로 맨 마지막에 집필되었다.

이 책은 데카르트 자신이 말했듯 자서전적인 '이야기'의 형식을 취하여 '어떻게 공부할 것인가'라는 학문탐구의 방법에 대해 쓴 책이다. 기성 학문의 권위나 관습을 따르기보다는 스스로의 탐구를 주장했던 데카르트는 자신만의 학문 '방법'이 요구되었고 이 방법을 찾던 끝에 '나는 생각한다. 고로 존재한다.'라는 생각에까지 이르게 되었던 것이다.

한편, 이 책은 철학서는 의례 라틴어로 써야 한다는 당시의 관습을 깨고 프랑스어로 쓴 최초의 철학서라는 점에서도 높이 평가된다.

Discourse

on Method

저 자 에 관 하 여

데카르트(Ren'e Descartes, 1596~1650)는 1596년 3월 31일 뚜우랜느주의 라 애 (La Haye, Touraine)에서 태어났다. 아버지 조아생은 렌 지방의 브르타뉴 의회 의원 이었으며, 어머니는 그가 1세 때 죽었다. 그의 가족은 로마 가톨릭교를 믿었지만 가족 의 연고지인 푸아투 지방은 위그노교의 본거지였다. 1606년 라 플레슈 예수회 대학에 입학하였고, 1614년 푸아티에에 가서 1616년 법학 학위를 받았다.

그러나 학교에서 배운 스콜라적 학문에 불만을 느낀 데카르트는, 「삶」을 경험하고 자 법학을 그만 두었다. 1618년에 그는 에스파니아에 대항하는 동맹국 네델란드로 가 서 지원 장교로 입대하였고, 그곳에서 키엔대학의 의학자 베크만을 만나게 되었는데, 베크만에 따르면 당시 데카르트는 수학과 수리물리학의 문제에 몰두했었다고 한다.

1619년부터 1628년까지는 그의 여행기간이었는데 1623년부터 1625년까지는 이탈 리아를 여행하면서 로레토(Loretto)로의 성지순례에 가담했었고, 1626년부터 2년동안 은 파리에 머물면서 수학과 굴절광학을 연구했었다. 1628년 말 데카르트는 프로테스 탄트교를 포함 한 이교도에 대한 박해가 심했던 프랑스를 떠나 네델란드로 돌아와 다 시 은둔생활을 시작했는데 이후 1649년까지 이곳을 떠나지 않았다. 이 기간은 데카르 트의 생애에서 가장 중요한 저술기간이었다. 이 기간에 데카르트는 전에 자신이 방법 을 발견했을 때 생각해두었던 노선에 따라 자기의 철학을 서서히 만들어 나갔다. 1637년에는 〈굴절광학〉, 〈기상학〉, 〈기하학〉의 세 시론(試論)을 묶고 《방법서설》을 덧 붙여 출판했다. 이 외에도 《정념론》, 《철학의 원리》 등을 저술하였다.

그러나 전통적 학문에 대한 권위가 강했던 네델란드에서 이 이방인의 저술은 많은 논쟁을 일으켰고 데카르트의 새로운 철학은 논의가 금기되기에 이른다. 이 같은 상황 에서 데카르트는 1649년 2월 네델란드를 떠나 스웨덴으로 갔다. 그리고 스웨덴 여왕 에게 철학을 가르치던 중 폐렴에 걸린 그는 1650년 2월 11일, 54세의 나이로 생애를 마쳤다.

_Discourse on Method

1 자서전적인 사상서

'이성(理性)을 올바르게 인도하여, 여러 가지 학문에서 진리를 구하기 위한 방법의 서설(序說)'이라는 긴 제목의 이 책은 흔히 《방법서설》이라고 불린다. 이 책은 전체 여섯 개의 장으로 구성되어 있다.

만약 이 서설이 한꺼번에 읽기에는 너무 길다고 생각된다면, 이를 여섯 부로 나누어도 될 것이다. 그리하여 제1부에서는 제반 학문들에 대한 여러 고찰을 볼 수 있을 것이며, 제2부에서는 저자가 탐구한 바 방법의 주요 준칙(準則)을, 제3부에서는 역시 저자가 그 방법에서 끌어낸 도덕의 준칙 중 주요한 몇 가지를, 제4부에서는 신과 인간 영혼의 존재를 증명할 수 있는 여러 근거들을 볼 수 있을 것이다. (……) 이 근거야말로 본인의 형이상학의 기초를 이루는 것이다. 제5부에서는 저자가 탐구한 자연학(自然學)의 여러 문제의 서열과, 특히 심장의 운동 및 의학에 속하는 기타 몇몇 난문제(難問題)의 해명과, 이어 우리들 인간의 심혼(心魂)과 금수(禽獸)의 심혼 사이에 어떤 차이가 있는가 하는 문제도 찾아볼 수 있으리라. 그리고 마지막 부에서는 자연 탐구에 있어서 종전보다도 한층 더 전진하기 위하여 무엇이 요구되는가, 그리고 저자가 어떤 이유로 붓을 들게 되었는가를 찾아 볼 수 있으리라.

이처럼 데카르트는 《방법서설》의 시작에 앞서 자신의 저작에 대한 간단하지만 명료한 요약을 붙여 두었다. 그리고 이 책은 자신의 사상적 핵심이 형성되어가는 과정이 자서전적인 '이야기'임을 제1부의 전반부에 밝히며 시작한다.

나의 의도는, 저마다 자기 이성을 옳게 인도하기 위하여 좇아야 할 방법을 여기서 가르치려는 것은 아니다. 다만 이성을 어떻게 인도하려고 애썼던가 하는 나의 경우를 보여 주려는 것뿐이다. 감히 남에게 교훈을 주려고 나서는 사람들이라면 필경 그들은 그 교훈을 받는 사람들보다 한층 더 유능하다고 자인하기 십상이다. 그러니만큼 그들은 아무리 사소한 실수를 범하더라도 마땅히 그에 대한 비난을 받아야 한다. 허나, 이 글은 다만 하나의 이야기로서(아니, 하나의 우화(寓話)라고 해도 좋다.) 제시할 뿐이다. 그러므로 그 속에는 남이 본 뜰 수 있는 여러 실례(實例)들도 있을 것이요, 또 개중에는 남의 눈으로 보면 따르지 않는 것이 좋을 듯한 실례도 많을 것으로 안다. 나로서는 그것이 아무에게도 해롭지 않은 채 어떤 사람들에게 유익한 것이 되기를 바라며 또 요행 모든 사람들이 나의 솔직한 고백을 기쁘게 여겨 주기를 바라는 바이다.

② 성장과 여행의 결론

제1부 〈제 학문에 관한 고찰〉에서는 자신의 어린 시절 학교에서 배

웠던 학문하는 방법에 대한 비판과 그나마 얻을 수 있었던 여러 학문의 이점들에 대해 이야기한다.

　　나는 어린 시절부터 서적으로 키워졌다. (……) 그러나 그 모든 학업을 끝마치자 내 의견은 전적으로 바뀌고 말았다. 이유는 하도 많은 회의와 오류의 곤경에 빠져서, 어쩌면 공부를 한다는 게 결국은 더욱 더 나의 무지(無知)를 발견하는 것 이외에는 아무런 소득이 없다는 생각이 들 지경이었기 때문이다.

　　그러나 그렇다고 학교에서 전념하는 학습을 내가 존중하지 않은 것은 아니다. (……) 우화(寓話)류를 읽는 즐거움은 정신을 일깨워주며, 기억할 만한 사화(史話)류는 정신을 한층 높여주며, (……) 양서(良書)를 읽는다는 것은 지난 여러 세기의 가장 높은 인사들과 대화를 나누는 셈이 되며, (……) 웅변술은 힘과 미(美)를 지니고 있다는 것을, 시(詩)는 황홀한 묘미와 감미로움을 지니고 있다는 것을, 수학에는 여러 가지 매우 정묘한 발명이 있어 온갖 기술을 수월하게 하며 사람들의 노고를 덜어줌과 동시에 탐색가들을 만족시켜 주는 데도 도움이 될 수 있다는 것을, 신학은 하늘에 다다르는 길을 가르친다는 것을, 철학은 세상만사에 관하여 참답게 말하는 수단을 제공하며 학식이 얕은 자들을 탄복케 할 수 있다는 것을…….

　　데카르트는 여러 학문을 고찰한 끝에 스승들의 감독을 벗어날 수 있는 나이에 이르자 곧 서적에 의한 공부를 전적으로 포기하고 오직 나 자신이나 또는 이 세상이라는 거대한 책 속에서 발견할 수 있는 학식

(學識) 이외에는 어떠한 학식도 탐구하지 않을 결심을 한 채 각국을 여행하게 된다. 그 여행을 통해 얻은 바를 다음과 같이 기술하고 있다.

내가 거기서 얻은 가장 큰 소득이 무엇인가 하면, 우리들에게는 터무니없고 가소롭게 보이지만 그래도 다른 대민족들에게는 일반적으로 통용되고 시인되는 일이 허다함을 보고서, 이때까지 내가 한갓 실례(實例)나 관습만으로 승복하고 있던 것은 무엇이든 그다지 확고히 믿을 것이 못 된다는 것을 깨달은 점이다. 그리하여 나는 우리들 천성(天性)의 광명(光明)을 가로막고 이성에 귀를 기울이는 것을 방해하기 쉬운 많은 오류에서 차츰 벗어나게 되었다. 그러나 이처럼 몇 해를 바쳐 실제 사회에서 공부하며 경험을 얻으려는 노력을 한 연후에, 드디어 어느 날 나는 나 자신의 내면으로도 역시 연구를 하며 내 정신의 있는 힘을 다하여 마땅히 내가 추구하여야 할 길을 택하리라, 이러한 결심을 하게 되었다.

3 사유방식의 주요 준칙

제2부 〈방법의 주요 준칙(準則)〉에서는 '오히려 정신을 괴롭히는 복잡하고 난삽한' 방법이 아닌 확실성을 규범으로 하는 자신의 연구방법을 4가지 규칙으로 정리하고 있다.

일례(一例)를 들면, 허다한 법률이 번번이 범죄의 구실이 되는 까닭으로, 오히려 국가는 극히 적은 법률을 가지고 이를 엄격히 준수하는 경우에 더욱 훌륭하게 다스려질 수 있다. 이와 마찬가지로 논리학을 구성하는 수많은 원리들 대신에, 나는 다

음 4개조로 충분하다고 믿기에 이르렀다. ── 물론 한 번도 어
김없이 그것을 꼭 준수하겠다는 확고부동한 결심을 한다는 조
건하에서이다.

첫째, 내가 자명(自明)하게 그러하다고 알고 있지 않은 어떠한
것도 결코 참이라고 인정하지 않는다는 그것이다. 다시 말하면,
주도하게 속단과 선입관을 피하는 것이며, 내 판단에 있어서 조
금도 의심할 여지가 없을 만큼 분명하고 뚜렷하게 드러나는 것
이외에는 어떠한 것도 덧보태어 이해하지 않는다는 것이다.

둘째, 내가 검토하려는 곤란한 문제의 하나하나를 가능한 한
── 그리고 가장 잘 해결하기 위하여 요구되는 한── 많은 부분
으로 나누어 검토할 것이다.

셋째, 내 사고를 질서 있게 이끌어갈 것. 그 방법은, 가장 알
기 쉽고 간단한 것부터 시작하여 가장 복잡한 인식에 이르기까
지 단계적으로 차츰 상승할 것이며, 또 본시 그 자체로서는 선
후가 없는 것들 사이에 마치 어떤 순서가 있는 듯이 가정함으로
써 그리하자는 것이다.

끝으로, 나는 결코 어떤 누락도 범하지 않았노라 확신할 수
있을 만큼 전적인 열거와 전반적인 재검토를 어떤 경우라도 빼
지 않고 실시할 것이다.

이상의 원리가 엄격하게 시행된다면 누구나 명확하지 않은 사물을
완전히 이해하게 된다는 것이 데카르트가 취한 방법상의 준칙이다.
데카르트는 이 같은 준칙을 통해 '불과 2~3개월을 탐구하여 전에는
굉장히 난해했던 허다한 문제에 결말을 냈다'고 기술하고 있다. 하지
만 이것은 방법상의 문제일 뿐, 모든 풀기 어려운 문제들의 토대가 되

는 철학적 원리에 대해 데카르트는 여전히 목말라 하고 있었다.

그러나 그 모든 난문제의 제 원리(諸原理)가 모두 마땅히 철학에서 원용되어야 함을 주목했고 또 나는 아직껏 철학에 있어서 확실한 제 원리를 발견하지 못한 채였으므로, 우선 급선무는 철학에 있어서 여러 가지 원리를 정립하는 일이라고 생각했다.

데카르트는 풀기 어려운 문제에 봉착(逢着)하여 그것이 아직 풀리지 않은 동안에도 사람은 살아야 하기 때문에 "내 이성이 결단을 내리지 못하고 있는 동안에도 행동에 있어서만은 그렇지 않도록, 그리고 여전히 가급적 행복한 생활을 계속할 수 있도록"생활의 방침을 결정하지 않으면 안 된다고 보고 제3부 〈그 방법에서 도출된 도덕률(道德律) 약간〉에서 이것들을 서술하고 있다.

첫째, 내 나라의 법과 관습에 복종하고, 어렸을 적부터 입어온 신의 은총을 확고히 견지하며, 다른 모든 일에 있어서는 나와 더불어 살아가는 사람들 가운데 가장 사려 깊은 사람들이 실생활에서 보통 취하고 있는 가장 온건하고 극단에서 먼 의견에 따라 나를 지도하자는 것이었다.

데카르트는 자신의 견해를 모조리 검토할 작정이었기 때문에 자신만의 견해라는 것에 집착할 필요가 없었고, 자신이 따르는 견해가 참인지의 여부는 그들의 말보다도 오히려 자신의 실천에 의해 검증될 수 있다고 생각하였다. 그렇기에 극단적인 견해보다는 대다수의 사람들이 따르는 온건한 견해를 따르리라는 도덕률을 마련하게 된 것이다. 즉, 모든 것에 대해 다시 검토해 볼 생각을 가진 데카르트에게는 '정도(正道)에서 벗어나더라도 비교적 덜 벗어날 수 있는' 그런 방법이 요구된 것이다.

나의 둘째 격률은, 여러 행위에 있어서 가급적 확고하고 단호하라는 것이었다. 그리하여 가장 의심쩍은 견해라 할지라도 내가 일단 그것을 좇기로 결정했을 때는, 그 견해가 매우 확실한 경우나 다름없이 끝까지 변함없이 이를 좇아야 한다는 것이었다.

데카르트는 두 번째 격률에 대해 '산속에서 길을 잃은 여행자'의 비유를 들어 부연하였는데, 산에서 길을 잃었을 때, 원칙 없이 이리저리 갈팡질팡하기보다는 설사 잘못되었을지라도 어느 한 방향을 택해 꾸준히 나아가면 목적지에 이르지는 못하더라도 결국 어떤 곳에 다다를 수 있기 때문이라고 설명하고 있다.

나의 제3의 격률은 이러하다. 즉, 운수(運數)보다도 나 자신을 극복하도록, 세상의 질서보다도 내 욕망들을 바꾸도록 노력할 것. 그리고 전적으로 우리들의 능력 안에 들어 있는 것이라고는 오직 우리들의 사고(思考)뿐이며 따라서 우리들의 외부에 있는 사물들에 대해 최선을 다했음에도 여전히 이루지 못한 것이 있다면 그 부족한 모든 것은 결국 우리로서는 절대로 불가능한 것이라고 믿도록 할 것.

데카르트는 이 같은 격률이 불가능한 것들에 대한 불필요한 집착을 없앨 수 있다고 보고 있으며 나아가 이 같은 불필요한 집착을 제거함으로써 사고의 중요성을 부각시키고 있다. '고통과 빈곤을 무릅쓰고 감히 그들의 여러 신들과 행복을 겨루었던' 스토아 철학자들의 비결에 대해 '왜냐하면, 자연에 의하여 금지된 한계를 항상 염두에 두고 있으므로 자신의 생각 외에 자기가 지배할 수 있는 것은 하나도 없음을 완전히 확신하게 되었고, 이로써 그들(스토아 철학자들)은 다른 사물에 대한 집착으로부터 충분히 벗어날 수 있었기 때문이다.'라고 이야기하고 있는 것이다.

> 끝으로 이러한 도덕의 결론으로서, 나는 사람들이 이 세상에서 영위하는 온갖 직업을 훑어보고 그 중 가장 나은 것을 택하도록 노력하기로 하였다.

데카르트가 마지막 도덕률에서 말한 '그 중 가장 나은 것'은 바로 '내 이성을 계발하는데 전 생애를 바치고, 진리 인식에 있어 내가 규정한 방법에 따라 가능한 한 계속 나아가는 것'을 말한다. 이와 같은 학문과 생활의 방침을 독일의 한 여관에서 정한 데카르트는 현실세계에서의 경험을 먼저 쌓기로 하고 다시 9년간 여행을 한 다음, 드디어 체계적인 연구를 위해 조국을 떠나 네덜란드로 이주하게 된다.

4 학문의 출발점 : 방법적 회의

제4부 〈신의 존재 증거 및 인간의 영혼〉은 네덜란드로 이주하여 처음으로 정리한 형이상학에 관한 서술이다. 여기에 철학의 제1원리인 '나는 생각한다. 고로 존재한다.(Cogito ergo sum)'가 제시된다.

> 세상 풍습에 관해서는 그것이 매우 확실치 못한 견해일지라

도 마치 의심할 여지가 없는 것인 양 때로는 그런 견해를 좇을 필요가 있는 법이라는 것(첫 번째 도덕률-필자 주)을 나는 오래 전부터 인정했었다. 그러나 한편 내가 당시 갈망하던 바는 오직 진리탐구에 착수하려는 것뿐이었으므로, 나는 오히려 그와는 정반대의 태도를 취하지 않으면 안 될 것으로 생각했다. 그래서 조금이라도 의심할 여지가 있다고 생각되는 것은 일체 이를 철두철미하게 허위로 여기고 배척하여야 하며, 그리고 나서도 과연 무엇인가 남을 수 있는가를 보자는 것이었다. (……) 그러나 나는 곧 다음과 같은 사실을 주목하지 않을 수 없었다. 즉, 내가 이렇듯 모든 것이 거짓이라고 생각하려는 동안 바로 그렇게 생각하는 나 자신은 필연적으로 '그 무엇(quelque chose)'이어야만 할 터이라고. 그리하여 '나는 생각한다. 고로 존재한다.'라는 이 진리야말로 매우 확고하고 확실한 것이어서 회의론자들의 어떤 터무니없는 가정(假定)으로도 그 진리만은 건드릴 수 없음을 주목하고, 내가 탐구하는 철학의 제1원리로서 거리낌 없이 그것을 받아들일 수 있다고 나는 판단을 내리는 것이다.

그런 다음, '그렇다면 나는 무엇인가'라는 문제에 대해 이야기한다.

나는 내가 신체를 가지지 않았다고 가상할 수도, 내가 있는 어떠한 장소도 존재하지 않는다고 가상할 수도 있다. 그러나 그렇다고 내가 전혀 존재하지 않는다고 가상할 수는 없는 노릇이다. 오히려 어떤 사물의 진리에 대해 의심의 생각을 가지고 있다는 사실 그 자체에서 매우 확실하게 '나는 존재한다'는 결론이 나오는 것이다. 그와 반대로 만약 내가 생각하는 것만 중지해 버린다면 그것만으로도—— 내가 전에 가정했던 것들이 모두 참이라 할지라도—— 내가 존재하고 있었다고 믿을 만한 근거는 전혀 없는 것이다. 이상과 같은 사실에서 나는, 내가 하나의 실체(實體)이며 그 본질 또는 본성은 오직 '생각한다'는 것에 불과함을 알았고 그리고 이와 같은 실체는 그것이 존재하기 위하여 어떤 장소도 필요 없으며 어떠한 물질적인 것에도 의존하지 않음을 나는 알았다.

데카르트 학문의 출발점은 '방법적 회의'이다. 우리의 모든 지식이 더 이상 의심할 수 없는 가장 단순한 원리로부터 도출되어야 한다면 그 출발점이 얼마나 확고한 기초 위에 서 있는가를 따져 보아야 한다. 그런데 아무리 내가 모든 것을 회의하는 것으로 철학적 탐구를 시작한다 할지라도 의심하면 의심할수록 더욱 확실한 것으로 나타날 수밖에 없는 것이 바로 내가 지금 의심하고 있다는 사실이다. 외계로부터 지각하는 것이 착각일 수도 있고 생각하는 모든 것이 허위일 수도 있지만 이 모든 회의를 통해서 결국 사유하는 존재로서의 나 자신을 확인할 수 있는 것은 틀림없는 사실이다.

말하자면 데카르트에게 추론의 전제인 가장 단순하고 확실한 것은 인간의 자의식이다. 이것이 이른바 확실성의 제1원리이다. 데카르트가 방법적 회의를 통해 도달한 인간의 자의식은 주관적 원리로서 진리의 기준으로 기능한다. 사유하는 존재로서 나 자신의 존재만큼이나 명백하게 사유되고 통찰될 수 있는 것은 모두 나 자신의 존재만큼이나 확실하고 객관적으로 존재한다. 이러한 데카르트의 인식론은 주관적 관념론의 경향을 드러내고 있다. 그런데 자아는 우리가 알 수 있는 최초의 존재일 뿐만 아니라 직관을 통해 직접 인식할 수 있는 유일한 존재이기도 하다. 그리고 다른 종류의 존재들에 관한 지식은 이 최초의 직관적 인식에 의거하여 논증할 수밖에 없다. 따라서 자아에 관한 지식은 다른 모든 종류의 지식체계를 세울 수 있는 유일한 기반인 것이다.

⑤ 자연학의 여러 문제들; 신에게서 만들어진 자연법칙

제5부 〈자연학의 제 문제(諸問題)〉에서는 형이상학에 기초를 둔 자연학의 개략을 기술하고 있는데, 빛, 불, 지구, 신의 세계 창조, 무생물과 식물, 동물, 인간, 인간과 동물의 차이, 인간의 이성 등에 대해 논의하였다.

데카르트의 자연학은 경험과학으로서의 자연학이 아니다. 그는 모든 물리법칙들을 철학의 제1원리로부터, 즉 이성의 힘만으로 도출할 수 있다고 생각하였다. 그가 이성을 올바로 사용하여 참된 인식에 이르도록 하기 위해 정한 규칙은 단지 형이상학에만 적용되는 것이 아니라 모든 학문일반, 특히 자연학에도 적용되어야 하기 때문이다.

"내가 저 제1원리들로부터 연역한 다른 모든 진리의 연쇄를 계속 추구해서 그것을 지금 보여 줄 수만 있다면 얼마나 좋겠는가. 그러나 이를 위해서는 학자들 간에 논쟁되는 많은 문제들에 대해 이 자리에서 말을 해야 하지만, 나는 그들과의 관계가 소원해지는 것을 원치 않기 때문에, 여기서는 그저 이 문제들에 대한 개괄적인 언급으로 만족하는 것이 좋겠다고 생각했다. 그리고 이런 문제를 일반 대중들에게 더 자세히 알리는 것이 바람직한 일인가에 대해서는 현명한 사람들의 판단에 맡기는 편이 오히려 좋겠다고 생각했다. 내가 신과 영혼의 현존을 증명하기 위해 앞에서 사용한 원리 외에는 그 어떤 것도 가정해서는 안 된다는, 또 기하학자들의 증명보다 더 명석하고 확실하게 보이지 않는 것은 결코 참으로 인정해서는 안 된다는 결의를 항상 확고하게 견지했다. 그럼에도 내가 감히 말할 수 있는 것은, 사람들이 보통 철학에서 다루고 있는 모든 주요 난제와 연관해서 나를 만족시킬 만한 수단을 짧은 시간에 발견했을 뿐만 아니라, 몇몇 법칙들도 알게 되었다. 이 법칙들은 신이 자연 속에 확립시켜 놓은 것이고, 또 그 개념을 우리 영혼 속에 각인시켜 놓았기 때문에, 우리가 그것을 충분히 반성만 한다면 세계에 있는, 또 세계 속에서 일어나는 모든 것에서 그 법칙이 정확하게 지켜지고 있음을 의심할 수 없는 것이다."

데카르트는 모든 자연법칙은 신으로부터 왔다고 보았다. 즉 자연법칙은 신이 세계를 창조할 때 자연에 부여한 것이다. 그는 또한 이러한 법칙을 인간의 정신에 각인시켜 놓았기 때문에 경험을 하지 않고도 충분히 반성만 한다면 이성만으로 자연법칙을 인식할 수 있다고 주장하였다. 따라서 그의 자연법칙에 관한 이론은 창조론과 밀접한 연관이 있다. 그러나 모든 법칙을 신의 창조로부터 도출하지는 못하기 때문에 데카르트는 운동량보존의 법칙과 관성의 법칙 등 가장 보편적인 몇몇 자연법칙들만 연역적으로 도출하고 있는 것이다.

한편 데카르트는 자연학에 있어 실험의 문제도 중시하고 있다.

"실험에 관해서는, 우리 지식이 진보하면 할수록 그것이 더욱 필요하다는 것을 알았다. 왜냐하면 그 자체가 우리 감각에 나타나고, 조금만 반성해도 반드시 알게 되는 실험을 이용하는 편이

아주 드물고 까다로운 실험을 찾는 것보다 처음에는 낫기 때문
이다. 그 이유는, 이런 드문 실험은 우리가 가장 공통된 원인들
을 아직 알지 못하고 있을 때에 종종 우리를 기만하고, 또 그것
이 의존하고 있는 조건들은 거의 항상 아주 특수하고 미미한 것
이므로 알아차리기가 아주 어렵기 때문이다.

데카르트는 원리로부터 연역을 통하여 사물을 설명하는 방식을 원
인에서 결과를 이끌어 낸다고 하고, 실험을 이용하는 경우를 결과에
서 원인으로 나아간다고 말하였다. 그러나 그렇다고 그가 실험으로부
터 귀납을 통하여 자연법칙을 도출하려고 한 것은 아니었다. 그는 모
든 것을 신의 창조행위로부터 연역할 수 있다고 보았지만, 동일한 원
리로부터 둘 이상의 서로 다른 연역방식이 있을 때, 실제로 어떤 연역
과정을 따를 것인가를 결정하는데 실험이 필요하다고 보았던 것이다.

6 자연 탐구에 있어서 더욱 진보하기 위하여

제6부 〈자연의 탐구에 있어서 더욱 진보하기 위하여 무엇이 요구되
는가〉에서는 방법서설과 3개의 시론을 집필한 경위와 향후 연구 포부
를 제시한다. 그의 철학이 '인간을 자연의 주인이며 소유자'로 만드는
이유가 여기에 제시되어 있다. 그는 자신이 구상한 '자연학'이 기계기
술이나 의술에 응용될 수 있어 인류의 행복에 공헌할 것이라고 확신
했다. 그러나 갈릴레이 사건이 있었고, 또 이해가 부족한 사람들과의
논쟁은 시간낭비라고 생각하여 세상 사람들이 자신의 향후 연구를 진
행시키는 동안 시간을 보호해 주었으면 한다고 밝히고, 이제부터 자
신의 최대과제는 의학의 새로운 규칙을 발견하는 데 있다고 말하였
다. 그리고 마지막으로 철학저서를 라틴어로 쓰는 당시의 관습을 깬

것에 대해 다음과 같이 말하고 있다.

내가 이것을 우리 스승들의 언어인 라틴어로 쓰지 않고 나의 모국어인 프랑스말로 쓰는 이유는, 아주 순수한 천부(天賦)의 이성만을 가지고 판단하는 사람들이 고서(古書)만을 믿는 사람들보다 내 의견을 더 잘 판단할 수 있으리라 기대하기 때문이다. 나는 연구와 양식(良識)을 겸한 분들만을 나의 판관(判官)으로 삼고 싶다. 그러한 분들은 내가 속어(俗語)로 설명한다고 해서 나의 논증을 거부할 만큼 라틴어에 편중되지 않았을 것으로 믿는 바이다.

3의 제2부 〈방법의 주요 준칙(準則)〉에서 제시한 데카르트 연구 방법의 4가지 규칙을 자신이 이해할 수 있는 말로 다시 써보자.

데카르트는 이와 같은 방법상의 준칙을 통해 '불과 2~3개월을 탐구하여 전에는 굉장히 난해했던 허다한 문제에 결말을 냈다'고 했다. 이 점을 참고하여 지금까지 지식 습득 위주의 학습 방법과 데카르트의 방법을 비교하여 각각의 장단점을 지적하고, 앞으로 실천해야 할 바람직한 학습 방법을 제시해보자.

추천할 만한 번역본

김붕구 번역의 《방법서설》은 마지막에 뽈 발레리의 데카르트론에 해당하는 〈데카르트 관견(管見)〉이 덧붙어 있어 데카르트 이해에 도움이 된다. 그리고 최명관의 《방법서설·성찰, 데카르트연구》는 《방법서설》 외에 《성찰》이라는 저서를 함께 번역하여 데카르트 철학의 모습을 좀 더 자세히 그려볼 수 있게 하며, 마지막에는 자신의 학위논문인 〈데카르트의 중심 사상과 현대적 정신의 형성〉을 붙여 두었다. 이현복의 《방법서설》에는 《정신지도를 위한 규칙들》이라는 초기 저작을 함께 번역하여 《방법서설》에 대한 이해를 돕고 있으며, 다양한 삽화와 도해(圖解)들을 통해 읽는 이를 배려하였다.

《방법서설》, 김붕구 역, 박영사, 1974

《방법서설·성찰, 데카르트연구》, 최명관 역저, 서광사, 1983

《정신지도를 위한 규칙들, 방법서설》, 이현복, 문예출판사, 1997

Leviathan

리바이어던

토마스 홉스(Thomas Hobbes)

이 책 에 관 하 여

　　교과서의 "만인의 만인에 대한 투쟁"이라는 구절로 학생들에게 잘 알려진 이 책은 토마스 홉스의 대표적인 저서이다. 홉스가 《리바이어던(Leviathan)》을 출간한 1651년 전후의 영국의 상황을 살펴보면 다음과 같다. 이 시기 영국은 튜더왕조의 엘리자베스 1세(재위1558-1603)가 재위하고 있었는데 절대주의의 권력이 절정에 있던 시기였다. 여왕이 죽고 난 후 왕조는 주인이 바뀌어 스튜어트 왕조의 제임스 1세(엘리자베스 1세 의 이복누이인 메리 1세-속칭 피의 메리, 메리튜더-의 아들, 재위 1603-1625)가 즉위했다. 스코틀랜드의 왕이었던 그는 영국 의회의 전통을 잘 몰랐을 뿐만 아니라, 왕권신수설(王權神授設)을 강력히 천명하여 영국 의회는 국왕의 필요에 따라 소집되고 해산되는 수모를 겪기 일쑤였다. 다음 왕인 찰스 1세(재위 1625-1649)는 절대주의를 더욱 강화하였다. 1628년 '권리청원(Petition of Right)'이 제출되자 찰스 1세는 의회 를 1629년 해산하고 그 후 11년간이나 소집하지 않았다. 뿐만 아니라 찰스 1세는 장로파가 우세한 스코틀랜드에 국교를 강요하려 하였는데 이 때문에 영국은 내전에 휩싸이게 되고 청교도 혁명(Puritan Revolution)이 발발하게 된다. 홉스의 《리바이어던(Leviathan)》은 이 같은 긴박한 역사적 배경-1642년 제1차 내전, 1648년 제2차 내전에 이은 1649년 찰스 1세의 처형, 올리버 크롬웰(Oliver Cromwell, 1599-1658)의 공화정에 이르는- 아래에서 탄생된 저서이다. 홉스는 격동하는 역사의 절박한 상황 속에서 인간이란 무엇인가, 사회가 이루어지게 된 과정은 어떤 것일까를 고민하였고 그 고민의 결과로 《리바이어던(Leviathan)》을 세상에 내놓았던 것이다.

Leviathan ; or, the Matter,

Forme and Power of

a Commonwealth,

Ecclesiasticall and Civil

저 자 에   관 하 여

　토마스 홉스(Thomas Hobbes, 1588~1679)는 1588년 영국 서남부의 윌트셔 (Wiltshire)주 맘스베리(Malmesbury) 근처 웨스트포트(Westport)에서 칠삭둥이로 태어났다. 아버지는 그다지 많은 교육을 받지 않은 목사였다. 카드놀이를 좋아했던 홉스의 아버지는 다른 목사와 갈등을 일으킨 뒤 가족을 떠나 버렸다. 그 후로 백부 인 프란시스 홉스(Francis Hobbes)가 그의 학비를 보조해 주었다.

　1603년 15세의 홉스는 옥스퍼드(Oxford)의 맥달렌 홀(Magdalen Hall)에 입학 하여 5년간 수학하였다. 20세에 대학을 졸업한 홉스는 윌리엄 카벤디쉬(William Cavendish) 가문의 가정교사로 들어간다. 홉스는 후일 디본셔(Devonshire) 백작 가(伯爵家)가 된 윌리엄 카벤디쉬(William Cavendish) 가문(家門)과 평생 관계를 유지하였는데, 1대 디본셔 백작인 윌리엄 카벤디쉬의 비서로서 2대 백작의 가정교 사를 하였고, 훗날에는 3대 백작의 교육까지 책임졌던 것이다.

　26세 때 그는 훗날 2대 디본셔(Devonshire) 백작이 된 자신의 제자와 함께 프 랑스, 이탈리아, 독일 등지를 여행했다. 그리고 그가 30세부터 34세까지의 기간 동안에는 우리가 경험론의 대표적 철학자로 잘 알고 있는 프란시스 베이컨 (Francis Bacon)의 개인 비서로 일하기도 하였다. 주로 베이컨이 영어로 쓴 에세 이를 라틴어로 번역하는 일을 했다고 한다.

　그의 나이 41세 때에는 거바스 클립톤(Gervase Clifton) 경(卿)의 아들과 두 번 째로 대륙여행을 갔다. 그곳에서 홉스는 유클리드 기하학을 접하였는데 유클리드 기하학에 흠뻑 매료된 홉스는 기하학적 엄밀함을 논리 전개의 방법으로 삼았다. 즉 《리바이어던(Leviathan)》에 일관되게 적용된 엄밀한 추론은 바로 기하학적 방법론 과 관련된 것이었다.

　46세에 홉스는 후일 3대 디본셔(Devonshire) 백작이 된 제자와 세 번째 유럽 여행을 갔다. 파리에서 그는 메르센느(Mersenne)의 모임에 나가 당시의 석학들과 교유하였는데, 특히 그는 유물론자인 삐에르 가상디(Pierre Gassendi)와 절친했 다. 48세에는 피렌체에서 갈릴레오(Galilei, Galileo)를 만났는데 그와의 만남 뒤에 과학적인 방법론으로 철학을 전개하려는 결심을 더욱 굳히게 되었다. 그리고 50세 즈음에는 데카르트(R. Descartes)의 《방법서설》을 받아보았다.

1640년 영국의 상황은 내전 발발 직전의 위험한 상황이었다. 신변의 위협을 느끼던 52세의 홉스는 프랑스로 망명을 떠났고 파리에 머물면서 메르센느(Mersenne)의 모임에 나갔다. 1641년에 《시민론(De Cive)》를 디본셔(Devonshire) 백작에게 헌정했다. 이 책은 영국 내전이 발발한 이듬해에 파리에서 출판되었다.

1651년(홉스 63세)에 《리바이어던(Leviathan : or, the matter, forme and power of a commonwealth, ecclesiasticall and civil)》이 출판되었다. 1652년 홉스는 11년 만에 영국으로 돌아온다. 70세 때인 1658년에는 《인간론(De Homine)》을 출판했다.

78세 때인 1666년에 영국 의회에 무신론과 신성모독에 반대하는 법안이 제출되었고 홉스의 《리바이어던(Leviathan)》은 금서(禁書)로 지목되었다. 87세에 은퇴하여 자신의 제자인 3대 디본셔(Devonshire) 백작의 저택에서 만년을 보내던 홉스는 1679년 91세를 일기로 숨을 거두었다.

H o b b e s ,

T h o m a s

—— L e v i a t h a n

리바이어던(Leviathan)은 원래 성서 '욥기'에 나오는 거대한 괴물이다. 홉스는《리바이어던(Leviathan)》에서 국가의 본질을 거대한 괴물로 파악하고 논의를 전개하고 있다.

《리바이어던(Leviathan)》은 4부로 이루어진 저작이지만 정치철학사에서 의미 있게 다루고 자주 언급하는 부분은 제1부와 제2부이다. 국내에 출간된 번역본도 제1부와 제2부만을 주로 다루고 있다. 2부까지의 전체적인 대의는 자연 상태의 인간들이 협정을 통해서 국가(Commonwealth)가 성립된다는 것을 증명하는데 있다. 이 과정에서 홉스는 17세기에 이룩한 과학적인 방법론과 형이상학, 인식론, 역사철학과 종교철학 등의 종합적인 성과를 십분 활용하고 있다.

1 국가는 인간이 만든 인간

서론에서 홉스는 인간을 기계적인 요소들로 설명한 뒤 인간을 생명이 있는 기계로 설정한다. 마찬가지로 국가의 제반 요소들도 인간이 만들어낸 기계 내지는 인공적인 인간으로 설명한다. 즉 신이 자연적인 인간을 만들어 내고 자연적인 인간은 합의를 통해 인공적인 인간을 만들어내는데 이것이 바로 리바이어던, 곧 국가이다. 국가의 존재 목적은 자연인의 보호와 방어에 있다. 홉스는 서론에서 인간, 국가, 기독교 국가, 어둠의 왕국에 대해 살필 것을 밝히고 있다.

2 인간에 관하여

제1부 첫 장을 펴보면 국가에 대한 논의에서 왜 인간이 그 출발점이 되는지, 그리고 감각, 상상력, 언어 등은 국가와 무슨 관계에 있는지 하는 의문이 생겨날 수 있다. 하지만 홉스가 서론에서 밝혔듯이 신이 인간을 만들었듯이 인간이 국가를 만들었다는 것이 이 책의 대전제임을 상기한다면 국가를 알기 위해서는 인간을 알아야 한다. 제1부의 목차를 보면 홉스가 인간을 어떻게 생각하고 있었는지 알 수 있다. 첫 장의 제목은 '감각에 대하여(Of Sense)'이고 다음 장은 '상상력에 관하여(Of Imagination)'이다. 홉스는 기계론적인 세계관에 입각하여 인간 사고의 근원을 감각에서 오는 것이라 생각했기 때문에 인간에 대한 논의를 감각에서부터 시작하고 있는 것이다. 이처럼 인간에 대한 철저하고도 근본적인 물음을 통해 논의를 시작하는 것이 다른 자연법 사상가들과 구별되는 홉스의 특징이다.

자연법사상과 관련해서 제1부에서 주의 깊게 살펴볼 장은 제13장, 제14장, 제16장이다. 물론 전체적인 내용이 자연 상태의 인간이 합의를 통해 인공적인 인격체를 만들어내는 과정을 차근차근 밟아가고 있지만 제13장, 제14장은 인간의 자연적인 조건과 자연법, 계약을 다루고 있고 제16장은 통치권이 어떻게 부여되는지를 다루고 있으므로 중점적으로 살펴보아야 한다.

제13장에서는 '인류의 행·불행에 관한 자연 상태'에 관하여 논하고 있다. 여기서 우리는 '자연 상태'라는 개념에 주목할 필요가 있다. 이것은 홉스가 '자연법'을 염두에 두고 상정한 개념이다. 홉스는 이 단어를 통해 생명을 보존하고 살아가는 것을 주목적으로 하는 인간의

자연적인 조건을 집약적으로 나타내고 있다. 즉 홉스에게 '자연 상태'는 국가가 생겨난 이후를 대비적으로 드러내기 위한 인공적인 개념이다. 누구도 국가 이전의 상태가 어떠하였는지 정확히 알 수는 없다. 이 장에서 그 유명한 "만인의 만인에 대한 투쟁"이라는 구절이 나온다. 홉스는 자연 상태의 인간은 다툼이 끊이지 않는다고 보았다. 자연 상태에서 인간이 다투게 되는 것은 인간이 신체적으로나 정신적으로 평등하게 태어났고, 평등한 인간이 똑같은 것을 소유하려고 할 때 소유할 대상이 충분하지 못하기 때문이다. 사람의 본성 가운데 다툼의 씨앗이 있는데 첫째는 경쟁심(competition)이요, 다음은 자신감의 결핍(diffidence)이고, 다음은 명예(glory)에 대한 욕구이다. 따라서 모든 사람을 위압하는 공통의 힘이 없을 때에 다툼이 생기고 인간은 전쟁의 상태에 처하게 되는데 그것이 바로 "만인의 만인에 대한 투쟁"이다. 전쟁 상태란 것은 늘 싸운다는 의미라기보다는 언제든지 싸움이 일어날 것 같은 상태이다. 이 같은 상태에 놓인 사람들은 불안에 떨게 되고, 일을 해도 그 결실을 자기가 거두어갈 확실성이 없기 때문에 일하려고 하지 않는다. 물론 예술 활동이나 문화적 성과물도 기대할 수 없다. 이 말은 자연 상태에서는 소유도 소유권도 확립되지 않는다는 뜻이다. 그리고 무엇보다도 나쁜 점은 인간은 늘 폭력과 죽음의 공포 속에서 고독한 존재로 살 수밖에 없다는 점이다. 그리하여 이성을 가진 인간은 폭력과 죽음에 대한 공포에서 벗어나기 위해서 사회를 구성하게 되는 것이다.

제14장에서는 '제1 및 제2의 자연법과 계약'에 관하여 논의하고 있다. 이 장에는 자연권(jus naturale, 自然權)과 자연법(lex naturale, 自然法)이라는 개념이 나온다. 자연권이란 '모든 사람이 그 자신의 본성, 즉 자신의 생명을 보존하기 위해 스스로 그 자신의 힘을 사용할 수 있

는 자유'이다. 자연법이란 '이성에 의해 발견되는 계율(precept, 戒律) 또는 일반적인 규칙'이다. 즉 자연법이란 인간이 자연 상태에서는 서로가 서로를 믿지 못하고 생명의 위협을 느끼기 때문에 생명을 보존하기 위해 이성에 의해 발견한 법이라는 뜻이다. 제1자연법은 '평화를 추구하고 따르라'이며 제2자연법은 '인간은 평화와 자기보호를 위해 필요하다고 생각하는 한 모든 것에 대한 자연권을 다른 사람과 똑같이 기꺼이 포기해야만 한다. 그리고 자신이 다른 사람에게 허용한 만큼의 자유에 만족해야 한다.'이다. 우리가 제13장에서 살펴 본 '자연 상태'에서 왜 제1자연법이 필요한지가 도출된다. 그리고 평화를 추구하고 자기를 보호하기 위해서 개인들끼리 서로 믿고 의지해야 하는데 그 첫 번째 단계가 상대방에 대해 지켜야할 의무를 만들어내면서 일정부분 권리와 자유를 양도해야 한다는 점이 제2자연법의 내용이다. 권리를 포기하거나 양도한다는 말은 다른 사람이 누리는 것을 방해하지 않는다는 뜻이다. 권리의 포기나 양도는 어디까지나 자발적인 것이다. 하지만 권리의 포기나 양도는 일정부분만 그러한 것이다. 가령, 생명을 빼앗아 가기 위해 폭력으로 그를 공격하는 자들에게 저항하는 권리는 절대 포기할 수 없는 권리이다.

다음으로 '계약'에 대해서 홉스는 '계약이란 권리의 상호 양도이다' 라고 정의하고 있다. 또 홉스는 신약(covenant, 信約)에 대해서도 이야기하고 있는데, 신약이란 다른 한쪽이 일정 기간 안에 이행할 것을 믿고 계약하는 것이니 곧 신뢰에 바탕을 둔 일방적인 권리의 양도라고 설명한다. 그리고 이 같은 신약이 공허해지지 않기 위해서는 공공의 권력(common power)이라는 것이 필요하게 된다. 이처럼 홉스가 바라본 국가나 정부는 자연발생적인 것이 아니라 개별적 주체인 개인 사이의 계약으로서 만들어진 것이다. 홉스의 이 같은 국가관은 절대주의 왕권에 대한 반론이자 정치적 개인의 탄생을 가져온 생각이었다.

이밖에도 제15장에서는 '그 밖의 자연법에 관하여' 논하고 있고, 제16장에서는 '인격체, 본인 그리고 인격화된 것에 관하여' 논의하고 있다. 다수의 사람이 한 사람 또는 한 인격체에 의해 대표될 때 하나의 인격체가 형성되는데, 이 인격체를 하나로 만드는 것은 대표되는 사람들의 통일성이 아니라 대표하는 사람의 통일성이라고 홉스는 밝히고 있다.

3 국가에 관하여

제2부에서 주목할 만한 부분은 제17장 '국가의 기원, 발생 그리고 정의에 관하여'와 제18장 '세워진 통치자의 권리에 관하여', 제21장 '백성의 자유에 관하여', 제26장 '시민법에 관하여'이다.

제17장 '국가의 기원, 발생 그리고 정의에 관하여'에서는 자연법을 지키게 할 어떤 위협적 힘으로서 공공의 권력(common power)이 필요하고 이것이 국가의 기원임을 밝히고 있다. 인간이 자신을 보호하기 위해 어떤 집단을 만들고 여기에 공공의 권력을 부여하기 위한 단 하나의 방법은 모든 사람들이 자신의 권리를 양도하여 하나의 인격체에 부여하는 것이다. 이렇게 하나의 인격체 안에서 통일된 군중을 커먼웰스(Commonwealth), 또는 키비타스(Civitas)라고 부른다. 이것이 곧 리바이어던(Leviathan)이 탄생하는 과정이다. 국가란 개인들의 믿음과 약속으로 구성되어 하나의 인격체로서 개인의 생명과 재산을 보호한다. 이 공공의 권력을 가지고 있는 자가 주권을 갖는다.

제18장 '세워진 통치자의 권리에 관하여'의 내용은 다음과 같다. 다수의 사람들이 자기들의 인격을 대표할 수 있는 권리를 한 사람 또는 소수의 사람들로 구성된 합의체에 주자고 동의하거나 신약을 맺을 때

국가가 생겨난다. 국가가 세워지고 나서 통치권을 가진 사람들의 권리, 즉 주권이 생겨난다. 국가의 목적은 국내 평화와 외적 방어에 있기 때문에 개인들의 합의로써 생겨난 국가는 다음과 같은 공공 권력을 가진다. 여기서 주권자란 공공 권력(common power)을 지니고 있는 인격체이다. 첫째, 계약을 맺었으면 주권자의 승낙 없이 그것을 변경하지 못한다. 그러므로 신민은 정부형태를 변경할 수 없다. 둘째, 주권은 찬탈될 수 없다. 셋째, 누구라도 불의를 저지르지 않고서는 다수에 의해 선포된 주권자에 대항할 수 없다. 즉 주권자에 대한 저항은 불의라는 말이다. 넷째 모든 신민은 주권자의 모든 행동과 판단의 창조자이기 때문에 주권자가 행하는 행동은 어떤 것이든지 그 신민들에게 유해한 것일 수 없으며 신민들에 의해 주권자가 비난받을 수 없다. 다섯째, 주권자가 무슨 일을 하든지 신민들에게 처벌될 수는 없다. 여섯째, 주권자는 신민의 평화와 방위에 무엇이 필요한지 판단한다. 이하 열두 번째 항목까지 나열한 것들은 홉스가 통치권의 본질이라고 생각한 것이다. 통치자는 신민들을 보호할 힘을 가지고 있어야 하며 통치자의 권위는 분할되지 않는다. 기본적으로 홉스는 통치자가 절대적인 권력을 소유해야 신민들을 보호할 수 있다고 생각한 듯하다. 하지만 개인의 생명을 위협하는 대상에 대해 저항하는 권리는 포기될 수 없다고 한 홉스의 기본 전제는 여전히 유효하다.

제19장과 제20장에서는 주로 국가의 종류, 즉 정부의 형태에 대해 논의하고 있다. 하나는 세워진 국가이고 다른 하나는 획득된 국가인데, 전자는 계약에 의해 처음 세워진 국가이고 후자는 왕위 계승이나 정복에 의해 획득된 국가이다. 제21장에서 홉스는 자유를 정의하고 있는데, 자유란 '반대(opposition)가 없음을 의미하고, 반대란 행동의 외적인 방해를 의미한다.' 그리고 자유인이란 그의 의사대로 하고 싶

은 일을 할 수 있는 사람이다. 하지만 이 자유는 어디까지나 주권자가 허용한 범위 안에 있다. 제22장에서는 '국민의 정치적, 사적 조직에 대하여' 논의하고 있다. 홉스는 정규적인 집단을 구분하는데 정규적 집단에는 절대적이고 독립적인 집단과 종속적인 집단이 있다. 국가 안의 정치단체는 종속적인 정규 집단으로 주권자가 허용한 범위에서 활동해야 한다. 비정규 조직에는 합법적인 비정규 조직과 불법적인 비정규 조직이 있다.

제26장에서는 '시민법에 관하여' 논의하고 있다. 홉스는 시민법에 대해 다음과 같이 정의하고 있다. '시민법이란 국가가 모든 신민에게 옳고 그름의 구별을 위해, 다시 말하자면 규칙에 위배되는 것은 무엇이며 규칙에 위배되지 않는 것은 무엇인가를 구별하기 위해 사용할 수 있도록 언어·문서 또는 그 밖의 다른 충분한 의미의 표지를 통해 명령하는 여러 규칙이다.' 이 정의로부터 홉스는 여덟 가지 추론을 시도한다. 첫째, 주권자는 입법자이다. 둘째, 주권자는 시민법의 지배를 받지 아니한다. 셋째, 법을 권위 있게 만드는 것은 관습이 아니라 침묵으로 표명된 통치권자의 의지이다. 넷째, 자연법과 시민법은 서로를 포함하고 있으며 그 범위를 같이 하고 있다. 다섯째, 입법자는 권위를 가지고 법을 처음으로 만든 사람이 아니라 권위를 가지고 현재의 법을 계속해서 법이 되게 만드는 사람이다. 여섯째, '관습법에 대해서는 의회만이 통치권자이다.' 또는 '국가의 두 팔은 힘과 정의인데, 전자는 왕에게 있고 후자는 의회에 있다.'와 같은 견해들은 법률가들의 잘못된 의견이다. 일곱째, 법은 결코 이성에 반(反)할 수 없다. 여덟째, 법은 만들어져도 공포되지 않으면 법이 아니다. 법은 명령이다. 하지만 자연법은 공포될 필요가 없다. 이 장에서 홉스는 법을 자연법과 실정법으로 나누고 자연법과 실정법의 정신을 밝히고 있다.

홉스가 생각하는 법은 권고사항이 아닌 명령이며 그것은 통치권자만이 내릴 수 있는 것이다. 이는 법률적 권위가 권력에서 나온다는 생각과 통한다. 사람들이 합의해서 국가(Commonwealth)를 만든 것은 자신의 생명과 재산의 보호를 위해서이고 시민법은 이를 위해 존재하는 것이므로 그것의 권위는 법이 제대로 실행되게끔 하는 권력에서 나온다. 그리고 이러한 법은 모든 신민들에게 공표되어야 하는데 그 이유는 모든 사람들이 옳고 그름, 내 것과 다른 사람의 것을 구별할 줄 알아야 자연 상태의 무질서와 공포가 사라지기 때문이다. 다음으로 시민법을 해석할 권리는 오직 적법한 자격을 갖춘 사람들에게만 한정되는데 그 이유는 다양한 법률 해석이 혼란을 초래하고 국가를 와해시킬 위험이 있기 때문이다. 근대국가에서 이야기하는 성문법의 우위와 국가가 가진 법률 해석의 최종적 권위 등의 관점이 보이는 대목이다.

4 중요개념의 현대적 계승

《리바이어던》제1부와 제2부를 다 읽고 나면 홉스가 군주 정치와 절대군주를 옹호한 듯한 느낌이 든다. 하지만 어디까지나 홉스는 개인의 보호를 위한 통치권의 절대성을 이야기한 것일 뿐이다. 홉스는 군주정치의 이점을 인정하였지만 그것은 귀족정치나 과두 정치와의 비교 우위에 한해서였다. 다시 말하자면, 개개인이 자신의 생명을 보호하고 평화를 유지하기 위한 최선의 전략적 차원에서 군주정을 설정했다는 말이다. 그는 단순한 절대군주론자는 아니었다. 홉스는 당시의 시대 상황이 지닌 한계 속에서 나아갈 수 있는 곳까지 최대한 나아간 사람이다. 그는 의회주의자들이 보기에는 절대왕권 옹호론자로 보였을 것이며 왕권신수론자(王權神授論者)들이 보기에는 너무 급진적이었을 것이다. 결국 그는 크롬웰(Cromwell)로부터도 찰스 2세로부터도 환영받지 못하였고 그의 《리바이어던》과 《시민론》은 금서로 지정되어 불태워졌다. 하지만 그가 입증해낸 권리 양도, 계약 등의 개념들이 후대 정치 사상사에 미친 영향은 매우 크다. 현재의 우리에게는 당연하게 받아들여지는 생각들이 1651년 당시에는 굉장한 고심 끝에 나온 생각들이었다는 점을 생각해야 한다.

4. 깊이 생각해 보기

홉스의 사상이 의회주의자들과 왕권신수론자들 양쪽으로부터 비판받은 이유를 생각해보고, 홉스의 입장에서 이에 대한 반론을 펴보자.

5. 더 깊은 이해를 위하여

추천할 만한 번역본

휘문출판사(徽文出版社)에서 1983년 출간한 세계(世界)의 대사상(大思想) 총서 시리즈의 3권에 《君主論 /國家論》이라는 제목으로 마키아벨리의 《군주론》과 함께 실려 있다. 이정식(李廷植)의 번역본은 원전의 제3부까지만 번역이 실려 있고 제4부가 빠져 있다. 그리고 한승조(韓昇助)의 번역본은 삼성출판사(三省出版社)에서 1977년 초판을 출판한 세계사상전집 속에 《군주론/리바이어던》으로 실려 있다. 1977년 판에는 제27권, 1982년 판에는 제9권, 1990년 판에는 제7권으로 큰 내용 변화 없이 책 번호만 바뀌었다. 삼성출판사판 《리바이어던》도 제1부 '인간에 관하여(Of Man)'와 제2부 '국가에 관하여(Of Commonwealth)'만 번역한 것이다.

《군주론/국가론》, 이정식 역, 휘문출판사, 1983.

《군주론/리바이어던》, 한승조 역, 삼성출판사 1990.

Philosophiae naturalis principia mathematica

프린키피아

뉴턴(Alfred Newton)

이 책에 관하여

《프린키피아》는 라틴어 프린키품(Principium)의 복수형이며, 원제는 《자연철학의 수학적 원리(Philosophiae Naturalis Principia Mathematica)》이다. 뉴턴의 역학 및 우주론(宇宙論)에 관한 연구를 집대성하여 저술한 것으로 이른바 만유인력의 원리를 처음으로 세상에 널리 알린 것으로 유명하다. 라틴어로 쓰였으며, 3편으로 구성되어 있다.

1684년 영국 왕립학회 회장인 렌 경은 '행성이 케플러의 법칙에 따라 타원궤도를 돌기 위해서는 태양과 행성 사이에 어떤 힘이 작용해야 하는가'라는 문제를 두고 현상금을 걸었다. 당시 이 문제의 해결에 가장 근접한 사람은 후크(R. Hooke)였는데, 그는 태양과 행성 사이의 거리의 제곱에 반비례하는 힘이 작용한다는 가설을 제시했지만 수학적으로 증명하지는 못했다. 1684년 천문학자 핼리(E. Hally)는 이 문제를 들고 뉴턴을 방문해 행성이 태양 쪽으로 역제곱의 법칙에 따르는 힘에 의해 이끌린다고 가정하면, 그 행성이 그리는 궤도는 무엇이겠는가를 물었다. 뉴턴은 즉시 "그것은 타원이지요."라고 답하고 〈운동에 대하여〉(De Motu)라는 소논문으로 수학적 증명을 해 냈다. 학회에서는 이 논문을 확대하여 책으로 출간하자고 권유하였는데, 이것이 지금까지 가장 위대한 과학 저술이라고 인정받는 《프린키피아》의 출현 배경이다.

이 저서는 뉴턴의 역학 및 우주론에 관한 다년간의 연구를 집대성하여 정리한 것으로 이른바 만유인력의 원리를 처음으로 세상에 널리 알리게 하였다. 분석과 종합의 방법을 따라 저술한 《프린키피아》에서 제시하는 힘의 종류는 세 가지로 구분할 수 있다. 물질의 내재적인 힘, 외적으로 가해진 힘, 그리고 구심력이 그것이다. 내재적인 힘은 관성력, 외적으로 가해진 힘은 물체의 관성 운동에 대해 가속도 운동을 일으키는 힘, 마지막은 구심력으로 볼 수 있다. 뉴턴은 세 가지의 힘 중에서 구심력을 가장 중요하게 여겼는데 중력이 바로 이런 구심력의 한 종류이다.

뉴턴의 《프린키피아》를 둘러싸고 벌어진 논쟁들은 경험적인 문제를 떠나 중력이라는 힘의 본성과 원인, 나아가 힘의 실재성에 관한 형이상학적인 문제였다. 이 논쟁은 그가 사망할 때까지 경험론자들에 의해 계속되었는데 그는 이론을 입증하기에 충분한 실험이나 관찰 자료를 갖지 못한 상태에서 수학적 개념만을 제시하려고 했다.

이 저서의 체재는 정의, 정리, 증명, 계라는 기하학의 방식을 따르고 있는데 역학의 유력한 무기인 미적분은 거의 사용하지 않고 있다. 그것은 그 당시의 사람들의 이해력을 고려해서라고 한다. 1687년 초판, 1712년 증보 개정판, 1726년에 제3판이 출간되었다.

Philosophiae

naturalis

principia

mathematica

저 자 에 관 하 여

사과나무 밑에서 책을 읽다가 사과가 저절로 떨어진 것을 보고 만유인력의 법칙을 발견하게 되었다고 전해지는 뉴턴(Alfred Newton, 1642~1727)은 영국의 대표적인 물리학, 천문학, 수학자로 근대 이론과학의 선구자라 할 수 있다. 잉글랜드 동부의 시골 울즈소프에서 자작농의 아들로 태어난 그는 수학에서는 미·적분법을 창시하고, 물리학에서는 뉴턴 역학의 체계를 확립하는 등 자연 과학은 물론 역학적 자연관에까지 커다란 영향을 미쳐 근대과학의 원조로 평가받고 있다.

그는 출생하기 전에 아버지가 사망하고 3세 때에 어머니가 재혼하는 등 불우한 소년시절을 보냈지만 1661년 케임브리지의 트리니티 칼리지에 입학하면서 과학에 눈을 뜨기 시작했다. 케플러, 데카르트 등을 탐독하여 1664년 학사학위를 얻었으나 이듬해에 걸쳐 유행한 페스트로 인해 고향에 내려와 연구와 실험을 시작했다. 그의 위대한 업적의 대부분은 이때 싹트게 된 것이라고 할 수 있으며, 유명한 사과의 일화도 이 때 일어난 일이다. 1667년 대학에 돌아온 그는 다음해에 석사 학위를 받고 1669년에는 교수직에 부임했다. 대학에서 그의 최초의 강의는 '광학'으로 이 시기에 빛의 분산 현상뿐만 아니라 망원경 제작에도 손을 대어 1668년에 뉴턴식 반사망원경을 제작해내어 주목을 끌고 1672년에는 꿈에도 그리던 왕립협회 회원으로 천거되었다. 수학에 있어서는 1665년 '이항정리의 연구'로 시작하여 유분법의 전개에 이르기까지 많은 연구 실적을 남겼다. 해가 지날수록 그의 사고방식도 바뀌어 실험적 방법에서 수학적 방법으로 그 중점이 옮겨지고 스스로를 〈수학자〉라고 부르게 되었다.

뉴턴의 최대 업적은 물론 역학에 있다. 특히 중력 문제에 대해서는 광학과 함께 큰 관심을 가지고 있었으며, 1665년 고향에서 연구를 시작할 때부터 지구상에서의 중력이 달의 궤도까지 미친다고 생각했다. 1670년대 말로 접어들면서 자신이 창시해 낸 유율법을 이용하여 행성의 운동 중심에 연결되고 있는 힘이 거리의 제곱에 반비례한다는 사실을 수학적으로 해결하고 유명한 '만유인력의 법칙'을 확립했다. 그리고 1687년에는 《프린키피아》를 출간해 간단한 유율법의 설명에서부터 역학의 원리, 태양행성의 운동까지 방대한 과학적 지식을 발표했다. 이후 뉴턴의 명성은 날로 높아져 1688

년에는 국회의원으로 선출되고, 1694년에는 조폐국 장관에 임명됨으로써 화폐의 개주(改鑄)라는 어려운 일을 수행했다. 1703년에는 왕립협회의 회장으로 천거되고 1705년에 기사의 작위가 내려진다. 그는 평생을 독신으로 보내다가 1727년 런던 교외의 켄싱턴에서 죽음을 맞이했다.

그는 죽기 직전 이렇게 말했다고 전해진다.

"나는 해안에서 놀고 있는 소년에 지나지 않는다고 생각한다. 매끄러운 조약돌과 어느 것보다 아름다운 조개껍질을 발견하고는 기뻐하는 소년. 눈앞에 펼쳐진 진리의 바다에는 아직 발견되지 않은 사실이 엄청나게 많이 있다."

주요 저서로는 《프린키피아》(1687), 《광학》(1704) 등이 있다.

I s s a c   N e w t o n

_____ P h i l o s o p h i a e   n a t u r a l i s
p r i n c i p i a   m a t h e m a t i c a

1 물리학의 바이블 《프린키피아》

1687년에 출판된 《프린키피아》는 오늘날 물리학 교육의 근본이 되는 내용을 담고 있다. 이 책에서 뉴턴은 마치 에우클레이데스의 저서인 《원론》의 형식처럼 운동에 관한 논의를 정의, 공리, 법칙, 정리, 보조정리, 명제 등으로 분류해서 체계적이고 이론적으로 전개하고 있다.

제1권은 진공 상태에서의 입자의 운동을 다루고 있다. 이 책의 앞부분에 관성의 법칙, 힘과 가속도에 관한 뉴턴의 운동 법칙, 작용 반작용의 법칙 등 뉴턴의 유명한 운동의 3법칙이 제시되어 있다. 뉴턴은 이 운동의 3법칙과 역제곱의 힘을 바탕으로 다양한 물체의 운동에 대해서 기술하고 있다. 제2권은 유체 역학분야에 해당하는 것으로 저항이 있는 매질내의 운동을 다루고 있다. 나중에 잘못된 이론으로 밝혀진 이 책의 내용에서 뉴턴은 소용돌이 운동의 원심력에 의해서 행성의 운동을 설명했던 데카르트의 이론을 간접적으로 반박하고 있다. 제3권은 천체 역학에 관한 내용이다. 여기서 뉴턴은 경험 법칙이었던 케플러의 법칙을 역제곱에 비례하는 힘을 가정함으로써 증명하고 이를 바탕으로 지구의 세차 운동, 달의 운동의 불규칙성, 조석운동, 혜성의 운동 등을 기하학적으로 설명하였다.

2 뉴턴의 '운동의 3법칙'

뉴턴은 제1권에서 저항이 없는 진공 상태에서의 물질 입자와 일반적인 운동을 수학적으로 취급하는 방법을 주로 다루고 있다. 그는 힘과 운동의 관계를 세 법칙을 들어서 설명하고 있다. 첫 번째 힘에 대해 뉴턴은 이렇게 말한다.

> 물질의 내재적인 힘, 혹은 물질의 고유한 힘은 물체가 정지해
> 있든 직선 위를 등속운동하든 그 현재 상태를 유지하는 힘이다.

여기서 뉴턴이 말하는 내재적인 힘은 비활동적인 힘으로서 관성력(viz inertiae)을 의미한다. 물체는 고유의 힘만으로 정지 상태나 직선상의 등속 운동 상태를 계속한다는, 즉 고유의 힘은 등속 운동의 원인이 되지 않는다고 말한다. 뉴턴의 제1법칙으로도 불리는 이 힘은 이미 갈릴레오를 거쳐서 데카르트에 의해 확립이 된 것으로 뉴턴이 다시 천명한 것이다. 관성력은 물체가 자신의 정지 또는 운동 상태를 유지하는 힘이다. 뉴턴에 의하면 관성력은 물질에 내재하는 불활성의 힘으로서, 외부의 힘이 가해져 그 조건을 변화시키려 하는 경우에 물체가 발휘하는 힘이다. 그러므로 관성력은 뉴턴이 물질의 보편적 성질이라고 부르는 것에 속한다.

뉴턴의 제2법칙으로 제시하는 것은 이 책의 〈정의IV〉에 등장하는 '외적으로 가해진 힘(impressed force)'이다.

> 가해진 힘은 물체가 정지해 있든 직선 위를 등속운동하든 그
> 것의 현재 상태를 변화시키기 위해서 물체에 가해진 작용이다.
> 운동의 변화는 가해진 힘(motive force)에 비례하며, 그 힘이 가

해진 직선의 방향으로 나타난다.

이 힘은 물체의 관성운동에 대해 가속도 운동을 일으키는 힘이다.

뉴턴의 제3법칙이라 불리는 힘은 작용(action)과 반작용(reaction)의 힘이다. 한 물체가 다른 물체에 작용을 하면 같은 정도로 반작용을 겪는다. 자신의 상태를 그대로 보존시키려고 작용한 물체의 힘은 다른 물체에 상태 변화를 일으키려고 가한 힘과 같다. 이때 제1물체의 상태의 변화는 첫 번째 힘에 비례하고, 제2물체의 상태의 변화는 두 번째 힘에 비례한다.

또한 〈정의V〉에서 뉴턴은 힘 개념을 제시하는데, 그것이 구심력(gravitas)이다.

> 구심력은 물체를 끌어당기거나 밀어내거나 혹은 그 밖의 어떤 방식으로 움직여서 중심이 되는 어느 한 점을 향하도록 하는 힘을 말한다.

뉴턴은 구심력을 다른 어떤 힘보다 중요하게 여겼다. 왜냐하면 뉴턴은 구심력이 행성으로 하여금 궤도에 대한 접선 방향의 등속운동에서 벗어나 타원 궤도의 운동을 유지하도록 작용하는 힘이며, 전 우주의 운동을 해명하기 위한 열쇠라고 생각했기 때문이다. 중력은 바로 이런 구심력의 한 종류이다. 그런데 앞선 힘 개념과 달리 구심력으로서의 중력은 여러 가지 난점을 갖고 있다. 왜냐하면 관성력이 수동적인 원리인 데 반해, 중력은 활동적인 원리이기 때문이다.

뉴턴은 기계론적 입장에 충실하기 위해서 중력을 물질과 그 운동에 의해 설명해야 했다. 가령 충돌의 경우처럼 한 물체가 다른 물체의 운동 상태를 변화시키는 것이 단순히 관성력의 작용 결과라면 이는 그 물체가 활동적인 성질을 갖는다는 것을 의미할 수 없다. 그런데 중력의 경우에는 서로 떨어져 있는 상태에서 한 물체가 다른 물체를 끌어당기는 것이므로 이 현상은 충돌처럼 관성력의 작용결과가 아니라 물체가 어떤 활동적인 성질을 갖고 있음을 의미한다. 이렇게 물질이 중력을 산출하는 성질을 갖고 있다는 생각은 물질이 활동적이지 않다는 당시 기계론자들의 근본전제와 어긋나 많은 논쟁을 일으켰다.

3 데카르트의 극복

제2권에서는 각종의 저항이 있는 공간에서의 운동을 다루고 있다. 또한 데카르트의 물질 공간이 관측된 자연 현상과 확실하게 모순되는 것을 입증하기 위해서 저항의 물리적인 원인을 탐구했다. 하지만 저항의 이론이 충분하지 않아서 뉴턴은 에테르의 존재를 부정하는 자신의 실험 설명과 함께 저항에 대한 일반 주석을 첨가했다. 이미 데카르트의 자연 철학에 상처를 입혔는데도 불구하고 뉴턴은 데카르트의 철학, 즉 소용돌이 이론을 공격하여 최후의 일격을 가했다. 데카르트 이론이 착수하지 못한 소용돌이 운동의 동력학적 조건에 대해 수학적 해석 방법을 써서 공박한 것이다.

비난을 퍼붓는 두 개의 결론은 이 해석으로부터 나왔다.

첫째, 소용돌이는 스스로 유지될 수 없다는 것이다. 정상상태(steady state)를 계속하는 데는 층에서 층으로 끊임없는 운동의 전달이 필요하다. 그래서 뉴턴의 말을 빌리면 마지막에 이 소용돌이는 끝없는 공간 속에 흡수되어 사라진다. 그러므로 새로운 에너지를 끊임없이 내는 에너지원이 없는 소용돌이(뉴턴의 표현으로는 새로운 운동)는 쇠퇴해야 한다.

둘째, 그는 소용돌이와 케플러의 제3법칙에 대해 철학자들이 이해하도록 하자고 말한다. 표면상으로 철학자에게 제시된 문제는 별로 어렵지 않을 것 같다. 이유는 전체적 해석이 소용돌이의 무한히 작은 층 사이의 마찰에 대한 임의의 가정에 의존하기 때문이다. 그러나 뉴턴이 소용돌이 이론에 대해 제시한 문제는 매우 심오했다. 〈절Ⅸ〉와 제 2권의 결론부에 붙인 주석은 단일 궤도의 속도로서 이것을 형식화했다. 딜레마의 골자는 케플러 제2법칙의 속도식과 제3법칙의 속도식 사이의 모순에 달려 있다. 마찰에 관한 가정은 아무것도 그것을 없앨 수 없다는 것이다. 동일한 소용돌이에 대해서 케플러의 제2법칙과 제3법칙이 요구하는 속도변화가 다른 값을 갖는 것을 설명할 수 없었다. 그는 이에 대해 소용돌이 가설은 천문학적 현상과 완전히 모순되고 천체의 운동을 설명하기보다는 당혹하게 한다고 밝힌다.

4 케플러의 세 법칙 증명

제3권에서는 이 세상의 모든 물체들 사이에 그 사이의 거리의 제곱에 반비례하는 인력이 있음을 가정하고, 이 만유인력에 바탕하고 제1권에서 밝힌 운동법칙들을 사용해서 행성계의 운동을 기술하는 케플러의 세 법칙을 유도해내고 있다. 그리고 이것이 행성과 태양 사이에 인력이 존재하고 그것의 운동이 앞서 본 운동법칙을 따르며 그것을 수학적인 추론에 의해 얻어낼 수 있다는 것을 보인다.

우선 제3권의 서두에 '철학의 네 가지 추리 규칙'을 제시하면서 자신의 실험철학을 방법론적으로 뒷받침한다. 단순성의 원리를 나타내는 '규칙1'은 실험적 방법에서 현상을 설명하는 원인 혹은 원리를 찾을 때는 가장 단순한 원인 혹은 원리를 찾아야 한다는 것을 말한다. 여기서 뉴턴은 '진실하고도 충분한 원인'을 강조하는데, 이는 현상에서 발견되지 않는 초자연적이고 신비한 원인의 추구에 반대하려는 의도를 담고 있기 때문이다. '규칙2'는 자연의 균일성의 원리로서, 유사한 결과에 대해서는 유사한 원인을 부여할 수 있다는 원리이다. '규칙3'은 모든 과학적 추리가 감각경험에 기초를 두어야 한다는 것을 강조하는 동시에, 관찰된 자료로부터 아직 관찰하지 못했거나 원리적으로 관찰될 수 없는 대상이나 사건을 추론하는 일을 정당화하는 원리이다. 이 규칙은 일반적으로 뉴턴이 가설에 반대함에도 불구하고 물체가 관찰할 수 없는 입자로 구성되어 있다는 입자론을 받아들이는 근거이기도 하다. '규칙4'는 실험 철학에서 가설을 꾸미는 일에 대한 경고인 동시에 귀납적 일반화를 수락할 권리에 대한 방법론적 원리이다. 이러한 규칙을 말하면서 그는 과학의 새로운 개념과 방법을 정식화한다. 또한 관찰을 통해 특정한 명제들로부터 일반적인 법칙으로 점진적으로 상승하는 과정으로 진행되는 귀납적이고 실험적인 학습 방법을 강조한다.

다음으로 지구의 축과 적도에서의 지구 지름의 비를 유도한 명제가 제시된다. 여기에는 뉴턴이 달의 운동의 여러 가지 불균일한 성질을 양적으로 입증한 내용이 들어 있고, 주야평분점(晝夜平分點)의 세차 운동을 양적으로 유도한 내용도 들어 있다. 다시 말하면, 인력의 원리에 기초를 두고 양적인 과학의 새로운 이상형을 제시한 것이다. 이는 전통적인 자연 철학에 대항한 것으로, 만유인력의 관념에 못지않은 혁신적인 개념이었다.

이와 함께 혜성에 대한 새로운 이론을 펼쳤다. 대부분의 사람들이 생각하는 것보다 훨씬 어려운 내용, 즉 하나의 타원 궤도 내에서 지구가 운동할 때 관측한 자료로부터 다른 평면 내에서 운동하는 혜성의 원추 경로를 구한 것이다. 근일점의 위치를 찾아서 궤도의 축을 정하고, 그 통경(通經)을 계산하였다. 이 혜성은 시간에 비례하는 넓이를 그리면서 원추 곡선을 그린다. 즉, 태양의 인력에 바탕을 둔 행성 역학의 법칙이 1680–1681년의 혜성의 운동에 적용되고, 그래서 추론적으로 모든 혜성의 운동에도 적용된다고 한다.

5 학계의 공격과 논쟁

뉴턴의 《프린키피아》를 둘러싸고 벌어진 논쟁의 일차 주제는 다름 아닌 중력이라는 힘의 본성과 원인, 나아가 힘의 실재성에 관한 형이상학적인 문제였다. 라이프니츠를 비롯한 대륙의 합리론자들에게 하나의 물체가 아무런 매개물 없이 멀리 떨어져 있는 다른 물체를 끌어당긴다는 뉴턴의 주장은 이해할 수 없는 것이었다. 왜냐하면 그들은 물질과 연장을 동일시하는 데카르트의 원리를 받아들여서 진공상태란 불가능하며, 물체들이 직접 접촉할 때만 힘이 작용할 수 있다고 믿었기 때문이다. 따라서 그들은 소위 '원격작용'이 물질의 어떤 성질에 의한 것이라고 뉴턴이 주장한다면 그것은 스콜라주의적인 '신비한 성질'에 호소하는 일이 된다고 비판했다.

경험론자들도 문제를 제기했다. 라이프니츠가 중력이라는 힘의 본성과 원인을 문제 삼았다면, 버클리는 아예 중력이라는 힘의 실재성을 문제 삼았다. 버클리에게는 중력이라는 힘이 접촉작용인가 아니면 원격작용인가 하는 것은 문제가 아니었다. 접촉작용이 원격작용보다 좀더 합리적이며 잘 이해된다는 생각은 순전히 편견이라고 버클리는 생각했다. 그에 의하면 접촉작용이건 원격작용이건 두 개념은 똑같이 논리적이고 형이상학적인 난점에 봉착한다. 두 개념 모두 힘을 운동의 원인으로서 인과적 능력을 가진 실재물로 파악하기 때문이다. 버클리에 의하면 그 두 개념은 모두 지각 가능하고 측정 가능한 경험적 관계를 기술하기 위한 도구적 구성물에 지나지 않는다. 이에 대해 뉴턴은 중력이 물질에 본질적이라는 것도 인정하기 어려웠고, 그 힘의 역학적 원인도 찾을 수 없었다. 그래서 중력의 원인 문제는 뉴턴을 계속 괴롭히게 된다.

이 책에서 중력이라는 힘의 원인에 대해 뉴턴은 계속 불가지론적인 태도를 취한다. 그는 중력의 원인 문제에 있어 "나는 가설을 만들지 않는다."고 말한다.

> 현상으로부터 연역되지 않은 것은 무엇이든 가설이라 불려야 하고, 형이상학적이든 물리학적이든, 신비한 성질에 관한 것이든, 역학적 성질에 관한 것이든, 가설은 실험철학에서 자리 잡을 수 없기 때문이다.

이 말은 실험 철학에서 관찰이나 실험에 기초하지 않은 가설이 허용되어서는 안 된다는 뉴턴의 입장으로 이 후 그의 방법에 따르는 과학자들이 내세우는 방법론적 슬로건이 되었다.

이처럼 뉴턴은 과학을 연구할 때 실험적 방법을 사용했다. 이 방법은 실험과 관찰을 통해 일반적인 결론을 이끌어내는 분석의 절차와, 발견된 원인으로부터 여러 현상을 설명하는 종합의 절차로 구성된다. 이 책의 제3권에서 밝힌 규칙이 제시하는 것과 같이 뉴턴은 자신의 방법을 "이 철학에서는 개별적인 명제가 현상으로부터 추론되며, 다시 귀납에 의해 일반화된다. 이것이 중력의 법칙을 발견하게 된 방식이다"라고 집약한다. 이런 과학적 절차에서는 결과에서 그 원인으로, 그리고 개별적인 원인에서 일반적인 결론으로 논증이 진행된다.

그의 이러한 실험철학 정신은 근대 과학의 문을 여는 시발점이 되는 동시에 19세기 들어 발생한 자연과학의 시초가 된다. 데카르트와 라이프니츠 등은 합리적 인식론을 발전시킨 나머지 과학의 관찰적이고 실험적인 측면을 설명하지 못했다. 베이컨과 로크는 관찰적이고 실험적인 측면에 사로잡혀 경험적 지식이론을 발전시켰지만 과학의 추상적이고 형식적인 측면은 정당화하지 못했다. 반면 뉴턴은 《프린키피아》를 통해 이 두 방법을 종합하고 중세의 과학적 수준을 근대적 수준으로 이끌어내는 큰 공로를 세웠다.

뉴턴은 대륙의 합리론과 영국의 경험론의 대립을 넘어서 중세의 과학적 수준을 근대적 수준으로 이끌어낼 수 있었다. **5**에서 뉴턴의 주장은 당시 합리론자들과 경험론자들에게 각각 비판을 받았다고 했는데 뉴턴이 이들의 주장과 비판을 극복하고 종합한 방식을 자신의 말로 정리해보자.

추 천 할 만 한 번 역 본

조경철 번역의 《프린시피아》 1,2,3은 근대와 현대 물리학 용어의 차이를 해설하고 일반 독자가 이해하기 쉽도록 충실한 해설과 계산을 덧붙였다. 이무현 번역의 《프린키피아 》1,2,3은 원전의 느낌을 좀 더 생생히 느끼게 한다.

《프린시피아》, 조경철 역, 서해문집, 1999
《프린키피아》, 이무현 역, 교우사, 1999

Two Treatises of Government

통치론

로크(John Locke)

이 책에 관하여

　로크가 저술한 《통치론》의 원제목은《통치(정부)에 관한 두 논문(Two Treatises of Government)》이다. 원래 두 개의 논문으로 이루어진 《통치론》중에 우리나라에서 주로 참고하고 있는 것은 두 번째의 논문이다. 그 부제는 더욱 긴데 그것은 "시민 정부의 참된 기원, 범위, 목적에 관한 시론(An Essay Concerning the True Original, Extent, and End of Civil-Government)"이다. 편의상 통치론 《제2론》이라 할 수 있다. 참고로 통치론 《제1론》의 부제는 "로버트 필머 경 및 그 추종자들의 그릇된 원칙과 근거에 대한 지적과 반박(The False Principles and Foundation of Sir Robert Filmer and His Followers Are Detected and Overthrown)"이다. 《제1론》은 다분히 그 시대적인 문제의 성격을 띠고 있어서 오늘날에 읽기에는 적절하지 못하다. 로크의 당대에도 주로 《제2론》이 널리 읽혔다고 한다.

　홉스의 《리바이어던》과 로크의 《통치론》 그리고 루소의 《사회계약론》은 일정하게 관련되어 있는 저작들이다. 책 목차만 펼쳐보아도 그 유사성을 살필 수 있다. 내용면에서도 세 저작 모두 공히 사회계약론을 다루고 있다. 즉, 세 사상가 모두 자연 상태의 인간과 계약 이후의 사회 상태를 상정하고 그것에 적합한 정치형태를 궁구한다는 면에서 동일한 흐름을 지닌다. 물론 세 사상가들이 지닌 차이는 분명히 있다. 홉스와 로크와 루소 모두 왕권신수설에 반박하여 대안을 제시했지만 제시한 대안에는 상당한 차이가 있다. 각각이 처한 입장도 달랐다. 세 사상가의 세 저작들을 함께 살펴보면서 무엇이 같고 무엇이 다른지 비교해보는 것은 각 저작을 이해하는데 중요한 과정이 될 것이다.

Two Treatises of Government

저 자 에 관 하 여

로크(John Locke, 1632~1704)는 1632년 영국 서머싯 주 링턴(Wrington)에서 태어났다. 아버지는 변호사였고 집안은 청교도 집안이었다. 그의 아버지는 1642년에 발발한 영국 내전에서 의회군으로 참전했다. 로크가 다녔던 웨스트민스터 학교도 의회주의를 지지하는 학교였다. 1652년 로크는 옥스퍼드의 크라이스트처치 칼리지로 진학하였다. 이 시기에 유행하던 학문적 분위기를 따라 로크도 자연과학적인 방법론에 깊은 인상을 받았다. 실제로 로크는 의학에도 조예가 깊었는데, 평생의 후원자였던 애슐리 경(Lord Ashley)과의 인연으로 의술에 더욱 발전을 보이게 되었다. 로크는 그의 간 종양 제거 수술을 맡기도 하였다. 1667년 로크는 애슐리 경의 저택으로 거처를 옮겨 지내면서 그때부터 정계의 중심부와 접촉할 수 있었다. 그는 애슐리 경의 고문 의사였지만 정치에 대한 조언도 맡고 있었다. 1672년 애슐리 경이 섀프츠베리 백작의 작위를 받고 대법관이 되자, 로크를 성직록 담당 서기에 임명하였다. 1675년에 그는 프랑스로 여행을 떠나서 1679년 4월에 영국으로 돌아온다. 1683년 1월에 정치적 입장 때문에 네덜란드로 피신해 있던 섀프츠베리 백작이 죽었다. 로크도 같은 해 9월 로테르담으로 피신하여 1689년 2월까지 6년여를 그곳에 머물렀다. 이 기간 동안 그는 《관용에 관한 서한》을 작성하였다. 영국으로 귀국한 이후에 로크는 《통치론》과 《인간 지성에 관한 시론》을 출판하였다. 명예혁명 이후 로크는 대체로 평탄한 삶을 살았으며 1704년 생을 마칠 때까지 프랜시스(Francis) 경의 저택에서 은거하였다.

1 제1장 〈서론〉

《통치론》은 전부 19장으로 이루어져 있다. 제1장 「서론」에서는 통치론 《제1론》의 내용을 요약하고 있으며 '정치권력'을 규정하고 있다. 그가 규정한 '정치권력'이란 '사형 및 그 이하의 모든 처벌을 가할 수 있는 법률을 제정하는 권리이며, 또한 재산(property)을 규제하고 보전할 목적으로 그러한 법률을 집행하기 위해서 그리고 국가(commonwealth)를 외적의 침입으로부터 방어하기 위해서 공동체의 무력을 사용하는 권리이며, 이 모든 것은 오직 공공의 선을 위해서만 행사하는 권리'이다.

2 제2장 〈자연 상태에 관하여〉

국가공동체(commonwealth)의 성립 이전에 사람들은 자연 상태(state of nature)에 있었으며, 여기에서 모든 사람들은 자연적인 권리로서 생명(life)·자유(liberty)·재산(estate)의 권리를 가지고 있었으니, 그것은 양도가 불가능한 천부인권이다.

그 자연 상태는 사람들에게 완전한 자유의 상태이자 평등의 상태이다. 거기에서 "사람들은 타인의 허락을 구하거나 타인의 의지에 구애받지 않고, 자연법의 테두리 안에서 스스로 적당하다고 생각하는 바에 따라서 자신의 행동을 규제하고 자신의 소유물과 일신(一身)을 처분할 수 있는 완전한 자유의 상태"에 있다. 이 자연 상태는 "또한 그 안에서 모든 권력과 권한이 호혜적이며, 어느 누구도 다른 사람보다 더 많이 갖지 않는 평등의 상태"이다. 자연 상태의 사람들은 재산 (property) 상에서 평등하며, 어떤 종류의 지배−종속 관계도 없이 만인은 그 권리에 있어서 평등하다. 자유의 상태인 자연 상태는 그러나 무질서와 '방종의 상태'(state of licence)가 아니다. 거기에는 자연의 법이 있으며, "바로 이 법인 이성은 의논을 바라는 모든 인류에게, 인간은 평등하고 독립적인 존재자이므로 어느 누구도 다른 사람의 생명ㆍ건강ㆍ자유 또는 소유물에 해를 끼쳐서는 안 된다고 가르친다."

3 제3장 〈전쟁 상태에 관하여〉

홉스는 자연 상태를 '만인의 만인에 대한 투쟁' 상태라고 보았다. 로크는 자연 상태와 전쟁 상태를 구분해서 서술한다. 어떤 경우에 전쟁 상태에 들어서는가? 자연 상태에서는 분쟁을 중재할 공통의 우월자를 갖지 못한 채 이성에 따라 산다. 그러나 구제를 호소할 공통의 우월자를 갖지 못한 상태에서 가해자가 다른 사람의 인신을 해치려고 힘을 사용할 때에는 피해자도 역시 힘을 사용해야 한다. 이것이 전쟁 상태이다. 홉스, 로크, 루소 모두 공통적으로 생명에 대한 보존이 최우선 과제이다. 생명권과 재산권의 보호가 사회계약의 주목적이었음을 상기할 때 이는 당연한 귀결이다.

4 제4장 〈노예 상태에 관하여〉

인간은 자연 상태에서 타인의 의지나 입법권에 구속받지 않고 오직 자연법만을 따른다. 사회 상태의 자유란 입법권 안에서의 자유이다. 로크는 '인간이 자신의 생명에 대한 권력을 가지고 있지 않기 때문에 협정이나 자신의 동의에 의해 다른 사람의 노예가 될 수 없다'고 하였다. 로크가 생각한 노예상태는 합법적인 정복자와 포로 사이에 지속되는 전쟁상태이다.

5 제5장 〈소유권에 관하여〉

로크는 하느님이 세계를 인간들에게 공유물로 주었다는 가정에서 소유권에 대한 논의를 시작한다. 세계를 인류에게 공유물로 준 신은 사람들에게 또한 "그것을 삶에 최대한 이득이 되고 편익이 되도록 이용할 이성"도 주었고, 따라서 사람들이 노동을 통하여 자연으로부터 최대의 부가가치를 창출하는 것은 자연을 더 풍요롭게 만드는 것으로 그것은 자연적 이성에 부합하는 일이다. 그러므로 "자신의 노동에 의해 토지를 그의 것으로 만드는 사람은 인류의 공동 자산을 감소시키는 것이 아니라 오히려 증대시키는 것"이다. "신은 사람들이 세계를 공유토록 준 것이지만, 그러나 신은 세계를 사람들이 그것으로부터 취할 수 있는 이익과 최대한의 편익을 위해서 주었으므로, 그것이 항상 공유로 개간되지 않은 채로 남아 있어야 하는 것이 신의 의도라고 상정할 수는 없다. 신은 세계를 근면하고 합리적인 자들이 사용하도록 준 것"이다. 근면한 자들의 노동에 의해서 개간된 토지는 자연 그대로였던 때보다 수십 배 수백 배의 식품과 옷감을 제공하고 그것은 인류에게 유용한 생활필수품을 충당한다. 그런 만큼 노동을 통하여 자연의 가치를 높인 사람이 그 이득을 더 많이 차지하는 것은 정당한 일이다. 그는 아메리카를 예로 들면서 근면한 사람이 더 많이 소유할 수 있고, 이를 다른 사람과 공유할 필요는 없다고 하였다.

6 제6장 〈부권에 관하여〉

부권이라는 말은 양친의 권력이라는 의미에서 친권이라고 불러야 할 것이다. 그동안 왕권을 부권과 비유하면서 부권이라는 개념을 왕권을 지탱하는데 쓰려고 했던 것은 근거가 없다. 인간은 평등하고 자유롭게 태어났기 때문에 모든 인간은 자기의 자연적인 자유를 가지고 있다. 하지만 어린 아이들은 실제로 이성이 없기 때문에 어린 아이가 이성을 갖출 때까지 부모에게 복종한다. 그러므로 양친은 친권을 가진 동시에 아이가 이성을 지닐 때까지 양육할 책임이 있다. 아이가 이성을 갖게 되면 그 이후로는 자유인이 된다. 자식이 이성을 갖춘 이후에 아버지는 자식의 생명과 자유와 재산에 대해 어떠한 지배권도 갖지 못한다. 이 장에서 로크가 부권의 성격을 밝히고 있는 것은 '아버지의 자격'이라는 논리에 의거하여 군주제를 옹호하려는 주장을 반박하기 위한 것이다. 아버지의 명령권은 그 자식들이 성인이 되고 난 다음에까지도 미치는 것이 아니라 단지 그러한 연령기의 훈련과 통제에 합당한 정도에만 국한되어야 한다는 것이다. 그리고 존경이나 존중과 같은 미덕은, 양친을 마땅히 돕고 방어해야 하는 미덕과 더불어, 자식들이 일생동안 표현해야할 의무인 것이다. 하지만 이러한 의무가 그 양친에게 어떠한 지배권을 부여하는 것은 아니다. 로크는 아버지가 군주와 유사한 역할을 담당한 것은 초기 인류 사회였다고 보았다.

7 제7장 〈정치사회 또는 시민사회에 관하여〉

초기의 가족단위의 결합관계는 아직 정치적 사회에까지 이르지 못했다. 부부는 남녀 사이의 계약에 의해 형성되는 것인데, 생식 이후에도 자식을 양육해야 하므로 부부관계가 지속된다. 또 자식의 양육 기간이 길어 재산을 축적할 필요가 있으므로 부부의 이해관계는 밀접하다. 실정법의 구속을 받지 않는다면 부부의 계약도 다른 계약과 마찬가지로 해지될 수 있다. 남편은 이해력이 뛰어나다고 해서 부인을 지배하거나 부인의 생명권까지 침해할 수는 없다. 남편이 생사여탈의 절대적인 권력을 가진 것은 결혼의 목적에 배치된다.

주인과 하인의 관계에 있어서 주인은 하인에 대해 계약에 포함된 것 이상의 권리를 갖고 있지 못하다. 가부장은 노예를 제외하고는 구성원에 대해 극히 제한적 권리를 가지므로 절대 군주와 구별된다.

성원 각자가 자연적 권리를 포기하고 법률의 보호를 받도록 호소할 수 있는 모든 사건에 관하여 이것을 공동 사회의 손에 위임할 때 정치적인 사회가 성립한다. 국가는 입법권, 전쟁 개시권, 강화권 등을 가지는데 그 목적은 구성원들의 재산을 가능한 한 보호하기 위해서이다. 사람들이 서로 결합하여 하나의 사회를 구성하고 각자가 자연법을 집행할 수 있는 권력을 포기하고 이것을 공공 사회에 위임할 경우 정치적 사회나 시민 사회가 성립한다는 것이다.

절대군주는 신민과 자연 상태에 있으므로 절대군주정은 시민 사회와 모순된다. 그러나 자기의 권리를 심판하고 유지할 수 있는 자연 상태와 달리 절대군주제는 군주의 횡포에 그 부당함을 판별할 수가 없다. 절대군주가 신민들 사이의 질서를 유지한다고 하지만 그것은 어디까지나 군주 일신을 위한 것이다. 오직 입법권만이 모든 사람의 안전을 책임지며 법률에 복종하게 할 수 있다. 시민 사회에서는 어느 누구도 법의 지배를 면할 수 없다.

8 제8장 〈정치사회의 기원에 관하여〉

공동사회를 형성하는 목적은 재산을 보전하고 외적으로부터 안전을 도모하기 위한 것이며 그러한 공동사회의 운영 원리는 다수결의 원칙에 있다. 집단의 통일된 행동을 위해 자연법과 이성의 법이 전체에 권력을 행사할 수 있는 것은 다수의 구성원의 결의에 의해서이다. 국가 형성에 동의할 때 개인은 다수자의 결정에 동의할 의무가 있다. 왜냐하면 다수자가 소수자를 구속할 수 없다면 사회는 하나의 단체로서 행동할 수 없고 또 다시 해체될 수밖에 없기 때문이다. 이처럼 일체의 권력을 다수파에게 양도함으로써 합법적인 정부가 탄생한다. 어떠한 통치체제 밑에서 태어난 자유인이라도 오직 동의에 의해서만 그나라의 성원이 되는 것이지 부자(父子) 사이의 자연적인 인연으로 왕국의 신민이 되는 것은 아니다. 국가에 가입한 개인은 그의 소유물도 국가에 부속시키는데, 묵시적 동의자는 소유물을 내놓고 국가로부터 탈퇴할 수 있으나 명시적 동의자는 통치체제의 해체나 추방 이외에는 자연 상태로 돌아갈 수 없다. 단순한 보호나 복종으로는 국가의 신민이 될 수 없으며 오직 명시된 계약으로만 신민이 될 수 있다.

9 제9장 〈정치사회와 통치의 목적에 관하여〉

자연 상태의 자유와 소유권은 불확실하며 침해받을 위험이 있으므로 사람은 그러한 공포와 위험으로부터 벗어나려 한다. 그러므로 재산, 생명, 자유의 보전이야말로 사람들이 국가를 형성하는 주된 목적이다.

10 제10장 〈국가의 형태에 관하여〉

로크는 통치형태가 입법권을 어디에 두는가에 따라 결정된다고 보고 국가 형태를 민주정과 과두정, 군주정으로 나누었다. 그리고 군주정을 세습군주정과 선거군주정으로 세분하기도 하였다. 한편, 이 장에서는 국가(Commonwealth)의 개념을 라틴 사람들이 '키비타스'

(Civitas)라고 부르는 것으로 설명하고 있는데 키비타스는 '독립적인 공동사회'를 의미한다.

11 제11장 〈입법권의 범위에 관하여〉

법률은 국민의 동의를 얻은 입법부의 권한으로 만들어진다. 입법권은 국민의 생명과 재산을 침해해서는 안 되며 자연법에 위배되어서도 안 된다. 입법권은 자의적이어서는 안 된다. 절대적인 한 사람의 자의적 입법에 자기의 몸을 위임하는 것은 자연 상태보다 더 위험하기 때문이다. 지배 권력은 공적으로 선언되어 승인된 법률로서만 백성을 다스려야 한다.

최고권이라도 동의를 얻지 못하면 소유물을 빼앗을 수 없고 절대 권력이라 할지라도 시민들의 재산을 몰수할 수는 없다. 세금을 지불하는 것은 필요한 일이지만 이것 역시 동의가 있어야 한다. 입법부는 입법권을 다른 어떤 누구에게도 양도할 수 없는데 이는 오직 국민만이 국가 형태를 규정할 수 있기 때문이다. 입법부는 지배 권력이 공포·확정된 법률에 의거하여 지배하도록 해야 한다. 그리고 이러한 법률은 국민복지 이외의 목적을 궁극적인 목적으로 삼아서는 안 된다.

12 제12장 〈국가의 입법권·집행권 및 연합권에 관하여〉

입법권이란 공동사회와 그 성원을 보전해 가기 위하여 국가의 힘이 어떻게 행사되어야 할 것인지를 지시할 수 있는 권리를 가진 권력이다. 그것을 집행하는 권력이 특정한 사람에게 집중되면 공동의 이익에 반하여 행동할 수 있으므로 입법권과 집행권은 자주 분리된다. 이와 같은 상황에서 국가는 전쟁과 강화의 권력, 연맹과 교섭권을 가지고 있다. 집행권은 국내관계에 해당하고 연합권은 국제관계에 해당한다. 집행권과 연합권은 별개의 것이나 양자를 분리시켜 별개의 사람에게 위임하는 것은 거의 불가능하다.

⒔ 제13장 〈국가 권력의 종속 관계에 관하여〉

로크는 공동사회의 보전을 위해 국가의 최고 권력은 입법권이 되어야 한다고 보았다. 다른 권력, 즉 연합권, 행정권 등은 모두 입법권에서 유래되는 것이며 모두 입법권에 보조적인 역할을 한다.

⒕ 제14장 〈大權에 관하여〉

공공의 복지를 도모하기 위해서 법률의 지시를 기다리지 않고서 재량에 따라 행할 수 있는 권력을 '대권(prerogative)'이라고 한다.

⒖ 제15장 〈부권, 정치적 권력 및 전제적 권력에 관한 총괄적 고찰〉

부권 또는 친권은 양친이 자식들을 통제하기 위해서 갖게 되는 권력에 지나지 않으며 자식의 행복을 목적으로 한다. 이러한 권력은 자식들이 이성을 발휘할 수 있을 때까지 만이다. 정치적 권력이란 자연 상태에서 누구나가 갖고 있었던 권력을 그 사회의 수중에 넘겨준 것이며, 사회 성원의 복지와 재산의 보전을 위해 사용되어야 한다는 명시적 또는 묵시적 신탁 위에 위임된 권력이다. 전제적 권력이라는 것은 한 사람의 인간이 다른 사람에 대해서 마음 내키는 대로 그의 생명마저 빼앗을 수 있는 절대적이며 자의적인 권력이다. 그러므로 전제적 권력은 시민 사회와 양립할 수 없다.

⒗ 제16장 〈정복에 관하여〉

정복과 정부의 수립은 별개의 것으로 정부의 수립은 어디까지나 국민의 동의가 있어야 한다. 정복자는 자신에게 부정한 폭력을 실제로 행하거나 그것에 동조한 사람에게만 권력을 갖고 그에게 아무런 위해를 가하지 않은 사람에게는 정당한 권력을 갖지 못한다. 정복자가 피정복자에게 생명권에 대해서까지 절대적 권력을 가질 수 있지만 피정복민의 소유물에까지 권리를 미칠 수는 없다. 전쟁의 발발 원인은 힘의 부당한 행사이며 그렇기 때문에 폭력을 행사한 자는 생명의 권리를 상실한 야수와도 같은 존재가 되고 만다. 정복자가 피정복자의 재물에 관해 갖는 권리는 피정복자의 손해에 관한 부분뿐이다. 상호간에 아무리 큰 피해를 입었다고 할지라도 정복자가 피정복자들과 그 후손들의 재산과 상속분을 빼앗을 권리는 없으며 더더구나 그가 정복한 나라를 소유할 권리도 없다. 피정복자에게 폭력적으로 강요되는 정복자의 통치는 피정복자들에 대해 아무런 구속력을 갖지 못한다. 즉 정복자의 통치가 줄곧 지속된다 하더라도 피정복자들의 자손은 자유인인 것이다. 그러므로 폭력적으로 무리하게 복종을 강요하는 권력을 제거해버리는 일은 비록 그것이 반란이라는 이름으로 불릴 지라도 신 앞에서는 결코 죄가 아니게 된다.

17 제17장 〈찬탈에 관하여〉

정복이 외국에 의한 찬탈이라고 한다면 찬탈은 국내적인 정복으로써 다른 사람이 가지고 있는 권리를 빼앗는 것에 지나지 않는다. 공권력에 참여할 사람들의 임명은 법률로써 정하는 것이므로 국민의 동의와 승인이 없는 지배자는 통치자로서의 자격을 가질 수 없다.

18 제18장 〈전제에 관하여〉

전제란 자신의 사적 이익을 위해 법률이 아닌 개인의 의지를 기준으로 삼아 절대 권력을 행사하는 것이다. 법률의 제정 목적은 공공의 복지 증진이며 국왕은 국민과의 약속인 법률을 통해 통치해야 한다. 그렇지 않고 힘으로써 다른 사람의 권리를 침해하려고 하는 자는 국왕이라고 할지라도 신민으로부터 당연히 저항을 받을 것이다. 군주의 명령이라도 공정하지 못한 경우에는 저항할 수 있는 권리가 있다. 국왕의 권위는 오직 법에 의해서만 부여되는 것이므로 만일 국왕이 위임받았다는 구실을 내세워 법적 권한이 없는 부당한 폭력을 행사한다면 그 폭력에 이의를 제기하여 저항하는 것은 국왕의 특권에 의해서도 제지받지 않는다. 즉 부당한 권력에 저항하는 것은 합법적이다. 불법적인 권력 행사가 국민 대다수의 생명, 재산, 종교 등에 영향을 미칠 때 국민들의 저항을 저지시킬 방도는 없는 것이다.

19 제19장 〈통치의 해체에 관하여〉

외세의 침입으로 사회가 해체되고 통치도 이로 인해 해체된다. 또 국가의 혼(魂)인 입법부가 변경되는 경우 통치는 해체된다. 군주가 법률 대신 자의적인 의지를 통치의 원칙으로 내세운다면 그것은 입법부가 변경된 것이다. 입법부가 자유롭게 모여 행동하는 것을 군주가 방해한다면 그것 또한 입법부가 변경된 것이다. 군주가 자의적으로 선거인이나 선거 방법을 바꾼다면 입법부가 변경된 것이다. 국민이 외세의 지배하에 넘겨진다면 입법부가 변경된 것이다. 이와 같은 경우에 발생하는 통치의 해체는 전적으로 군주의 책임이다.

통치가 해체된 경우 국민은 새로운 입법부를 설치할 수 있다. 입법부가 국민의 생명과 재산에 대한 절대적인 권력을 장악하려고 하거나 그러한 권력을 타인의 수중에 넘기려고 한다면 입법부에 위임한 권력은 상실되어 국민의 수중으로 돌아간다. 그러나 그와 같은 해체는 사소한 잘못이 있을 때마다 일어나는 것이 아니라 오랜 기간 동안 권력의 오·남용에 의해 발발한다.

　군주의 권리가 신성불가침하다는 주장은 전혀 근거가 없다. 경우에 따라서 국민도 저항할 수 있으므로 국왕에 대한 저항이 모두 반란이 되는 것은 아니다. 국민은 국왕이 참을 수 없는 전제를 가할 때 경의를 표하면서 저항할 수 있다. 국왕은 통치를 전복시키려는 의도를 가질 경우 지위를 상실하며 국왕이 왕국을 다른 나라에 양도하는 경우에도 국왕의 지위를 상실한다. 이 같은 통치의 해체 상황, 즉 입법부나 군주가 국민의 신탁에 위배하여 행동하고 있는가의 여부는 바로 국민의 판단에 의해 이루어진다.

로크는 대의민주주의를 강조하여 입법권을 국가 최고 권력으로 상정하였다. 로크의 논의대로 가령, 10만 개의 산소 분자들 묶음에서 산소 분자 1개를 골라내면, 그 1개가 여타 것들의 특성을 그대로 반영하고 그런 수준에서 여타의 것들을 대표할 수 있다고 볼 수 있다. 그러나 이런 수준에서의 대표성을 10만 명이 선출한 한 사람의 대의원에게서 기대할 수 있을까? 대의민주주의의 정당성에 대하여 생각해 보자.

추 천 할 만 한 번 역 본

삼성세계사상전집 13권에 이극찬 번역의 《통치론》이 있다. 제목은 《통치론/자유론》이다. 그리고 도서출판 까치에서 나온 강정인 번역의 《통치론》이 있다.

《통치론/자유론》, 이극찬 역, 삼성출판사, 1990.

《통치론》, 강정인, 문지영 공역, 까치, 1996.

Du Contrat social

사회계약론

장자크 루소(Jean-Jacques Rousseau)

이 책에 관하여

홉스의 《리바이어던》에서 로크의 《시민정부론》, 루소의 《사회계약론》에 이르는 정치사상서에는 공통된 흐름이 있다. 그것은 개인으로서의 인간들이 계약을 통해 사회를 만든다는 사회계약의 개념이다. 비록 각각의 저서들이 효율적이라고 생각하는 국가의 형태나 정부의 형태는 다르지만 사회계약이라는 개념은 공유하고 있다. 이들 저서들은 당대 정치 현실의 세세한 문제점들을 시시콜콜 다룬 것이 아니라, 그 현실을 예리하게 관찰하고 심사숙고하여 원리적인 측면에서 대안을 제시하였다. 한마디로 홉스와 로크와 루소는 정치권력의 정당성과 주권의 소재를 끊임없이 탐구한 사람들이라 하겠다.

루소의 《사회계약론》이 홉스의 《리바이어던》이나 로크의 《시민정부론》과 구별되는 가장 뚜렷한 점은 '국민주권'의 개념과 '전체 의사(la volonte generale)'의 개념이다. 루소는 《사회계약론》에서 주권이 국민에게 있음을 분명히 밝히고 있다. 그리고 이것을 홉스나 로크보다 더 적극적으로 해석하고 있다. 예를 들면 홉스는 사회계약 상태의 개인을 "자신의 생명을 위협하는 폭력에 저항하는 권리를 양도한 것은 아닌" 정도로 설명하면서 자연 상태의 혼란을 막기 위한 주권자의 권위는 자세히 설명한다. 은연중 절대왕권에 대해 상당히 많은 부분을 할애해 이야기하고 있다. 즉 17세기의 홉스는 절대주의와 왕권신수설(王權神授說)이 퇴색해가는 시점에서 국가와 주권의 발생의 정당성을 철학적으로 탐구했다면, 루소는 18세기의 시점에서 홉스보다 한 걸음 진전한 것이다.

Du Contrat social

저 자 에 관 하 여

장자크 루소(Jean-Jacques Rousseau, 1712~1778)는 1712년 스위스 제네바에서 시계공의 아들로 태어났다. 태어나자마자 어머니가 돌아가시고 10살이 되던 해에 보세의 랑베르시에(Lambercier) 목사에게 맡겨졌다. 2년 후에는 목사의 집을 떠나 견습서기로 또는 조각사의 조수로 고달픈 나날을 보냈다. 1728년에는 안느 시에서 드 바랑스 부인과 만났다. 특히 1731년부터 1737년 사이에 드 바랑스 부인과 행복한 나날을 보냈다고 한다.

1742년에는 파리로 가서 디드로(Diderot)를 만났고 다른 파리의 지식인들과도 교유했다. 1745년에는 달랑베르의 요청으로 《백과전서》안의 음악부분을 담당하였고, 1750년에는 〈학문 및 예술에 관한 논고〉라는 논문으로 디종의 한림원 현상 응모에 당선되었다. 1755년에는 《인간 불평등 기원론》을 발표하였고, 1758년에는 디드로를 비롯한 백과전서파와 결별하였다. 1761년에는 《신엘로이즈》를 출간하였고, 이듬해 1762년에는 《사회계약론》과 《에밀》을 발간하였다. 그런데 당시 이 책들은 모두 금서로 지정되었고, 루소는 스위스로 피신하였다.

1766년에는 흄의 초청으로 영국에 건너갔지만 이듬해 프랑스의 아미앵으로 돌아왔고, 1770년에는 리용을 거쳐 파리로 돌아와 《고백록》을 완성하였다. 1772년에는 《폴란드 정부에 관한 고찰》을 완성하였고, 1776년에는 《대화-루소의 장자크 심판》을 완성하였고, 《고독한 산책자의 몽상》을 집필하다가 1778년 뇌일혈로 돌아갔다.

Jean-Jacques Rousseau

_____Du Contrat social

1762년 발표된 《사회계약론》은 4부로 이루어져 있다. 제1부에서 루소는 계약에 대해 이야기하고 있다. 제2부에서는 주권과 법을 이야기하고 있고, 전체 의사의 개념도 등장한다. 제3부에서는 여러 가지의 정부 형태를 살펴보고 있다. 즉 군주정치와 귀족정치, 민주정치를 차례로 검토하고 대의제에 대해서도 이야기하고 있다. 제4부에서는 로마의 정치를 살피고 있다.

1 계약으로 성립된 사회

제1부의 주제는 아주 인상 깊은 말로 시작된다.

> 인간은 본래 자유인으로 태어났다. 그런데 그는 어디에서나 쇠사슬에 묶여 있다. 어떤 사람은 자기를 다른 사람들의 지배자로 믿기도 하는데, 실은 이 사람은 더 심한 노예가 되어 있다.

상당히 선동적인 어투의 이 말은 다음과 같은 의미를 가진다. 사회 질서를 유지하는 법은 본래부터 있었던 것이 아니라—자연 상태에는 없었던 것—계약을 맺고 나서부터 생겨났다. 그런데 세상 사람들은 그것을 모르고 그 법에 속박되어 있다는 말이다. 루소는 그리하여 계약이 성립하는 과정을 증명하는 일에서부터 《사회계약론》 제1부를 시작하고 있다.

제1부에서 주의 깊게 살펴볼 장은 제6장 〈사회 계약에 관하여〉, 제7장 〈주권자에 관하여〉, 제8장 〈시민 신분에 관하여〉이다. 제5장까지의 대략은 초기사회가 어떠하였는지, 고대사회의 노예제가 과연 합당한지, 계약이라고 할 수 있는지를 살피고, 최초의 계약문제는 어떠하였는지에 대해 논의해야 한다고 주장한다. 그는 사회가 성립하려면 적어도 최초에 한번은 사회를 만들자는 계약에 만장일치로 동의하였을 것이라는 전제를 내세운다. 물론 오늘날의 관점에서 보면 이것은 평범한 전제일 뿐이라고 비판할 수 있지만, 왕권의 정당성을 신이나 혈통에서 찾던 당시 사람들에게 주권이 국민에게서 나온다는 것을 증명하기 위해서는 매우 중요한 역할을 하는 전제이다. 최초의 계약이 국민 개개인의 만장일치에서 성립하였으므로 주권이 계약의 주체인 국민에게 돌아가는 것이다.

제6장에서는 최초의 사회계약이 어떻게 해서 이루어지는지를 설명하고 있다.

> 모든 공공의 힘으로부터 각 구성원의 신체와 재산을 방어하고 보호해주는 한 연합의 형태, 그리고 이것에 의해 각 개인은 전체와 결합되어 자기 자신에게만 복종하고 이전과 마찬가지로 자유로울 수 있는 그런 연합의 형태를 발견할 것. 이것이 곧 사회계약이 그 답을 주어야할 근본문제이다.

즉 사회계약은 그것을 성취함으로써 개인의 재산과 생명을 보호하는 동시에 그 계약 때문에 개인의 자유가 제한되지 않을 형태의 사회를 발견하는 것이 그 과제가 된다는 것이다. 루소는 이 문제에 대한 해답을 다음과 같이 명쾌하게 내리고 있다.

　이 조항들을 잘 이해하면 모두가 하나의 조항으로 귀결된다. 즉, 구성원 각자가 전체 공동체에 모든 권리와 함께 자신을 전적으로 양도하는 것. 왜냐하면 각자가 자신을 전적으로 양도하게 되면 조건은 누구에게나 평등해지고 또 조건이 평등하면 누구도 타인의 조건을 과중하게 만드는 데 관심을 갖지 않을 것이기 때문이다.

루소의 이 말대로라면 개인이 공동체에 전적으로 자신을 양도함으로써 모든 사람이 평등해지고 그리고 나서야 개인이 자유로워진다는 것이다. 이때의 자유는 자연 상태에서 죽음과 폭력의 공포 속에서 누리던 자유와는 차원이 다른 것이다. 일단 모든 사람이 자신을 양도한 상태에서 계약으로 성립된 사회 속에서 누리는 자유이기 때문이다. 루소는 다음과 같이 더 자세한 설명을 붙이고 있다.

　각자는 자신을 전체에 양도함으로써 결국 아무에게도 양도하지 않는다. 그리고 구성원은 누구나 남에게 양도하는 자신에 대한 권리와 동일한 권리를 남에게서 획득하는 것이므로, 결국 사람은 자기가 상실한 모든 것과 동일한 대가를 얻게 되고 자기가 소유하는 것을 보존하기에 더욱 큰 힘을 얻는다.

이처럼 각자가 자신을 전적으로 전체에 양도함으로써 발생하는 결과는 전체 의사(la volonté générale)이며, 개인은 이 전체의사와 불가분의 관계에 놓인다는 점이다. 이것이 사회계약의 핵심이라고 루소는 이야기하고 있다. 다음 인용문에서 이 점이 잘 나타난다.

> 그러므로 사회계약에서 그 본질이 아닌 것을 제거해 버린다면 우리는 이 협약이 다음과 같은 말로 요약됨을 알 수 있다. "우리는 각자 자신의 신체와 모든 능력을 공동의 것으로 만들어 전체의사(la volonté générale)의 최고 감독 아래에 둔다. 그리고 우리는 각 성원을 전체와 불가분의 부분으로서 한 몸으로 받아들인다."

계약이 이루어지고 사회가 성립되는 순간 각 계약자의 개인적 인격은 사라지게 된다. 대신 이 결합행위의 결과로 하나의 인격체가 생겨나는데 이것이 바로 국가이다. 루소는 이 공적 인격체를 《사회계약론》에서 도시국가(Cité), 공화국(République), 정치체(corps politique)라는 용어로 표현하고 있는데, 여기에서 우리는 루소의 정치적인 지향성을 엿볼 수 있다.

제7장 〈주권자에 관하여〉에서는 개인의 전체의사와 주권의 창시자인 시민이 동시에 국가에 종속된 신민이 되는 상황을 설명하고 있다. 그 상황을 한마디로 말하자면 개인은 전체 의사로부터 제약을 받는다는 것이다. 주권이라는 것은 각 개인으로부터 나오는 것이므로 공통의 이익을 보장하는 것이 확실하다. 하지만 개인은 자신만의 이익만을 위해 움직일 수 있으므로 일정한 강제력이 있지 않으면 사회가 와해될 수 있다는 것이 제7장의 주지이다. 모든 사람들로부터 나왔으므로 주권자가 공적이익을 추구한다는 것 역시 루소의 추론에서 나온 당연한 귀결이다. 요즈음의 시각에서 보면 이상적일 수 있지만 국민

으로부터 주권이 나오고 그것의 총화가 주권자라는 논리에서부터 생각해 보면 이해할 수 있을 것이다.

제8장 〈시민 신분에 관하여〉에서는 자연 상태의 인간에서 시민 신분으로 이행하면서 바뀌는 점들을 상술하고 있다. 루소는 다음과 같이 이야기하고 있다.

> 이 모든 득실의 대조를 비교해 보기 쉬운 말로 요약해 보자. 인간이 사회계약으로 상실하는 것은 그의 자연적 자유와 그가 마음이 끌리면 언제나 취할 수 있는 모든 것에 대한 무제한의 권리이다. 그가 얻는 것은 사회적 자유와 그가 소유하는 모든 것에 대한 재산권이다. 이 득실의 대조에 있어서 오류가 없으려면, 개인의 힘만이 한계를 이루는 자연적 자유와 전체 의사에 의해 제한 받는 사회적 자유를 올바르게 분별해야 한다. 그리고 힘의 결과이거나 먼저 점유한 자의 권리일 뿐인 소유와 확실한 명분 위에서만 성립되는 재산권과는 엄격히 구별되어야 한다.

위의 인용문에서 새로 드러나는 사실은 첫째, 자연적 자유와 사회적 자유에 대한 구별, 둘째, 자연 상태에서는 무제한적이지만 불확실한 점유와 사회 안에서 소유한 것들에 대한 재산권 사이의 확연한 대비이다. 사회적 자유와 재산권, 특히 재산권은 사회계약으로서 시민이 얻게 된 성과임을 핵심적으로 드러내 준다.

2 주권의 본질적 속성에 대하여

제2부에서는 주권과 입법에 관해 다루고 있다. 제1장 〈주권은 양도할 수 없다〉에서는 '주권은 결코 양도될 수 없고 그 자신에 의해서만

대표될 수 있다'라는 구절이 나온다. 모든 사람들의 합의로 이루어진 사회에서 전체의사만이 공동이익이라는 국가 설립의 목적으로 이끌 수 있다. 그런데 전체 의사라는 것은 모든 사람들로부터 나온 것이므로 어느 누구에게도 양도될 수 없는 것이고 주권자는 모든 국민들의 집합체라는 개념이므로 그 자신에 의해서만 대표될 수 있는 것이다.

제2장 〈주권은 분할될 수 없다〉에서는 주권이 양도될 수 없는 것과 동일한 이유에서 분할될 수 없음을 밝히고 있다. 국민 전체의 의사로서 공표된 것은 주권 행위이고 법이지만 의사가 분할된 순간 그것은 전체적인 것이 아니고 개별적인 의사이기 때문이다.

제4장 〈주권의 한계에 관하여〉에서는 주권에 대해서 설명하고 사회계약에 대해 다시 상기시키면서 필요하다면 국가를 위해 싸워야한다고 주장하고 있다. 주권에 대해 설명하고 있는 다음 부분을 살펴보자.

> 국가 또는 도시국가도 결국 지체(肢體)들의 연합 속에서 생명을 유지하는 하나의 정신적인 인격체일 뿐이라면 그리고 그의 가장 중요한 관심이 자신의 생명을 보존하는 일이라면, 국가는 전체에 가장 적합한 방식으로 각 부분을 동원하고 배치하기 위해 전체적이고 강제적인 힘을 필요로 한다. 마치 자연이 모든 사람에게 자기의 신체 부분들에 대해 절대 권한을 부여한 것처럼 사회계약은 정치체(政治體)에게 그 단체의 전 구성원을 지배할 절대적 권력을 부여한다. 그리고 앞서 말했듯이 전체 의사에 의해 지휘되는 이 권한을 우리는 주권이라는 명칭으로 부른다.

주권에 대해 언급한 부분 이외에도 한 가지 재미있는 점은 루소도 홉스도 국가를 하나의 인공적인 인격체로 보았다는 사실이다. 홉스는 국가를 성서 욥기에 나오는 괴물인 리바이어던에 비유하고 이것을 저서의 제목으로 삼기도 하였다. 주권이 정당성을 유지하려면 그것은 어디까지나 전체의사에 의해 지휘되어야 하며 전체 국민의 공동 이익을 위해 움직여야 한다. 다음 인용문을 살펴보자.

> 그리고 전체 의사가 진정으로 그렇게 되기 위해서는 그 본질에 있어서와 같이 그 대상에 있어서도 전체적이어야 한다는 사실, 그러므로 전체 의사는 전체에서 시작하여 전체에 적용되어야 하며 그것이 어느 개인적이고 한정된 대상에 편중되어 사용되는 경우 본래의 정당성을 상실하고 만다는 사실을 입증한다. 왜냐하면 이 경우 우리는 자신과 관계없는 일에 관여하는 셈이므로 우리를 이끌어 줄 참다운 공정성의 원칙을 가질 수 없기 때문이다.

전체의사가 본질에서 뿐만이 아니라 대상에 있어서도 전체적이어야 한다는 말은 모든 사람들에게 차별 없이 공평하게 적용된다는 말이다. 즉, 주권이 구성원 각자의 계약의 총합에 의해 나왔으므로 전체 이익을 위해 움직여야 하며 이 과정에서 어느 특정한 구성원에게 특혜를 주거나 어떤 사람에게만 과중한 부담을 지울 수 없다는 뜻이다.

제6장 〈법에 관하여〉는 사회 계약 이후에 생겨난 정치체의 행동 규범인 법에 대하여 논의하고 있다. 전체의사의 적용 과정과 마찬가지로 법도 개별적인 대상이 아닌 전체 국민에게 공평하게 적용된다. 법의 대상은 특정한 개인이 아닌 국민 전체라는 추상적인 차원에서 논의된다. 루소는 이 장에서 전체 의사를 상기시키며 법이 왕이나 귀족의 특권에서 나오는 것이 아니라 전체 의사에서 나오는 것임을 밝히

고 있다. 또 법에 의해 통치되는 '공화국'을 언급함으로써 그의 정치적 지향점이 어디에 있는지를 보여주고 있다. 다음 인용문을 살펴보자.

> 법이란 전체의사의 행동이기 때문이다. 군주가 법을 초월하는가를 물을 필요도 없다. 그도 국가의 한 구성원이기 때문이다. 그리고 법도 불공정할 수 있는가를 묻는 것도 자기 자신에 대해 불공정할 사람은 아무도 없기 때문에 필요가 없고 또 우리가 어떻게 자유로우면서 법에 복종할 수 있느냐고 묻는 것도, 법이 바로 우리 자신의 의사의 기록이기 때문에 필요가 없다.
>
> 또한 법은 의사의 보편성과 대상의 보편성을 결합시키고 있는 것이므로, 그가 누구라 할지라도 개인이 독단적으로 내리는 명령은 결코 법이 될 수 없다는 것을 알 수 있다. 비록 주권자의 명령이라 해도 그것이 개별적 대상을 상대로 한 것이라면 이것 역시 법이 아니라 행정명령이며, 주권자의 행위가 아니라 행정 기관의 행위가 된다.

법이 전체의사의 행동이라면 법의 제정자는 당연히 국민이다. 그런데도 국가에는 입법자를 따로 두고 있다. 전체의사에게 제대로 된 판단을 내리게 하기 위해서 입법자가 필요하다고 루소는 설명한다. 제7장 〈입법자에 관하여〉는 이러한 입법자가 어떻게 해야 합당한지를 이야기 한다. 제8장, 제9장, 제10장에서 루소는 국민에 관하여 이야기하고 있는데, 루소가 생각하는 이상적인 국민은 직접 민주주의가 가능한 소규모의 국가에서 미신이나 관습에 빠져 있지 않고 일치감을 가지고 있는 국민이다. 그는 유럽에서 입법이 가능한 나라로서 코르시카를 지목한다. 제12장 〈법의 분류〉에서는 정치법, 민법, 형법, 그리고 여론과 관습에 대해 설명하고 있다. 여기서 정치법이란 주권자와 국가의 관계를 규정하는 법인데 정치 철학과도 밀접한 관계가 있다.

3 정부는 주권의 고용자

제3부에서는 전체의사의 집행자라고 할 수 있는 정부에 대해서 논하고 있다. 제1장 〈정부 일반에 관하여〉는 그 일반론이다. 루소가 생각한 정부는 국민과 주권자간의 일종의 중간 조직이다. 사람들은 종종 정부와 국가를 동일시하는 착각에 빠지지만 이 둘은 전연 별개의 것이다.

> 이 조직의 구성원들은 행정관 또는 '왕', 다시 말해 '행정 수반'이라고 불리며, 이 조직을 총칭하여 '군주'라고 칭한다. 따라서 국민이 그 자신을 군주에게 복종시키는 행위는 결코 계약이 아니라는 주장은 매우 타당하다. 그것은 결코 위임이나 고용에 불과한 것이므로, 그들은 한낱 주권자의 관리로서 위임받은 권력을 주권자의 이름으로 행사하는 것이다. 그러므로 주권자는 이 권력을 그의 뜻대로 제한하고 수정하고 또 회수할 수 있다. 이 권리의 양도는 사회체의 본질에도 부합되지 않으며 또 연합체의 목적에도 상반된다.
>
> 그래서 나는 집행권의 합법적인 행사를 '정부' 또는 '최고 행정기관'이라 부르고 또 이 행정의 책임을 맡은 단체나 사람을 '군주' 혹은 '행정관'이라 부른다.

이상이 루소가 생각하는 정부의 핵심이다. 주권자, 즉 국민 전체가 정부의 권력을 제한하고 수정하고 회수할 수 있다는 구절이 인상적이다. 루소는 '정부가 정부를 위해 국민을 희생시키는 것이 아니라 국민을 위해 자신을 희생시킬 수 있어야 한다'고 하였다. 정부는 늘 국가 전체를 위하는 공공의 힘과 자기 보존을 위한 개별적인 힘을 구별해야 한다는 것이 이장의 요지이다.

제3장 〈정부의 분류〉에서는 정부를 '민주 정치', '귀족 정치', '군주 정치'로 분류하고, 제4장, 제5장, 제6장, 제7장에서 각각 살피고 있다. 제7장은 혼합 정부에 관하여 논하였다. 제15장 〈대의원 또는 대표자들에 관하여〉에서는 대의 민주주의에 대한 루소의 비판적인 시각이 드러나 있다. 유명한 그의 구절을 인용하면 다음과 같다.

주권은 양도될 수 없다는 것과 같은 이유에서 대표될 수도 없다. 그것은 본질적으로 전체의사로써 성립된 것인데, 이 의사는 대표될 수 없는 것이다. 그것은 그 자체이거나 아니면 다른 것이 된다. 그 중간이란 있을 수 없다. 따라서 대의원은 국민의 대표자도 아니고 될 수도 없다. 그들은 국민의 심부름꾼에 불과하며 어떤 것도 결정적으로 매듭지을 수 없다. 국민이 직접 인정하지 않은 법은 무효다. 그것은 법이 아니다. 영국 국민은 자유롭다고 생각하고 있는데 그들은 크게 착각하고 있다. 그들이 자유로운 것은 오직 의회의 대의원을 선출할 때뿐이며 일단 선출이 끝나면 그들은 노예가 되고 아무것도 아닌 존재가 된다. 그들이 자유를 누리는 짧은 기간 동안에 행사하는 자유는 그들이 자유를 상실하기에 정녕 합당한 것이다.

제16장에서는 정부의 성립은 결코 계약이 아니라는 점을 밝히고 있고, 제18장에서는 정부의 월권을 방지하기 위해 정기적으로 모든 국

민이 참석하는 국민의회를 제안하고 있다. 이 정기적인 국민의회에서 국민들은 '주권자는 정부의 현 형태를 존속시키기를 원하는가'와 '현재와 동일한 사람에게 위임할 것인지'를 결정한다.

4 이론의 현실적 원형 : 로마의 정치

제4부에서는 제1장, 제2장을 통해 다시 한 번 전체의사에 대해 확인하고 투표에 대해서 논의한다. 우리가 투표를 하는 이유는 어떤 법이나 제안이 전체 의사에 합치하는가 아닌가를 살피는 것이지, 자기가 그것에 찬성하는지 반대하는가를 표시하는 것이 아니다. 자기 의견과 반대되는 것이 투표에 승리했을 때에는 내가 전체의사에 합치된다고 생각했던 의견이 잘못된 의견이라는 것이 증명된 것일 뿐이다.

제4장 이후로 루소는 로마의 정치제도에 대해 상세하게 살피고 있다. 루소는 자신이 이상적인 정치형태라고 생각했던 직접 민주주의의 원형을 로마에서 찾고 있는 것이다. 그래서 로마 민회, 호민관직, 독재 집정관, 통제관 등을 살피고 있다. 제8장에서는 시민사회의 종교에 대해 논하고 있다.

우리사회는 대의 민주주의의 구심축인 의회와 대의의 권력을 양도해준 국민과의 갈등을 경험하였다. 루소는 이러한 상황을 어떻게 보고 있을지 루소의 논리를 바탕으로 생각해보자.

추 천 할 만 한 번 역 본

서울대학교 불어불문학과 이환 명예교수가 번역한 《사회계약론》은 서울대학교 인문학연구소 고전 총서 시리즈 중의 하나로 이해가 쉬운 문장으로 번역되어 있다.

《사회계약론》, 이환 역, 서울대학교출판부, 1999

책
에
빠
지
는
즐
거
움

The Wealth of Nations

국부론

아담 스미스(Adam Smith)

이 책 에 관 하 여

미국 하버드대학의 명예교수인 존. K. 브레이스 교수는 1975년에 "《국부론》은 《성경》 및 《자본론》과 더불어 인류가 언제나 인용할 수 있는 3대 참고서적 중의 하나이다."라고 격찬한 바 있다.

"공익을 추구하려는 의도도 없고 자신이 공익에 얼마나 이바지하는 지조차 모르는 이, 오직 자신의 이익만을 도모하는 이는 그 과정에서 보이지 않는 손에 이끌려 의도하지 않았던 부수적 결실도 얻게 된다."라는 이 유명한 구절이 바로 《국부론》의 핵심 내용이다.

아담 스미스는 10년에 걸쳐 완성한 《국부론》을 1776년에 발표함으로써 '고전 경제학의 아버지'라 불리게 되고 자유시장경제의 신봉자들에겐 수호성인으로 여겨지고 있다. 또한 《국부론》은 리카도의 《정치경제학 및 과세의 원리》(1817)와 더불어 고전학파의 대표작으로 손꼽히고 있다.

《국부론》의 원제는 《국부의 성질 및 원인에 관한 연구(An Inquiry into the Nature and Causes of the Wealth of Nations)》이다. 제목을 통해서 스미스가 당시 인문과학의 주류였던 계몽사상으로부터 상당한 영향을 받았음을 알 수 있다. 계몽사상은 인과관계를 밝히고 그 속성을 파악하는 것을 가장 중요한 작업으로 여겼다. 스미스도 《국부론》에서 경제 주체들의 속성을 살피고 그들을 지배하는 법칙들을 발견한 후 이러한 행동 법칙들이 사회전반에 미치는 영향을 분석했다.

약 280년 전에 저술된 《국부론》이 아직까지도 경제학의 정석으로서 여겨진다는 것은 결국 18세기와 21세기의 경제현실은 현격한 차이를 보이지만 그 기저에서 작동하고 있는 자본주의의 기본원리는 별반 다를 게 없다는 것을 의미한다. 더욱이 스미스는 《국부론》을 통해 자본주의 체제가 가격의 기능을 통해서 시장 질서를 형성한다고 주장함으로써 처음으로 경제학이라는 학문이 성립될 수 있게 하였고 산업 자본이 요구하는 자유 경쟁이 '보이지 않는 손'에 의하여 사회의 이익을 증진시킨다고 설명함으로써 경제적 자유주의의 주장을 뒷받침해주었다.

방대한 분량의 《국부론》은 경제의 성장은 자유방임에 기초한 시장에서 자연스럽게 이루어지는 것이고 이러한 시장 기구가 원활히 작동하기 위해서는 분권화되고 경제적인 사회 질서가 정착되어야 한다고 말하고 있다. 스미스는 《국부론》에서 당시의 영국 경제현상을 역사, 문화, 정치, 사회의 측면에서 구체적으로 고찰하여 분석함으로써 오늘을 사는 우리에게도 많은 시사점을 던져준다.

저자에 관하여

아담 스미스(Adam Smith, 1723~1790)는 산업 자본주의 경제 체제가 형성되기 시작할 무렵에 최초로 경제 이론을 집대성한 철학가였다. 그가 《국부론》에 제시한 '보이지 않는 손'에 의해 작동되는 자유시장의 논리, 즉 자유방임주의는 현 21세기 경제학자들의 주장에도 여전히 등장하여 사상적, 정책적 근거가 되고 있다.

아담 스미스는 산업혁명이 한참 진행되던 1723년에 영국 스코틀랜드에서 태어났다. 그가 태어나기 몇 달 전에 아버지가 돌아가서 그는 홀어머니 밑에서 교육을 받았다. 그는 좀 특이한 외모와 성격의 소유자였다. 그는 튀어나온 눈과 커다란 코에 툭 튀어나온 아랫입술을 갖고 있었고 심한 건망증으로 간혹 잠옷 바람에 동네를 돌아다니기도 했었다고 한다.

외모나 성격과는 달리 지적 호기심은 왕성하였고 머리는 비상하였기에 어릴 때부터 우등생이었던 스미스는 14살 때 글래스고 대학에 입학하였고 후에는 옥스퍼드 대학의 베일리얼 칼리지에 장학생으로 선발되어 신학을 공부했다. 하지만 스미스는 당시 옥스퍼드 대학 교수들의 수준이 현저히 낮은 것을 지적하며 그들로부터 학문을 배우기보다는 스스로 고전을 읽으며 공부하는 것을 즐겼다. 그 때 스미스는 흄의 회의론을 접하게 되는데 이에 큰 영향을 받아 결국 신학공부를 포기하고 고향으로 돌아왔다.

고향에 돌아온 스미스는 1748년에 모교인 글래스고 대학에서 논리학을 가르치기 시작했다. 후에는 문학, 자연신학, 정치철학, 법학 등도 강의를 하게 되었다. 스미스가 가르친 학생의 법학 노트에는 후에 《국부론》에서 눈부신 빛을 발하게 되는 노동 분석 아이디어들과 경제논리들이 적혀있었다고 한다. 그의 강의는 재미있고 쉬웠으며 명쾌했기 때문에 학생들로부터 인기가 높았다. 이때부터 30세까지 스미스는 글래스고 대학에서 강의를 하며 많은 책들을 썼는데 그 중에 가장 널리 알려진 책이 1759년에 씌어진 《도덕감정론》이다. 이 책은 스미스를 유럽의 대표적인 철학자로 명성을 떨치게 해주었다.

교수생활이 얼마 지나지 않아 글래스고가 답답하게 느껴진 스미스는 교수직을 사임하고 유럽을 여행하게 되었다. 3년 동안의 여행에서 산업혁명이라는 세기적인 대변혁기의 급변하는 경제현실을 몸소 체험한 스미스는 고향으로 돌아온 후 국부를 증진시키는 방안을 모색해야 한다는 현실적인 필요성에 입각하여 《국부론》을 저술하였다. 10년 후인 1776년 3월 드디어 900페이지에 달하는, 경제학의 성서로 불리는 《국부론》이 출판되었다.

스미스는 이 《국부론》을 통하여 경제학의 학문적 초석을 다진 사람으로 인정받는데 아이러니컬하게도 그는 일생 동안 한 번도 경제학을 배우지도 가르치지도 않았다. 20세기 전까지 학자들은 경제학을 철학의 한 분야로만 간주하고 경제학 자체를 학문으로 생각하지 않았기 때문이다.

그가 《국부론》을 완성한 해는 미국이 영국으로부터 독립을 선언한 해며 1789년에는 프랑스에 대혁명이 있었다. 스미스는 이러한 역사적 대전환기의 중심에 있던 18세기 유럽의 상황을 분석하면서 특히 상업 자본가들과 군주들 간의 타협의 산물인 중상주의적 경제, 사회제도 아래서 산업 자본가 계급이 급속히 형성되는 것을 눈여겨보았다. 산업 자본가 계급은 정부가 시장에 개입하는 것을 거세게 반대했는데 이는 스미스의 자유방임주의와 같은 주장이었다. 결국 그의 논리적 주장은 산업 자본가 계급의 입장을 대변하는 역할까지 하게 된 것이다. 신흥세력인 산업 자본가들은 그의 주장을 열광적으로 지지하였으며 그의 사상은 18세기의 시대정신으로서 유럽사회가 발전할 수 있도록 이론적, 실천적 기반을 제공하였다.

A d a m   S m i t h

T h e   W e a l t h   o f
N a t i o n s

1 생산력 향상의 핵심은 분업

《국부론》은 총 5편으로 구성되어 있다. 제1편은 노동생산력의 향상 원인과 노동생산물의 분배질서, 제2편은 자본의 성질·축적·사용, 제3편은 각국의 국부증진과정, 제4편은 정치경제학의 학설체계, 제5편은 왕 또는 국가의 세입이다. 다시 말하자면 제1·2편에서는 경제 이론을, 제3편에서는 경제사를, 제4·5편에서는 경제정책을 다루고 있다. 제4·5편의 분량이 제일 많지만 《국부론》을 통해 스미스가 이야기하고 싶었던 것들은 주로 제1·2편에 실려 있다.

일반적으로 경제활동의 목표는 부의 축적과 확대이다. 이를 위해서 경제학자들은 열심히 공부를 하고 그 답을 제시하고자 노력한다. 스미스도 역시 부의 축적과 확대에 지대한 관심을 보였고 적극적으로 그 방법을 제시하였다. 스미스는 노동이 바로 부의 근원이고 따라서 노동 생산력의 개선을 통해서만 부를 축적하고 확대할 수 있다고 주장했다. 그렇다면 노동 생산력의 개선은 어떻게 이루어질 수 있을 것인가?

> 분업은 (그것이 도입될 수 있는 한) 많은 업종에서 노동생산성을 증대시킨다.

스미스는 분업이야말로 노동 생산력을 향상시키는 가장 중요한 방법이고 국부를 늘리는 핵심이라고 지적하고, 분업의 효과에 대해 쉽게 설명하기 위해 많은 사람들이 익히 들어 알고 있는 '바늘 공장 이야기'를 한다. 즉 분업을 하게 되면 노동자들은 맡은 일을 더 빠르고 정확하게 처리할 수 있고 매일 같은 작업을 되풀이하다 보면 작업능률을 향상시킬 수 있는 공구나 기계를 고안해 낼 가능성이 높기 때문에 생산력이 향상된다는 것이다.

② 분업의 원인은 교환성향과 이기심

스미스는 또한 이러한 분업을 야기하는 원리에 대해 다음과 같이 지적한다.

> 수많은 이익을 가져오는 분업은 원래 (그것이 낳는 일반적 풍족을 예상해 의도한) 인간지혜의 결과는 아니다. 분업은 (그와 같은 폭넓은 효용을 예상하지 못한) 인간성의 어떤 성향으로부터─비록 매우 천천히 그리고 점진적이긴 하지만─필연적으로 생긴 결과이다. 그 성향이란 하나의 물건을 다른 물건과 거래하고 교환하는 성향이다.

인간은 사회적 존재이기 때문에 스스로 자신의 필요를 모두 충족시킬 수 없다. 따라서 자신의 노동생산물 중에서 자신의 소비를 만족시키고 남는 생산물은 타인의 노동생산물 중 자기가 필요로 하는 부분과 자연스레 교환을 하게 된다. 여러 번의 경험이 쌓이면 자신의 남는 노동생산물을 타인의 것과 교환할 수 있다는 확신이 생기고 이 확실성 때문에 각자는 특정한 직업에 몰두해 그 전문 직업을 개발함으로써 사회적으로 분업이 발생한다는 것이다.

이 때 교환성향과 함께 설명되어야 하는 것이 바로 인간의 이기적인 본성이다. 경제학을 공부할 때 제일 먼저 배우게 되는 것은 "모든 인간은 이기적이다."라는 명제이다. 스미스도 인간의 이기적인 성향을 먼저 대전제로 하고 경제활동을 설명한다.

> 우리가 식사할 수 있는 것은 정육점 주인, 양조장 주인, 빵집 주인의 자비에 의한 것이 아니라 자기 자신의 이익에 대한 그들의 관심 때문이다. 우리는 그들의 인간성에 호소하지 않고 그들의 이기심에 호소하며 그들에게 우리 자신의 필요를 이야기하지 않고 그들의 이익을 이야기한다.

경제학사상 널리 인용되는 구절 중의 하나인 위의 설명에서도 알 수 있듯이 스미스는 각 개인들의 이기심에 의해 경제활동이 자연스럽게 이루어진다고 하였다. 다시 말하자면, 개인들이 공익은 전혀 고려하지 않은 채 자신의 이익만을 위해 노력하더라도 결국엔 보이지 않는 손에 의하여 사회 전체의 이익이 증가하게 된다는 것이다.

3 노동량이 교환가치를 결정

분업이 확대되면 사람들은 생활필수품의 대부분을 교환에 의해 구하게 되므로 누구나 교환을 통해서 생활하게 된다.

> 분업이 일단 완전히 확립되면, 사람의 욕망 중 자기 자신의 노동생산물이 충족시키는 부분은 매우 적어진다. 사람은 자기 자신의 노동생산물 중 자기 자신의 소비를 초과하는 잉여분을

타인의 노동생산물 중 자기가 필요로 하는 부분과 교환함으로써 자기 욕망의 대부분을 만족시킨다. 이리하여 모든 사람은 교환에 의해 생활하며 또는 어느 정도 상인이 되며, 사회는 이른바 상업사회로 된다.

스미스는 교환되는 각 재화들이 그것의 유용성과 기타 물건에 대한 구매력에 의하여 사용가치와 교환가치가 정해진다고 설명하고, 또한 상품의 교환가치는 그 상품이 완성되기까지의 노동량에 의해 결정된다고 하였다. 이 말은 노동이야말로 모든 상품의 교환가치를 결정하는 진정한 척도라는 것이다.

상품을 소유하지만 스스로 그것을 사용하거나 소비하려 하지 않고 다른 상품과 교환하려 하는 사람에게 그 상품의 가치는, 그 상품이 그로 하여금 구매하거나 지배할 수 있게 하는 노동량과 같다. 따라서 노동은 모든 상품의 교환가치의 진정한 척도다.

그러나 노동은 가변적인 것이기 때문에 재화의 가치를 노동단위로 정확하게 측정할 수 없으므로 측량하기도 쉽고 보관하고 가지고 다니기에도 용이한 금속으로 만든 화폐가 발달하게 된 것이라고 스미스는 말한다.

4 개인적 교환에서 국가적 교환까지

화폐의 등장으로 각 재화들은 자신의 가치에 맞게 가격이 매겨지게 되었다. 스미스는 가격을 시장가격과 자연가격으로 구분하는데, 시장

가격이란 실질적인 가격으로서 수요와 공급에 의해 결정되는 가격을 말하고 자연가격이란 임금과 이윤과 지대의 자연율로 결정되는 가격을 말한다. 이때의 자연율은 사회적 조건에 의해 결정되는 평균치를 뜻한다. 스미스는 모든 상품의 시장가격은 실제로 시장에 공급되는 양과 그 상품의 자연가격을 지불하고자 하는 사람들의 수요에 의해 결정된다고 말하고 이러한 자연가격을 지불하고자 하는 사람들의 수요를 유효수요라고 하였다.

하지만 스미스는 분업에 의해서만 나라가 부유해진다고 하지는 않았다. 산업별, 기업별, 직업별, 지역별 등 여러 방면의 경제주체들 간의 자유 교역 역시 절대적으로 필요하다고 보았다. 분업은 공장 노동자들 사이에서뿐만 아니라 각 도시 간에도 이루어질 수 있고 각 나라 간에서도 이루어질 수 있는 것이다. 특히 스미스는 해외무역을 통해 국내의 초과생산물에 대한 시장을 확보하고 초과자본을 수출할 수 있다고 설명했다. 스미스는 해외무역을 하게 될 때 자국의 경제가 일단 수출에서 유리한 상태가 되면 수출 산업은 지속될 수 있기 때문에 정부가 수출을 장려할 필요가 없으며 수입에 대해서도 개입할 필요성이 전혀 없다고 주장했다. 즉 그의 자유무역에 관한 생각은 절대우위론에 근거를 두고 있는 것이다. 외국이 자국보다 더 저렴한 가격에 생산, 공급하는 상품이 있다면 자국의 다른 생산물을 수출하여 그것을 구입하는 것이 유리하다. 이것이 바로 절대우위론이다.

5 독점의 폐해 지적과 자유무역의 옹호

스미스가 주장한 자유무역 논리는 아직까지 세계화를 부르짖는 사람들의 논리적 바탕이 된다. 그는 자유무역을 통한 시장경제 체제하에서는 가난하거나 정치적으로 힘이 없는 사람들까지 번영할 수 있다고 주장한다. 반면 정부에 의한 중앙계획경제 체제하에서는 정부와 몇몇 상업 자본가의 결탁이 쉽기 때문에 극소수의 통치자들만 이득을 보게 된다는 것이다. 더욱이 당시 영국이 채택하고 있던 경제정책은 중상주의 경제정책이었는데 중상주의론자들은 국부의 증진이 무역 차액에 의해서 생긴다고 생각했다. 즉 나라를 부강하게 하려면 자국의 생산물을 해외에 많이 수출하고 해외로부터의 수입은 가능한 한 억제함으로써 무역 차액을 크게 하고 그 무역 차액을 금이나 은으로 받아 축적해야 한다는 것이다. 무역 차액의 확대를 통한 국부의 확보라는 목표 하에 실행되었던 중상주의적 경제정책은 개인적인 이해에 우선하는 국가적 과제로 취급되었기 때문에 정부의 강력한 통제 아래 실행되었다. 이 때 정부는 무역 차액의 확대에 도움이 되는 산업 부분은 외국 산업으로부터의 압력을 막아줌으로써 그들이 국내 시장을 독점하는 것을 용인해주었다. 또한 특정 상인들에게 독점적 특혜를 주어 다른 상인들이 처음부터 경쟁시장에 진입하지 못하도록 하였다.

스미스는 구체적으로 이런 폐단을 일으키는 제도를 언급하며 영국 정부의 잘못을 질책하였다.

> 개인이나 상사(商社)에 허가한 독점은 상업 · 제조업의 비법과 같은 효과를 가지고 있다. 독점자는 시장을 끊임없이 공급 부족상태로 유지하며, 유효수요를 결코 완전히 충족시키지 않음으로써, 자기 상품을 자연가격보다 훨씬 비싸게 판매하며 자기 이득(임금이든 이윤이든)을 자연적인 수준 이상으로 크게 증대시킨다.
>
> 독점가격은 어떤 경우에나 얻을 수 있는 최고가격이다. 이와는 반대로 자연가격 또는 자유경쟁가격은 어떤 경우에나 얻을

수 있는 최저가격이 아니라, 상당한 기간에 걸쳐 얻을 수 있는 최저가격이다. 독점가격은 어떤 경우에도 구매자로부터 짜낼 수 있는 (또는 구매자가 주기를 동의하리라고 가정되는) 최고가격이고, 자연가격은 판매자가 일반적으로 받아들일 수 있으며 동시에 자기의 사업을 계속할 수 있는 최저가격이다.

동업조합(길드)의 배타적 특권, 도제조례(徒弟條例) 등 특정 업종에서 경쟁을 적은 수의 사람들로 제한하는 모든 법률은 독점과 동일한 경향을 가지고 있다. 그것들은 일종의 확대된 독점이며 몇 세대에 걸쳐 그 업종의 전체에서 특정상품의 시장가격을 자연가격보다 높게 유지하며 거기에 종사하는 노동의 임금과 자본의 이윤을 자연적인 수준보다 높게 유지한다.

그는 영국의 빈민구제법도 비판하였다. 영국의 빈민구제법은 생활보호금을 지급하는 대신에 거주지 불변 항목을 포함하고 있었는데 그로 인해 노동이 자유롭게 이동할 수 없었기 때문이다.

또한 스미스에 의하면 사람들은 본래부터 자기가 가장 좋아하는 일에 종사하려는 성향을 가지고 있고 이 성향으로 말미암아 다양한 직업들이 생겨나며 노동생산성이 효율적으로 상승하게 되는데, 정부가 각종 규제를 통해 경제시장에 간섭하게 되면 인간들의 성향이 자유롭게 발휘되는 것을 억제하기 때문에 분업의 발달과 노동 생산성의 증진을 저해하게 된다고 한다.

6 부의 축적은 자유경제가 최선

스미스가 주장하는 시상의 논리는 '보이지 않는 손', 즉 자유방임이다. 위에서 언급한 바와 같이 각 개인들의 자유로운 경제활동이 국가의 입법자나 정치가보다 더 효율적이고 합리적인 결과를 만들어낸다는 것이다. 따라서 국가의 간섭은 오히려 자연적인 경제활동을 방해하고 불이익을 초래하게 된다. 때문에 국가나 정부는 각 개인의 이기심이 자유로이 발현될 수 있도록 보장하는 경제정책을 세워야 하는 것이다. 이와 같은 자유방임의 논리적 근거는 개인의 이익과 사회의 이익과의 예정 조화를 믿는 자연신교적 세계관에 있다. 즉 그의 자유방임주의는 중세적인 간섭제도와 그의 연장선상인 중상주의적 정책의 폐해를 지적하고 이를 개선함으로써 각 개인의 자유로운 경제적 활동을 보장해주는 것을 목적으로 하고 있다.

결국 스미스는 일관되게 작은 정부가 사회발전의 선결조건이라는 주장을 펼친다. 그는 더욱 정부의 역할을 축소시켜야 한다고 주장했다. 그가 주장한 정부의 역할은 첫째, 국방의 의무, 둘째, 법치에 의한 사회정의 유지, 마지막으로 공공교육의 확대와 공공시설의 설립 등이다.

당시의 지적 사조였던 계몽주의의 영향을 받은 스미스는 영국 정부의 중상주의 경제정책으로 피해를 받고 있던 사람들의 어려운 형편을 보며 이 문제를 해결하기 위해 고민을 했을 것이고 그 고민으로 인해 《국부론》을 세상에 선보였을 것이다. 스미스의 경제정책이 종국적으로 지향하는 바는 국민 일인당 소득의 극대화였다. 그는 '정치경제학이라는 학문은 국민에게 풍족한 수입과 생활필수품을 제공하기 위해 존재하는 학문으로서 국가가 공공재를 공급하는데 필요한 재원을 확보하여 국민과 국가 모두가 부유해지는 방안을 가르쳐주는 것을 목표로 한다'고 밝히고 있다. 또한 중상주의 사회에서는 소비자의 이익보다 생산자의 이익만이 강조되었는데 스미스는 이에 대해 강한 비판을 가했다. '소비가 모든 생산의 유일한 그리고 종국적인 목적이고 생산자는 소비자의 이익을 증진하도록 해야 한다'는 이 명제는 너무나 당연한 것이어서 별도의 증명이 필요 없다는 것이다.

스미스는 "어떤 사회도 다수가 가난하면 융성해지거나 행복해질 수 없다."고 경고한다. 결국 《국부론》을 통해 스미스가 제시하고자 했던 것은 노동이야말로 경제성장의 핵심이고 노동력의 공급이 증가하거나 분업이 활발하게 이루어질 때, 아니면 신기계 도입으로 노동력의 질적 향상이 이루어질 때 경제성장은 가속된다는 것이다. 사람들이 경제활동을 통한 이익을 최대치로 끌어올리기 위해 적극적으로 자본을 투자하고 새로운 아이디어들과 발명이 쏟아져 나오며 자유로운 상거래가 이루어진다면 경제는 계속적으로 성장하기 마련이다. 그리고 이러한 경제성장으로 일반 서민들은 높은 생활수준을 누릴 수 있게 된다는 것이다.

5 에서 스미스가 언급한 자유무역은 보호무역과 함께 각각 그것을 주장하는 국가의 이익과 밀접한 관련을 가진다. 무역 경쟁력을 갖춘 국가는 자유무역을 주장할 것이고, 그렇지 못한 국가는 보호무역을 주장할 것이다. 스미스가 주장한 자유무역 논리는 아직까지 세계화를 부르짖는 사람들의 논리적 바탕이 되고 있다. 세계화를 준비하고 있는 우리나라가 취해야 할 바람직한 무역정책에 대해 생각해보자.

5. 더 깊 은 이 해 를 위 하 여

추 천 할 만 한 번 역 본

《국부론》의 초판이 출판된 것은 1776년이다. 초판이 간행된 이후 《국부론》은 오늘날에 이르기까지 무려 수백 종에 달하는 판본이 유통되고 있는데, 정해동 번역의 《국부론》은 그 중 가장 권위 있다는 캐넌(E.Canan)판을 대본으로 삼았다. 편집자 캐넌이 원문을 세별(細別)하고 그 각 내용에 간단한 표제를 붙였을 뿐만 아니라 수많은 문헌학적인 각주를 붙이고 있어 번역본 또한 《국부론》 연구에 많은 도움을 주고 있다.

서울대 경제학과 김수행 교수가 번역한 《국부론》은 현대적 시각을 가미하여 번역하였으며 《국부론》과 《자본론》사이의 이론적 계승과 단절을 역주 형태로 처리하여 설명함으로써 독자들이 스미스와 마르크스가 보여주는 기본 경제개념의 차이점을 쉽게 이해할 수 있게 하였다.

《국부론》, 정해동 역, 범우사, 1998
《국부론》, 김수행 역, 두산동아, 1992

Vorlesungen ber Geschichte der Philosophie

역사철학강의

헤겔(Georg W.F. Hegel)

이 책에 관하여

헤겔의 《역사철학강의》는 1823~1827년 사이 헤겔이 베를린 대학의 철학과 교수로 있으면서 학생들에게 강의했던 내용을 바탕으로 그의 제자들에 의해 출판된 저작이다. 헤겔은 이 책에서 인간의 역사는 인간의 정신적·도덕적 진보를 이루어가고 본래의 자기(정신)를 찾아가는 과정이라고 전제하고, 이러한 역사는 신(절대정신)의 목적에 따라 연출되는 것이며 인간은 그 목적이 무엇인지를 식별할 수 있을 정도로 진보해왔다고 제시한다.

계몽주의 정신을 이어받은 헤겔은 인간정신의 본성이 자유라는 명제로부터 역사의 진보 사상을 이끌어 내어 그 이후의 사상, 특히 마르크스의 사상에 막대한 영향을 끼쳤다. 《역사철학강의》에서 헤겔은 인간 개개인의 생각이 발전하는 것처럼 인간정신의 구체적인 구현인 역사도 자유를 실현하는 방향으로 발전한다는 점을 보여주고 있다.

Vorlesungen ber

Geschichte der Philosophie

저 자 에 관 하 여

헤겔(Georg W.F. Hegel, 1770~1831)은 1770년 8월 27일 뷔르템베르크 공국의 수도 슈투트가르트에서 태어났다. 헤겔의 아버지는 이 공국의 재무관이었고, 어머니는 헤겔이 14살 되던 해 죽었는데, 탁월한 교양을 갖춘 부인으로서 헤겔에게 많은 영향을 미쳤다고 한다. 헤겔은 5세 때 그곳의 라틴학교에 입학하고 7세에서 18세까지 김나지움에서 학업을 하였다. 18세 때 김나지움을 졸업하고 튀빙겐 대학의 신학과에 입학하여 셸링과 휠데를린과 교유하였다. 1793년 대학을 마친 후 1800년까지 베른과 프랑크푸르트에서 각각 3년간 가정교사를 지냈다. 셸링의 추천으로 1801년에 예나대학의 강사가 되었으며,《피히테와 셸링의 철학체계의 상이(相異)》(1801)를 저술하고, 셸링과 공동으로 《철학비판잡지》(1802~1803)를 편집했다. 1806년, 나폴레옹군이 예나를 침공했을 때 그는 대표적 저서 《정신현상학》을 완성, 그 이듬해에 출판하였다. 예나의 함락과 대학의 폐쇄로 그는 대학을 사직하고, 1808년까지 밤베르크에서 정치신문의 편집을 맡아 보았다. 1808년~1816년까지 뉘른베르크의 인문고등학교 교장으로 있었는데, 그때의 철학 강의를 《철학입문》으로 출판하였다. 1816년에는 하이델베르크 대학 철학교수에 취임하여, 《철학적 학문들의 엔치클로페디》를 저술했다. 1817년 피히테의 후임으로 베를린 대학의 철학강좌를 맡았고, 그 후 13년간 헤겔철학은 프로이센을 중심으로 전독일 철학에 지대한 영향력을 행사하였다. 1821년 헤겔은 청년시절부터의 관심을 가져왔던 법률, 도덕, 국가의 여러 문제를 체계적으로 다루어 《법철학》(1821)이라는 저서로 출간하였다. 1839년에는 베를린 대학총장으로 취임했고, 그 이듬해에 오랫동안 불만스럽게 여겨오던 《논리학》 개정판을 집필하던 중 콜레라에 걸려 불과 하룻밤만인 11월 14일 저녁에 사망하였다. 헤겔은 그의 유언대로 생전에 존경하던 피히테의 묘지 곁에 묻혔다.

그의 철학은 역사상 가장 포괄적인 체계를 갖추었다. 그에 의하면 상대적 세계는 자기에게 대립하여 존재하는 세계이며, 따라서 모순을 간직하여 항상 운동, 생성한다. 생성은 자기 모순을 지양하여 한층 높은 단계에 이르러서 자기안정에 도달하려 한다. 그리고 또 다른 상대적 세계와 모순을 겪으면서 한층 더 높은 단계로 나아간다. 그러나 이 운동이 무한진행인 것은 아니다. 일체의 상대적인 단계가 모두 결과로 드러났을 때 절대정신이 나타난다는 것이다. 이러한 운동은 이성과 실재 모두에 통하며, 이러한 운동의 이치가 변증법인 것이다.

_____V o r l e s u n g e n   b e r

G e s c h i c h t e   d e r

P h i l o s o p h i e

1 역사의 첫발; 페르시아

헤겔의 《역사철학강의》는 상당한 분량의 역사적 자료를 포함한다. 중국, 인도, 그리고 페르시아의 초기 문명으로부터 고대 그리스를 거쳐 로마시대에 이르는, 그리고 그 다음 봉건주의로부터 종교개혁을 거쳐 계몽주의와 프랑스 혁명에 이르는 일종의 세계사의 윤곽을 담고 있다. 그러나 헤겔은 자신의 역사철학을 단순하게 역사적 윤곽 제시를 위한 것으로 생각하지 않았다. 그는 자신의 철학적 사유에 역사의 생생한 자료를 더하여 이것들을 관통하는 세계사의 의미와 중요성을 드러내려 하였다. 헤겔은 《역사철학강의》 서론에서 이 책의 전체 주제에 해당하는 견해를 밝힌다.

세계사는 자유에 대한 의식의 진보 이외의 아무것도 아니다.

헤겔의 《역사철학강의》는 '동양의 세계'라고 명명한 것에 대한 설명으로부터 시작된다. 여기서 말하는 '동양의 세계'란 중국, 인도, 그리고 고대 페르시아 제국을 가리킨다. 헤겔은 중국과 인도를 '정체된' 문명으로 간주한다. 왜냐하면 동양 사회에서는 오로지 한 사람만이 —즉 통치자— 자유로운 개인이라고 판단하기 때문이다. 즉, 동양 사회의 백성들은 오직 한사람인 전제군주에게 그들의 의지를 예속시켜야 했다고 판단한 것이다. 전제군주에 의한 자유의 결핍 상태에 대해 백성들은 알지 못한다. 백성들이 스스로 자유가 결핍되었다는 인식을 한다는 것은 곧 그들이 전제군주에 대한 복종이 옳은 것인가에 대한 가치부여를 할 수 있다는 것을 의미하는 것이라고 보는 것이다. 헤겔에 따르면, 이러한 개인적 자유의 결핍은 조금씩 다른 형태로 드러나기는 하지만 결과에 있어서는 언제나 동일하다. 가령 중국이라는 국가는 가족의 원리에 따라 조직되어 있다. 통치는 황제의 가부장적 지배에 기초해 있고, 다른 모든 사람들은 스스로를 국가의 어린아이로 간주한다. 헤겔은 중국에서 충과 효가 유독 강조되는 이유를 이 점에서 찾는다. 한편 인도는 어떠한 개인적 자유도 갖고 있지 못한 것으로 본다. 왜냐하면 사회제도-카스트제도-는 정치적 제도가 아니라 자연적인 것이며 따라서 변화시킬 수 없기 때문이다. 따라서 인도에서 통치의 권력은 인간인 전제군주에서가 아니라 자연의 전제정치에서 나온다고 한다.

페르시아의 경우는 이와는 좀 다른 판단을 내린다. 페르시아의 황제가 중국의 황제와 다를 것이 없어 보일지라도 페르시아는 법(일반원리)에 기초하여 백성과 관습을 통제하기 때문이다. 헤겔에게 법률은 일반원리에 기초해 있는 것으로 자연적 사실로 간주되지 않는다. 헤겔은 이 같은 생각에서 고대 페르시아를 자신이 추적하려고 하는 '자유에 대한 의식의 진보'의 첫발이며, '진정한 역사'의 시작으로 본다.

2 그리스 세계

헤겔은 그리스 세계를 자유로운 개인성의 사상이 제한적이기는 하지만 활기차게 나타난 것으로 보고 있다. 동양 세계에서는 오로지 한 사람만이 자유롭다. 그러나 그리스 세계는 몇몇 사람들-아테네 공공 집회에 참여할 의무와 권리를 지닌 시민들-이 자유로운 단계로 발전했다고 판단한다. 그리스의 노예제는 몇몇 사람들의 자유를 반증하는 근거가 된다. 즉, 자유롭지 못한 노예들이 제도적으로 존재한다면 자유로운 개인들 또한 제도적으로 존재한다는 의미이다. 하지만 헤겔은 도시국가의 자유 시민들조차 '불완전한 방식으로 자유로울 뿐'이라고 말한다.

그리스인들은 관습적으로 스스로를 그들 자신의 특수한 도시국가와 불가분하게 연계되어 있는 것으로 생각하여 그들 자신의 이익과 그들 공동체의 이익을 구분하지 않았다. 그들은 사회생활의 모든 관례와 형식을 지니고 있는 공동체로부터 스스로를 떨어져 있거나 혹은 대립되어 사는 존재임을 인식하지 못했다. 헤겔이 생각할 때, 한 개인이 훈련받은 관습과 관례를 통해 행동하는 것은 이성을 사용한 것이 되지 못한다. 이것은 그 개인에게 해야 할 일을 강요하는 군주가 없다 하더라도, 또 행위의 동기가 내부로부터 나오는 것처럼 보일지라도, 그 개인의 행위는 여전히 나의 의지의 외부에 있는 힘-나에게 나의 습관을 준 사회적 힘-에 의해 지배되는 것이다.

이처럼 '비판적 사유와 반성 없는 자유'는 충분하게 성취될 수 없고, 이 사실이 자유의 발전에서 한 걸음 더 나아가게 하는 계기가 되는 것이다. 헤겔은 이 같은 진보의 모습을 그리스의 철학자들, 특히 소크라테스에게서 찾았다. 소크라테스는 대화의 형식으로 자신의 견해를 피력하였는데, 헤겔은 소크라테스의 이 같은 방식을 기존의 관습적이고 관례적인 사고를 비판적 이성을 가지고 깨나가는 것으로 본다. 즉 헤겔은 소크라테스에 의해 예증된 원리를 아테네 국가에 반기를 든 혁명의 힘으로 보는 것이다. 그래서 그는 소크라테스에게 내려진 사형

선고를 명백히 올바른 것으로 판단하다. 왜냐하면 아테네 사람들은 그들 공동체가 기초하고 있는 관습적 도덕성에 위협을 가한, 가장 위험한 적에게 유죄판결을 내린 것이기 때문이다. 그러나 자립적 사유의 원리는 너무 확고하게 아테네 사람들에게 뿌리 내려 아테네 몰락의 궁극적인 원인이 되었으며, 동시에 그리스 문명에 맡겨진 세계사적 역할의 종말을 가져오게 하였다.

3 로마 세계

그리스 도시국가의 기초가 무반성적, 관습적 통일체였다면, 헤겔은 로마제국의 기초를 다양한 사람들의 집합이라고 본다. 이 로마제국은 '모든 관습적 유대 혹은 합리적인 것처럼 보이는 가부장적 관계를 결여'하고 있으며, 따라서 로마 제국을 공동으로 유지해 나가기 위해서는 힘이 뒷받침되는 '매우 엄격한 규율'을 필요로 한다. 이로 인해 세계사의 다음 단계에서 로마의 지배는 '페르시아 왕국에서 전형화된 전제적 모델과 비슷한 것'으로 나타난다. 그러나 헤겔이 제시하다시피, 세계사의 과정은 확실히 순탄하고 꾸준한 진전으로 이룩될 순 없지만, 뒤로 후퇴하지는 않는다. 이전 시대에 형성된 축적물—그리스지역에서 싹튼, 판단을 내릴 수 있는 사적 능력인 개인성의 사상—은 결코 완전히 상실되지 않는다. 그래서 헤겔은 페르시아 왕국과 로마 제국이 강조한 원리들을 조심스럽게 구별한다. 로마국가는 개인의 권리를 가장 주요한 개념들 중의 하나로 한 '정치제도와 법체계' 위의 기초해 있다. 그리하여 로마는 페르시아 왕국이 결코 인식할 수 없었던 개인의 자유를 어느 정도 인식하고 있었다. 물론 개인의 자유에 대한 이러한 인식이 순전히 법적이거나 형식적인 문제라는 점에서 제한적이다.

헤겔에 의하면 페르시아 왕국과 로마 제국 간의 실질적인 차이는 페르시아 왕국에서는 동양적 전제정치의 원리가 난폭한 지배를 행사한 반면에, 로마 제국에서는 '국가의 절대 권력과 개인성의 이상 사이에 지속적인 긴장이 있다'는 점이다. 이러한 긴장은 페르시아와 그리스 세계에서도 결여되어 있었다. 그리스의 경우 개인성의 사상이 준비되기는 했지만, 정치적 힘이 개인성에 맞서 강하게 중앙집권화 되지 못했기 때문이다.

그러나 로마 제국은 행복한 곳은 아니었다. 그리스 세계의 기쁨에 차고 자발적이고 자유로운 정신은 깨졌다. 국가에 대한 외형적 복종 요구에 직면하여 자유는 오로지 자신에게 피난하는 것에 의해서만, 스토아 철학(금욕주의), 에피쿠로스주의 혹은 회의주의와 같은 철학의 피난처에서만 찾을 수 있을 뿐이었다. 헤겔에 따르면 이러한 철학 학파가 널리 퍼지게 된 것은 자신을 자유로운 존재로 보는 개인이 압제적인 힘 앞에서 느끼는 무력함의 결과에서 비롯된 것이다. 그렇기 때문에 철학으로의 도피는 이러한 상황에 대한 소극적 대응이며 부적응의 세계에 자포자기하는 것이다. 따라서 좀 더 적극적인 해결책이 요구되었는데, 헤겔은 그 해결책을 제공한 것이 바로 '기독교'였다고 제시한다.

헤겔에 따르면 기독교는 특별하다. 예수 그리스도가 인간이자 신의 아들이기 때문이다. 이것이 인간에게 시사하는 점은, 비록 어떤 점에서 한계가 있음에도 인간은 동시에 신의 형상에 따라 만들어졌으며 또 자기 내부에 무한한 가치와 영원한 운명을 지니고 있다는 것이다. 헤겔이 '신성한 자기의식'이라고 불렀던 이 발전된 결과는, 우리의 진정한 고향은 자연 세계가 아니라 정신세계라는 점을 인식하게 된 것이다.

기독교는 로마 제국에서 유력한 역할을 하다가 콘스탄티누스대제

제위 기간에 제국의 공식 종교가 된다. 비록 제국의 서쪽 절반이 야만족의 침략에 몰락했지만, 비잔틴 제국은 천년 이상 동안 기독교 국가로 남는다. 그러나 헤겔의 말을 빌자면 아직도 역사가 가야할 길은 험난하다. 왜냐하면 비잔틴 천년의 기독교는 이미 정체되고 퇴폐적인 기독교가 되어 버렸기 때문이다. 역사는 다시 이 정체로부터 모순을 발견하고 더 나은 단계로 나아가야 했다.

4 게르만 세계

헤겔은 로마의 몰락 이후 천여 년의 유럽을 암울한 그림으로 그리고 있다. 그의 견해에 따르면, 그 시기 동안 교회는 진정한 종교 정신을 타락시켰으며, 또 인간과 영적 세계 간에 교회를 삽입시켰고, 신도들에게 맹목적 복종을 고집했다는 것이다. 헤겔의 표현을 빌리면, 중세는 '기나 긴, 파란만장하고 또 끔찍한 밤'이었다. 밤은 르네상스, 즉 '오랜 폭풍우 끝에 첫 번째로 빛나고 영광스러운 날이 도래하는 전조가 나타나는 불그스레한 새벽'에 의해 끝이 난다. 그러나 헤겔이 근대의 빛나는 날을 '완전히 환하게 밝혀주는 태양'으로 묘사한 것은 종교개혁이었다.

종교개혁은 교회의 타락에서 비롯되었다. 이 타락은 우연하게 전개된 것이 아니라 교회가 신성을 순수하게 영적 존재로 다루지 않고, 대신에 물질세계 안에서 신성을 물화시켰기 때문에 필연적으로 그렇게 된 것이다. 절차를 중시하는 의식, 제식 그리고 다른 외부 형식이 종교생활에서 본질적으로 취급된다. 그리하여 인간에게서 영적 요소는 단순히 물질적 대상에 매달리는 것이 된다. 이처럼 깊이 자리 잡은 타락은 드디어 가장 세속적인 물품인 돈으로 거래되는 것-면죄부의 판매-으로 표현되었다.

헤겔은 종교개혁을 마음으로부터 정직함과 검소함을 불러일으킨 게르만인의 업적으로 본다. 종교개혁은 단지 구교(舊敎)에 대한 공격, 그리고 프로테스탄티즘에 의해 로마 카톨릭이 대체되는 것 이상의 의미를 지닌다. 종교개혁은 모든 인간이 자신의 고유한 정신적 본성을 인식할 수 있고 자신의 구원을 성취할 수 있음을 선언한다. 어떠한 외적 권위도 성서를 해석하거나 의식을 수행하는데 필요하지 않다. 개인적인 양심은 진리와 선의 궁극적인 심판관이다. 이러한 것을 주장하기 위해서 종교개혁은 '자유로운 정신의 깃발'을 올리고, 그것의 가장 본질적인 원리로 '인간은 그 본성상 자유로운 운명을 지닌 존재다'라고 선언한다.

종교개혁의 선언 이래 모든 사회적 제도들—— 법, 재산, 사회적 도덕, 정부 등을 포함하여—— 은 이성의 일반 원리에 따르도록 제정되었다. 왜냐하면 세계의 보편적 동의는 진리와 선을 판단하는 이성의 힘을 자유롭게 사용할 수 있는 합리적 인간의 기준을 따를 때 얻을 수 있는 것이기 때문이다. 그리고 종교개혁으로 배태된, '모든 사회적 제도들은 이성의 일반 원리와 조화되어야 한다'는 생각은 계몽주의로 이어졌고 또 계몽주의는 프랑스 혁명을 낳았다.

헤겔은 프랑스 혁명이 프랑스 철학자들에 의해 이루어진, 현존 질서에 대한 비판의 결과라고 생각한다. 혁명 전의 프랑스는 실질적인 권력을 지니지는 않았지만, 아무런 합리적 토대도 없는 상당히 혼란스러운 특권을 지닌 귀족사회였다. 이렇게 완전히 비합리적인 상황에 맞서서 철학자들의 인권 개념이 주장되었으며 승리를 거두었다. 헤겔은 프랑스 혁명의 의미에 대해 다음과 같은 견해를 남겼다.

태양이 하늘에 고정되어 있고 그 주위를 행성들이 회전한 이래 결코 인간의 존재가 자신이 실재 세계를 형성한 것에 의해 고무되어 그의 머리, 즉 사유의 중심에 자리 잡은 것을 감지한 적은 없었다. (…) 이제까지 인간은 정신적 실재를 지배해야 하는 사유의 원리를 인식하는 데까지 나아가지 못했다. 따라서 정신적 실재의 원리는 영광스러운 정신의 새벽이다. 사유하는 모든 존재는 이 시대의 환희를 공유하였다.

그러나 이 '영광스러운 정신의 새벽'이 낳은 결과는 혁명의 공포였으며, 전제정치의 형태였다. 전제정치는 합리적 절차 대신 단두대라는 즉결 처분을 내렸다. 무엇이 잘못된 것인가? 헤겔에 따르면 그것은 국민의 생각을 고려하지 않은 채 순전히 추상적인 철학 원리들을 실행하려는 시도가 빚은 실수였다. 이러한 시도는 이성의 역할을 오해한 데서 비롯되었다.

이처럼 프랑스 혁명은 실패로 돌아갔다. 하지만 헤겔은 프랑스 혁명의 세계사적 의미를 '정신의 다른 나라—특히 독일—로의 파급'에서 찾았다. 나폴레옹의 승리는 독일 내에서 권리들을 법제화하고, 인간의 자유와 재산의 자유를 확립하고 대부분의 재능 있는 시민들을 행정에 참여시켜 봉건적 의무들을 철폐시켰다. 아직 군주는 정부의 일인자로 남아 최종적인 결정을 행사하지만 엄격하게 확립된 법과 정비된 주의 조직으로 인해 군주 개인의 결정에 남겨진 것은 '어떠한 중요성도 갖지 않는 실제의 지위'일 뿐이라고 헤겔은 말한다.

이제 세계사에 대한 헤겔의 설명은 자신이 사는 시대에 이른다. 헤겔은 자신의 시대에 이르러 그가 출발에서 도입했던 주제—'세계사는 자유의 이념의 전개 이외의 아무것도 아니다.'—를 반복하고 자유라는 이념의 진보가 이제 그 정점에 도달했다는 것을 제시하는 것으로 결론을 내린다. 헤겔은 일단 객관적 세계가 합리적으로 조직화되면, 다른 한편으로 자신의 양심을 따르는 개인들은 객관적 세계의 법과 도덕에 맞추어 자유롭게 행위를 선택할 것이다. 그러면 자유는 주관적 차원과 객관적 차원 둘 다에 존재할 것으로 보았다. 이렇게 되면 자유의 이상은 현실이 될 것이고 세계사는 그 목표를 성취하게 될 것이라고 보는 것이다. 이것이 헤겔이 생각한 진정한 세계사의 정점이며 종말이다. 헤겔은 자신의 시대가 바로 역사의 정점에 있다고 생각하였다.

헤겔의 역사 철학은 관념론적인 성격을 띠고 있다. 헤겔은 역사란 이념이 스스로 전개되어 점차 더 완전한 사회 상태에 도달하는 과정이라고 본다. 헤겔에 의하면 세계사는 자유의식의 진보 과정이다. 말하자면 헤겔은 자유를 정신의 본질로 규정하고, 역사를 세계정신이 자유를 실현하는 과정으로 파악한다. 이와 동시에 헤겔은 역사의 엄밀한 법칙성을 강조하여 역사를 역사의 이성으로 해석하였다.

헤겔은 역사를 활동적인 인간이 만들어 가는 과정으로 파악하여 노동과 생산 도구의 역할에 관해 정당한 평가를 하였다. 헤겔은, 인간이 역사 속에서 자신의 생산 활동을 통해 점점 자연을 넘어서며, 자신의 힘을 발휘하고 발전시킨다는 것을 드러내 보여 주었다. 그런데 개개인들은 절박한 욕구와 당면한 관심사에 국한되어 특수한 활동을 하기 마련인데, 어떻게 이러한 개인의 사적 활동을 바탕으로 역사가 더 발전을 이룩할 수 있는가 하는 문제가 제기된다. 여기서 헤겔은 '이성의 간지(奸智)'라는 사변적 범주를 도입한다.

개인은 역사의 주체로 등장하는 것이 아니라 세계정신의 도구로 등장한다. 흔히 역사적 위인들을 영웅화하는 것은 그들의 탁월한 능력 때문이 아니다. 세계정신은 스스로의 목적을 수행하는 과정에서 오히려 가치 없다고 생각되거나 연약한 개인을 등장시키는 경우도 있다. 여기서 주목해야할 사실은 시대정신이라는 역사적 필연성이 바로 이들 개인 속에서 체현되고 있다는 점이다. 세계정신은 흔히 개인의 의도나 목적과 반대되는 방향으로 작용하기도 한다. 물론 여기서 그 개인의 입장으로는 마치 자기가 개인적 권력을 신장시키며, 특정한 개인적 목적을 위하여 행동하는 것으로 생각할 수도 있다. 그러나 사실은 여기에 이성의 간지가 작용하여 개인의 우연적 목적과는 무관한 역사의 필연을 추구하고 작동시키는 것이다. 이처럼 이성의 간지라는 개념은 인간의 열정, 관심사, 행위 등을 이용하여 역사적 필연성을 관철시키는 초개인적이고 초월적인 세계정신, 이념을 전제한다.

헤겔에 의하면 개인은 오직 당면 목적을 위해 노력하는데 반해서, 역사의 이성은 개인들의 행동을 조정하여 자유의 진보라는 포괄적이고 보편적인 목표를 달성한다. 그리고 세계사적 개인이나 역사적 영웅은 당면한 역사적 과제가 무엇인지를 알고 있기 때문에 개개인의 행위와 세계정신 사이의 매개자 역할을 하게 된다. 이렇게 볼 때 특정한 역사적 현실(사건)은 바로 그 순간을 지배하는 필연 자체이며, 합리적인 세계사적 이성에 합치된다고 보아야 할 것이다. 이러한 의미에서 헤겔은 "이성적인 것은 현실적인 것이요, 현실적인 것은 이성적인 것이다"라고 말할 수 있었던 것이다.

헤겔은 역사적 진보의 변증법적 구조에 관해 주목할 만한 사상을 개진하였다. 그는 역사가 변증법적 부정에 의해 단계적으로 진보한다는 사상을 전개하면서 페르시아, 그리스, 로마와 같은 '세계사적 민족들'을 역사 발전의 주요 단계로 삼았다. 이러한 세계사적 민족들의 발전을 헤겔은 내외적 모순의 운동을 겪으면서 진보하다가 마침내 몰락하는 과정으로 서술하였다. 헤겔은 낡은 원리와 새로운 원리가 부딪치는 세계사적 충돌을 역사 발전의 전환점으로 파악했다. 이것은 과학적으로 역사를 고찰할 수 있게 한 중요한 역사 인식이었다고 할 수 있다. 하지만 헤겔은 정치적 이데올로기의 형태만을 파악했을 뿐 이것이 물질적 조건의 반영이라는 사실은 파악하지 못하였다. 또 헤겔은 나폴레옹이라는 이상에 실망하여 당시 계몽적인 개혁을 실시하고 있던 프로이센 왕국에 그의 이념을 맡겼으나 역사는 헤겔의 뜻대로 진행되지 않았다. 프로이센은 현실 역사 속에서 진보적인 운동을 탄압하는 본성을 드러내기 시작했다. 이리하여 헤겔의 철학은 후대의 철학자들에 의해 극복되지 않을 수 없었다.

현재를 살고 있는 우리는 현재의 체제 혹은 경제 원리에 대해 어떤 생각을 하고 있는가? 현재는 완성된 것인가? 아니면 현재의 모습 안에서 점진적 수정만을 하면 될 것인가? 아니면 현재의 모습이 아닌 또 다른 체제 혹은 경제 원리를 가능성으로 상정할 수 있는가? 헤겔이 보여준 역사의 단계적 발전을 염두에 두고 앞의 의문들을 생각해보자. 과연 현재는 정점인가? 과정인가? 시발점인가?

추 천 할   만 한   번 역 본

여러 철학자들의 역사철학을 개괄적으로 서술한 책들은 상당수 되는데 비해 헤겔의 《역사철학강의》의 번역본은 찾아보기 어렵다. 그 중 김종호 번역의 《역사철학강의》는 전문에 대한 충실한 번역과 풍부한 역주(譯註)가 있어 난해한 책읽기에 이해를 돕는다. 또한 책 앞머리에 저자가 해제(解題)로 붙여놓은 〈헤겔의 사상과 《역사철학강의》〉와 책 마지막의 〈헤겔연보〉는 헤겔 사상과 생애에 대한 전반적 이해에 도움을 준다.

《역사철학강의》, 김종호 역, 삼성출판사, 1995

책
에
빠
지
는
즐
거
움

On Liberty

자유론

밀(John Stuart Mill)

이 책 에 관 하 여

《자유론》에 관하여 저자인 밀은 그의 《자서전》에서 이렇게 말했다.

"나의 공직 생활이 끝나기 직전의 2년 동안 나는 아내와 함께 《자유론》을 쓰고 있었다. 나는 1854년에 이것을 짧은 논문으로 이미 다 써 놓고 있었다. 그러나 1855년 정월 로마의 옛 의사당 건물의 석조계단을 오르고 있을 때 이 논문을 한 권의 책으로 다시 엮어 보려는 생각이 최초로 떠올랐다. 사실 나의 저서 중에는 이만큼 주의 깊게 쓰인 것도 없고 이만큼 꼼꼼하게 수정된 것도 없었다. 여느 때와 마찬가지로 두 번 초고를 고치고 난 후 우리는 이것을 바로 가까이 넣어두고 때때로 꺼내서 한 구절 한 구절을 읽고 생각하고, 생각하고 비평하며 결국은 그 전부를 새로 다시 써 가고 있었다. 그리고 그 최후의 결론은 1858년에서 1859년에 걸친 겨울에 하기로 계획하고 있었다. (…)

그것은 바로 내가 공직을 물러선 그 해의 첫 겨울이었으므로 우리들은 유럽에서 겨울을 보내기로 되어 있었다. 그런데 그 희망도 그녀의 죽음이란 뜻밖의 불행 때문에 수포로 돌아가고 말았다. 아내와 함께 몽페리에로 가는 도중 아비뇽에서 그녀는 돌연 폐출혈로 쓰러졌던 것이다. (…) 《자유론》은 나의 이름이 붙어 있는 다른 어떤 저작보다도 직접적으로 또한 문자 그대로 우리들의 협력으로 엮어진 것으로서 이는 내가 쓴 모든 저작 중 가장 긴 생명을 가질 것 같다."

저자 자신의 예상은 적중되어 이 책은 오늘날 모든 지성인이 되새겨 음미해야 할 사상과 언론의 자유에 관한 가장 훌륭한 고전이 되어 있다.

On Liberty

저 자 에 관 하 여

밀(John Stuart Mill, 1806-1873)은 19세기 영국에서 가장 큰 영향력을 행사했던 사상가 중 한 사람이며, 철학자, 사회개혁론자, 경제학자였다. 그는 18세기의 영국 경험주의와 20세기의 논리경험주의 사이의 연장선상에서 극단적 경험론을 그의 철학에서 구성하였다.

밀은 아버지 제임스 밀로부터 엄격한 교육을 받은 것으로 유명하다. 밀 자신의 말에 의하면, 3세에 그리스어를, 8세에는 라틴어와 수학과 역사를 배웠고, 12세에 논리학과 경제학이론, 형이상학과 윤리학을 배웠다고 한다. 그래서 10대에 이미 어엿한 지식인으로 성장해 있었다. 소년기에 읽은 J.벤담의 저서에 영향을 받아, 공리주의(功利主義)를 받아들이고 공리주의협회 설립에 참가하여 이의 연구 · 보급에 힘쓰기도 했다. 그러나 과도한 지적 교육으로 인해 20세인 1826년에는 신경쇠약에 걸리게 되었는데, 워즈워드(Wordsworth)의 시를 읽으면서, 그리고 해리어트 타일러(Harriet Tayler–남편과 사별하고 나서 1851년 밀과 재혼했다)와의 사랑을 통해 이 병을 치유하였다고 한다. 이런 경험을 한 후 밀은 감정을 경시하고 이성(理性)을 만능으로 보는 공리주의에 의문을 품게 되었고, 칼라일, 워즈워드, 콜리지 등의 영향을 받아 사상적인 전환을 이루게 되었다.

밀은 정치적인 것을 주제로 많은 글을 썼을 뿐만 아니라, 사회 개혁적인 정신을 가지고 직접 사회 활동에 참여하기도 하였다. 해리어트 타일러와 함께 여성의 해방운동에도 동참했다. 1865년부터 1868년까지 그는 영국의 하원의원으로 소위 사회적 자유주의라는 정치적 계획프로그램을 대변하기도 했다

대표적인 경제학 저서에 《경제학 시론집(試論集)》(1830)과 《경제학 원리(Principles of Political Economy)》(1848) 등이 있는데, 그는 A.스미스나 D.리카도 등의 영국 고전파 경제학 이론을 계승하면서도, 경제공황이나 빈곤 등 새로운 역사적 과제에 대해서도 고려하여, 종래의 고전파 이론을 재구성하고 보완하는 시도를 하였다. 즉, 자연적인 생산법칙에 의하여 발생한 사회적 곤란을 분배의 인위적 공정(公正)과 사회의 점진적 개혁에 의해서 최소화하려는 이론을 전개하였다.

밀의 주요한 저서로는 사회과학의 방법론적 반성으로서 저술한 《논리학체계 A System of Logic》(1843), 종래의 공리주의적 자유론을 대신하여 인간정신의 자유를 해설한 《자유론 On Liberty》(1859), 정치상의 대의제(代議制)와 분권제(分權制)의 의의를 강조한 《대의정체론(代議政體論)》(1861) 등이 있고, 그 밖에 《공리주의 Utilitarianism》(1863) 《해밀턴 철학(哲學)의 검토 Examination of Sir William Hamilton's Philosophy》(1863)등의 철학적 저서와, 영국의 여성해방사상 기념비적 문헌이 된 《여성의 종속 The Subjection of Women》(1869) 《자서전 Autobiography》(1873) 《종교에 관한 에세이 3편 Three Essays on Religion》(1874) 《사회주의론》(1879) 등이 있다.

그의 사상은 만년에는 점차 사회주의에 가까워져 갔지만, 그의 사회주의는 그 후의 영국에서 마르크스주의와는 다른 개량주의적 사회주의로 발전하였다.

John Stuart Mill

_____O n   L i b e r t y

1 자유에 관한 개인과 사회의 충돌

밀은 《자유론》에서 형이상학적인 문제로서의 인간 의지의 자유가 아니라, 시민적 사회적 의미에서의 자유를 다룬다고 먼저 밝히고 있다. 이런 자유는 사회가 개인에게 미칠 수 있는 권력의 본질, 그 권력행사의 한계와 관련되어 있다. 오늘날 우리에게도 그렇지만 당시 밀이 살고 있었던 영국에서도 자유에 대한 견해차이가 있었다. 우리는 밀이 자유를 어떻게 규정하고 있으며, 《자유론》을 어떤 내용으로 서술했는가 하는 것들을 서론을 통해 살펴볼 수 있다.

우선 밀은 인류의 역사에서 나타난 자유는 "정치적 지배자의 횡포에 대한 방어를 의미하는 것이었다."고 말하는데 이것은 자기 방어를 의미한다. 고대로부터 자유는 지배자가 그 사회에 대해서 행사하고 있는 권력을 제한하고 한계를 정하는 것이었다. 그러므로 지배자의 권력을 제한하는 것이 바로 그들이 의미하는 자유의 본질이었다. 권력제한의 방법은 정치적으로 자유를 인정받는 방법과 입헌제도의 확립을 통한 방법이 있었다. 밀은 위정자의 횡포뿐만 아니라 '다수자의 횡포'로 평가되는 여론과 감정의 횡포도 마찬가지로 제한되어어야할 것으로 보고 있다. 밀의 자유개념은 개별적인 인간이 그의 개성발전에 장애를 초래하는 일체의 권력에 대항하는 것이다. 왜냐하면 개인에게 그의 인격적 독립은 절대적인 것이며, 자신의 신체와 정신에 관해 개인은 그 자신을 지배하는 군주(주권자)와도 같기 때문이다. 그는 모든 권력과 여론의 힘은 '사람의 성격을 사회, 그 자체의 모형에다 획일적으로 집어넣으려고 강요하는 경향'이라고 단정한다. 그래서 밀은 《자유론》에서 사회가 강제와 지배의 방법으로 각 개인을 대할 때, 그 태도에는 아주 단순한 원리가 있다는 것을 주장한다. 그렇다면 개인적 독립과 사회적 통제사이의 적절한 조화를 누가 만들어야 하는가? 이 문제는 아직 미해결의 과제로 남겨 놓는다고 밀은 스스로 고백한다.

밀은 《자유론》에서 개인에게 보장되어야 할 자유의 영역을 세 가지로 열거한다.

> 첫째는 의식이라는 내적 영역인데, 그것은 가장 넓은 의미에서의 양심의 자유, 즉 사상과 감정의 자유와 그리고 실제적 · 사색적 · 과학적 · 도덕적 · 신학적인 모든 문제에 관한 의견과 감정의 절대적인 자유를 요구하는 것이다. 의견을 발표하고 그것을 책자로 출판하는 자유는 개인의 행위 중에서 다른 사람들에게 관계되는 부분에 속하고 있기 때문에 다른 원리에 지배되어지는 것으로 보일지도 모른다. 그러나 이러한 자유는 사상의 자유 그 자체와 거의 같은 정도의 중요성을 가지고 있을 뿐만 아니라 또한 대체로 동일한 근거에 입각하고 있으므로 실제로 사상의 자유와는 서로 분리될 수 없는 것이다.
>
> 둘째로, 이러한 원리는 자기가 좋아하는 것을 즐길 수 있는 기호의 자유와 목적 추구의 자유를 요구한다. (…)
>
> 셋째로, 각 개인이 갖는 이와 같은 자유로부터—동일한 제한을 받는 범위 안에서이긴 하지만—개인 상호간의 단결의 자유가

생긴다. (…)

　이와 같은 여러 가지 자유들이 대체로 존중되지 못하고 있는 사회는 그 통치형태가 어떠한 것이건 간에 결코 자유롭지 못하다. 또한 이러한 여러 가지 자유가 절대적·무조건적으로 존재하지 않는 사회는 어떠한 사회라도 완전히 자유롭다고는 말할 수가 없다.

2 진정한 자유를 찾기 위한 방법; 토론

　제2장 〈사상과 언론의 자유에 관하여〉에서 밀은 '사상과 언론의 자유'를 좀 특이한 시각으로 바라보고 있다.

　그러한 권력은, 그것이 여론에 따라서 행사되는 경우라 하더라도, 여론에 반하여 행사되는 경우와 마찬가지로 유해하거나 또는 그 이상으로 유해하다. 가령 한 사람만을 제외한 전 인류가 동일한 의견을 가지고 있고, 단 한 사람만이 그것에 반대의 의견을 가지고 있는 경우가 있다 하더라도, 인류가 그 한 사람에게 마음대로 말 못하도록 입을 다물게 하는 것이 부당한 것은, 그 한 사람이 권력을 장악했을 때 전 인류를 말 못하도록 침묵케 하는 것이 부당한 것과 조금도 다를 바 없다.

　사상과 언론(토론)의 자유에 관해 이렇게 설명하고 나서 그는 인간이 가진 의견의 성격을 규정한다. 즉 인간의 오류가능성(可謬性-과오를 범할 수 있음)에 대한 논증이다. 정부건 개인이건 간에 될 수 있으면 가장 참된 의견을 신중하게 갖도록 할 것이며 적어도 자기가 옳다고 확신하지 않는 한 결코 그것을 남에게 강제해서는 안 된다는 것이다.

이 세상에 절대로 확실한 일이란 없다고 생각하기 때문에 누구나 오류가능성을 인정하고 다른 사람의 의견에 대해서 열린 태도를 취해야 한다. 이것이 바로 관용의 출발점이다.

만약 확실한 진리를 누구도 갖고 있지 못하다고 한다면, 우리가 진리를 얻기 위해서 거쳐야할 과정은 무엇인가? 밀이 이 장에서 가장 강조하는 것이 바로 토의(토론)의 방법이다. 인간은 자기의 잘못을 새로운 경험을 통해서, 그리고 토론을 통해서 교정해 나갈 수 있다고 믿는다. 토의(토론)의 전제 조건은 열린 마음이다. 오류의 교정가능성을 설명하는 부분에서 그는 "그것은 그 사람이 언제나 자기 의견과 행동에 대한 다른 사람들의 비판을 마음의 문을 활짝 열어놓고 받아 들였기 때문이다."라고 말한다. 반대론자의 의견 용납, 자유로운 토론, 공평한 토론, 진리를 위한 반대론의 유용성, 절대 무오류성의 한계 등을 거론한다. 밀은 또한 역사 속에서 절대 무오류라고 믿고 있는 여론의 독단성에 의해서 희생된 사람들, 즉 역사 속에서 박해받은 진리를 예시한다. 소크라테스, 예수, 순교자 스데반은 침묵으로 강제된 진리일 수 있었고, 이들은 강제와 박해의 희생자였다. 사도가 되기 전의 사울도 이런 박해의 가해자였다. 특히 가장 학덕이 높았고 자신의 저작에서는 기독교교리에 비추어 더 기독교적이었던 사상을 가지고 있었음에도 불구하고 로마사회가 붕괴할까 두려워 이단종교에 박해를 가하였던 사람이 바로 마르쿠스 아우렐리우스 황제였다. 이는 박해자의 예시이다. 그리고 루터의 종교개혁 이전에 20회 이상의 종교개혁운동에서도 종교적 박해로 인한 희생은 일어났다. 밀은 이 같은 종교의 불관용적인 태도 역시 사상과 언론의 자유가 가져올 인류의 복지를 방해하는 요소라고 보았다. 달리 말하면 의견의 자유, 의사발표의 자유는 곧 인류의 행복에 필요한 조건이라는 것이다.

그것이 아무리 진리라고 할지라도 토의되지 않는다면 그것은 독단론으로서 신봉될 뿐이며 결코 살아있는 진리로서 신봉되지 않을 것이라는 밀의 입장은 진리가 어떻게 되면 맹신이 되는지를 잘 보여주고 있다.

어떤 문제에 관해서 단지 자신의 주장만을 아는 데 그치고 있는 사람은 실제로 그 문제 전반에 관해서는 거의 아무것도 모르고 있는 것이다. 그의 논거는 정당할 지도 모르며, 또한 아무도 그것을 논박할 수 없을 지도 모른다. 그러나 만일 그가 반대편의 논거를 논박할 수 없다면, 그리고 반대편의 논거가 무엇인지 알지 못하고 있다면 그는 어느 편의 의견도 선택할 수 있는 근거를 갖지 못한다. 그가 취할 수 있는 합리적인 태도는 판단을 중지하는 일일 것이다.

기독교인의 이단서적 읽기 허용, 자유토의의 필요성, 글자와 독단에 매여 있지 않는 기독교, 초기 기독교의 생동성, 논란 없는 교설과 논란 있는 교설의 차이, 기독교와 비기독교와의 조화(이교도에 대한 열려진 마음), 반대의견에 감사하는 일, 반대의견의 필요성, 타자 의견의 진리성 인정, 쌍방의 주장에 귀 기울임 등은 밀이 얼마나 포괄적으로 사상과 언론의 자유를 다루고 있는지를 알려준다.

자기 스스로 고뇌를 거치지 않기 때문에 보유하게 된 진실한 의견보다는, 오히려 적절한 연구와 준비를 하여 스스로 생각한 오류가 진리를 더욱 발전시킨다.

자유 토론 없이는 그 의견의 근거를 인지하지 못하기 때문에, 단순히 기억된 문자가 남을 뿐이다.

세상에는 개인적인 체험을 통해서 그 의미를 절감하게 되기까지는 그 의미를 충분히 이해할 수 없는, 그러한 진리는 얼마든지 있다. 그러나 만일 그 사람이 그러한 진리의 의미를 실제로 이해하고 있는 사람들에 의해서 서로 논쟁되는 찬반 양론을 평소에 늘 들어 왔다면, 그러한 진리의 의미는 훨씬 더 많이 이해되었을 것이며, 또한 그 이해된 부분도 훨씬 더 깊이 마음속에 새겨졌을 것이다. 어떤 사실에 대하여 이미 의심스러운 점이 없어지게 되면, 곧 그것에 대해서는 더 이상 생각해 보려 하지 않는다는 인류의 치명적인 경향이야말로 인간이 저지르는 과오의 태반의 원인이 되는 것이다. 현대의 한 저술가는 "이미 결정이 된 의견은 깊은 잠에 빠진다.(the deep slumber of a decided opinion)"고 갈파한 바가 있는데, 지당한 말이라 아니할 수 없다.

18세기의 근대인들이 자신이 고대보다 우수하다는 자만에 빠져 있었을 때 등장한 루소의 '자연으로 돌아가자'는 구호는 일종의 폭탄이었다. 그간 관성적으로 여겨지던 일면적 진리는 일거에 폭파되었고 새로운 형태로 조합되었다. 토론의 형식처럼 하나의 진리에 대한 대립이 형성되지 않는다면 진리는 더 이상 펼쳐지지 못하는 것이다.

밀은 다음과 같은 결론으로 2장을 마무리한다.

이제 우리들은 네 가지 명백한 근거에 기인하여, 의견의 자유와 의견을 발표하는 자유가 인류의 정신적 행복을 위하여 필요하다는 것을 인식하게 되었다.(…)

첫째, 어떤 의견이 침묵을 강요당하는 경우, 그 의견이 어쩌면 진리일지도 모른다.(…)

둘째, 설사 침묵을 강요당한 의견이 잘못된 것이라 할지라도, 그것은 진리의 일부분을 포함하고 있을지도 모르며, 실제로 포함하고 있는 것이 보통이다.(…)

셋째, 설사 일반에게 널리 인정되고 있는 의견이 단지 진리일 뿐만 아니라 진리의 전체라고 할지라도, 만일 그것에 대해 활발하고도 진지하게 논쟁되는 것이 허용되지 않고, 또한 실제로도 논쟁되지도 않는다면, 그러한 의견을 받아들이는 사람들의 대다수는 마치 편견을 품는 것처럼 그것을 마음속에 품게 됨으로써 그것의 합리적인 근거를 이해하고 실감하는 일은 거의 없을 것이다.

넷째, 만일 자유로운 토론이 허용되지 않는다면 교설(敎說) 그 자체의 의미가 상실 또는 약화됨으로써 그 의견이 사람의 인격과 행위에 미치는 생기에 넘치는 영향력을 빼앗길 위험에 직면하게 될 것이다.

3 자유의 필요성에 대하여

인간이 자신의 의견을 자유롭게 드러내야할 이유는 어디에 있는가? 왜 그의 생애를 통해서 의견을 실현할 자유가 필요한가? 달리 말하면, 의견의 자유와 행위 실천의 자유는 왜 필요한가? 제3장 〈사회복지의 한 요소로서의 개성에 관하여〉는 이런 질문에 대한 대답으로 이루어진다. 이것은 밀이 《자유론》의 모토로 삼았던 훔볼트의 말에서 분명하게 드러난다. "인간은 그 개성에 따라 가장 다양성 있게 발전시키는 일이 절대로 필요하다는 것—— 이것이 이 책에서 전개되는 모든 논의가 직접 지향한 숭고한 지도 원리이다." 그래서 그는 삶을 실현하는 일이, 인간의 의사표현과 마찬가지로 자유로워야 한다고 보았다. 의견의 표현에서나 삶을 실현하는데 있어서 남에게 해를 끼치는 행위는 절대적으로 간섭하고 억제해야한다. 그러나 자신의 의견에 대해서 그것이 절대적으로 옳다고 말할 수는 없지만, 이론(異論)이 생기는 것은 결코 나쁜 일이 아니라 오히려 진리의 전체적인 모습을 인식할 수 있는 계기가 되며, 서로 반대되는 의견을 자유로운 입장에서 충분히 비교 검토해서 의견의 일치를 볼 수 있는 것이다. 이것은 인간 행위의 양식에 관해서도 마찬가지로 적용된다. 자신의 성향과 판단에 따라서 남에게 해를 끼치지 않고서 자기 일을 해나갈 뿐이라면 의견은 자유로워야 한다. 그리고 자기 스스로의 책임을 짊어지는 한, 자신의 일을 실행할 수 있도록 해 주어야한다. 상이한 의견은 필요하다. 그리고 인간은 자기의 생각대로 살아갈 필요가 있으며 남에게 해를 끼치지 않는 한 각자의 성격에 맞게 자유롭게 활동하도록 해 주어야 한다. 흄볼트가 말했듯이 인간의 목적이 개성의 발전에 있다면 그것을 실현할 수 있는 조건은 생활방식의 다양성에 있다. 여기서 개성의 독창성이 나온다. 이런 원칙에서 밀은 사회 속의 인간 개성의 의미를 이해하고 있다. 이렇게 되면 개인의 자유와 사회적 통제 사이의 경계선을 긋는 것이 어렵지 않다고 밀은 판단하고 있다.

흄볼트의 사상에서 끌어온 개성의 본질과 의미를 밀은 더욱 구체적으로 전개한다. 개성존중, 개성발휘, 욕망과 개성의 관계, 경험을 통한 개성의 훈련을 중요시하는 밀은 감수성과 자제력을 가진 인간은 기계가 아니라는 논거로 인간의 자발성, 자율성, 다양성을 설명하고 있다. 모방보다 개성이 중요하다고 했을 때, 그 때의 개성은 독창성을 의미한다. 인간의 고귀함은 개인적인 것의 말살이 아니라 오히려 개인적인 것의 양성에 있다. 개성상실과 몰개성이 그 시대의 문제점이라고 평가한다. 개성상실의 상황을 부추긴 것은 캘빈파의 금욕주의이다. 그러나 밀은 기독교적 자기부정과 그리스적인 자기발전은 대립된 것이 아니라 서로 혼합되어 있다고 보았다. 밀은 천재는 개인적이라고 하는 명제로 개성의 문제를 설명한다. 특히 사회에서 습관의 횡포가 인간을 모두 평준화시키고 획일화시키게 되는 위험을 안고 있음을 지적한다. 그러므로 특이한 사람, 독창적인 사람들이 인류의 발전에 기여한 것을 예시하고서 밀은 그 시대를 위해서 개성의 신장, 개성의 확립을 요청하고 있다.

4 개인에 대한 사회 권력의 한계에 관하여

제4장 〈개인에 대한 사회 권력의 한계에 관하여〉에서는 밀이 개인과 사회의 관계를 어떻게 보고 있는가를 확인할 수 있다.

> 사회는 계약에 의해서 수립되는 것이 아니며, 사회적 의무의 근거를 설명하기 위하여 하나의 계약이론을 고안해 낸다 할지라도 별로 도움이 되는 것은 아니다. 그러나 무릇 사회의 보호를 받고 있는 사람은 누구나 그 은혜에 대해서 마땅히 보답할 의무가 있으며, 사회 속에서 살고 있다는 사실 그 자체가 각자로 하여금 다른 사람들에 대해서 불가불 어떤 일정한 행위의 원칙을 준수하지 않으면 안 되게 한다. 이러한 행위는 다음과 같다.
>
> 첫째, 상호간의 이익을 해치지 않는 행위이다. 이는 법률의 명문(明文)이나 암묵적인 양해에 의해서 당연히 하나의 권리로 간주되어야 할 어떤 종류의 이익을 해치지 않는 행위이다.

둘째, 사회 또는 그 성원을 위해(危害)나 간섭으로부터 보호해주기 위해 필요한 노동과 희생을 각자가 가지의 몫만큼(이러한 몫은 어떤 공평한 원칙에 의해서 정해져야 하는 것이지만) 부담하는 행위이다. 이러한 의무의 이행을 거부하는 사람들에 대해서는 어떠한 희생을 무릅쓰고서라도 사회는 마땅히 이러한 조건의 수행을 강제해도 좋다.

이것은 행위의 결과에 대한 책임의 자유이다. 밀은 이 장에서 사회에 위해를 가하거나, 해를 끼치고 있는 사람에 대한 제재방법에 대해 논의한다. 설득과 채찍, 칭찬과 비난, 교제와 단교, 충고의 의무까지 고려하고 있다. 특히 밀은 사회에 해를 끼치는 비난 대상자의 인성에 대해서 상세하게 열거한다. 비난의 대상자는 인간적 품위를 상실한 사람이며, 사회의 권리를 침해한 사람들이다. 다른 사람에게 손해를 끼치는 불법행위, 무절제, 의무의 파기, 인간관계의 사기 또는 배신행위, 부정된 수단으로 남의 약점을 노리는 것, 위급한 처지의 사람을 구하지 못하는 것이 비난의 대상이다. 인간적 품위와 관련해서는 잔인성, 악의와 불량한 천성, 반사회적 질투심, 위선과 불성실, 흥분하는 성질, 지배를 즐기는 마음, 자기 할당 몫 이상의 점유욕, 남이 잘못되는 것을 보고 만족해하는 오만함, 자아중심주의 등이 있다. 이런 부덕과 경솔함이 그 개인에게만 한정되는 것일까? 아니다. 밀의 입장은 더욱 근원적이다. 인간은 고립된 존재가 아니기 때문에 개인의 행위는 먼저 가까운 사람에게, 그리고 사회에 직접 간접으로 영향을 미치게 된다. 결국 밀은 개인의 자유를 주장하다가 개인의 자유를 제한하는 논변으로 전환하게 된다. 예를 들어 광신적인 불관용이나 방탕한 생활은 원래 그 개인에게만 해당되는 것으로 이해되지만, 사회의 표본

이 된다는 의미에서 비난의 대상이 된다. 개인행위에 대해서 사회적 간섭의 정당함-부당함이 거론될 수 있지만, 이런 행위는 사회 총체의 행복에 피해를 주게 된다고 밀은 평가한다.

사회가 개인에게 간섭할 수 있는 일의 한계를 정하는 것이 밀의 관심사이다. 특히 종교적인 계율이나 습관에 관해서는 관용을 베풀어야 한다는 입장이다. 밀은 몇 가지 사례를 들고 있다. 회교도들의 음식에 대한 금기규율(종교적 부정의 감정 ― 돼지고기를 먹는 일과 음주의 금지), 스페인 사람들의 로마 가톨릭 교회의 예배 의식에 대한 비난, 대처 승려에 대한 거부, 청교도들의 금욕사상, 미국의 금주법과 영국의 금주운동, 안식일(일요일) 휴업 준수법령, 몰몬교도들의 일부다처제 등을 거론하면서 이들에 대한 관용을 주장한다. 물론 이런 종교적 교설과 관습이 사회 전체에 가져올 해악을 염려하여 이를 방지할 방법을 강구할 수는 있지만 이를 금지하는 것은 정당하지 않다고 말한다.

5 자유의 원칙

마지막 장에서 밀은 지금까지 제시된 자유의 원칙을 정리하여 공리를 제시하고, 이것을 상거래 행위, 자유무역론, 독약매매, 매음, 도박 등과 관련한 구체적인 문제에 어떻게 적용할 것인가를 논하고 있다. 그가 말한 공리(공로와 이익)는 다음과 같다.

> 이 두 개의 공리라는 것은 첫째로 개인은 그 행위가 그 자신 이외의 어떤 사람의 이해와도 관계되지 않는 한 사회의 제재를 받지 않는다는 것이다. 충고, 지시, 설득 혹은 다른 사람들이 그들 자신의 이익을 위해 필요하다고 생각할 때에는 그 행위를 회피한다는 것 등은 사회가 어떤 한 사람의 행위에 대해서 혐오감

이나 비난을 정당하게 표명할 수 있는 유일한 수단이다. 둘째로
는 다른 사람의 이익을 해치는 행위에 관해서 개인은 당연히 사
회에 대해서 책임이 있다. 만일 사회가 자기 방위를 위해서 사
회적 징벌이나 법률적 형벌이 필요하다고 생각되면, 개인은 어
느 쪽의 처벌이든지 마땅히 받아야 하는 것이다.

우리는 아직 토론 문화에 익숙해 있지 못하다. 어떤 이들은 토론을 통해 자신의 의견을 상대에게 주입시키려고 노력하는가 하면 어떤 이들은 토론의 논쟁적 성격을 '싸움'으로 규정하여 토론 자체를 부정하기도 한다. 우리는 **2**에서 밀이 제시하고 있는 토론의 성격과 의의를 알 수 있다. 지금까지 토론에 대해서 가지고 있었던 자신의 생각을 적어보고, 밀의 견해를 접하고 나서 달라진 것이 있다면 구체적인 예를 들어 그것에 대해 진술해보자.

추 천 할 만 한 번 역 본

김형철 번역의 《자유론》은 프레드 버거의 〈해제〉와 J. B 랍슨의 〈'자유론'에 대한 편집자 주〉가 권미(卷尾)에 실려 있어 밀의 사상을 이해하는 데 도움을 준다. 최요한 번역의 《자유론》은 이해하기 쉬운 문장으로 번역되었다는 점이 장점이며 역시 책 끝 부분에 〈J. S 밀의 생애와 사상〉이 실려 있어 밀의 사상을 생애와 함께 이해하는데 도움을 준다.

《자유론》, 김형철 역, 서광사, 1992
《자유론》, 최요한 역, 홍신문화사, 2000.

Das Kapital

자본론

칼 마르크스(Karl Heinrich Marx)

이 책에 관하여

《자본론》은 마르크스의 주요 저작의 하나로서, 마르크스는 원래 제1부 〈자본의 생산과정〉, 제2부 〈자본의 유통과정〉, 제3부 〈총과정의 여러 형태〉, 제4부 〈이론의 역사를 위하여〉라는 4부로 계획했었다.

이들 전체 4부 중에서 제3부까지가 《자본론》의 이론적 부분이고 제4부는 역사적, 문헌학적 부분이다. 처음에는 《자본론》의 4부를 2권으로 합쳐서 한 번에 출판하기로 계획했었지만, 마르크스 생전에 간행된 것은 제1부 〈자본의 생산과정〉을 펴낸 제1권뿐이었다.(제1판 1867년, 제2판 1872~73년, 저자 교열 프랑스어판 1872~75년)

《자본론》의 제2부와 제3부는 마르크스 사후, 그의 유고를 토대로 하여 엥겔스가 편집하여 각각 제2권 〈자본의 유통과정〉(제1판 1885년, 제2판 1893년), 제3권 〈자본주의적 생산의 총과정〉(제1판 1894년)으로 출판하였다. 또 제4부는 1861~1863년의 초고 《정치경제학비판》을 토대로 하여 처음에는 카우츠키가 《잉여가치학설사》 3권(1905~10년)으로 편집, 출판하였지만, 제2차 세계대전 이후에 마르크스의 원래 계획에 의거하여 베를린의 마르크스-레닌주의 연구소에서 《자본론》 제4권(3책, 1956~62년)으로 편집, 간행하였다.

《자본론》은 근대 부르주아 사회의 생산, 유통, 분배를 지배하는 원리를 규명하고 이 생산양식의 내부조직과 모순들을 지적함으로써 자본주의의 운동법칙을 밝힌 역작이다. 상품에 대한 논의로부터 출발하여 노동가치, 잉여가치, 착취, 재생산, 자본축적, 이윤율하락, 산업예비군, 공황이라는 현상을 과학적으로 분석하여 현대 자본주의 분석의 체계적인 출발점을 제시하였으며 20세기 역사와 거의 모든 학문에 막대한 영향을 미친 저작이다.

Das Kapital

저 자 에 관 하 여

　과학적 사회주의(마르크스주의) 창시자로 알려진 칼 마르크스(Karl Heinrich Marx, 1818~1883)는 1818년 5월 5일 트리어(Trier; 프로이센 라인지방)에서 변호사 하인리히 마르크스(Heinrich Marx, 1782~1838)와 헨리에테(Henriette, 1787~1863)사이에서 여덟 자녀 중 둘째로 태어난다. 부모는 둘 다 랍비가문 출신이었다.

　1835년 트리어의 김나지움을 졸업하고 본대학에 입학하였으나 다시 베를린대학으로 옮겼다. 베를린에서 법률·역사·철학을 공부하고 헤겔철학을 접하게 되면서 급진적 성향을 가진 헤겔좌파에 가담하였다. 1841년 대학과정을 마치면서 《데모크리토스의 자연철학과 에피쿠로스의 자연철학의 차이》라는 졸업논문을 발표하여 박사학위를 받았다.

　1842년 10월 쾰른으로 이주하여 급진적 신문인 '라인신문(Rheinische Zeitung)'의 주필로 취임, 혁명적 민주주의 입장에서 프로이센의 절대주의를 비판하였다. 이 시기를 통해 관념론적 견지에서 벗어나 유물론적 세계관을 가지게 되었고, 혁명적인 민주주의자에서 과학적 공산주의자로 탈바꿈하게 되었다.

　1844년 9월, 파리에서 F.엥겔스를 처음으로 만났는데, 이들은 평생의 지기(知己)로서 그들이 가지고 있던 사상을 위해 투쟁을 함께하게 된다. 1848년 베를린에서 3월 혁명이 일어나자 쾰른으로 돌아가 노동계급의 의사를 대변하는 유일한 신문인 '새라인 신문(Neue Rheinische Zeitung)'을 창간, 그 주필을 지냈다. 그러나 혁명이 실패하자 마르크스는 재판에 회부되었다가 파리로 망명했으며, 1849년 6월 13일 시위 후 프랑스정부에 의해 추방당하여 런던으로 건너가 그곳에서 여생을 보냈다.

　마르크스의 런던 생활은 매우 어려웠기 때문에, 엥겔스의 끊임없는 경제적 도움을 받았다. 이러한 어려움 속에서 마르크스는 몇 해 동안 《자본론(Das Kapital)》을 집필하는 데 모든 노력을 기울였다. 1859년, 여러 해에 걸친 정치경제학 연구의 최초의 수확인 《정치경제학비판》 제1분책을 완성하였다. 《자본론》 제1권은 1867년 함부르크에서 출판되었으며, 1872년 제2판이 출판되었다. 마르크스는 《자본론》에서, 잉여가치법칙이 자본주의의 운동법칙이며 자본주의적 생산의 절대적 법칙이라는 것을 밝혔는데, 잉여가치법칙의 발견과 그 본질 및 자본주의 발전에서의 역할을 밝힌 점은 후에 그 오류를 지적하는 비판들이 나왔음에도 불구하고 여전히 커다란 공적으로 꼽히고 있다.

빈궁 속에서 학구적 정열을 불태웠던 마르크스는 《자본론》의 완성을 위해 심혈을 기울였으나, 완성을 보지 못한 채 1883년 3월 14일 런던의 자택에서 평생의 동지였던 엥겔스가 지켜보는 가운데 폐종양으로 숨을 거두었다. 그의 시신은 하이게이트묘지에 안치되었다.

Karl Heinrich

Marx

——D a s   K a p i t a l

1 **방법론 1 : 추상에서 구체로의 상승과 구체에서 추상으로의 하강**

마르크스는 1857년 여름, 장기간에 걸친 경제학 연구의 총괄적인 작업으로 들어가기에 앞서 먼저 《서설》이라는 제목의 미완성된 방법론적 저작을 썼다. 이 《서설》의 제3절은 〈경제학의 방법〉이라는 제목을 달고 있는데, 그 속에서 마르크스는 먼저 경제학의 역사를 회고하면서 하향법과 상향법이라는 두 가지 방법론을 제시하였다.

하향법이란 17세기 경제학자들처럼 인구, 국민, 국가, 다수의 국가 등의 구체적이고 살아있는 전체에 대한 분석에서 출발하여 점차 보다 단순한 것으로 나아가 마침내 분업, 화폐, 가치 등과 같이 가장 추상적, 일반적 규정에 도달하는 방법, 즉 구체적인 것으로부터 추상적인 것으로 나아가는 방법이며, 상향법이란 노동, 분업, 욕망, 교환가치처럼 간단한 것으로부터 출발하여 점차 복잡한 것으로 나아가 마침내 국가, 여러 국민간의 교환, 세계시장과 같은 구체적인 것에 이르는 방법을 말한다.

마르크스는 이 두 가지 방법을 연구방법과 서술방법–분석과 종합으로 나누어, 연구방법으로는 하향법을, 서술의 방법으로는 상향법을 적용시켰다. 이처럼 방법론을 연구와 서술로 나누어 적용한 까닭은 하향법의 경우는 '구체적인 것으로부터 출발하여 그 구체적인 표상이 사라져 버리고 마침내 추상적인 규정에 이르게 되는데' 비해서, 상향법의 경우에는 '추상적인 규정에서 시작하여 사고 작용을 거치며 최종적으로는 구체적인 전체를 재생산─이렇게 재생산된 '구체'는 처음에 연구의 방법으로 접한 '구체'라는 현실적 외피 안에 추상의 과정을 통해 밝혀낸 내적 원리까지 담고 있어 이미 처음과는 이질적인 상태의 '구체'가 된다.─하기에 이른다. 이 때문에 마르크스는 상향법을 '과학적으로 올바른 방법'이라고 불렀다. 하지만 이 같은 방법이 어느 하나를 배제할 수 없음은 자명한 일이다. 오히려 엄밀한 하향을 통해 분석의 메스가 될 추상이 도출되고 정확한 추상을 통해 좀 더 풍부하고 과학적인 구체로 나아가는, 하나의 통일된 과정으로 인식해야 할 것이다.

2 방법론 2 : 변증법

고전경제학은 때때로 그 분석과정에서 스스로 모순에 빠진다. 그것은 종종 중간적인 매개 없이 직접적인 환원을 시도하며, (지대, 이자, 임금이라는) 여러 가지 형태의 원천이 동일함을 보여 주고자 한다. 그러나 이것은 고전경제학의 분석적 방법에서 필연적으로 발생하는 것으로서, 비판도 이해도 이 방법으로부터 시작되어야 한다. 고전경제학은 다양한 현상 형태를 발생적으로 전개시키는 데는 그다지 관심을 가지지 않고, 분석을 통해서 이들의 형태를 하나의 통일체로 환원시키고자 한다. 이것은 이들 자체의 형태를 주어진 전제로 하여 출발하기 때문이다.

마르크스는 고전경제학이 분석적 방법, 즉 자본주의적 생산양식의 지대, 이자, 임금이라는 여러 피상적인 현상 형태를 '주어진 전제'로 삼아 출발하는 방법에 관심을 갖는 이유는 그 대상인 자본주의적 생산양식을 '주어진 자명(自明)한 전제'로서 받아들이고 결국 이를 '절대시'하는 고전경제학의 부르주아적 입장과 연결되어 있기 때문이라고 밝히고 있다. 이 같은 고전경제학의 방법을 취하면 자본주의적 생산양식은 마치 '자연형태'인 것처럼 '영원한 것'으로 절대화된다. 그러나 마르크스는 자본주의적 생산양식이 사회적 생산의 영원한 자연형태로 보이는, '신비화된 성격'을 폭로하여 이 생산양식이 사회적 생산의 '역사적, 일시적 형태'에 불과하다는 사실을 밝힐 필요가 있었다. 마르크스는 이러한 필요를 변증법적 방법을 통해 해결하고자 하였다.

헤겔의 변증법이 '절대정신(이념, 혹 신)의 간지(奸智)'에 의해 진행되는 운동과정이었다면 마르크스의 변증법은 그 정반대였다.

> 나의 변증법적 방법은 근본적으로 헤겔의 그것과 다를 뿐만 아니라, 오히려 정반대이다. 헤겔에게는 그가 '이념'이라는 이름아래 자립적 주체로까지 전화시킨 사유과정이 현실적인 것의 창조자이고, 현실적인 것은 다만 그 외적 현상을 이룰 뿐이다. 나에게는 그와 반대로 관념적인 것은 물질적인 것이 인간의 두뇌 속에서 전화되고 번역된 것에 불과하다. (…) 그러나 내가 《자본》의 제1권을 집필하고 있던 바로 그때, 현재 독일의 지식계급 사이에서 큰소리치고 있는 불쾌하고 불손하며 범속한 아류들이 헤겔을 취급하기를 '죽은 개'처럼 취급하면서 득의양양해 하고 있었다. 그래서 나는 저 위대한 사상가의 제자라고 공공연히 자인하였으며 가치론에 대한 장 곳곳에서 그의 특수한 표현양식에 영합하기까지 하였다. 변증법이 헤겔의 수중에서

신비화되었지만, 이것이 그가 변증법의 일반적 운동 형태를 처음으로 포괄적이고 의식적인 방식으로 서술하였음을 부정하게 만드는 것은 아니다. 그에게 있어 변증법은 거꾸로 서 있다. 우리가 신비적 외피 안에 있는 합리적 핵심을 발견하려면, 이것을 뒤집어야 한다.

마르크스는 계속해서 다음과 같이 말한다.

합리적인 모습으로서의 변증법은 부르주아계급과 그 대변자들에게는 분개할 만한 것이며 공포스러운 것이다. 왜냐하면 변증법은 현존하는 것의 긍정적 이해 속에 그것의 부정, 곧 필연적 몰락에 대한 이해도 포함하기 때문이며, 모든 생성된 형태를 운동의 흐름 속, 곧 그것의 경과적인 측면에서 파악하기 때문이다. 또 어떠한 것으로부터도 위압 받지 않으며, 그 본질상 비판적이고 혁명적이기 때문이다.

이 '비판적이고 혁명적인' 변증법이 바로 《자본론》에서 채택한 방법론이다. 변증법은 분석적 방법을 기초로 하면서, 여기에 멈추지 않고 발생적 전개(사적(史的) 의미파악)에까지 나아가는 방법이다.

마르크스는 자본주의적 생산의 구조를 연구함으로써 그 발전법칙을 발견하려 하였다. 하지만 자본주의적 생산 전체를 한꺼번에 연구할 수는 없었다. 그래서 자본주의적 생산을 생산과정과 유통과정으로 나누어 제1권에서는 생산과정만을 고찰한다.(생산된 상품은 순조롭게 팔리며 유통과정으로부터의 모든 2차적 영향은 없는 것으로 상정하고 고찰한다.) 그리고 제2권에서는 생산과정을 사상(捨象, 공통의 성질을 뽑

아내기 위하여 낱낱의 특수한 성질을 고려의 대상에서 제외하는 일)하고 유통과정만을 고찰한다. 그러나 자본주의적 생산은 현실적으로는 생산과정과 유통과정의 통일이므로 마르크스는 제3권에서 제1권과 제2권에서 따로따로 떼어서 고찰한 생산과정과 유통과정을 통일한 자본주의적 생산 전체를 고찰한다.

3 자본주의의 세포 : 상품

제1권 〈자본의 생산과정〉은 7편 25장으로 되어 있다. 제1편은 〈상품과 화폐〉이다. 자본주의적 생산은 돈벌이(잉여가치를 얻는 것)를 목적으로 행해지지만 그 돈벌이는 상품생산의 기초 위에서 이루어진다. 그래서 마르크스는 《자본론》 제1권 제1편 〈상품과 화폐〉에서 우선 자본주의적 생산의 기초 및 전제로서 단순상품생산을 고찰한다. 그러나 마르크스가 여기서 고찰하는 단순상품생산은 역사적으로 자본주의 이전부터 있었고, 점차 발전하여 자본주의적 생산을 낳은 그런 단순상품생산이 아니다. 마르크스가 말하는 단순상품생산은 발달한 자본주의적 생산(구체)으로부터 추상력에 의해 자본주의적 모든 관계들을 사상한 단순상품생산(추상), 즉 자본주의적 생산의 기초를 이루고 있는 단순상품생산이다. 따라서 제1편에는 '상품생산이 사회 전체에 전면적으로 행해지고 있고, 모든 생산물은 상품으로서 생산되며 화폐를 매개로 하여 전면적으로 교환되고 있다는 것'이 전제되어 있다. 역사적으로 자본주의적 생산 이전에 있었던 단순상품생산은 사회 전체에 확산되어 있지는 않고 사회의 생산물 중 극히 일부만이 상품으로서 생산되어 교환되고 있었다. 상품생산이 사회 전체에 보급된 것은 자본주의적 생산이 사회의 생산을 지배하게 된 이후부터이다.

마르크스 《자본론》의 출발점은 상품이다. 마르크스는 《자본론》을 다음의 말로써 시작하고 있다.

> 자본주의적 생산양식이 지배적으로 이루어지고 있는 제 사
> 회의 부(富)는 하나의 '거대한 상품집적(商品集積)'으로 나타나
> 고, 하나하나의 상품은 이러한 부의 기본 형태로서 나타난다.
> 그러므로 우리의 연구는 상품의 분석으로부터 시작된다.

마르크스는 상품을 분석하는 데 있어 우선 하나의 요인인 '사용가
치'에 관해 고찰했는데, 이때 그는 또 하나의 요인인 '가치'를 사상(捨
象)한 채로 연구한다. 그 다음에는 사상되었던 '가치'에 관해 고찰하는
데 이번에는 '사용가치'를 사상한 채 서술한다. 그리고 마지막으로는
상품을 전체적으로, 즉 사용가치와 가치의 통합체로서 연구하여 상품
이 내포한 모순——사용가치와 가치——을 밝혀낸다. 사용가치란 인간
의 욕망을 충족시켜 주는 물적 존재의 유용한 성질을 말한다. 그런데
상품은 동시에 교환가치를 지닌다. 교환가치를 지니지 않는 물적 존재
(어떤 개인이 필요에 의해 만든 물건)는 상품일 수 없기 때문이다. 가령
쌀10kg이 구두 한 켤레와 교환된다고 가정할 때, 쌀과 구두의 사용가
치는 다른 것이지만—— 사용가치가 서로 다르기 때문에 교환되는 것
이지만——다른 한편으로 교환과정에서는 서로 같은 것으로 간주된다.
이처럼 두 상품 사이의 교환에서 등치관계가 성립된다는 것은 쌀 10kg
과 구두 한 켤레 속에 '같은 크기의 어떤 공통적인 것'이 들어 있다는
것을 나타낸다. 즉 노동생산물의 사용가치를 사상한다면 유용한 생산
물을 있게 한 노동의 유용성 또한 사상하는 것이 되고, 이제 남는 것은
각각 차이가 없는 추상적 노동이 물적 성질을 지닌 채 생산되었다는
사실뿐이다. 이처럼 여러 가지 '상품을 생산하는 유용노동에 공통되

는 추상적 노동'이라는 사회적 실체가 가치인 것이다.

마르크스는 이어 상품 생산에 관계된 노동에서, 사용가치를 생산하는 '구체적 유용노동'과 가치를 생산하는 '추상적 인간노동'이라는 이중적 성격을 분석해낸다.

상품을 생산하는 노동이 특정 종류의 사용가치를 생산하는 노동으로 작용할 때는 특정의 목적과 작업방법에 따라서 그 유용성이 구체적으로 규정되는 형태로 인간노동력이 지출되는 것이므로 이때의 노동은 '구체적 유용노동'이다. 또 상품을 생산하는 노동이 다른 한편으로 모든 상품에 공통된 가치를 생산하는 노동으로 작용할 때는 그 지출형태와 무관한 생리학적인 의미에서의 인간노동력이 지출되는 것이므로 이때의 노동은 무차별한 인간노동, 상품을 생산하는 모든 노동에 동등한 노동, 즉 '추상적 인간노동'이다. 그런데, 마르크스에 의하면 '구체적 유용노동'은 어떤 사회적 단계——상품생산 이전의 사회, 원시 공동체, 노예제 사회, 봉건사회 등 —— 에서도 나타나는 것이지만 '추상적 인간노동'은 상품생산사회라는 특수한 역사적 상황에서 나타난 것이다.

'구체적 유용노동'의 경우는 노동의 사회적 역할(노동이 타인을 위해 이루어진다는 것)이 유용한 노동 그 자체를 통해 직접적으로 달성된다. 하지만 '추상적 인간노동'은 그것이 교환이라는 매개를 거치지 않고서는 사회적 역할을 할 수가 없게 된다.

생산자들은 자신들의 노동생산물을 교환함으로써 비로소 사회적으로 접촉하기 때문에, 그들의 사적 노동이 지닌 특수한 사회적 성격도 역시 이 교환 속에서 비로소 나타나게 된다. 달리 말하면, 사적 노동은 교환으로 인해 노동생산물과 그 노동생산물에 매개된 생산자들이 놓인 관계를 통해서 비로소 실제로 사회적 총노동의 한 부분들임이 실증된다.

이처럼 상품생산사회에서는 다양한 노동들이 맺어지는 관계가 그들의 손에서 만들어진 노동생산물, 즉 상품 교환을 매개로 드러나기 때문에 사람들은 상품 교환이 마치 자연발생적 성격을 지닌 것 같은 환상에 사로잡히게 된다. 다시 말하면, 사람들은 자신의 노동이 '구체적 유용노동'과 '추상적 인간노동'이라는 두 가지 노동으로 괴리되는 것이 사용가치와 가치라는 이중적 성격을 지닌 상품에 의해서임을 알지 못하고 상품에 매겨지는 가격(교환)에 의해 그들의 다양한 노동을 등치(等値)시키고 마는 '노동의 소외(자신의 필요에 의한 것들이 오히려 자신을 통제하고 조정하게 되는)'를 겪게 되는 것이다.

가령 무인도의 로빈슨 크루소에게 사용가치와 가치, 구체적 유용노동과 추상적 인간 노동은 통합된 형태로 존재한다.

이번에는 로빈슨의 밝은 섬에서 어두컴컴한 유럽의 중세로 눈을 돌려 보자. 여기에서 우리는 독립된 인간 대신 모든 사람들 ── 농노와 영주, 속인과 성직자, 가신(家臣)과 제후 ── 이 서로 의존하고 있음을 본다. 인격적 의존이 물질적 생산의 사회적 관계들뿐 아니라 그 위에 세워진 생활의 모든 영역들까지 규정하고 있다. 그러나 인격적 의존관계가 그 사회의 기초를 이루고 있다는 바로 그 이유 때문에 노동이나 생산물은 그 현실성과는 다른 환상적인 자태를 취할 필요가 없다. 노동이나 생산물은 부역이나 공납으로 사회적 기구 속에 들어간다. 여기에서는 노동의 현물형태가, 그리고 상품생산의 기초 위에서와 같이 노동의 일반성이 아니라 그 특수성이 노동의 직접적인 사회적 형태인 것이다. (……) 그러므로 (……) 그들의 노동에 있어서 사람들 사이의 사회적 관계는 언제나 그들 자신의 인격적 관계들로 나타나지 물적 존재와 물적 존재의 사회적 관계 즉 노동생산물의 사회적 관계로 변장되어 있지는 않다.

바로 마르크스는 상품의 분석으로부터 상품이 가지는 이중성과 그로인한 노동의 이중성이 가지는 모순을 분석해냈으며, 이러한 모순이 상품생산이 전 사회적 부의 기초를 이루는 자본주의라는 역사적으로 특수한 한 단계에서만 발현되고 있다고 말하고 있는 것이다.

마르크스는 자본주의의 세포인 상품에 대한 분석(추상) ── 상품과 상품생산에 관계된 노동이 지니는 이중적 모순──으로부터 자본주의의 복잡한 여러 관계망(구체)으로 확장시켜 볼수록 인간은 더욱 소외되며, 무한 증식하지 못하면 사멸(死滅)되고 마는 자본의 속성── 확대재생산되지 못하는 자본은 그 기능을 상실한 것이다. ── 에 의해 자본주의는 결국 헤어날 수 없는 질곡에 빠져 역사의 뒤 안으로 사라질 것이라는 점을 《자본론》을 통해 서술하고 있다.

소련, 동구권의 몰락, 중국의 변화 등등 급변하는 세계는 마르크스의 《자본론》을 이미 죽어버린 것으로 치부하려는 사람들에게 반《자본론》의 근거가 되기도 한다. 하지만 '미래를 향해 열려진 역사'를 인류에게 제시한 마르크스의 공적은 여전히 현재적 의미를 가지는 것은 아닐까? 더불어 《자본론》은 그가 몸담았던 현실에 대한 치열한 분석으로서 섣부른 '공상적 사회주의'나 '맹목적 폭력 혁명'과는 유(類)를 달리한다고 할 수 있다.

4. 깊이 생각해 보기

마르크스의 변증법과 헤겔의 변증법의 차이를 역사발전을 바라보는 관점에서 생각
해보자.

5. 더 깊은 이해를 위하여

추천할 만한 번역본

김영민 번역의 《자본》은 1980년대 민주화의 물결이 극심한 탄압을 받던 시절에 출
판되었다. 역자 스스로 밝혔듯이 독일어판 《자본론》의 표현에 충실하게 번역하였기 때
문에 문맥이 그리 매끄럽지 않다는 단점이 있지만 대신 마르크스의 치밀한 변증법적
사고를 엿보기에는 유리한 면이 있다. 그리고 서울대 경제학과 김수행 교수에 의해 번
역된 《자본론》은 전문가의 식견을 바탕으로 좀 더 큰 활자와 보기 편한 편집을 가미
하였다.

《자본》, 김영민 역, 이론과 실천, 1987
《자본론》, 김수행 역, 비봉출판사, 1990

Also sprach Zarathustra

차라투스트라는 이렇게 말했다

니체(Friedrich Nietzsche)

이 책에 관하여

니체는 1869~1888년에 이르는 20년의 비교적 짧은 저술 활동을 하였는데, 《차라투스트라는 이렇게 말했다》(이하 《차라투스트라》)는 그가 자신의 사유를 완성한 이후라 할 수 있는 1883~1885년에 저술되었다.

니체 사상의 형성 과정과 관련하여 학자들은 '낭만주의, 실증주의, 새로운 철학의 시기'의 세 단계로 설명하고 있다. 우선, 1876년까지의 '낭만주의 시기'는 니체가 그리스 문화 및 신화 등을 심도 있게 연구하면서 동시에 그가 살던 시대를 신랄하게 비판하기 시작하던 시기였다. 이 시기의 저술로는 《비극의 탄생》(1872)을 들 수 있다. 이후, 1881년까지의 '실증주의 시기'는 니체가 당시의 자연과학적 방법론을 폭넓게 수용하면서 학문의 실증적 성격에 충실하려 하였던 시기이다. 《인간적인 너무나 인간적인(Menschliches Allzumenschliches)》(1878~1880)은 이 시기의 대표적 저술이다. 마지막으로 1888년까지는 니체가 자신만의 독특한 철학을 완성해가던 시기로서 '새로운 철학의 시기'라 할 수 있는데, 이 마지막 단계가 바로 《차라투스트라》와 함께 시작하는 것이다.

니체의 사상이 집대성되어 있는 중심 저서는 미완성된 《힘에의 의지》라 할 수 있는데, 그의 구상대로라면 《차라투스트라》는 자신의 중심 저서에 대한 안내서의 역할을 하면서 니체 사상의 과거와 미래를 연결해주는 중요한 고리로서의 의미를 지닌다. 이러한 의의를 부여할 수 있는 것은 내용면에서 《차라투스트라》가 이전의 니체 사상 모두를 통합하면서도, 이후에 전개되는 사상의 전제가 되는 토대를 제공하고 있기 때문이다.

대체적으로 니체의 저서는 비논리적인 체계를 지니며, 잠언서와 유사한 형식으로서 비유와 상징이 많이 포함되어 있는 특징을 지니는데, 특히 《차라투스트라》는 이러한 특징을 모두 고스란히 지니고 있어 통일된 해석을 하기에 적지 않은 어려움이 있다. 따라서 《차라투스트라》를 이해하기 위해서는 니체 사상에 대한 예비적 이해가 필수적이라고 하겠다.

형식면에서 볼 때, 《차라투스트라》는 여느 철학서와는 달리 여러 개의 짧은 이야기들을 기본으로 하여 다시 긴 머리말을 포함하는 4부로 구성되어 있다. 문장도 논리적 명제보다는 설교적, 선언적인 형식을 지니면서 직관적이며 일방적인 이야기들로 구성되어 있다. 내용적으로도 매우 독특하여 비철학적인데다가 이야기들 간의 논리적 연관성도 쉽게 눈에 띄지 않는다. 이야기는 주요인물인 차라투스트라와 때에 따라 등장하는 인물들과의 대화와 사건이지만, 그렇다고 논증식의 대화는 아니다. 그런데 흥미로운 점은 니체가 《차라투스트라》를 쓰면서 의도적으로 신약성서에 담긴 예수의 행적과 말씀을 모방하거나 혹은 빗대어 표현하고 있는 것이다. 이러한 구성은 니체가 목사의 자제로 태어났으며 한때 신학을 공부하였기에 성경에 매우 밝았기 때문이기도 했지만, 특별히 니체 자신이 이해한 기독교적 '목적론'에 대해서 갖는 반감과 비판을 드러내기 위한 구성적 장치라고 할 수 있다.

Also sprach

Zarathustra

저 자 에   관 하 여

니체(Friedrich Nietzsche, 1884~1900)는 1844년 10월 15일 목사였던 카를 루트비히 니체의 장남으로 뢰켄에서 태어났다. 젊어서 교수가 되어, 1879년에 건강상의 이유로 물러나기 전까지 바젤 대학에서 강의하였다. 이후에도 집필에 남다른 열정을 보이다가 1889년 정신이상 증세가 보이기 시작하여 요양생활에 들어갔으나 1900년에 사망하였다.

니체는 마치 데카르트가 마지막 중세인이자 최초의 근대인이라 불리는 것처럼, 근대의 뿌리로부터 나와 현대라는 새로운 시대를 연 사상가이다. 따라서 근대의 사상가들이 데카르트의 철학에서 그 정신적 모태를 발견하는 것처럼 현대의 사상가들은 니체로부터 그들 사상의 뿌리를 찾아낸다. 니체 사상이 지닌 근대적 특성은 그와 칸트 철학과의 비교를 통해서 드러나는데, 어떤 측면에서 니체는 칸트 사상의 계승자라고도 할 수 있다. 그러나 한편으로는 칸트를 비판적으로 극복하는 모습을 보일 뿐만 아니라, 그가 제기하였던 '허무주의' 문제의식은 오늘날 포스트모더니즘에 대한 토대를 제공하는 등 근대로부터 현대 사상으로의 전환점을 제공하기도 하였다.

니체의 사유는 근본적으로 서양 형이상학의 극복을 시도하였기에 파괴적이고 동시에 건설적이다. 니체는 이러한 자신의 사유를 강조하여 스스로를 '비도덕주의자', '무신론자', '허무주의자', '반형이상학자' 등으로 묘사한다. 니체의 사유가 지니는 이러한 방향은 간략히 다음과 같이 설명될 수 있다.

첫째, 니체의 사유는 비도덕적이다. 즉, 선과 악을 가름할 수 있는 절대적 기준은 없다고 전제하면서 도덕의 보편성을 부정한다. 둘째, 니체의 사유는 무신론을 전제한다. 인간의 삶, 공간과 시간을 초월하여 절대적 타당성을 지닌 가치는 존재하지 않는다. 셋째, 니체의 사유는 허무주의적이다. 허무주의는 인간의 삶과 행위의 절대적 타당성을 가졌던 진리의 해체를 의미한다. 넷째, 니체의 사유는 근본적으로 반형이상학적이다. 니체는 형이상학적 이원론을 철저하게 배격한다.

위와 관련하여 특별히 니체의 도덕비판에 관하여는 다소간 설명을 덧붙일 필요가 있다. 니체가 도덕을 신랄히 비판한 사실은 이미 잘 알려져 있는데, 니체는 어원학적 분석, 사회 계급적 분석, 문화적 분석 등을 통해 도덕은 영원한 것이 아니라, 역사 속에서 특정한 시기에 생성, 발명된 것임을 드러내었다. 이로써 니체는 도덕의 본질적 특성인 보편성을 이론적으로 반박하고, 나아가 도덕이 실체적인 모습인 삶을 억압하고 문화를 타락시키면서 인간 사회에 미친 악영향을 비판한 것이다.

니체의 저작 가운데 가장 널리 알려진 것으로는 《차라투스트라는 이렇게 말했다》와 《인간적인 너무나 인간적인》, 《비극의 탄생》 등이 있다. 이밖에도 니체는 다수의 저서를 남겼으며, 현재 우리나라에도 그의 전집이 활발히 번역, 출판되고 있다.

F r i e d r i c h

N i e t z s c h e

_____A l s o   s p r a c h

Z a r a t h u s t r a

1 **이 책의 난해성에 대한 고백**

모든 사람을 위한,

그러면서도 그 어느 누구를 위한 것도 아닌 책

Ein Buch fur Alle und Keinen

《차라투스트라》는 그 구성면이나 내용면에서 이미 상술한 바와 같이 매우 독특한 저서로서 논리적으로 통일된 해석을 찾기 어려운 매우 난해한 철학서라고 할 수 있다. 니체는 이후의 자신의 저서인 《이 사람을 보라(Ecce Home)》에서 이 책의 핵심 주제로 우주 운행의 원리인 '영원회귀'와 새로운 인간 유형인 '위버멘쉬(Ubermensch)'를 들고 있는데, 이는 모두 매우 어려운 개념으로서 쉽게 이해하기 힘들다. 니체 스스로도 《차라투스트라》가 상당히 난해한 책이라는 점을 인정하고 있다. 이러한 점을 고려해 볼 때, 위에 인용한 《차라투스트라》에 덧붙인 부제의 의미는 아무도 《차라투스트라》를 이해하지 못할 것이라는 니체 스스로의 자조적 표현이라 할 것이다. 따라서 앞의 '책 소개'에서 이미 밝힌 바와 같이 《차라투스트라》를 접근하기 위해서는 우선, 이 책 전반에 흐르고 있는 니체의 중심 사상을 개괄적으로 이해할 필요가 있겠다. 이에 《차라투스트라》의 세 가지 중요 개념인 '신의 죽음'과 '영원회귀' 그리고 '위버멘쉬'를 통해서 이 책에 접근해 보자.

2 신은 죽었다

성자와 차라투스트라는 헤어졌다.

마치 웃고 있는 두 사내아이들처럼 그렇게 웃으면서.

홀로 남게 되자 차라투스트라는 마음속으로 말했다.

"어찌 이런 일이 있을 수 있단 말인가!

저 늙은 성자는 숲 속에 살고 있어서

신이 죽었다는 소문을 듣지 못했다는 말인가!

스스로를 '무신론자', '비도덕주의자', '반형이상학자', '허무주의
자'로 묘사했던 니체가 인간세계에 내려온 차라투스트라를 통해 가장
먼저 선언하고 있는 것이 '신의 죽음'이다. 그렇다면 니체가 선언한
'신의 죽음'은 어떤 의미인가?

니체에게 있어서 유일한 현실이자 모든 철학적 인식의 시작은 '생
(生)' 곧, 생명이다. 생은 어떤 것의 수단이 될 수 없는 자립성과 고유
성을 가지고 있으며 따라서 '생' 그 자체에 가치가 있다. 그런데 니체
는 인류의 역사란 이처럼 존엄한 '생'이 어떤 초월적인 가정들에 의해
서 유린되어왔다고 분석하고 있다. 따라서 세계를 현상 세계의 불완
전한 것과 이데아의 완전한 것으로 나눈 플라톤의 형이상학과 이와
유사하게 덧없는 지상 세계에 비해 영원한 천상 세계를 강조한 기독
교 교리를 비판한다. 왜냐하면 니체는 기독교 사상이 '생' 그 자체의
목적은 등한시한 채 오히려 '생'의 목적을 이데아 혹은 영원 세계에 도
달하는 데에 있는 것처럼 '목적론'을 주장한다고 보았기 때문이다.
즉, 이러한 사상이 우리의 삶을 죄악시하게 만들고 저 세상(이데아, 천

국 등 형이상학적 세계)의 목표에 충실하게 수단화시키는 이원론을 조장하며, 그 결과 유일하게 가치 있는 '삶(생)'을 도외시하게 한다고 보는 것이다. 뿐만 아니라 가정이자 억측일 뿐인 저편의 세상에 매달리게 함으로써 '자기기만'에 빠지게 한다고 니체는 비판한다. 이로써 니체는 '생'을 왜곡하는 플라톤적이고, 기독교적인 이원론과 목적론의 파기를 주장하기에 이르는데, 이것이 니체가 《차라투스트라》에서 선언하고 있는 '신의 죽음'에 대한 이해이다. 바로, 이원론과 목적론의 죽음인 것이다.

3 세계 : 영원한 순환

그렇다면 목적론적 세계관이 무너지고 신이 없는 세계에 대해 니체는 어떻게 대답을 제시하는가? 니체가 이해하고 있는 세계는 밖으로 닫혀 있으면서도, 이런 세계에 끼어들 어떤 것도, 혹은 밖으로 소멸할 것도 없는 그런 세계다. 이것은 '유한한 공간 속에서의 무한한 시간'이라고 표현되곤 한다. 이러한 세계에서 가능한 것은 단지 에너지의 끝없는 운동에 의해 유발되는 만물의 지속적인 조합과 이탈이며 영원한 순환일 뿐이다.

> 그러나 나를 얽어 매고 있는 원인의 매듭은 다시 돌아온다.
> 그 매듭이 다시 나를 창조하리라! 나 자신이 영원한 회귀의
> 여러 원인에 속해 있으니
> (……)
> 나는 더없이 큰 것에서나 더없이 작은 것에서나 같은,
> 그리고 동일한 생명으로 영원히 되돌아오는 것이다.
> 또다시 만물에게 영원회귀를 가르치기 위해서 말이다.

이러한 '영원회귀'(영원한 순환)의 개념 속에서 니체 철학의 주요 개념인 위버멘쉬, 허무주의, 힘에의 의지 등은 비로소 정합적인 구도를 형성하게 된다. 니체는 《차라투스트라》에서 '영원회귀' 사유를 그 증명 가능성과 무관하게 사용하고 있는데, 이는 '영원회귀' 개념을 허무주의 사상의 도출과 그 극복으로서 제시되는 '위버멘쉬'를 언급하기 위한 기본적 진리로 여겼기 때문이다.

근대에 이르기까지 서양 역사에 지대한 영향력을 미쳐온 직선적 역사관, 시작(알파)과 끝(오메가)이 있는 목적론적 세계관 속에 머물러온 인간은 이러한 니체의 '영원회귀' 사상을 접하면서 비로소 현대적 의미의 허무주의에 도달하게 된다. 니체는 허무주의를 '허무주의의 도래', '허무주의의 필연성', '허무주의의 자기극복'이라는 세 단계로 고찰하는데, 여기서 '허무주의의 자기극복'이란 '목적이 없는 영원한 순환 속에서 어떻게 인간의 생을 의미 있게 유지할 수 있을 것인가?'하는 문제 제기와 관련된다. 이에 니체는 영원한 순환이 이 세계의 진정한 모습이라면 인간은 영원히 순환하는 세계 속에 처한 자신의 운명을 사랑해야 하며 이를 감당해야만 한다고 하는 '위버멘쉬'를 선언하는 것이다.

4 위버멘쉬(Ubermensch): 새로운 유형의 인간

위버멘쉬(Ubermensch)는 그간 초인(超人, superman)으로 번역해 왔지만, 니체의 의도가 초월적 인격이 아닌 현실 세계 속에서 구현되어야할 이상형으로서의 인간 유형에 있다는 점을 고려하여 '초인'이라는 번역대신 '위버멘쉬'라는 음역을 사용하기로 한다.

나 너희들에게 위버멘쉬(Ubermensch)를 가르치노라.

사람은 극복되어야 할 그 무엇이다.

너희들은 너희 자신을 극복하기 위해 무엇을 했는가?

니체는 자신이 열어놓은 허무주의로의 길을 극복해 나갈 사람은 이전에도 존재하지 않았으며 자신의 동시대에도 찾아볼 수 없음을 불행히 여긴다. 따라서 그는 지금까지의 인간 유형과는 전혀 다른 새로운 유형의 인간이 출현하여야 하며, 이들이 세계 곧, 대지의 주인이 되어 도래하는 미래를 감당해야 한다고 보았다. 이들이 바로 모든 인간이 스스로를 극복하며 지향해 나가야할 거듭난 인간 '위버멘쉬'이다.

이들 새로운 인간은 모든 초월적인 이념과 —그것이 천 년의 역사를 자랑하는 가치들이라 할지라도— 형이상학적 가식을 경멸하고, 유일한 현실이자 가치라 할 수 있는 생을 긍정하며 사실 그대로의 삶을 살아갈 때에 도달할 수 있다. 이로써 니체가 전제한 '신의 죽음'을 받아들이고 영원한 순환이 가져오는 허무주의를 극복할 수 있게 되는 것이다.

니체가 제시하는 '위버멘쉬'는 인류의 역사적 과업이라고도 할 수 있다. 《차라투스트라》에 등장하는 '비천하기 짝이 없는 인간'과 이보다는 상대적으로 높은 수준에 이르렀으나 여전히 그 이상은 아닌 '보다 지체가 높은 인간'은 모두 니체가 '위버멘쉬'에 이르는 '과정'으로서 인식하는 인간유형이다. 심지어 니체는 비유적으로, '사람에게 있어서 원숭이가 일종의 웃음거리가 아니면 견디기 힘든 부끄러움에 해당하는 것'처럼, '위버멘쉬'에게 있어서 사람은 이러한 관계에 놓여있다고 설명한다.

니체가 정신의 세 단계 변화—— '너는 마땅히 해야 한다'는 명령을 더없이 신성한 것으로 알고 복종하였던 '낙타와 같은 정신'에서, '나는 하고자 한다'는 요구를 통해 새로운 가치를 위한 자유를 쟁취하는 '사자와 같은 정신'을 거쳐, 비로소 자기 자신의 의지와 세계를 가진 '어린아이의 정신'에 이르는 변화—— 를 이야기 하는 것도 새로운 인간 유형인 '위버멘쉬'의 등장에 요구되는 필연적인 자기 극복의 과정으로 이해할 수 있다.

> 모든 신은 죽었다.
> 이제 위버멘쉬가 등장하기를 우리는 바란다.
> 이것이 언젠가 우리가 위대한 정오를 맞이하여 갖게 될 최후
> 의 의지가 되기를!

5 차라투스트라는 니체 그 자신

차라투스트라는 누구일까? 차라투스트라는 니체 자신을 의미한다고 할 수 있을까? 차라투스트라는 역사상 실제 인물이었던, 고대 페르시아의 예언자인 차라투스트라(영어로는 '조로아스터')를 의미한다. 당시 차라투스트라는 세계가 광명과 정의를 상징하는 선신(善神) '아후라 마즈다'와 암흑 및 부정 등을 상징하는 악신(惡神) '아리만'과의 투쟁으로 운행된다는 이원론적 사상을 갖고 있었다. 이러한 이원론적 교리와 니체의 사상은 전혀 공통점을 갖고 있지 않다. 단지 삶을 투쟁이라는 관점에서 바라본 것이 흡사할 뿐이다. 따라서 역사상 실제 인물이었던 예언자 차라투스트라와는 어떠한 사상적, 실제적 연관성을 찾을 수는 없으며, 왜 하필 차라투스트라였는가에 대해서도 명확히 답하기는 어렵다. 이러한 점에서, 차라투스트라는 니체 자신이 영원회귀와 위버멘쉬를 전하기 위해 창조한 교사이며, 니체의 사상을 대변하는 대변자이자 니체 그 자신이라고 이해할 수 있을 것이다.

❸에서 니체는 '영원회귀' 사상과 관련된 현대적 '허무주의'를 주장한다. 이는 플라톤의 이원론적 세계관과 기독교의 목적론적 세계관을 비판하면서 제시한 사상이다. 이 대립되는 두 가지 세계관이 우리의 현재 삶에 있어서 가질 수 있는 의미가 무엇일까에 대해 각각 구체적인 예를 들어 말해보자.

추 천 할   만 한   번 역 본

니체 저작은 이미 전집이 모두 번역되어 있는데, 단행본으로는 정동호·번역의 《차라투스트라는 이렇게 말했다》를 추천할 만하다. 깔끔하면서도 읽기에 용이하도록 편집되어있다. 또한 기존의 번역서들이 많은 해설과 주석들을 부분마다 첨가하고 있는 것과 달리, 이 책은 중요한 개념을 제외하고는 원문만을 충실하게 번역하고, 뒤에 번역위원들의 상세한 해설이 첨부되어있는 것이 특징이다. 니체 저작만의 독특한 서술방식을 접하기에는 오히려 많은 세부해설보다, 원문을 위주로 읽어가되 사전에 해설을 참고하여 저작에 담긴 니체의 주요 사상과 개념을 이해하고 접근하는 것이 보다 유익할 것이다.

《차라투스트라는 이렇게 말했다》, 정동호 역, 책세상, 2002

Die Traumdeutung

꿈의 해석

지그문트 프로이트(S. Freud)

이 책에 관하여

《꿈의 해석》은 《성욕론에 관한 세 논문》, 《정신분석 입문》과 함께 그의 3대 저작으로 꼽힌다. 이 책에서 프로이트는 꿈이라는 현상이 그의 이론의 중심인 무의식의 존재를 증명하는데 핵심적 역할을 하며, 꿈의 해석이 정신분석 치료에 이용될 수 있음을 보여주었다.

프로이트 자신도 말했지만, 인간에게는 세 번의 큰 각성이 있었다고 한다. 코페르니쿠스의 지동설(地動說)에 의해 인간이 우주의 중심으로부터 변두리로 밀려났고, 다윈의 진화론(進化論)에 의해 인간이 신의 아들로부터 원숭이의 후손으로 전락했고, 프로이트에 의해 인간은 '무의식의 채찍'에 의해 이리저리 끌려 다니는 불쌍한 존재가 되었다는 것이다.

1900년에 출간된 《꿈의 해석》은 발표 직후에 거의 '미치광이의 헛소리'에 가까운 취급을 받았다. 초판으로 발행된 600부가 8년이 지나도록 다 팔리지 않았다는 기록이나, 이 시기 프로이트의 '꿈'이라는 제목의 강의에는 수강생이 세 명밖에 없었다는 기록이 이를 잘 보여준다. 이 책이 이 분야의 권위자들에 의해 주목을 받기 시작한 것은 10여년이 지난 뒤였으며, 1913년에는 영어와 러시아어로 번역되기도 했다.

프로이트 자신은 《꿈의 해석》과 《성욕론에 관한 세 논문》을 자신의 역작으로 평가하고 있는데 특히 이 책에 대해서는 스스로 다음과 같이 말하기도 했다.

"현재의 판단으로도 이 책은 내가 운좋게 해낼 수 있었던 모든 발견 가운데서 가장 가치있는 부분을 지니고 있다. 이와 같은 통찰은 한 사람의 일생에 한 번 있기도 힘든 것이다."

그의 정신 분석의 방법은 20세기의 문학, 철학, 사상, 예술 등의 다양한 분야에 지대한 영향을 미쳤다. 코페르니쿠스의 지동설이 우주에 대한 인류의 사고를 바꾸었고, 다윈의 진화론이 생명 탄생을 신의 영역에서 과학의 영역으로 옮겨 놓았다면, 프로이트의 《꿈의 해석》은 미지의 영역, 신화와 전설의 영역에 머물러 있던 꿈과 무의식의 세계를 처음으로 열어 보였다고 할 수 있다. 인간이 자기 자신을 좀 더 깊이 이해하기 위한 완전히 새로운 길 하나를 열었던 셈이다.

《꿈의 해석》은 정신분석과 꿈의 해석에 관심을 가지고 접근하는 독자에게 풍부한 예화와 꿈에 대한 자세한 설명으로 꿈속에 나타나는 상징을 잘 이해할 수 있게 해준다.

저 자 에 관 하 여

우리가 꾸는 꿈은 프로이트 이전의 꿈과 프로이트 이후의 꿈으로 나눌 수 있다고 해도 과언이 아니다. 프로이트 이전의 꿈은 신화, 전설, 신비한 영역에 속하는 문제였는데, 그러한 꿈이 프로이트의 노력에 힘입어 비로소 체계적인 설명과 이론적 고찰의 대상으로 자리 잡았기 때문이다.

지그문트 프로이트(S. Freud, 1856~1939)는 1856년 유태인인 야코프 프로이트와 아멜리아 사이에서 태어났다. 부유하지는 않았지만 모직물 가게를 운영하던 아버지는 세 번째로 아멜리아와 결혼하여 프로이트를 낳았다. 이러한 복잡한 가족사는 그로 하여금 심리에 대한 연구를 가속화시킨 동기 중의 하나로 작용하였다고 볼 수 있다.

예컨대 프로이트가 태어나기 전에 아버지에게는 다른 부인에게서 난 장성한 두 아들이 있었으며, 그중 큰 아들은 그의 어머니와 나이가 비슷했기 때문에 그는 큰 형의 아들(실제로는 조카)과 같이 성장했다. 1860년 프로이트의 가족은 경제적인 이유 때문에 비엔나로 이사하였으며, 그 후 프로이트는 줄곧 비엔나에서 성장하고 활동하였다. 당시 비엔나는 합스부르크 왕가의 영광과 몰락이 공존하던 도시였다. 홍등가가 넘쳐나던 환경은 백인 중간계급 남성인 그로 하여금 성에 대해 관심을 가지게 만들었다고도 할 수 있다. 비엔나에서 학교를 다니는 동안 그의 성적은 매우 우수했던 것으로 알려져 있다.

1873년 비엔나의대로 진학한 프로이트는 의사가 아니라 연구원이 되어 뱀장어의 생식선을 찾는데 매달렸으며, 이런 과정을 통해 증거를 찾아 엄격하고 조직적으로 사실을 밝혀내는 과학자로서의 자세를 확립하였다.

1885년 장학금을 받아 당시 파리에서 유명한 신경학자로서 히스테리를 연구하고 있던 샤르코를 찾아간 프로이트는 히스테리 증상이 해부학과는 관계없다는 샤르코의 연구에 자극을 받았다. 샤르코는 히스테리 환자들에게 최면을 걸어 그들의 증상이 사라지게 할 수도, 다시 나타나게 할 수도 있음을 보여주었다. 그러나 샤르코의 기계적인 방법에 의문을 품은 프로이트는 최면을 치료방법으로 활용하던 요세프 브로이어와 함께 일하면서 1895년 공동으로 《히스테리 연구》를 출간했으며 이 책을 통해 감정 전이(轉移)기법을 처음으로 소개하였다. 그리고 유아 성욕와 오이디푸스 콤플렉스에 대한 연구를 바탕으로 1900년 《꿈의 해석》을 출판하였다. 이듬해에 출판된 《일상생활의 정신병리학》은 꿈에 관한 저서와 함께 프로이트의 이론이 병적인 상태뿐만이 아니라 정상적인 정신생활에까지 적용된다는 것을 보여주고 있다. 1902년 발표된 《성욕에 관한 세편의 에세이》는 유아에서 성인에 이르기까지 인간의 성적 과정이 어떻게 진행되는지를 처음으로 추적한 책이다. 프로이트는 1909년 한스라는 다섯 살짜리 어린이의 병력을 연구하면서 처음으로 어린이에 대한 정신분석을 시도했는데, 이를 통해 성인 분석에서 수립된 추론들이 특히 유아의 성적 본능과 오이디푸스 콤플렉스 및 거세 콤플렉스까지 적용될 수 있음을 확인하였다. 그는 1939년 영국 런던에서 83세의 나이로 죽음을 맞이하기까지 인류의 인식 전환에 획을 긋는 위대한 업적을 많이 남겼다.

S i g m u n d   F r e u d

——D i e   T r a u m d e u t u n g

1 꿈은 무의식의 표출

프로이트는 책의 첫머리를 다음과 같이 시작하고 있다.

나는 이 책에서 다음과 같은 사실을 증명하고자 한다. 즉 꿈을 해석할 수 있는 심리학적 기법이 한 가지 있다는 사실과, 그 방법을 적용함으로써 어떠한 꿈도 깨어 있을 때의 마음 상태의 소산임을 알 수 있다는 사실이다. 또한 꿈이라는 것이 도대체 어떠한 과정에서 유래되는가를 설명하고, 그 과정을 통해 인간의 마음이 갖는 힘의 성질을 추론해 볼까 한다. 이 노력이 이루어지면 나는 나의 논술을 일단 멈출 작정이다. 왜냐하면 꿈의 문제가 꿈 이외의 다른 재료를 써서 해결해야 하는 보다 포괄적인 여러 문제에 합류되는 지점에 이르렀기 때문이다. 따라서 먼저 지금까지 이 꿈에 관해 어떤 연구가 이루어져 왔는가, 또 꿈의 문제에 관한 학문적 현상은 어떠한가를 대략 훑어보고자 한다.

《꿈의 해석》을 통해 프로이트는 억압된 무의식이 잠자는 중에 꿈을 통해 표출되는 방법을 서술한다. 사람은 자신이 의식하기 꺼려하는 생각이나 대상을 무의식 속으로 억압한다. 잠이 들면 사람의 의식적인 억압의 정도가 현저히 약화된다. 결국 의식적으로 억압하려 했던 무의식이 억압의 정도가 약해진 꿈속에서 표출되려 한다. 하지만 그러한 무의식의 내용은 불안을 일으키는 것이 보통이기 때문에, 있는 그대로가 아니라 왜곡 또는 치환되어 꿈에 나타나게 된다.

프로이트가 말하는 무의식적인 요소는 대체로 원초적이고 육체적인 본능에 바탕을 두고 있는데 즉각적인 만족을 얻는 것 이외에는 아무 것도 고려하지 않는 특징을 가지고 있다. 그래서 의식의 차원 — 현실에 적응하거나 외적인 위험을 피하려 하는 — 에서는 좀처럼 표출되지 않는다. 그 대표적인 것이 성적인 욕망이다.

오이디푸스 콤플렉스는 아버지를 살해하고 어머니와 결혼하는 운명을 가진 그리스 신화의 오이디푸스왕 이야기에 바탕을 둔 이론이다. 프로이트에 따르면 3살에서 5살사이의 남자아이는 아버지에게 적의를 품고, 어머니에게는 애정을 구하고자 하는 성적 욕망을 가지는데 이 욕망이 일어나는 시기를 오이디푸스기 또는 남근기(男根期)라고 한다. 아이는 아버지를 향해 적의를 품은 것에 대한 아버지의 보복으로 자신이 거세되는 것이 아닌가 하는 공포를 갖게 된다. 그리하여 적의의 대상이었던 아버지의 법을 따름으로써 오이디푸스 콤플렉스는 극복되고 잠재기로 이행하게 된다. 프로이트는 오이디푸스 콤플렉스를 극복해야만 비로소 정상적인 성인으로서의 성애가 발달하게 되며, 일반적으로 이를 극복하지 못한 사람은 신경증자가 된다고 주장하였다.

2 꿈은 소망의 위장된 충족이다

《꿈의 해석》은 환자나 가족, 때로는 프로이트 자신의 꿈을 분석하여 인간이 꿈을 꾸는 이유와 꿈이 만들어지는 과정을 밝힌 연구서이다.

꿈에 대한 프로이트의 결론은 '꿈은 소망 충족이다'라는 말로 요약될 수 있는데 이것은 특히 어린아이의 꿈이나 기아(飢餓)·혹한 등 극한의 상황에 처한 성인의 꿈에서 분명하게 드러난다.

꿈은 완전한 심적 현상이며, 또한 어떤 소망의 충족이다. 꿈은 우리들에게 이해될 수 있는 생시의 심적 행위의 관련 속에 넣을 수 있는 것이므로 복잡한 정신 활동에 의하여 만들어진다.

꿈이 소망의 충족이라면 불쾌한 꿈들은 어떻게 해석해야 하는가.

소망 충족이야말로 '일체'의 꿈의 뜻이므로, 소망 충족의 꿈 이외에는 꿈이 없다고 내가 주장했다면 처음부터 맹렬한 반대를 받았을 것이며, 이런 반론이 가해졌을 것이다. '소망 충족으로 인정되는 꿈이 있다는 것은 새로운 사실이 아니며, 이미 여러 전문가들이 인정한 바이다.'라고. 그러나 소망 충족의 꿈 이외에는 꿈이 없다는 것은 쉽게 반박할 수 있다. 불쾌하기 짝이 없는 내용이어서 소망 충족일 수 없는 꿈도 많다. 염세 철학자인 에르하르트 폰 하르트만은 소망 충족설을 가장 반대하는 사람 중의 하나일 것이다.

프로이트는 꿈이 만들어지는 과정을 분석함으로써 꿈이 소망의 내용을 그대로 반영하는 것은 아니라는 것을 밝혀낸다. 무의식은 꿈을 통해 소망을 성취하고자 하지만 그 내용이 성적이거나 타인에게 알리고 싶지 않은 형태인 경우, 검열을 통해 꿈의 내용을 왜곡한다.

사람은 누구나 남에게 말하고 싶지 않은 소망이나 자신에게 있기를 바라지 않는 소망을 품는 법이다. 또 한편 이 모든 꿈들의 불쾌한 성격을 왜곡의 사실과 관련지어서 생각할 때, 이 꿈들이 이렇게도 왜곡되어 꿈속의 소망 충족을 눈에 띄지 않도록 은폐하는 것은 그 꿈의 테마에 대한, 또는 그 꿈에서 참작되는 소망에 대한 혐오나 억압하려는 의도가 있기 때문이다. 따라서 꿈의 분석이 밝혀내는 것은 모두 꿈의 본질을 표현하는 공식에 다음과 같은 변경을 가할 때에 충분히 고려되었다. 즉 '꿈은 (억압되고 배척된) 소망의 (위장된) 충족'이라는 것이다.

3 꿈의 재료와 원천

꿈에는 전날의 여러 체험과의 결합이 보인다.

모든 꿈속에서 '전날'의 여러 체험이 발견되곤 한다. 이 사실을 알고 난 후에 나는 꿈을 꾸는 계기가 된 전날의 체험을 맨 먼저 찾음으로써 꿈 해석을 시작할 수 있었다. 이 관계가 얼마나 규칙적으로 입증되는가를 나타내기 위해 나의 꿈의 기록 중에서 실례를 들어보기로 하겠다.

그날의 경험이 모든 꿈에 대한 자극이 된다. 꿈의 내용물은 전날의 걱정과 가까운 과거의 흥분된 경험, 수면 동안에 받아들이는 다양한 인상들로 구성된다.

꿈의 원천이 될 수 있는 것은 다음과 같다
① 꿈속에 직접 표현되고 있는 최근의, 그리고 심적으로 중요

한 체험

② 꿈에 의해 하나의 통일체로 결합되는 몇 가지 최근의 중요
한 체험

③ 사소하지만 때를 같이하는 하나의 체험을 통해 꿈속에 표
현되는 하나 또는 그 이상의 최근의 중요한 체험

④ 꿈속에서 '반드시' 어떤 최근의, 그러나 사소한 인상에 의
해 표현되는 중요한 내적인 체험(기억·사고의 과정)

프로이트는 최근에 일어났지만 심리적으로 사소한 성분이 꿈의 형
성을 위해 최근에 일어나지 않은 성분(사고의 과정, 기억)── 심리적으
로 가치 있는── 을 대신해 드러난다고 보았다. 즉, 사소한 최근의 인
상들이 심리적으로 중요한 재료를 대신해 등장함으로써 꿈은 더욱 함
축적이고 단순하지 않은 모습을 띠게 된다.

④ 꿈의 작업원리

프로이트는 꿈의 기초가 되는 물리적 과정은 원래 다른 언어로 아주
다르게 표현될 수 있는데 그 동안 왜곡 당해 왔다고 주장하고 있다. 그
래서 꿈속에서 의식 중에 나타난 내용── 모호하게 기억하여 힘겹게
또는 자의적으로 언어의 옷을 입혀놓은 것── 과 잠재적인 꿈의 생각
── 실제로 무의식에 존재했다고 생각되는 것── 을 구별해야 한다는
것이다. 프로이트는 검열을 피하고 소망을 충족시키려는 꿈의 기능을
완수하기 위해 소망이 기존의 내용물을 바꿈으로써 내용물을 변장시
킬 수도 있다고 주장한다. 이 변장은 무의식 속에서 일어나며 그것을
프로이트는 '꿈의 작업'(dream work)이란 개념으로 설명하고 있다.

① 압축(condensation) : 하나의 이미지가 많은 관계된 관념들을 나타내는 방식을 말하며 꿈의 작업에서 빈번히 사용된다. 외현적 꿈(겉으로 드러나는 꿈)은 잠재적 꿈 사고에 대한 요약된 번역으로, 다양한 압축의 방법이 사용된다. 압축의 결과 때로는 어떤 잠재적 요소가 아예 빠져 버리기도 하고, 잠재적 꿈 사고의 여러 내용 중에서 단지 어떤 조각만이 외현적 꿈으로 이행되기도 한다. 공통점을 갖고 있는 여러 개의 잠재 요소가 외현적 꿈에서는 통합되어 하나의 단일 요소로 드러나는 것도 꿈의 작업에 드러나는 압축의 효과라 할 수 있다.

꿈의 잠재적 내용은 억눌린 생각들, 오래된 생각들, 인식되지 않은 생각들, 생각해 보지 못했던 연상들이 압축된 이미지와 관련되는 방식을 분석함으로써 추적 가능하다.

② 전위(displacement) : 전위란 잠재적 요소가 그것 고유의 구성 요소에 의해서가 아니라 그것과 관련이 전혀 없어 보이는 것으로 대체되어 나타나는 경우를 말한다. 일상의 경험에서 여러 표상 중 한 표상이 생생하게 인식되면 우리는 이러한 표상에 높은 심리적 가치가 있는 것으로 간주한다. 그러나 꿈의 경우에는 무의식적 소망의 발현인 꿈 사고가 꿈의 내용에 있어서는 중요하게 나타나지 않는 경우가 많다. 꿈 사고와 꿈 내용간의 이러한 '심리적 강세 변화'는 꿈의 내용을 통해서는 무의식적 소원이 무엇인지 쉽게 알아볼 수 없도록 왜곡하는 역할을 한다.

③ 극화(dramatisation) : 꿈은 영화처럼 거의 전적으로 시각적인데 이는 꿈 형성의 본질이라 할 수 있다. 꿈에서는 문장과 대화를 이해하기 위해 필요한 전치사들 '만일 …라면, …이기 때문에, …이거나'가

생략되기 때문에 꿈 사고들 간의 논리적 관계를 쉽게 파악하기 힘들다. 꿈은 꿈 재료간의 '논리적 관계'를 한 상황이나 사건으로 묘사함으로써 '동시에 존재하는 것'으로 나타낸다. 꿈은 대립과 모순된 사고들을 자주 하나로 통일시켜 시각화시키고, 검열을 받아 거부된 내용의 경우에는 그와 유사하거나 공통점을 가진 다른 것으로 대체하여 나타낸다.

④ 상징화(symbolisation) : 프로이트는 꿈의 내용들 중 특정한 재료들은 개인의 경험을 넘어 공통적으로 적용될 수 있는 상징으로 기능한다고 보았다. 그러나 그는 이러한 상징들을 무분별하게 남용하는 것을 경계했으며 꿈 상징이 갖는 다의적 특성을 지적하기도 하였다.

꿈속에 나타나는 어린아이는 대체로 생식기를 상징한다. '아이와 논다, 아이를 때린다는 것'은 곧 '수음'(手淫)을 나타내며 꿈속에서 '벌거숭이, 머리를 깎는 것, 이를 뽑는 것, 목이 잘리는 것' 등은 '거세'를 상징한다. '모자'는 '남성의 생식기'를, '차에 치는 것'은 '성교'를, '건물, 계단, 동굴'은 '여성 생식기'를, '높고 둥근 건물'은 '음경'을 상징하고, '움푹 들어간 것'은 '여성성'을 상징한다.

⑤ 2차 가공(secondary elaboration) : 사람은 잠에서 깨어 자신의 꿈을 기억해내며, 무슨 뜻인지 생각하기 시작한다. 여기에서 꿈의 해석이 이루어지지만, 꿈을 꾼 사람의 잠재적 내용으로부터는 점점 멀어진다.

프로이트는 무의식의 작업방식이자 꿈 작업의 특정 작용인 압축, 전위, 극화 및 2차 가공에 의해 잠재적인 꿈 사고의 내용들이 깨어난 후 기억하고 이야기할 수 있는 형태의 꿈의 내용으로 변형되는 과정을 추적하였다. 그는 외현적인 꿈의 내용을 통해 소망들이 발현되고는 있으나 왜곡되었기 때문에 깨어있는 의식이 알아보지 못하는 상태가 된다고 보았다.

꿈을 분석해보면 유년시절의 인상과 경험이 인간의 발달과정에 큰 역할을 한다는 것을 알 수 있다. 꿈속의 생활에서는 어른 속에 아이가 계속 존재하며, 그 아이는 어린 시절의 모든 특징과 소망이 담긴 충동들, 심지어 나이가 들면 소용없는 것조차 간직하고 있다. 우리는 꿈의 작업을 통해 어른의 무의식 속에 여전히 존재하는 아이가 정상적인 ── 매우 고통스럽게 획득한 문명의 전달자인 동시에 부분적으로 피해자인 ── 어른으로 성장해 가기 위해 이용하는 억압과 승화의 방식들을 보게 된다.

5 꿈의 해석 방법 : 자유연상

자유연상(free association)은 꿈의 해석에서 핵심을 이루는 방법이다. 자신에게 일어났던 일, 자신조차 수치스럽게 여기는 소망들을 다시금 기억해내는 일은 늘 감정전이(transference)의 저항과 방해를 받기 마련이다. 프로이트는 그 동안 정신과 의사들이 사용해 왔던 최면과 압박 기법은 잊혀진 기억을 불러오는데 적당하지 않다는 사실을 발견하였다. 환자에게 억지로 어떤 것을 의식하게 할 수는 없는 노릇이며 의사의 지나친 개입은 기억의 왜곡이라는 역작용으로 나타날 수 있기 때문이다.

자유연상을 통해 꿈을 꾼 사람은 외현적인 꿈의 내용에서 연상되는 단어나 경험들을 기억해내고 이를 통합함으로써 꿈 작업을 통해 왜곡된 꿈 사고의 본래적 모습을 재구성할 수 있게 된다.

각각의 꿈에는 원인이 있고, 우리는 꿈속에서 의식에 나타난 내용(꿈에서 일어난 일)을 기억한다. 잠재하고 있는 것 혹은 억압된 무의식의 부분이 꿈의 원인이다. 꿈에서 일어난 일과 억압된 무의식에는 복잡한 관계가 있고, 그것은 자유연상을 통해서만 드러난다.

6 무의식의 파악법 : 정신분석

《꿈의 해석》은 프로이트의 이론에 있어 비교적 전기에 속하는 것으로 인간정신을 의식, 전의식, 무의식으로 구분하고 무의식적 내용이 어떤 방식을 통해 자신의 소망을 성취하려 하며 의식은 이를 어떤 방식으로 제어하는지를 실례를 통해 보여줌으로써 무의식의 존재를 분명히 밝히고 있다. 프로이트에 따르면 결국 우리는 표출된 행동이나 정신현상, 대표적으로 꿈을 통해 무의식의 내용을 간접적으로 가늠할 수 있을 뿐이다. 프로이트는 이와 같은 무의식의 실체를 파악하는 가장 효과적인 방법으로 이른바 '정신분석'의 방법을 제창하였다.

정신분석은 오늘날에도 정신과에서 환자들의 심리를 이해하고 치료하는데 있어서 가장 중요한 이론이다. 온갖 정신병의 병리를 이해함에 있어서 정신분석이론은 그 근간을 이루고, 특히 신경증이나 성격장애의 치료에는 핵심적인 역할을 한다. 프로이트의 정신분석 방법은 의학 분야에만 영향을 미친 것은 아니다. 처음에는 환자를 치료하기 위해 고안되었지만, 정신분석은 환자가 아닌 일반인의 정신세계를 이해하는데도 큰 도움이 되었다. 프로이트는 한때 정신분석을 천체망원경이나 현미경에 비유하면서, 육안으로 볼 수 없는 천체나 미생물을 망원경이나 현미경을 통해 볼 수 있듯이, 정신분석은 우리들의 의식수준에서는 볼 수 없는 무의식의 세계를 보게 한다고 했다.

프로이트의 정신분석학은 인간 정신의 다양성과 개인의 특수성에 대해 다양한 담론을 제시함으로써 20세기의 문학, 철학, 사상, 예술에 지대한 영향을 미친 이론이라 할 수 있다.

프로이트의 《꿈의 해석》이 나오기 전까지 사람들은 꿈이 미래의 일을 예견하거나 아니면 무의미한 영상의 나열에 불과한 것이라고 생각했다. 신화와 전설에 의존한 꿈의 해석은 동양에서도 성행했는데, 꿈의 영상에 대해 상징으로 고정된 의미를 대입하는 이러한 방법들은 오랜 기간 꿈을 이해하는 주요한 방법이었다. 꿈의 신화적, 상징적 해석과 자유연상에 기반한 프로이트의 꿈의 해석이 갖는 공통점과 차이점에 대해 생각해 보자.

추 천 할 만 한 번 역 본

홍성표 번역의 《꿈의 해석》은 비교적 얇은 책자로 주석이 충분하지는 않지만 쉽게 읽을 수 있는 장점이 있다. 김인순 번역의 《꿈의 해석》은 프로이트 전집을 출판한 '열린책들'에서 간행하였는데 충실한 번역과 풍부한 주석, 그리고 책에 대한 설명의 글이 붙어 있어 좀 더 정밀한 독서를 가능하게 한다.

《꿈의 해석》, 홍성표 역, 홍신 문화사, 2003
《꿈의 해석》, 김인순 역, 열린책들, 1997

책
에
빠
지
는
즐
거
움

Die protestantische Ethik und der Geist des Kapitalismus

프로테스탄티즘의 윤리와 자본주의 정신

막스 베버(Max Weber)

이 책에 관하여

《프로테스탄티즘의 윤리와 자본주의 정신》은 근대 사회과학에서 가장 논쟁적인 저작 중 하나이다. 베버의 이 저술은 원래 책이 아니라 1904~1905년에 걸쳐 《사회과학과 사회정책 잡지》에 두 부분으로 발표되었던 논문이다. 그러나 이 논문은 발표되자마자 당시 서구의 지성계에 엄청난 반향을 불러일으키며, 이후 베버의 주요 저작의 하나로 자리 잡았으며, 오늘날까지도 자본주의의 발생과 발전을 연구하는 학자들에게 중요한 고전이 되고 있다.

베버는 과거에는 인간의 행동이나 사회적 움직임이 주로 감정이나 관습, 종교적 힘에 의해 이루어져왔으나, 근대 사회로 넘어오면서 그것은 '합리성'에 근거하게 되었다고 보았다. 이렇게 서구의 역사 과정을 합리성의 증대로 파악한 그는 자본주의 특징도 합리성에 있다고 규정하는데, 여기서 베버는 근대 자본주의 정신과 개신교 윤리 사이의 친화력을 발견한다.

부에 대한 집착이나 금전욕은 인류의 시작부터 있어왔던 것인데, 왜 근대에 들어서야 비로소 자본주의가 나타나게 되었는가 하는 것이 베버가 지닌 문제의식이었다. 이것은 자본주의 발생과 발달을 주로 물질적인 과정으로 보는 정치경제학적인 설명만으로 대답하기 힘들다. 그런데 여기서 베버는 이에 대한 대답을 자본주의의 '정신'으로부터 찾는다. 자본주의 정신은 어떤 면에서 자본주의가 발달하기 전부터 존재한 셈인데, 이 경우 마르크스의 '관념적 상부구조는 물질적 토대의 반영일 뿐'이라는 말로는 해명되지 않는다. 그렇다면 자본주의 문화의 대표적인 특징인 직업에의 헌신과 '천직'이라는 관념을 낳게 한 그 특유의 합리적 사고와 생활은 어떤 정신의 소산이었는가? 이것을 베버는 종교개혁으로 생겨난 '개신교 윤리'와 연관짓고 있다.

베버는 근대자본주의가 도덕과는 무관한 개인적 이득추구에 기초하고 있는 것이 아니라 의무로서, 일에 대한 엄격한 책임에 기초를 두고 있다고 밝히고 있다. 곧 자본주의 정신을 비롯해 합리적 생활방식은 기독교 금욕주의 정신에서 찾아볼 수 있다는 것이다.

Die protestantische Ethik und

der Geist des Kapitalismus

막스 베버(Max Weber, 1864~1920)는 1864년 4월 21일에 독일 에르푸르트 (Erfurt)의 전형적인 중산층 가문에 태어났다. 아버지는 부유한 아마포상(亞麻布商) 가문의 국민자유당 의원이었고, 어머니는 경건한 청교도였다. 베버는 유럽의 후진국이었던 독일이 '철혈재상' 비스마르크의 주도로 연방공화국으로 탈바꿈하던 시점에 성장하였다. 하이델베르크 · 베를린 · 괴팅겐대학 등에서 법학을 비롯하여 경제학, 역사학, 철학 등 다양한 학문을 접하였다. 졸업 후 한때 사법관시보로 법원에 근무하다가 다시 학교생활로 들어가서 1892년 베를린대학에서 로마법과 상법을 강의하였고, 프라이부르크(1894) · 하이델베르크(1897) 등의 대학에서는 국민경제학교수로 있었다. 학위논문인 《중세 상업 사회사》(1889)를 비롯하여 베를린대학의 교수자격논문 《로마 농업사》(1891), 프라이부르크대학 교수취임강연 《국민국가와 경제정책》(1895) 등이 당시의 주요 업적으로 꼽힌다.

그러나 하이델베르크대학에 있을 때부터 심한 신경질환을 앓아왔던 베버는 이후, 연구 · 교육생활을 단념하고 유럽 각지에서 투병생활을 하기도 하였다. 1902년 무렵부터 점차 건강을 회복하여 연구 활동을 다시 시작했으나 교직은 사양하고 학문연구에만 전념할 수밖에 없었다. 1904년 이후 《사회과학 · 사회정책잡지》 편집에 관여하면서 《사회과학적 및 사회 정책적 인식의 객관성》(1904), 《프로테스탄티즘의 윤리와 자본주의 정신》(1904-1905) 등의 논문을 기고하였다. 1909년에는 독일사회학회의 창립에 관여하였고, 이해부터 총서 《사회경제학강요》의 편집을 맡았으며, 그 제3권 《경제와 사회》(1921-1922)라는 대작을 저술하였다. 이것은 베버의 학문체제의 총괄이라고볼 수 있다.

말년에 이르면서 그의 현실정치에 대한 관심도 높아서 제1차 세계대전 후에는 독일민주당의 결성에 참여하였고, 헌법작성위원회에도 참가한 후, 1919년 베르사유강화회의에 전문위원으로 나가서 전쟁책임 추급의 논거를 비판하기도 하였다. 베버는 1918년에 빈대학, 1919년에는 뮌헨대학교수로 있다가, 1920년 폐렴으로 갑자기 죽음을 맞이한다.

베버가 살았을 당시 독일은 막 국내 통일을 이룩하고 자본주의가 발달하기 시작한 때였다. 이런 배경에서 그의 다양한 관심 가운데 가장 핵심적인 것은 서구 사회의 변화였고, 그 중에서도 산업 자본주의의 기원과 앞으로의 발전과정이었다. 종교적 영향력이 절대적이었던 중세의 서구 사회는 종교개혁, 시민혁명, 자본주의의 등장 등을 겪으면서 급격하게 바뀌었는데, 이러한 변화를 어떻게 규정할 수 있을지에 대한 답을 구하는 것이 베버의 주요 과제였다고 할 수 있다.

자신의 학문적 성과를 통해서 베버는 사회 현상을 설명하는 탁월한 이론과 방법론을 제시하고 근대 사회과학의 발전에 기초를 놓았다고 평가되고 있다. 근대 서구 자본주의에 대한 그의 탁월한 이론은 지금까지도 사회학자 뿐 아니라 여타 지식인 사이에서 끊임없이 연구되고 있다.

M a x   W e b e r

_____D i e   p r o t e s t a n t i s c h e
E t h i k   u n d
d e r   G e i s t   d e s   K a p i t a l i s m u s

1 서구적 합리의 원천은 프로테스탄티즘

베버는 서문에서 '근대 사회를 있게 한 과학, 수학, 정치, 경제 등 서양 근대 자본주의에 이르는 제 분야에서의 합리화가 서구 문명에서만 나타나게 된 사실이 서구 사회가 가진 독특한 사회구조적 환경과 관련성을 가지지 않았을까?'라는 문제를 제기한다. 이러한 서구적 합리화의 원천이 무엇인지에 대한 탐구가 이 책의 출발점이다.

베버는 자본주의를 지속적이고 합리적인 자본주의적 경영에 의한 이윤추구라는 입장에서, 단지 획득을 위한 무제한적 탐욕은 오히려 자본주의 정신과는 상반되는 개념이라고 보고 있다. 재물에 대한 욕망은 어디서든 나타날 수 있는 것이므로, 단지 금전욕 자체가 서양의 근대 자본주의를 탄생시키는 동력이 되지는 못했다고 본다. 그렇다면 근대 서양에서만이 '노동의 합리적인 조직화'로 특징 지워지는 자본주의가 나타났다는 점에서 우리는 어떤 역사적 사건에 의한 '합리적인 경제정신'의 동인이 영향을 미쳤다고 생각해 볼 수 있다. 이러한 서양문화의 합리화를 있게 한 근대적 경제생활의 정신을 저자는 금욕적인 프로테스탄티즘의 합리적 윤리와의 연관성에서 찾고자 한다.

2 종파와 계층

지방의 직업 통계를 보면 특히 자본가, 경영자, 상급 숙련 노동자층 중에 프로테스탄트가 큰 비중을 차지하고 있고, 부유한 도시들도 16세기에 이미 프로테스탄트로 개종한 경우가 많다는 것을 볼 수 있다. 그렇다면 다음과 같은 역사적 질문이 발생한다. 경제적으로 발전된 지역이 특별히 종교개혁을 받아들일 소지를 가졌던 것은 무슨 이유 때문일까? 이것에 대해서 역사적으로 일관된 원인을 제시하기는 힘들다. 그러므로 원인은 종파가 처한 외적인—— 역사적, 정치적—— 상황이 아니라 지속적인 내적 특성에서 찾아야 한다.

이것을 카톨릭의 강한 비세속성, 즉 금욕적 성격이 신자들로 하여금 현세의 재물에 대해 보다 강한 무관심을 보이게 할 수밖에 없었고, 개신교는 세속적 성격을 갖고 있었기 때문이라고 볼 수도 있다. 그러나 영국, 네덜란드, 미국 청교도의 금욕적 삶은 이러한 견해를 부정한다. 또한 영리(營利)감각이 경건성에 대한 반발 때문이라는 주장도 있으나, 자본주의적 영리감각이 전체 삶을 지배하는 경건성과 함께 한 사람 내부에 그리고 한 집단 내부에 병존하고 있는 경우에는 또한 부적절한 견해이다.

'노동의 정신' 또는 '진보의 정신', 아니면 그 무엇이라 부르든 간에 프로테스탄티즘이 환기시켰다고 하는 그 정신을 '세속성'이나 '계몽성'으로 이해해서는 안 된다는 것이다.

루터, 캘빈, 녹스(Knox), 보에(Voet) 등의 초기 프로테스탄티즘은 오늘날 '진보'라 부르는 것과는 전혀 무관한 것이었다. 오늘날 가장 극단적인 종교가들도 없어서는 안 될 것으로 인정하는 근대적 삶의 모든 측면에 대해 초기의 프로테스탄티즘은 정

면으로 적대적이었다. 따라서 초기 프로테스탄트 정신의 일정
한 특징과 근대의 자본주의적 문화 사이에 어떤 내적인 친화성
이라는 것을 찾으려 한다면, 우리는 좋건 나쁘건 간에 그러한
친화성을 그것의 다소간 유물론적인 혹은 반금욕적인 '세속성'
에서가 아니라 그것의 순수한 종교적 성격에서 찾아야만 한다.

3 자본주의 정신

'자본주의 정신'이란 개념은 도식적으로 정의되기 힘들고 역사적
예시를 통해 그 의미가 합성되어야 한다. 그러한 정신이 표현된 하나
의 예로서 이 책에서는 '프랭클린 자서전'을 인용하고 있는데, 여기에
나타난 프랭클린의 직업자세는 단순히 돈을 많이 벌기 위한 사업의
지혜가 아니라, 윤리적 색채를 띠는 어떤 정신을 표현하고 있다. 여기
서 최고선(最高善)은 더 많은 돈을 버는 것, 돈벌이가 자신의 물질적
욕구를 만족시키는 수단이 아니라 돈 버는 것 자체가 삶의 목적이 되
는 것이다. 여기서 보이는 합법적인 화폐취득을 목적으로 하는 직업
의무는 그 이전 시대에는 배척받았으나 자본주의 정신에서는 중요한
것이었다.

베버는 자본주의 사회가 나타나기 이전에도 단순히 돈을 벌고자 하
는 욕망은 언제나 인간 사회 속에서 찾을 수 있었다고 말한다. 다만 자
본주의 사회에서는 사람들이 갖게 된 금전 추구의 욕망에 윤리적인
통제가 가해지고 있었다는 점이 이전에 비해 특징적이라고 본다.

치열한 경쟁이 시작되어 목가적인 분위기는 붕괴했으나, 상당한 재
산이 모아져도 이자를 노리는 고리대금업에 사용되지 않고 다시 사업
에 재투자되었다. 그 이유는 합리화 과정에 참여하여 성공한 사람들
이 쓰지 않고 벌려고 했기 때문인데, 따라서 옛 방식을 고수한 사람들

은 위축될 수밖에 없었다. 그리고 이 경우에 이러한 변혁을 일으키게 한 것은 새로운 화폐의 유입이 아니고, 그에 관련되어 있는 새로운 정신, 즉 '근대 자본주의 정신'이다. 근대 자본주의의 추진력에 대한 문제는 화폐재고의 원천에 대한 문제가 아니라, 정신이 개화하여 작용한 곳에서 정신이 화폐재고를 자신의 작용수단으로 변형시켰던 것이다. 이렇게 자본주의 경제 질서는 화폐증식의 '직업소명'에 대한 몰두를 필요로 한다.

> 사고의 집중력과 '노동을 무시하는' 절대적으로 중요한 태도가 특히 이들의 경우에는 자주 수입과 그 액수를 산정하는 엄격한 경제적 성격, 그리고 작업능률을 상당히 제고시키는 냉철한 자제와 절제 등과 결합되어 나타난다. 그와 같이 노동을 자기 목적, 즉 자본주의가 요구하듯이 '직업(소명)'으로 파악하는 것은 이 경우 종교적 교육에 의해 주로 결과된 것으로서 전통주의적 구습을 극복하는 최선의 기회이다.

그렇다면 단지 윤리적으로 관용되던 이윤추구활동을 개인이 의무적인 것으로 느끼는 '직업'으로 바뀐 것은 어떤 사상에서 유래한 것일까?

일반적으로 근대 경제의 기본 동기는 경제적 합리주의라고 표현된다. 이 합리화 과정은 분명히 근대 시민사회의 이상(理想)에서 중요한 조건으로 자리 잡는다. 즉 인간의 물질적 재화의 공급을 합리적으로 형성하기 위한 직업을 자본주의 정신의 대표자들은 자신의 삶에 있어서 노동의 방향을 제시해 주는 '목적'이라고 생각했다. 근대 자본주의 경제는 단순히 먹고 사는 것에 그치거나 정치적 기회와 비합리적 투기를 지향하는 모험가적인 것이 아니라, 엄밀한 '회계적' 계산위에 합리화되고 계획적으로 추구된 경제적 성공을 지향하고 있었던 것이다.

그러므로 이제 살펴볼 것은 자본주의 문화의 특징적 구성요소 중 하나였고, 지금도 그러한 요소인 '직업사상'과 '직업노동에의 헌신'을 낳은 구체적인 합리적 사고와 삶의 형식이 과연 어떠한 종류의 것이었나 하는 것이다.

4 루터의 직업개념

독일이나 미국 프로테스탄트들에게 있어 '직업'이란 단어에는 신으로부터 받은 임무라는 종교적 내용이 함축되어 있다.

> 그러나 분명히 새로운 사실 하나는 세속적 직업에서의 의무 이행을 도덕적 자기증명이 가능한 최고 내용으로 평가한 점이다. 이것 때문에 세속적인 일상적 노동이 종교적 의미를 갖는다는 생각이 발생했고 그러한 직업개념이 최초로 형성되었다. 그러므로 '직업' 개념에는 모든 프로테스탄트 교파의 중심 교리가 표현되어 있다. 이 교리는 도덕적 계율을 '명령'과 '권고'로 나누는 카톨릭적 태도를 거부하고, 신을 기쁘게 하는 유일한 방법은 수도승적 금욕주의를 통해 현세적 도덕을 경시하는 것이 아니라 오직 현세적 의무를 완수하는 것이라 보았다. 이러한 현세적 의무는 각 개인의 사회적 지위에서 발생하는 것으로서 곧 그의 '직업'이 된다.

세속적 직업생활에서 이런 도덕적 규정은 종교개혁, 특히 루터의 영향력에 의한 것이었다. 그러나 루터에게 직업개념은 아직 소명 사상에 접한 전통주의적 성격을 가지고 있었다. 이는 직업은 인간이 신의 섭리로 받은 것이기에, 각자는 일단 정해진 직업과 신분에 순응해야 한다는 것이다. 이 직업사상이 경제적 영향을 미치는 독특한 윤리로 발전되고 있는 모습은 다름 아닌 캘빈주의에서 발견된다. 그러므로 베버는 프로테스탄티즘의 윤리와 자본주의 정신의 발전과의 관계를 탐구하는데 있어 캘빈주의와 다른 청교도 교파의 저작에서 출발한다. 한편 이것이 종파의 창시자나 종교개혁이 의도했던 결과가 아니라 단지 부수적 결과에 불과하다는 것도 잊지 않고 상기시킨다.

5 현세적 금욕주의의 종교적 토대

베버가 금욕적 프로테스탄티즘으로 검토하는 대상은 캘빈주의, 경건주의, 메소디즘(감리교), 침례교파 네 가지이다.

> 16세기와 17세기에 자본주의적으로 가장 발달한 문화국가인 네덜란드, 영국, 프랑스에서 위대한 정치투쟁과 문화투쟁을 수행했던 것은 캘빈주의였고, 따라서 제일 먼저 다루어야 할 신앙은 캘빈주의이다. 그 당시에 그리고 현재도 예정설은 캘빈주의 교리의 가장 큰 특징이다.

이 예정설은 교회의 분열을 야기시키기도 했고 당국으로부터 공격을 받기도 했다. 1647년 《웨스트민스터 신앙고백》에서는 인간의 완전 타락과, 신의 영원한 결단에 의한 예정과 거기서 기인하는 은총에 의한 구원(은총론)을 천명하고 있다. 즉 예정설은 오직 몇몇 사람만이 저주로부터 구원받도록 선택되었으며, 그 선택은 신에 의하여 예정되어 있다는 주장이다. 이런 입장은 구원이 자신의 가치에 따른 것이 아니라 객관적 힘의 유일한 작용에 달려있기 때문에 종교적 구원의 감정이 설 자리를 잃게 된다. 그러므로 이런 비인간적인 결론에 몸을 맡긴 세대에게 남겨진 결과는 전대미문의 '내적고립감'이었다. 더 이상 죄의식을 주기적으로 진정시키는 참회, 마법화, 경건성에 의한 구원의 수단이 존재할 필요가 없게 되었다.

그 대신 사람들은 '나는 선택되었는가?', '그렇다면 그 근거는 무엇인가?'에 대한 관심을 표명하기 시작했다. 여기에 캘빈은 적어도 지칠 줄 모르는 신앙이 은총의 표시를 나타내는 자기증거라고 답했으나, 각자의 구원문제가 제기되는 한, 사람들은 여기에 머물러있는 것이 불가능했다. 그래서 목회적인 측면에서 계승자들은 두 가지 표지를 내세우기 시작했다. 첫째는 자신을 선택된 자로 확신하고 모든 유혹을 거절해야 한다는 것이었고, 둘째는 자기 확신에 도달하기 위한 가장 탁월한 수단으로 '직업노동'을 해야 한다는 것이었다. 세속적 노동이 종교적 불안감의 진정에 적합한 수단으로 여겨질 수 있다는 것은 개혁파 교회에 널리 퍼져있던 종교적 감정의 뿌리 깊은 특성에 그 근거를 두고 있다.

세계는 오직 신의 자기 영광에 봉사하도록 정해져 있고, 선택된 기독교도는 오직 신의 율법을 집행하여 세계에 신의 영광을 각자의 몫만큼 증대시키도록 정해져 있다. 그러나 신은 기독교도의 사회적 실행을 요구한다. 왜냐하면 신은 삶의 사회적 형성이 자신의 율법에 맞게 이루어져 그 형성이 자신의 목적에 일치하기를 요구하기 때문이다. 세상에서의 캘빈주의 교도들의 사회적 노동은 오직 '신의 영광을 더하기 위한' 노동일 뿐이다. 그러므로 모든 이의 현세적 삶에 봉사하는 직업노동도 역시 그러한 성격을 갖는다.

반면 루터교 신앙이 추구했던 최고의 종교적 체험은 인간의 영혼에 깃드는 신성과의 '신비적 합일'이었고, 이것이 원죄에 따라 인간이 무가치하다는 깊은 감정과 결합하여 '일상적 회개'를 지속시켰다. 당연히 루터파의 종교생활은 신비주의적이고 감정적인 문화로 기울었다. 그러나 캘빈주의는 피조물에 대한 신의 절대적 초월성에 입각해 이런 태도를 부정했고, 구원은 신의 절대적 은총에 의한 것으로 보았다. 그러므로 캘빈주의는 구원의 확신에 대한 근거로 신앙도 객관적 결과에서 증명되어야 한다고 보고 금욕주의, 즉 신의 영광을 위해 봉사하는 생활방식을 강조했다. 신의 은총 외에는 그 어떤 것도 인간의 죄를 보상할 수 없다고 본 캘빈주의는 구원을 위한 고행, 마법적 수단, 성례적 의식 등을 무의미하게 만들어 버렸다. 그러나 선행은 구원을 얻는 기술적 수단은 될 수 없었으나 구원에의 불안을 떨쳐버리는 선택받음의 표지는 될 수 있었다. 사람들은 매순간 선택되었는가 버림받았는가의 양자택일 앞에서 체계적인 자기검토를 하게 되는 것이다. 이렇게 캘빈주의자에게는 어떠한 인간적인 위안도 존재하지 않았기에 그들에게는 개별적인 선행을 넘어서는 체계적인 선한 생활의 동인이 작용하게 된 것이다. 즉 일상인의 윤리적 실천은 무계획성, 비체계성을 벗어버리고 전 생활방식의 일관된 방법으로 발전되었다. 이것은 사람들에게 세속적 직업생활 안에서 금욕적 이상을 추구하게 만들었고, 나아가 세속적 직업에서 신앙을 증명할 필요가 있다는 사상을 발전시켜 금욕주의의 적극적인 동인을 제공했다.

이 점에 모든 실천적 종교심 일반을 분류하는 데 적용되는,

결정적인 구원상태의 차이가 표현되고 있다. 종교적 대가들은 자신의 구원을 자신이 성령의 그릇이라 느낌으로써 확신하든가, 아니면 성령의 도구라는 느낌으로써 확신할 수 있는 것이다. 전자의 경우 그의 종교생활은 신비주의적인 정감적 문화로 기울었고, 후자의 경우에는 금욕적 행위로 기울었다. 첫 번째 유형에 루터가 가까이 있었고, 두 번째 유형에 캘빈주의가 속했다. 물론 개혁교도들도 '신앙만으로' 구원받기를 원했다. 그러나 이미 캘빈의 견해에 따르면 모든 단순한 감정과 기분은 그것이 아무리 숭고해 보일지라도 기만적인 것이었기 때문에, 구원의 확신에 대한 보다 확실한 근거가 될 수 있기 위해서 신앙은 그것의 객관적 '결과'에서 증명되어야 하는 것이다. 즉 신앙은 '유효한 신앙'이어야 하고 구원에의 소명은 '유효한 소명(사보이 선언의 표현)'이어야 한다.

그에 반해 캘빈주의와 동일한 토대를 가진 2차적 현상인 경건주의와 메소디즘은 캘빈주의처럼 금욕주의적 성격에 철저하지는 않았다. 독일 경건주의는 '신과의 합일'이라는 신비적 요소를 받아들여 감정적 경향으로 흐르게 되었고, 메소디즘은 정서적 경향을 결합시켜 구원의 확신에 대한 감정적 자기 증명을 요구했다.

이와는 전혀 다른 본질에서 출발한 침례파, 메노파, 퀘이커교도는 거듭남에 대한 확신과 성령의 작용이나 양심에 따라 사는 자만이 구원받은 자로 여길 수 있다고 보아, 캘빈의 예정설과는 다른 입장을 보였다.

앞서 보았듯이 내세를 바라보면서 세상 안에서 생활방식을 합리화하는 것은 금욕적 프로테스탄티즘의 직업사상이 낳은 결과였다. 이러한 금욕주의는 현세적 일상생활에서 자신의 방법을 침투시키기 시작했는데 이제부터는 그 직업사상이 영리생활에 미친 영향을 추적해 보자.

6 금욕과 자본주의 정신

프로테스탄트는 부에 대한 부정적인 시각을 가지고 있었는데 이것은 부가 시간의 낭비를 가져온다는 이유에 한해서였다. 리처드 백스터에게 나타나는 프로테스탄트 정신은, '태만한 자들이란 항상 신을 위한 시간이 있는 경우에도 그 시간을 신을 위해 쓰지 않는 자들이다.'로 표현된다. 이러한 입장은 노동을 금욕적 수단으로 보는 그들의 전통적 사고방식에 기인한다. 그러나 사실 그들에게 노동은 단순히 금욕의 수단을 넘어서는 의미로 사용되었다. 왜냐하면 직업은 신이 인간에 부여한 단지 힘든 책무로서의 노동이 아니라, 신이 스스로의 영광을 낳기 위해 사람들에게 부과한 섭리였기 때문이다. 그러므로 여기에서 아무리 부자라도 일을 해야 함은 당연했다. 이것은 재화 획득에의 윤리적 기초 즉, 합법적인 이윤 추구의 기초를 제공해 주었다. 재산은 합리적으로 사용되어야 하며 필요하고 실천적이며 유용한 일에 사용되어야만 했다. 당연히 순수한 본능적 소유욕은 부정되었다.

만일 신이 너에게 너의 영혼이나 타인의 영혼에 해를 주지 않고 다른 방법보다 많은 이익을 거둘 수 있는 합법적 방법을 지시하는데, 네가 이를 마다하고 보다 적은 이익을 주는 방법을 따른다면, 너는 네 소명(calling)에 역행한 것이며, 신의 대리인이 될 것을 거부한 것이며, 신의 선물을 받아 신이 요구할 때 그 선물을 그를 위해 사용할 수 있는 기회를 거부한 것이다. 육욕과 죄를 위해서가 아니라 진정 신을 위해서라면 부자가 되기 위해 노동해도 괜찮다. 이렇게 부는 게으른 휴식과 죄 많은 삶의 향락에 대한 유혹으로서 위험시된 것이며, 부의 추구도 그것이 나중에 근심 없이 안일하게 살기 위한 것일 경우에만 위험시된 것이다. 반면에 직업의무의 행사로서의 부의 추구는 도덕적으로 허용될 뿐만 아니라 명령된 것이기까지 하다. 그에게 맡겨진 돈을 활용하여 증가시키지 않았기 때문에 쫓겨났던 종의 비유는 바로 이 점을 말하고 있는 것으로 여겨진다.

그러나 시간이 지나면서 금욕과 절제와 검소로 자본을 축적한 자본주의의 부는 유혹과 타락을 불러오기 시작했다. 베버는 자신의 시대에 자본주의 정신은 그 순수한 의미에서 완전히 벗어난 상태라고 지적하고 있다.

현재 영리추구가 가장 자유로운 곳인 미국에서 종교적·윤리적 의미를 박탈당한 영리추구는 드물지 않게 그 추구에 스포츠의 특성을 부여하는 순수한 경쟁적 열정과 결합되는 경향이 있다. 미래에 이 겉껍질 안에서 살 자가 누구인지, 이 엄청난 발전의 마지막에 전혀 새로운 예언자나 혹은 옛 정신과 이상의 강력한 부활이 있을지, 아니면— 이 둘 다 아니고— 일종의 발작적인 오만으로 장식된 기계화된 화석화가 있을지 누구도 모른다. 만일 후자의 경우라면 이 문화발전의 '최후의 인간'에 대해서는 다음과 같은 말이 옳을 것이다. 즉 '정신없는 전문가, 가슴 없는 향락자 : 이 공허한 인간들은 인류가 전례 없는 단계에 도달했다고 생각할 것이다.'

3 에서 "베버는 자본주의 사회가 나타나기 이전에도 단순히 돈을 벌고자 하는 욕망은 언제나 인간 사회 속에서 찾을 수 있었다고 말한다. 그런데 자본주의 사회에서는 사람들이 갖게 된 금전 추구의 욕망에 윤리적인 통제가 가해지고 있었다는 점이 이전에 비해 특징적이라고 본다."라고 했다. 현재 우리 사회가 가져야 할 자본주의에 대한 윤리적 통제에 대해 생각해 보자.

추 천 할 만 한 번 역 본

《프로테스탄티즘의 윤리와 자본주의 정신》의 번역본은 총 6권 정도가 있는데, 박성수 번역본을 추천한다. 이 책은 베버의 긴 문체를 어느 정도 논리적으로 따라갈 수 있게 의역했고, 주석도 뒤에 꼼꼼히 묶어놓았다. 또한, 저명한 사회학자 엔서니 기든스의 해설까지 첨부되어있어 그의 학문적 좌표와 글을 쓰게 된 배경 및 다른 저작들과의 관계와 주요 논쟁점까지 볼 수 있다.

《프로테스탄티즘의 윤리와 자본주의 정신》, 박성수 역, 문예출판사, 1994

Seinund Zeit

존재와 시간

하이데거(Martin Heidegger)

이 책에 관하여

20세기 전반의 가장 대표적인 철학서 중의 하나라고 할 수 있는 《존재와 시간》은 하이데거(Heidegger)가 교수자격논문을 발표한 후 11년 동안의 침묵 끝에 내놓은 사실상의 학문적 독립선언이다. 이 책은 하이데거의 철학체계 내에 있어서도 가장 결정적인 위치를 차지하는 저서로서 발표되자마자 압도적인 평가를 받아 "마치 번개와도 같이 번뜩여 눈 깜짝할 사이에 독일 사상계의 형세를 바꾸었다."고 평가 받았다.

이 책에서 그는 실존의 의미와 시간의 역학 관계를 탐구하고 있는데 존재의 의미에 대한 대답이 주어져 있지 않다고 전제하고, 따라서 존재의 의미에 대한 물음을 구체적으로 다듬는 것이 그 의도이며, 모든 존재에 관한 전반적 이해가 가능해지는 지평으로서의 시간을 해석하는 것이 그 우선적인 목표라고 선언한다.

하이데거는 이 주제를 구체적으로 수행하기 위한 계획을 제8절에서 제시하고 있다. 이에 의하면 존재 문제의 검토는 두 개의 과제로 나누어지며, 그에 따라 저술도 2부로 나누어진다. 제1부는 시간성을 지향하는 현존재의 해석 및 존재에 대한 물음의 초월론적 지평으로서의 시간에 관한 해명이고, 제2부는 존재시간성(Temporalitat)의 문제성을 길잡이로 하는, 존재론역사의 현상학적 해체의 개요이다. 그리고 이들은 각각 세 편으로 나뉘어 주제에 대해 접근하고 있지만 제1부 3편이 시작되기 전에 유보되고 만다. 그러니까 현재 우리에게 주어진 《존재와 시간》은 처음 선언된 당면의 목표를 정작 본격적으로 논의해야 할 직전의 단계에서 미완으로 끝난 것이다.

많은 사람들이 그 후반을 기대했으나, 그것은 당초 계획된 모습으로서는 끝내 주어지지 않았다. 뿐만 아니라, 1953년의 제7판에서는 후반부를 계속해서 집필하기 위해서는 전반부가 새로이 서술되지 않고서는 불가능하다고 하여 공식적으로 포기를 선언하고 만다. 그러나 하이데거는 《존재와 시간》발표 직후인 1927년 여름학기에 '마르크스에 있어서의 현상학의 근본문제들'이라는 제목으로 강의를 행하는데, 이것이 《존재와 시간》제1부 3편의 새로운 정리라는 언급을 한다. 하지만 이 또한 미완성으로 끝난다. 그 이후 하이데거의 사유는 새로운 양상을 띠어 이른바 '후기 사유'가 전개되어 나가며, 이와 관련하여 이른바 '전환'이 활발하게 논의되기에 이른다.

저 자 에 관 하 여

《존재와 시간》은 그의 중심사상이 압축되어 있고 '이 작품을 통과하고서만 존재문제에로의 접근도 가능하고, 또한 후기 저작들에로의 접근도 가능하다'는 하이데거 자신의 강조대로 이 작품은 그의 전기 사상과 후기 사상을 이어주는 역할을 하기도 한다.

20세기 독일 실존철학의 대표자인 하이데거(Martin Heidegger, 1889~1976)는 1889년 바덴주(州) 메스키르히에서 태어났다. 농가 출신으로 종교는 카톨릭이었다. 초등학교를 마친 후 1903년에 고향을 떠나 콘스탄츠의 하인리히 주조 김나지움에 입학하였고 이 곳에서 《철학 입문》이란 교재를 통해 처음 철학을 접하였으며 훗날 그리스철학 연구의 튼튼한 기초를 쌓게 되었다. 1906년에 프라이부르크의 베르톨트 김나지움으로 전학을 갔는데 이 곳에서 그는 학문적 생애에서 중요한 시기를 갖게 되었다. 아리스토텔레스에 관한 논문을 선물 받고 철학에 뛰어든 것이다. 김나지움 졸업 후 예수회에 가입하여 공부하고 있던 그는 1911년 심장병으로 학업을 중단하고 고향 메스키르히에서 요양하게 되는데, 이 때부터 본격적인 철학공부가 시작되었다. 1912년에는 《현대철학에서의 실재성 문제》, 《논리학에 관한 최근의 연구》를 발표하면서 그의 왕성한 집필인생이 시작되었고 1차 세계대전 당시 심장병으로 지원이 면제되면서 1915년 철학교수자격을 취득했다.

1915년 프라이부르크 대학에서 강사로서 강의를 시작하고 수강생 중의 한 사람이던 엘프리 페트리와 사랑에 빠져 결혼을 하게 되었다. 이곳에서 강사 생활을 하던 중 후설 밑에서 조교로 일하면서 야스퍼스를 알게 되었는데 두 사람은 당시의 강단철학에 대한 거부라는 점에서 서로 의기투합하고 야스퍼스가 죽을 때까지 우정을 지켜나갔다. 그리고 이 시기의 사색이 그의 대표적 저서인 《존재와 시간》에 밑거름이 되었다.

1923년부터는 마르부르크 대학에서 교수로서 강의를 시작했다. 그는 현존재의 현상학을 전파하였는데 강의 때에 보여준 특유의 집중력과 긴장으로 그는 '사상(思想) 왕국의 숨은 제왕'이라는 평가를 받았다. 1927년에는 《존재와 시간(Sein und Zein)》이 '전반부'라는 꼬리를 단 채 출판되었다. 이 책은 출판되자마자 많은 사람들의 관심을 끌어 모으며 논란을 일으켰다.

　1928년에는 정년퇴임한 후설의 후임으로 프라이부르크 대학에서 교수로 재직하게 되었다. 베를린 대학에서 하이데거를 보다 좋은 조건으로 초빙했지만 그는 이곳에서 자신의 강의를 계속했다. 1933년에는 나치정권하에서 프라이부르크대학의 총장에 취임하였는데 이것은 하이데거의 생애에서 최대의 스캔들이 되었다. 2차 세계대전 중에 나치에 협력하였다는 이유로 전후에 한때 추방되었으나 후에 다시 복직되었고 1955년 겨울 학기 강의를 마지막으로 그는 교직에서 물러났다.

　하이데거의 사상은 크게 《존재와 시간》을 포함해 현존재 분석의 수법을 사용한 '구상의 전반부'와 1935년 전후를 경계로 '존재 그 자체를 직접 묻는 후반부'로 나눌 수 있다. 이 두 시간 사이에 하이데거의 존재에 관한 사색이 《존재와 시간》의 목표였던 '존재 그 자체'의 해명과 연속되어 있느냐 아니냐에 관해서는 많은 논란이 있지만 인간 본연의 자세에 대한 견해가 변화하고 있는 것만은 확실하다. 그의 주요 저서로는 《칸트와 형이상학의 문제》(1929), 《형이상학이란 무엇인가》(1929), 《휴머니즘에 관하여》(1947), 《숲 속의 길》(1950) 등이 있다.

M a r t i n　　H e i d e g g e r

_____S e i n u n d   Z e i t

1 존재한다는 것의 의미

《존재와 시간》에서 하이데거가 지향했던 관심사는 철학사에서 가장 오래 지속되어 왔던 문제들 중의 하나이다. 그렇지만 이것은 하이데거에 의해 완전히 새로운 선회를 맞이하였다.

하이데거가 자신의 방법과 과정을 설명하고 있는 두 부분으로 된 서문을 제외하면 이 책의 제1부는 '실존론적 분석론'에 관련된다. 그는 철학에서 통상적으로 용인되는 문제 영역을 취하여 이것에 대하여 선험적 인지라는 견지에서 재해석하였다. 예를 들면 '세계'라는 개념을 취하여 그것을 우주론적으로 객관적인 실재로서 취급하거나 아니면 인식론적으로 인식의 대상으로 취급하는 것이 아니라 인간이 세계 속에 존재한다는 것은 무엇을 의미하는가를 탐구한다. 즉 '우리가 세계 속에 존재한다는 것을 우리가 인식한다는 것은 무엇을 의미하는가?'라고 묻는다.

'세계', '자아', '공포', '인식'은 인간이 실존하는 방식들이다. 즉, 내가 존재하는 많은 방식 중 하나는 세계를 인지하는 것이다. 이 때 세계가 실제로 현존한다는 것은 상대적으로 덜 중요하다. 그렇지만 내가 세계 속에서 존재한다는 것이 의미하는 바는 매우 중요하다.

실존적인 것들의 본질을 묘사하는 그의 주장에서 하이데거는 이러한 것들이 경험으로부터 온 추상의 결과는 아니며, 오히려 그것들은 어떤 경험 속에 전제되어 있으며 그러한 경험을 가능하게 하는 것이고 따라서 그것들은 논리적으로 어떤 경험에도 선행하는 것임을 명시한다. '내가 세계를 인지하는 것이 어떻게 해서 가능한가?'라고 묻는다면, 내가 경험하는 실제 세계에 대한 어떤 고찰도 그 답을 주지 않는다. 왜냐하면 '어떻게 해서 어떤 것이 가능한가?'라고 내가 묻는다면, 그것은 실제적 특성들을 요청하는 것이 아니라 소위 선험적 전제들을 요청하는 질문이기 때문이다.

무엇보다도 《존재와 시간》을 가장 강력하게 지배하고 있는 존재의 개념은 역시 '현존재의 존재'이다.

> 존재가 '물어지는 것'이고 또 존재가 존재자의 존재를 의미하는 한, 존재 물음에서 물음에 걸리는 것은 존재자(현존재) 자신이다. 이 존재자는 말하자면 자기의 존재를 겨냥해서 캐물음을 당하고 있는 셈이다.

존재에는 사물적 존재와 도구적 존재가 있긴 하지만 하이데거는 바로 이 현존재의 존재를 실질적인 주제로 삼아 집중적으로 설명하고 있다. 현존재는 하나의 '범례적 존재자(exemplaris seiende)'로서 '우위(Vorrang)'를 지닌 존재자인 것이다.

> 그러므로 존재물음의 목표로서 겨냥하는 것은, 존재자를 이러저러하게 '존재하는 것'으로서 탐구함으로써 그때마다 언제나 이미 어떤 존재이해 속에서 움직이고 있는 과학들의 가능성의 아 프리오리한 조건만이 아니라, 존재적 과학들에 앞서서

이 과학들을 기초지어주는 존재론 자체의 가능성의 조건이기
도 하다.

또한 현 존재는 자신의 존재에 대해 고민하여야만 한다는, 그 자신
의 운명을 벗어날 수 없다는 점에서 수동적인 존재이다. 이를 '현존재
의 실존성'이라 한다. 하지만 동시에, 현존재는 자신의 존재를 문제 삼
고 염려하는 자가 다른 누구도 아닌 바로 그 자신이라는 점에서 능동
적인 존재이다. 이를 '현존재의 현 사실성'이라 한다.

이로부터 현존재의 다음과 같은 두 가지 성질이 도출된다. 첫째, 현
존재의 본질은 그의 실존에 있다. 이 말은 현존재가 자신의 존재를 문
제 삼는 것이 바로 현존재의 본질이라는 뜻이다. 하이데거는 존재 방
식을 본래적 존재방식과 비본래적 존재방식으로 구분하는데, 현존재
가 가지는 이러한 존재양식, 즉 실존성은 본래적 존재 방식이라고 볼
수 있다. 그런데 이 본래적 존재방식이란 보편적으로 고정된 것이 아
니라, 현존재가 살아가면서 그때그때마다 취하는 존재방식을 말한다.
이는 곧 현존재가 본질적으로 가능존재임을 말하는 것이고 다시 말해
현존재에 있어서는 실존이 본질에 앞선다는 것이다.

둘째, 현존재는 각자적 존재이다. 즉, 현존재는 Was-sein이 아니라
Wer-sein이다. 현존재가 현존재일 수 있는 것은 오직 매순간 현존재
자신이 결단을 내림으로써만 가능하다. 따라서 만약 실존적 결단을
내리지 못한다면, 현존재는 자기의 존재에 있어서 자기 자신을 상실
할 수도 있다. 말하자면 인간은 비본래적 삶을 살아갈 수도 있으며, 그
것 또한 하나의 선택이라는 것이다. 본래적/비본래적 삶의 구분에 도
덕적 가치는 개입되지 않는다. 현존재는 자신을 얻을 수 있는 가능태
인 한에서만, 자신을 잃어버릴 수도 있는 것이다.

이 두 가지 성격들로부터 우리는 현존재가 전제적 존재와 같이 우리에게 자명하게 주어지는 것이 아님을 알 수 있다. 즉 현존재는 나무나 꽃, 하늘과 같이 우리 앞에 주제적으로 주어지는 것이 아니다. 따라서 현존재는 자신에 의해서 제시될 때 비로소 올바로 이해될 수 있다. 쉽게 말해 현존재란 우리들 자신인 '인간'을 가리킨다. 그 인간을 그저 단순히 인간이라고 부르지 않고 '현존재'라고 부르는 이유는 인간에게서 존재가 제 모습을 드러낸다는 것, 즉 인간을 존재(sein)가 드러나는 장(da)이라고 파악하기 때문이다. 모든 존재자들 가운데 오직 현존재만이 존재에 관련한다.

'이러한 현존재는 어떻게 존재하고 있는가? 즉 현존재의 존재는 어떻게 설명할 수 있는가?' 하는 것이 바로 《존재와 시간》의 본론부분 전체에 걸쳐 수행되고 있는 실질적인 내용이다. 하이데거는 그러한 근원적인 존재방식으로서의 현존재의 존재를 두 가지 차원에서 논하고 있다. 즉 '비본래적, 비전체적, 일상적'차원과 '본래적, 전체적, 근원적'차원이 그것이다. 평균적 일상성에서 출발하여 비본래적, 비전체적인 현존재의 존재가 나타나있는 부분이 제1편이고 본래적, 전체적, 근원적인 현존재의 존재가 그려져 있는 부분이 제2편이다.

그런데 일상성의 차원에서 보이는 현존재의 존재 방식은 '세계-내-존재' 구조의 중심인 '개시성' 내지 그 구조의 전체성인 '마음씀'이며 근원성의 차원에서 보이는 현존재의 존재방식은 '전체존재', '시간성'등이다.

2 존재의 주변; 세계의 의미

제1편에서는 일상성의 차원에서 현존재의 존재방식을 제시한다. 우선 '세계-내-존재'가 존재방식이라 할 때 '내'란 예컨대 컵 안에 물이

있다든지, 옷장 안에 옷이 있다든지 하는 경우처럼 두 존재자의 장소에 관련된 서로의 존재 관계를 나타내는 것이다. '내'란 어디까지나 현존재의 한 실존범주로서 '산다', '체재한다'고 하는 것, '무엇무엇 곁에서 살고 있다'는 것을 의미한다.

innan의 'an'은 '나는 익숙하다, 친숙하다', '나는 어떤 것을 돌본다'는 뜻이다. 이것은 habito(나는 거주하다)나 diligo(나는 경애한다)라는 의미에서 colo(나는 산사, 돌본다, 경애한다)라는 뜻을 가지고 있다. 이런 의미에서의 내-존재를 가진 존재자를 우리는 그때마다 나 자신인 존재자(현존재)라고 불렀다.

'내가 있다'의 부정법으로서의 '존재한다', 즉 실존범주로서 이해된 '존재'는 '……에 몰입해서 살고 있다', '……와 친숙하다'를 의미한다. 따라서 '내-존재'는 '세계-내-존재'라는 본질적 틀을 가진 현존재의 존재를 나타내는 형식적이고 실존론적인 표현이다.

그러면 현존재가 무엇 곁에서 살고 있다고 하는 '무엇'이란 어떠한 것인가? 즉 위의 구조에서 '세계'란 어떤 의미인가?

'세계'는 대략 네 가지의 의미로 정리할 수 있다. 첫째, '세계 내부에서 사물적으로 있을 수 있는 존재자의 총체'라고 하는 존재적 개념으로서의 세계이다. 말하자면 모든 사물들을 통틀어 하나의 전체로서 일컫는 것이다. 둘째, 다양한 존재자를 포괄하는 영역이다. 예를 들어 철학계, 연예계, 언론계 등도 이런 의미의 세계를 지칭하는 것이다. 셋째, 현존재가 실제로 그 안에서 살고 있는 현사실적인 세계라고 하는 실존적 개념으로, 우리에게 친근한 가정, 환경, 세계처럼 우리 현존재의 삶의 터전을 가리킨다. 넷째, 특수한 '세계들'의 그때그때의 구조 전체에로 변양될 수 있는 세계이다. 세계는 이렇게 다양한 의미로 이해될 수 있지만 하이데거 자신은 이 중 세 번째 의미로 세계라는 것을 이해하고 있다.

이를 위한 방법적 지시는 이미 주어졌다. 그것은 세계-내-존재가, 따라서 세계도, 현존재의 가장 친근한 존재양식인 평균적 일상성이라는 지평에서 분석론의 주제가 되어야 한다는 것이다. 일상적 세계-내-존재를 추적하여, 이것을 현상적 발판으로 해서, 세계라고 하는 것이 시야 속에 들어와야 한다.

일상적 현존재의 가장 비근한 세계는 환경세계이다. 우리의 탐구는, 평균적 세계-내-존재의 이 실존론적 성격으로부터 출발해서 세계성 일반의 이념에 이르는 길을 취한다.

이 세계 안에 존재한다는 것은 현존재가 취하고 있는 구체적인 본질상의 존재방식을 말한다. 이 또한 세 가지로 정리할 수 있다. 첫째, '세계-내-존재'하는 그 존재자가 누구인가? 하는 점에 관련된 공존재 내지 그것에 기초하는 '세인'이라고 하는 존재 방식이다.

공공의 교통기관을 이용하고 보도기관을 활용할 때, 모든 타자들은 그냥 타자들이다. 이 상호 존재는 자기의 현존재를 완전히 타자라는 존재양식 속으로 용해하여, 더욱이 차이지고 두드러지는 타자란 더욱더 소멸되고 만다. 이렇게 눈에 띄지 않고 확인할 수 없는 가운데에서 세인은 자기의 본래적 독재권을 발휘한다. 우리는 세인이 즐기듯이 즐기고 만족스러워하며, 세인이 보고 비평하듯이 문학과 예술에 관해 우리도 읽고 보고 비평한다. (……) 세인은 특정한 사람이 아니며, 총계라는 의미에서가 아닌 모든 사람이다. 이 세인이 일상성의 존재양식을 지령하는 것이다.

둘째, '개시성'이라고 부르는 방식으로 일상적 존재로서의 '퇴락'이다. '내-존재'의 중심이라고도 할 수 있는 개시성은 간단히 말하자면 '열려 있음'을 뜻한다. 즉 현존재가 자신의 존재이해를 가지고 자신과 세계에 관련하여 거기에 밝음의 장이 열려져 오는 사태를 말한다.

관용화된 말뜻에 따르면, '현'은 '여기'와 '저기'를 가리킨다. '여기 있는 나'의 '여기'는 언제나 '저기'에 입각해서, 즉 저기를 향해 '멂'을 제거하면서── 방향을 열면서── 배려하면서 존재한다'는 의미에서의 '저기'에 입각해서 이해된다. 현존재에게 그와 같이 그의 '자리'를 규정해주는, 현존재의 실존론적 공간성은 그 자체 세계-내-존재에 근거한다. 저기란 세계 내부적으로 만나는 것의 규정성이다. '여기'와 '저기'는 하나의 '현'에서만, 다시 말하면 '현'의 존재(현-존재)로서 공간성을 개시한 존재자가 있을 때만 가능하다. (……) '현'이라는 표현은 이 본질적 개시성을 의미한다. 이 개시성으로 인해 이 존재자(현존재)는 세계의 현-존재와 하나가 되어 자기 자신으로 '현'존재한다.

셋째, '세계-내-존재' 구조의 개별적 존재방식의 전체성이라고 부르는 이른바 '마음씀'이다.

그러므로 현존재의 존재론적 구조 전체의 형식적 실존론의 전체성은 다음과 같은 구조로 파악되지 않으면 안 된다. 현존재의 존재란 '(세계 내부적으로 만나는 존재자)에 몰입해 있음으로서 자기를 앞질러 이미 (세계) 내에 있음'을 의미한다. 이 존재는 순수하게 존재론적–실존론적으로 사용되는 마음씀이라는 명칭의 의의를 충족시킨다.

3 존재와 죽음

제2편에서는 현존재의 존재를 전체성과 본래성에 관련하여 설명하고 있다. 전체성 즉 전체존재는 무엇인가. 전체란 현존재의 처음부터 마지막에 이르기까지를 의미한다. 단 이 전체존재는 어디까지나 가능적인 것으로서 죽음 즉 '끝남'에 의해 구성된다. 현존재는 죽음에 있어서 종말에 달하며, 이렇게 해서 이 존재자는 전체존재에 이른다. 그런데 현존재가 죽음에 이르면 더 이상 현존재가 아니게 된다. 이것은 다시 말해 현존재를 존재하고 있는 전체로서 존재적으로 경험한다는 것은 불가능하다는 것을 뜻한다. 죽어 보고 나서 존재의 전체에 대해 말할 수는 없기 때문이다. 이에 대해 하이데거는 죽음 그 자체의 성격을 밝힘으로써 이 불가능을 해결하려 한다.

그에 따르면 죽음은 생명이 있을 뿐인 자가 세계 밖으로 떠나는 것, 즉 '종료'와 구별된다. 따라서 죽음이 현존재에 적합하게 존재하는 것은 죽음을 향한 실존적인 존재에 있어서 뿐이다. 죽음은 현존재가 존재하자마자 현존재가 받아들이는 하나의 존재방식이다. 누구나 겪을 수밖에 없는 죽음에 대하여 현존재는 회피하고 도피하려 한다. 물론 이 죽음에 대해 이해하려하는 존재도 있다. 바로 선구자들이다. 즉 선구(先驅)란 죽음이라는 가장 고유하고 극단적인 존재가능을 이해할 수 있는 '가능성'으로 바꾸는 것을 의미한다. 이러한 선구는 현존재가 죽음이라는 원천적 불가능성을 뛰어 넘어 전체 존재를 경험하는 즉 현존재의 전체존재가 이루어질 수 있게 만들 수 있는 가능성이다.

선구는 현존재로 하여금 본래적으로도 장래적으로도 장래적이게끔 하지만, 선구 자체가 가능한 것은 오직 현존재가 존재하는 자로서 일반적으로 이미 언제나 자기에게 도래하는 한에서만, 즉 현존재가 그 존재에 있어서 일반적으로 장래적인 한에서만이다.

다음으로 본래성이란 현존재의 고유한 참모습으로 일상성으로부터 벗어난 현존재의 특별한 존재방식을 가리킨다. 이것은 말하자면 가장 고유한 자기를 자신 안에서 행위하게 한다는 것이다. 그런데 이것은 '양심을 갖고자 의지하는 것', 즉 양심에 의해 가능하다. 여기서 말하는 양심이란 일반적으로 말해지는 윤리적 양심이 아니다. 그것은 현존재의 근원적인 현상이며 오직 현존재라고 하는 존재양식에 있어서만 존재하는 바의 현(現)사실이다. 이 양심은 무언가를 이해하도록 알려주는 작용을 하기 때문에 부름이라는 성격을 갖는다. 이러한 부름에 대응을 하면서 현존재는 비본래성으로부터 벗어나 본래적 자기 존재가능을 자기에게 가능하게 한다.

이 두 가지 개념에서 하이데거는 본래적인 전체존재가능이라는 것을 제시한다. 이것은 결론적으로 말해 현존재가 자신을 자기 자신에게로 회복하여 자기 자신에게 당면시키는 현존재의 존재가능, 즉 양심의 부름에 의해 자신의 고유한 특성을 이해하고 벗어날 수 없는 죽음이라는 종말로부터 선구의 의식을 이용하여 탈피한다는 것이 가능하다는 의미이다.

4 시간과 존재

시간성에 대한 개념 또한 《존재와 시간》에서 매우 중요한 역할을 한다. 존재라는 의미 속에 이미 시간이라는 개념이 포함되어 있기 때문이다. 무언가가 존재한다면 그 출발부터 종말까지 시간이라는 무언가가 작동한다. 시간성은 현존재의 존재를 가능하게 한다.

현존재의 근본은 세계-내-존재에 있고, 현존재의 존재는 세상사에 대한 관심이며, 관심의 의미는 시간성이다. 때문에 시간성은 현존재의 존재를 해명할 도구임과 동시에 존재의 가능성을 밝혀주는 근거이다. 하이데거는 현존재가 시간성에 의해 해명될 것이라고 본다.

그는 존재자체가 결코 시간 안에서 존재하는 것으로서의 존재자가 아니라 그것의 성격이 시간적이라고 말한다. 즉 현존재는 시간적으로 존재한다는 것이다. 현존재의 존재로서 시간성은 존재한다.

현존재의 존재란 극단적으로 쉽게 말하자면, 인간이 본래 이러이러하게 되어 있다는 그 근본적인 모습을 가리킨다. 따라서 현존재의 존재로서의 시간성이란, 시간성이 인간의 근본적인 모습이라는 것, 즉 인간이 근본적으로 시간적이라는 것을 뜻하는 것이다. 시간적이라는 이 성격, 즉 시간성은 그렇다면 구체적으로 어떤 성격을 뜻하는가? 결론적으로 말해 그것은 '기존하면서-마주하는 도래'라는 통일적인 현상을 가리킨다. 즉 도래, 기존, 마주함의 근원적인 통일성이 곧 시간성이요 시간성의 본질 구조인 것이다.

여기서 말하는 '도래'란 어떤 제3의 객관적인 시간이 미래가 있어서 그것이 현존재에게 닥쳐온다고 하는 것이 아니라, 어디까지나 현존재 자신이 현존재 자신의 고유한 가능성에로 다다른다는 것을 의미한다.

두 번째로 '기존'이란 일반적 의미로 지나가 버렸다고 하는 것이 아니라 현존재가 그때마다 이미 그것으로 존재하고 있었던 그러한 것을 뜻한다. 즉 '현존재가 존재하고 있는 한 그때마다 이미 던져져 있는 것이다'라는 것으로서의 '이미'라고 하는 성격을 나타낸다. 마지막으로 '마주함'의 의미는 '현존재가 환경세계적으로 현존하고 있는 것을 행위하면서 만나게 한다'는 의미이다. 이와 같은 세 가지 특성들이 어우러져 시간성이라는 하나의 통일적인 현상을 구성한다.

> (현존재가) 자기에게 방향을 열면서 방역을 발견하는 일은, 가능한 '여기로'와 '저기로'를 탈자적으로 '보유하면서 예기'하는 데 근거한다. (현존재가) 자기에게 공간을 허용하는 것은, 방향을 열어서 예기하는 것이고, 이것과 등근원적으로 용재자와 전재자를 가까이하는 것이다.

> 가까이 하는 것, 이와 마찬가지로, 거리를 제거당한 세계 내부적 용재자의 내부에서 거리를 짐작하고 측정하는 것은, 현전화에 근거한다. 현전화는 시간성의 통일에 속하고, 이 시간성 안에서 방향 엶도 가능하게 되는 것이다.

이 시간성을 기초로 하여 하이데거는 현존재의 역사성이라는 존재방식을 제시한다. 현존재는 역사적으로 존재한다. 현존재에게는 시작과 끝이 있다. 다시 말해 출생과 죽음이 있으며 이 사이의 존재가 전체를 이룬다. 그래서 하이데거는 현존재의 존재 안에 숨어 있는 출생과 죽음 사이의 현존재의 펼쳐짐, 즉 생의 연관에 주목한다. 생의 연관을 다름 아닌 현존재의 역사성으로 이해한다.

따라서 역사성이란 애당초 처음부터 현존재의 존재 양식, 현존재의 시간적인 존재양식이며, 실존의 존재들이며, 따라서 그것은 현존재의 존재에 속한다.

■에서 하이데거는 존재란 무엇인가라는 의문에 대한 답을 시간이라는 개념과 관련하여 전개시켰다. '존재라는 의미 속에는 이미 시간이라는 개념이 포함되어 있다.'고 했다. 이 명제를 '세계-내-존재'라는 표현과 관련하여 자신이 이해한 대로 서술해보자.

추 천 할 만 한 번 역 본

난해하기로 유명한 하이데거의 《존재와 시간》은 독일에서조차도 '왜 독일어로 번역을 하지 않느냐'는 평가를 받고 있을 정도로 일반인이 읽기에는 상당히 어려운 책이다. 이기상 번역의 《존재와 시간》은 일상어를 사용하고 기존의 일본어 번역 방식을 지양하여 한글세대로 하여금 그나마 부담 없이 하이데거의 사상을 접할 수 있는 장점이 있다. 소광희 번역의 《존재와 시간》은 원문에 충실하면서 하이데거의 용어 사용법을 존중해서 진지한 철학적 접근을 가능하게 한다.

《존재와 시간》, 이기상 역, 까치, 1998
《존재와 시간》, 소광희 역, 경문사, 1995

책
에
빠
지
는
즐
거
움

Capitalism, Sociolism and Democracy

자본주의 · 사회주의 · 민주주의

슘페터(Joseph Alois Schumpeter)

이 책에 관하여

숨페터는 하버드대학의 교수로 재직하면서 자본주의 경제제도가 어떤 변화를 겪으면서 어떻게 변모해 갈 것인가라는 문제를 다루는 자본주의의 미래에 대한 사회학적 접근을 시작한다. 그 결실이 바로 1942년에 출간된 《자본주의·사회주의·민주주의》이다. 그는 자본주의체제를 구성하는 여러 제도들이 점차로 변모해가고 있다는 사실을 간파했다. 그리고 이러한 제도적 변화야말로 경기 순환 못지않게 오늘날 자본주의의 동태적 측면을 파악하는데 중요하다는 문제의식하에서, 자본주의의 제도 변화를 추적하는 사회학적 분석을 시도한다.

숨페터는 경제 메커니즘을 밝히는 것은 이론경제학의 임무로, 경제제도를 다루는 것은 경제사회학의 임무로 못 박았다. 《경기순환론》이 자본주의라는 틀 내에서의 경제 메커니즘에 따른 경기 변동을 다루는 경제학 이론서였다면 《자본주의·사회주의·민주주의》는 자본주의 틀 자체의 변화를 다루는 경제사회학적 저술이다.

그리고 《경기순환론》은 자본주의의 제도적 구조가 변화하고 있고 따라서 순수 경제학적 영역 밖으로 분석을 확장시키는 것이 자본주의의 발전 과정을 분석하는데 절대적으로 필요하다는 말로 끝을 맺는다. 《경기순환론》의 종착점이 바로 《자본주의·사회주의·민주주의》의 출발점이 되는 셈이다.

이 책에서 그는 자본주의적 제도들이 급격한 변화를 겪고 있으며, 바로 그로 인해 자본주의체제 전반의 기초가 약화되고 있다고 주장한다. '자본주의는 존속할 수 있는가?' 이것은 숨페터가 이 책에 던진 화두(話頭)이다. 이에 대한 그의 대답은 부정적이다. 자본주의는 그 물질적, 경제적 모순 때문이 아니라 그것이 낳은 정신적 유산, 즉 '자본주의적 심성' 때문에 망할 수밖에 없다고 보기 때문이다. 그리고 자본주의가 낳은 특유의 정신적 유산이 자본주의의 근간이 되는 제도들의 기초를 뒤흔들어 놓게 되면, 뿌리가 흔들리는 자본주의 경제는 더 이상 유지되지 못하고 안으로 무너져 내릴 수밖에 없다고 밝히고 있다.

Capitalism, Socialism and Democracy

저 자 에 관 하 여

    슘페터(Joseph Alois Schumpeter, 1883~1950)는 1883년 오스트리아 트리쉬에서 부유한 직물제조업자 집안에서 태어났다. 그의 집안은 고향에서 독일계 소수 집단에 속하는 명망 있는 부르주아 가문으로서 카톨릭을 신봉하는 집안이었다. 그는 비교적 유복하게 자랐으나 4살 때 아버지가 사고로 세상을 떠난 후 어머니 밑에서 자라게 되었다. 그의 어머니는 그를 데리고 1888년 그라츠라는 도시로 이사를 갔고 그가 이곳에서 초등학교를 마치자 1893년 비엔나로 가서 재혼을 했다. 슘페터는 귀족이었던 그의 의붓아버지 덕분에 귀족자제만 들어갈 수 있는 테레지아눔에 입학할 수 있었다. 슘페터의 생애에서 가장 생소하고 중요한 시기가 시작된 것이었다. 그는 이곳에서 8년간 공부하면서 비록 귀족 문화에 완벽히 동화되지는 못했지만 사회학과 철학 분야에 대한 관심을 갖기 시작했다.

    1901년 테레지아눔을 우수한 성적으로 졸업한 그는 같은 해에 비엔나 대학에 입학했다. 그는 법학과 학생이었지만 경제학 위주로 학문을 시작하였고 특히나 그 당시 교육과정 속에는 없었던 수학의 개념을 경제학에 포함시키면서 자신만의 방법을 찾아갔다. 이곳에서 그는 여러 논문들을 제출했는데 이것들은 나중에 그가 경제학 저서를 낼 때의 모태가 되기도 했다. 또한 뵘베르크의 영향을 받아 이론경제학을 자신의 주관심 분야로 확정하였다.

    1906년 슘페터는 5년간의 대학생활을 마치고 비엔나대학으로부터 법학박사 학위를 받았다. 그는 물론 경제학도였지만 당장의 일자리를 위해 이집트에서 변호사 생활을 시작하였다. 그 곳에서 그의 첫 저서인 《이론경제학의 성격과 본질》을 저술하여 경제학자로서의 지위를 굳히게 된다. 1908년부터 비엔나 대학에서 강의를 시작했고 1911년에는 그라츠 대학에 정교수로 부임했다. 이 무렵 그는 자신의 두 번째 저서이자 가장 위대한 걸작이라고 할 수 있는 《경제발전의 이론》을 출간함으로써 자신의 학문적 경력에 또 하나의 업적을 덧붙였다. 3년 후인 1914년에는 막스 베버의 요청에 의해 자신의 세 번째 저서인 《경제학의 원리와 방법》을 출판했다.

    1차 세계대전 후 그는 오스트리아의 재무 장관직을 맡게 되었지만 7개월 후 장관직에서 물러나고 1920년대를 시련 속에서 보내게 된다. 잇달은 사업의 실패와 교수직 거부, 가족의 죽음 등 많은 아픔을 안은 채 1932년 미국행에 올랐다. 그는 미국에서 하버드대학 교수로 있으면서 미국에 귀화하여 여생을 그 곳에서 보냈다. 1939년 그는 천여 페이지에 해당하는 《경기순환론》을 집필하였다.

또한 그곳에서 엘리자베스 부디라는 여성을 만나 세 번째 결혼을 하고 그의 생활은 안정을 찾았다. 하지만 과도한 스트레스와 심리적 부담으로 인해 다시 극심한 우울증에 시달렸는데, 그런 와중에 1942년 《자본주의·사회주의·민주주의》를 출판하게 되었다.

또한 미국계량경제학회를 창설하여 회장을 지냈으며 1948년에는 외국 출신의 경제학자로는 처음으로 미국경제학협회 회장이 되었고, 1950년 사망 직전에는 국제경제학회 초대 회장에 선출되었다.

주요 저서로는 《경제발전의 이론》(1912), 《경기순환론》(1939), 《자본주의·사회주의·민주주의》(1942) 등이 있다.

Joseph Alois

Schumpeter

1 자본주의의 붕괴, 사회주의의 도래

《자본주의 · 사회주의 · 민주주의》는 자본주의와 사회주의에 대한 연구서로 '자본주의 사회는 과연 붕괴할 것인가 사회주의 사회는 도래할 것인가 만약 그렇다면 그 과정은 어떠할 것인가?'라는 질문을 던지고 있다. 이러한 질문에 대해 슘페터는 결론적으로 자본주의는 붕괴할 것이며 그 후 사회주의 사회가 출현할 것이라고 전망한다. 이는 언뜻 생각하면 마르크스의 이론과 같아 보이지만 사실상 슘페터는 마르크스의 이론을 비판하고 자신의 새로운 이론을 제시한다. 슘페터는 이러한 의도에서 《자본주의 · 사회주의 · 민주주의》를 집필했다. 또한 자본주의와 사회주의를 논의할 때 중요하게 다루어야 할 사항은 자본주의와 사회주의의 대결 구도가 아니라 자본주의 사회가 붕괴하고 사회주의 사회가 출현한다면 과연 그 과정이 실제로 어떠할 지에 대한 문제라고 주장한다. 즉 자본주의와 사회주의에 대한 가치판단이 중요한 것이 아니라 자본주의 붕괴의 원인, 시기, 결과 등을 밝혀야 한다는 주장이다.

2 자본주의의 붕괴원인; 합리주의의 반역에 의해

마르크스의 자본주의 붕괴 이론은 노동가치설에서 시작되어 잉여

가치론, 축적이론, 자본 집중론, 공황이론 등 여러 이론 구조를 가지고 있다. 슘페터는 이러한 마르크스 이론이 자본주의의 붕괴를 제대로 설명하지 못하고 있다고 비판한다. 널리 알려진대로 마르크스는 자본 주의가 붕괴될 수밖에 없는 내적 모순을 가지고 있으며 이러한 내적 모순이 낳은 경제적 실패, 즉 공황에 의해 붕괴된다고 설명했다.

그러나 슘페터는 자본주의 붕괴의 원인을 경제적 실패에서 찾지 않는다. 그에 의하면 자본주의는 그 자신을 권좌에 올려주었던 일등 공신인 '합리주의의 반역'으로 멸망한다. 합리주의는 계산적, 비판적 정신의 모태가 되어 중세의 권위주의와 전통을 무너뜨리고 자본주의를 등장시킨 일등공신이지만 자본주의하에서 더욱 더 널리 퍼지게 되면서 자본주의의 근간인 재산권 제도와 사적 통제권을 해체시키는 반란을 일으킨다. 자본주의의 쇠락과 멸망은 합리주의 정신의 발전이 초래하는 논리적 귀결인 것이다. 마르크스와는 달리 슘페터는 자본주의의 쇠망을 초래하는 것은 '하부구조에서의 모순과 갈등'이 아니라 자본주의의 '상부구조 내에 존재하는 모순과 갈등'이라고 보았던 것이다. 즉 경제적 실패라는 원인을 제시한 마르크스의 이론으로는 자본주의의 붕괴를 설명할 수 없다고 단정한다.

3 자본주의의 쇠퇴원인과 그 시나리오

제2부에서는 자본주의 경제체제의 본성을 설명하고 있다. 자본주의는 그 특유의 이데올로기적 상부 구조를 낳았다. 그것은 다름 아니라 이성적, 인간중심적, 계산적 정신세계였다. 그러나 자본주의의 발달이 심화되면서 자본주의를 떠받치고 있던 이러한 정신적 틀들이 이제는 자본주의를 거스르는 것이 되어가고 있다. 자본주의가 낳은 이성적, 계산적 정신문화는 사유재산제도를 비롯한 부르주아적 가치 그

자체에 대해 공격의 화살을 날리기 시작한 것이다. 결국 자본주의는 바로 그 성공 덕분에 해체될 운명에 처할 수밖에 없다는 것이다.

그 원인을 자세히 살펴보면 세 가지로 나눌 수 있다.

첫째, 자본주의의 눈부신 발전은 곧 경제 발전 자체를 기계화하고 발전의 추진력인 기업가의 기능을 무용화한다.

만일 자본주의 발전-진보-이 정지하거나 완전 자동화되거 나 한다면, 산업 부르주아지의 경제적 기초는 드디어 잠시 여명 (餘命)을 부지할 것으로 보이는 준지대(準地代) 및 독점이득의 잔존물을 제외하고는, 일상적 관리 사무에 지급되는 임금수준 으로 줄어들 것이다. 자본주의적 기업은 다름 아닌 스스로의 업 적에 의해서 진보를 자동 기계화하는 경향을 갖고 있기 때문에 우리는 여기서 자본주의적 기업은 자기 자신을 무용화하는(자 신의 성공의 중압하에 분쇄되는) 경향을 가진다고 결론짓고자 한 다. 완전히 관료화한 거대한 산업단위는 중소규모 기업을 축출 하고 그 소유자를 '수탈'할 뿐만 아니라, 무엇보다도 중요한 것 인 자기의 기능을 잃게 되어있다. 사회주의의 진정한 선도자는 사회주의를 권고하는 지식인이나 선동자가 아니라 반더빌트 (Vanderbilt), 카네기(Carnegie), 록펠러(Rockefeller)의 일족과 같은 사람들이었다.

둘째, 자본주의의 발전은 중소기업의 파산과 거대 기업의 발전 과정 인데 그 과정에서 자본주의를 옹호했던 계급이 자본주의에 대해 적대 적인 분위기를 갖게 된다. 자본주의 사회의 파수꾼이어야 할 부르주 아마저 패배주의적 태도에 젖고 활력을 잃어간다. 오늘날의 부르주

아는 자신들의 권리를 위해 마땅히 해야 할 말도 하지 못한다. 이러한 상황은 자본주의의 정치 세력을 약화시키고, 반대파의 정치 세력은 강화시킨다.

자본주의는 전자본주의 사회의 골조를 파괴함에 있어서, 자기의 진보를 저지하는 장애물을 타파하였을 뿐만 아니라 그 붕괴를 방비하는 지지벽(支持壁)까지도 파괴하고 말았다. 그 가차 없는 필연성에 의해서 인상적인 이 과정은, 단순히 제도상의 죽은 가지를 자를 것을 의도할 뿐만 아니라, 그 공서(共棲)가 자본주의적 도식의 본질적 요소였던 자본가 계층의 동반자까지도 제거할 것을 의도하는 것이었다.

셋째, 자본주의 과정은 봉건사회의 제도적 골조를 파괴한 것과 대체로 같은 방법으로 그 자신의 골조도 전복시킨다.

자본주의의 과정은 진실로 '사적'인 경제활동의 요구와 방법을 표시했던 이들 모든 제도, 특히 사유재산 제도와 자유계약 제도를 배후에 처넣는다. 아직 그들 제도가 폐기되지 않고 있는 곳에서도 노동시장에서의 자유계약이 이미 폐기되고 있기 때문에 현행 법률의 상대적 중요성을 변경함으로써(예컨대 주식회사 조직사업관계법 대 합자회사 내지 기인기업관계법), 혹은 또 현행 법률의 내용이나 의미를 변경함으로써, 자본주의 과정은 동일한 목적을 달성한다. 자본주의 과정은 공장의 담이나 기계를 한 줌의 주식으로 대체함으로써 재산이란 관념으로부터 그 생명을 빼앗아간다. (……) 재산의 문적 실체라고 할 수 있는 것이 이와 같이 증발한다는 것은 재산 소지자의 태도뿐만 아니라 노동자의 태도 및 일반대중의 태도에까지 영향을 미친다. 물적 실체를 상실하고 기능을 잃고 또 소유주가 불참하는 소유라고 하는 것은, 생기 있는 재산형태가 과거에 행했던 것처럼 사람들의 마음을 설레게 하거나 도적적 충성을 환기시키지는 못한다. 결국 진정으로 재산을 옹호하려고 하는 사람은 한 사람도 없을 것이다. 대기업의 영역 내에서도 또한 대기업의 영역 밖에서도 한 사람도 찾아볼 수 없을 것이다.

요약하자면 슘페터가 제시한 자본주의 쇠퇴의 시나리오는 다음과 같다. 우선 자본주의 쇠퇴를 초래하는 최초의 원인은 경제의 점진적 사회화와 그로 인한 거대기업의 성장이다. 이것이 초래하는 결과는 혁신 기업가의 멸종이며, 그로 인해 자본가 계급이 자기 방어력을 상실하고, 지식인들의 비판으로 인해 부르주아적 가치는 와해된다.

４ 자본주의의 성숙과 미성숙; 사회주의의 성공과 실패

제3부에서는 자본주의가 망할 수밖에 없다면 그 다음의 사회는 어떤 모습일 것인가를 탐구한다. 그리고 그 다음 사회가 사회주의 사회임을 분명하게 강조한다. 여기서 슘페터가 말하는 사회주의란 '사회의 한 조직화 형태로서, 생산 수단의 통제, 생산과 분배에 관련된 의사결정 등이 사기업에 의해서가 아니라 공적 권위에 의해서 이루어지도록 되어있는 사회 조직화 형태'를 말한다. 다시 말해 자본주의 사회는 생산 수단의 사적 소유와 생산 과정의 사적 관리라는 요소에 신용 창조라는 요소가 추가되어 있지만 이에 반해 사회주의는 생산 수단에 대한 지배권과 생산 과정에 대한 지배권이 중앙 당국에 귀속되어 있

는 제도적 유형이다.

숨페터는 자본주의가 그 잠재력을 다 소진하고 정체상태에 도달하면 원활하고도 평화적으로 사회주의가 도래할 수 있음을 분명히 했다. 하지만 사회주의의 도래에 대해 그는 몇 가지 부분을 지적한다.

첫째, 사회주의 체제가 경제적 측면에서 논리적으로 모순이 가능할 수도 있다는 문제인데 숨페터는 다음과 같은 해법을 제시하고 있다. 합리적 계산행동을 전제하는 경제이론은 자본주의 시장경제뿐만 아니라 사회주의 경제도 똑같은 논리적 일관성을 유지하면서 연역해낼 수 있다고 주장한다. 다시 말해 사회주의 경제는 비록 가격 메커니즘이나 시장과 같은 것이 없다고 하더라도 그에 상응하는 논리적 대체물들은 얼마든지 도출 가능하며 따라서 사회주의 경제도 자본주의 경제와 똑같이 논리적으로 충분히 상정 가능한 경제 체제라는 것이다. 오히려 그는 논리적인 지평에서 보면 사회주의 경제가 자본주의 경제보다 더 효율적일 수 있다고까지 주장한다. 사회주의 경제하에서는 경기 순환이라는 방해 요소가 제거될 수 있고, 기업은 불확실성이 더 적은 환경하에서 운영될 것이며, 실업률이 낮아지고 기획당국의 완벽한 계산 여하에 따라서 완전고용도 가능할 것이기 때문이다.

둘째, 자본주의 경제와 사회주의 경제 중 무엇이 더 능률적일까 하는 문제이다. 이에 대해 숨페터는 현대 사회의 복잡한 체제를 관리하는 데는 관료제만큼 좋은 처방이 없으며 사회주의자라고 해서 이 처방을 사용하지 못할 이유가 없다고 대답한다. 그는 '관료제가 비효율의 온상'이라고 하는 일반적 통념이 잘못되었다고 주장하면서, 실은 관료기구야말로 아주 효율적이어서 사회주의뿐만 아니라 자본주의 경제도 거대 관료조직의 도움이 없다면 운영될 수 없을 것이라고 주장한다. 그리고 완전 경쟁 경제보다 국가에 의한 독점 자본주의 경제가 오히려 더 능률적일 수 있고 비용 낭비의 절감, 실업 배제 가능성, 과잉 생산력을 경제 후생(厚生)적으로 이용할 수 있는 가능성 등을 들면서 사회주의 체제의 유리한 점을 내세운다. 더불어 대기업 자본주의가 19세기 영국의 자유경쟁 자본주의에 비해 더 효율적이었던 것처럼 사회주의적 경제 관리는 오늘날의 대기업 자본주의보다 더 효율적일 수도 있다고 덧붙인다.

셋째, 자본주의 사회에서 사회주의 사회로 넘어가는 시기의 문제를 지적한다. 그는 이 과정을 '성숙 상태'에서의 사회주의화와 '미성숙상태'에서의 사회주의 도래로 나누었다. 슘페터는 몇몇 대기업에 의해 경제가 구성되고 혁신 기업가는 일상적 경영자가 되며 혁신은 거대 기업 내의 기술 개발 부서에 의해 관례적으로 이루어져 더 이상 발전이 없는 상황이 오면 변화가 이루어지지 않는다고 한다. 이것이 바로 '성숙상태', 혹은 '자본주의가 스스로 소진된 상태'이며 이 상황이야말로 사회주의 도래의 최적기이다. 이 때 모든 사회계층에 속하는 대다수의 사람들이 사회주의로의 이행에 평화적으로 협력할 것이며 폭력적 혁명은 일어나지 않을 것이다. 사회주의로의 이행은 '확고하고, 안전하고, 원활하게' 이루어질 것이며 에너지의 손실과 문화적 경제적 가치의 희생은 '최소한'에 그칠 것이다.

그러나 자본주의의 잠재력이 아직 소진되지 않았을 경우, 상황은 엄청나게 달라진다. 미성숙 상태에서 사회주의로의 이행은 사회주의 정당의 힘에 의한 권력 찬탈을 초래할 가능성이 높다. 무력에 의한 권력

장악이 이루어진다고 해도 문제점이 많다. 다수의 사회집단들이 사회주의로의 이행에 협력하지 않으려 할 것이므로 이행의 과정에서 강제가 불가피해진다. 반대자에 대한 무자비한 학대와 야만적 범죄도 자행될 수 있다.

슘페터가 보기에 미성숙 상태에서 사회주의로의 이행을 강행한 가장 전형적인 예가 바로 소련이다. 볼셰비키가 정권을 잡았다는 것은 우연한 횡재이고 흔치 않은 역사의 변덕스런 사례일 뿐이다. 슘페터는 스탈린의 일국사회주의 불가론은 사회주의가 러시아와 같은 미성숙 상태의 사회에서는 결코 불가능하며 타국에서의 사회주의 혁명의 지원을 절대적으로 필요로 한다는 통찰을 반영한 것이라고 생각했다.

법의 연속성을 단절한다는 의미에 있어서뿐만 아니라 테러의 지배가 뒤따른다는 의미에서의 혁명이 필요할 정도로 미숙한 상황하에 있어서 사회화는 단기적으로나 장기적으로나 그 조종자 이외의 누구에게도 이익을 줄 수 없다는 것은 명백한 일일 것이다. 혁명에의 정열을 불러 일으켜서 그것이 유발할 지도 모르는 일체의 위험을 무릅쓰고 행동하는 용기를 찬양하는 것은 아마 직업적 선동자의 벌로 교훈적이 못되는 의무의 하나일지도 모른다. 그러나 아카데믹한 지식인에 관한 한, 그의 명예가 될 수 있는 유일한 용기는 비판하며 경고하며 억제하는 용기인 것이다.

5 슘페터식 민주주의

제4부에서는 민주주의 이론을 전개한다. 슘페터는 우선 역사적 고찰을 통해서 비민주주의인 사회주의가 존재한다는 사실을 확인하고

사회주의자들이 자기의 사상이나 이익에 도움이 되는 경우에만 민주주의의 이름을 빌리는 사례가 비일비재함을 지적한다. 그러나 동시에 그는 민주주의적 사회주의가 있을 수도 있다는 점을 지적한다.

민주주의의 고전적 원칙에 따르면 민주주의란 공동선을 실현하는 정치적 의사 결정에 도달하기 위한 제도적 장치로서, 공동선 실현을 위한 의사결정에 도달하는 방법이란 다름 아니라 국민들 자신의 의지를 실행에 옮기기 위한 기구인 의회의 구성원들을 선거를 통해 선출함으로써 국민 스스로가 의사 결정의 주체가 되는 것이다. 이는 다시 말해 국민이 원하는 공직자를 투표를 통해 선출한 후 그들이 공동선을 실행하도록 만든다는 것이다. 하지만 개개인이 원하는 공동선이 다를 수 있고 이것을 하나의 공동선으로 통합하는 것은 불가능하다.

이에 대해 슘페터는 자신의 독자적 민주주의론을 제시한다. 그는 민주주의를 정치적 의사 결정에 도달하는 제도적 장치라고 보는 점에서는 고전적 관점과 입장을 같이 하지만, 정치적 의사 결정에 도달하는 방식에 대해서는 고전적 관점과 크게 다르다. 슘페터는 정치적 의사 결정이 국민의 의지에 따라서가 아니라 국민의 표를 얻기 위해 경쟁하여 그 결과로 의사결정 권한을 획득하게 된 개인들에 의해 이루어진다고 본다.

만약 누군가가 한 후보를 지지해서 그가 당선이 되었다면, 그 후로는 당선자에게 자신의 모든 권한을 맡길 수밖에 없다. 다시 말해 어떤 개인을 선출하기만 하면 그때부터 정치적 행동은 이 개인의 소관이지 더 이상 자신들이 관여할 일이 아니라는 것이다.

여기에서 발전하여 민주주의적 사회주의에 대해 슘페터는 다음과 같이 설명한다. 민주주의적 사회주의가 도입되려면 경제적, 사회적 발전이 일정 수준에 도달해 있어야 한다. 이 이행은 오직 성숙 상태에서만 일어날 수가 있다. 그리고 민주주의적 사회주의 또한 설사 실행 되더라도 그 독특한 구조적 특성, 즉 권력의 집중도가 아주 높다는 특성 때문에 민주적 과정을 계속 유지해 나가기가 아주 미묘하고 어려울 것이다.

여하튼 사회주의적 민주주의는 증대된 개인적 자유를 의미하지는 않을 것이다. 또한 거듭 말하건대, 사회주의적 민주주의는 고전적 학설 중에 간직되어있는 이상에의 한층 더 밀접한 접근을 의미하지는 않을 것이다.

6 그의 예언

슘페터는 《자본주의 · 사회주의 · 민주주의》에서 자본주의 사회는 붕괴하고 사회주의 사회가 출현할 것이라고 주장한다. 그러나 슘페터는 마르크스의 이론을 그대로 따르지 않고 자신만의 이론으로써 자본주의 사회의 붕괴와 사회주의 사회의 출현을 설명한다. 즉 자본주의 사회는 공황이라는 경제적 위기 상황에 의해서가 아니라 경제적 성공에 의해 붕괴될 것이며 만약 자본주의 붕괴의 상황이 성숙된 상황이라면 민주주의적 사회주의로의 평화적 이행이 가능하다는 주장이다. 이러한 주장이 그의 핵심이다. 제5부에서도 점차적인 사회주의화의 길은 전 세계적인 경향이며 미국도 그 예외는 아니라고 주장한다. 슘페터가 보기에 자본주의의 발전으로 인한 점차적인 사회주의화는 역사적 대세였던 것이다.

지금까지 우리는 '자본주의=민주주의, 공산주의=사회주의'라는 도식적인 이해를 가지고 있었는지 모른다. 그러나 자본주의 국가이든 사회주의 국가이든 결국에는 '진정한 민주주의'를 표방하기 마련이다.

3에서 슘페터가 제시한 자본주의에서 사회주의로의 이행 과정을 우리나라 현실에 비추어 보고 슘페터의 이론에 문제가 있으면 간단히 지적해 보자.

추천할 만한 번역본

최근 판매되고 있는 책 중에 이영재 번역의 《자본주의·사회주의·민주주의》는 충실한 원문번역이 돋보인다. 이상구 번역의 《자본주의·사회주의·민주주의》는 좀 더 자세하고 쉬운 용어를 선택하고 있다.

《자본주의·사회주의·민주주의》, 이영재 역, 한서출판사, 1985
《자본주의·사회주의·민주주의》, 이상구 역, 삼성출판사, 1999

중 · 고생을 위한 논술대비

미리 보는 서양문학 · 사상 베스트 **30**

지은이 안효빈 외 6인

펴낸이 안대현

펴낸곳 도서출판 풀잎

출판등록 제21-0090

초판1쇄 인쇄 2004년 11월 10일

초판3쇄 발행 2008년 5월 15일

주소 서울시 중구 예장동 1-51호 지층

전화 02-2274-5445~6

팩스 02-2268-3773

표지디자인 송원철

본문디자인 김성엽

ISBN 89-7503-091-1

값은 뒤표지에 있습니다.